KB185181

주홍 글자

휴머니스트 세계문학 036

주홍 글자
THE SCARLET LETTER

너새니얼 호손 | 박아람 옮김

차례

일러두기

1. 번역 대본으로는 Nathaniel Hawthorne, *The Scarlet Letter and Other Writings* (W. W. Norton & Company, 2017)를 사용했다.
2. 주석은 모두 옮긴이 주다.

2판에 부쳐

　저자로서 《주홍 글자》의 서문인 공적 생활의 스케치●가 점 잖은 주변 사회를 유례없이 자극했다니 놀랍기도 하지만 한 편으로는 (이런 말을 해서 더 큰 반감을 사지만 않는다면) 대단히 즐겁다고 말하고 싶다. 설령 내가 세관에 불을 지르고 특별히 미워하던 인사들의 피로 마지막 연기를 내뿜는 잉걸불을 껐 다고 해도 이렇게 격렬한 반향이 일지는 않았으리라. 합당하 다고 생각되는 대중의 비난은 마음을 무겁게 짓누르는지라 잘못된 부분은 바로잡거나 삭제하고, 실제로 가혹했다고 여 겨지는 부분은 힘닿는 데까지 고칠 요량으로 서문을 아주 주 의 깊게 다시 읽어보았다. 그러나 이 스케치에서 눈에 띄는 특징이라고는 솔직하고 진솔한 유머와 그 안에서 묘사되는 인물들에 대해 정확한 인상을 전달하려는 노력뿐이다. 개인

● 〈세관〉을 말한다.

적으로든 정치적으로든 원한이나 반감을 품고 이 글을 쓰지 않았음을 밝힌다. 이 스케치를 생략하더라도 독자에게 손해가 되거나 책의 가치가 떨어지지 않겠지만, 다시 보아도 이보다 건전하고 호의적인 마음으로 쓸 수는 없었을 것이며, 능력이 닿는 만큼 최대한 생생한 진실을 담아냈다고 생각한다.

따라서 서문으로 쓴 이 스케치를 한 글자도 바꾸지 않고 다시 출간할 수밖에 없겠다.

1850년 3월 30일
세일럼에서

《주홍 글자》의 서문

세관

　친한 친구들과 난롯가에 둘러앉아서도 개인적인 얘기를 시시콜콜 늘어놓지 않는 내가 살면서 두 번이나 대중에게 자전적인 이야기를 들려주고픈 충동을 느꼈다니 신기할 따름이다. 첫 충동은 3~4년 전에 찾아왔는데, 당시 나는 뭐라 설명할 수도 없고 너그러운 독자나 참견하기 좋아하는 작가가 이해할 수도 없는 이유로 구목사관●의 깊은 정적 속에서 지낸 이야기를 들려주었다. 그때 과분하게도 한두 명이 그 글을 읽었다는 것을 알고 무척 기뻤기에 한 번 더 독자들을 붙들고 내가 3년 동안 세관에서 보낸 경험을 들려주려 한다. 이번에는 유명한 〈이 교구의 서기, P. P.〉●●를 충실하게 참고했다.

● 랠프 월도 에머슨(1803~1882)의 조부가 지은 매사추세츠주 콩코드의 저택으로, 호손은 이곳에서 몇 년 동안 생활한 뒤 1846년에 발표한 단편집에 〈구목사관〉이라는 서문을 실었다.

그러나 작가가 바람에 글을 실어 세상에 내보낼 때는 자기 책을 내팽개치거나 애초에 집어 들지도 않을 다수의 사람보다는 동창이나 평생지기보다도 자신을 더 잘 이해하는 극소수의 사람을 청중으로 삼는 법이다. 여기서 한 발 나아가 완벽하게 마음이 통하는 단 한 사람만을 염두에 두고 아주 은밀한 이야기를 털어놓는 작가도 있다. 인쇄되어 세상에 널리 뿌려진 책이 어딘가에 있을 작가의 반쪽을 틀림없이 찾아내 그와 교감하게 함으로써 작가의 존재를 완성해주기라도 하는 듯이 말이다. 그러나 모든 것을 털어놓는 것은 청중을 특정하지 않더라도 점잖은 일이 아니다. 다만 듣는 사람과 실질적인 관계에 있다고 가정하지 않으면 생각이 마비되고 혀가 유연하게 움직이지 않을 테니 아주 가깝지는 않더라도 다정하고 이해심 많은 친구가 듣고 있다고 상상하는 것은 나쁘지 않다. 그러면 마음이 따뜻해지고 타고난 수줍음이 풀어지면서 주변 상황뿐 아니라 자신에 대해서도 거리낌 없이 얘기하되 내밀한 '나'는 베일에 감춰둘 수 있을 테니 말이다. 이 정도 범위에서는 작가가 독자와 자신의 권리를 침해하지 않고 자전적인 이야기를 털어놓을 수 있다.

이 세관 스케치는 앞으로 들려줄 이야기의 많은 부분이 내 손에 들어온 과정을 설명하고 그 이야기의 신빙성을 입증한

●● 알렉산더 포프(1688~1744)의 풍자극 〈이 교구의 서기 P. P.의 회고록〉(1728)을 말한다.

다는 점에서도 문학에서 흔히 볼 수 있는 적절한 요소라고 말할 수 있다. 사실은 이것이 내가 독자와의 개인적인 관계를 상정하려는 진짜 이유다. 다시 말해 나는 이 책에 실린 작품 가운데 가장 길고 장황한 이야기●에 있어 그저 편집자 역할로 나서고 싶은 것이다. 이 주된 목적을 달성하는 과정에서 손을 조금 더 놀려 지금까지 아무도 묘사한 적이 없는 생활 방식과 그런 생활을 한 몇몇 인물, 그리고 우연히도 그 안에 포함된 필자를 엉성하게나마 그려보아도 좋을 것 같다.

반세기 전인 해운왕 더비●● 시절, 내 고향 세일럼에는 활기 넘치는 부두가 있었다. 그러나 지금은 무너져가는 목조 창고만 늘어서 있을 뿐 교역의 흔적은 거의 찾아볼 수 없다. 우울하게 뻗은 부두의 중간쯤에서 돛단배나 범선이 가죽을 내려놓거나 좀 더 가까이에서 노바스코샤 범선이 장작을 쏟아내는 광경이 이따금 보일 뿐이다. 파도가 넘실대는 황량한 부두의 끝자락에서부터 부두를 따라 늘어선 건물들의 아래쪽과 뒤쪽에는 오랜 침체기를 보여주듯 풀이 무성하게 자라 있다. 바로 이곳에, 전면의 창문으로 이 침울한 풍경과 맞은편 항구가 내려다보이는 큼직한 벽돌 건물 한 채가 서 있다. 이

● 《주홍 글자》는 원래 단편집에 들어갈 단편소설로 기획되었다.

●● 18세기 중반 해당 지역에서 많은 배를 소유한 무역상으로 활약했던 일라이어스 해스킷 더비(1739~1799)를 말한다.

건물의 지붕 꼭대기에서는 공화국 국기가 매일 오전 정확히 세 시간 반 동안 바람에 펄럭이거나 축 늘어져 있다. 가로가 아닌 세로로 열세 개의 줄이 나 있는 이 깃발은 이곳이 미합중국의 군사 기관이 아니라 행정기관이라는 표시다. 건물 앞쪽에는 목제 기둥이 여섯 개인 주랑현관이 발코니를 떠받치고 있고 그 아래쪽에 널찍한 화강암 계단이 큰길로 이어져 있다. 가슴에 방패를 달고 날개를 활짝 펼친 커다란 미국의 국장 독수리 표본이 현관 입구 위를 장식하고 있는데, 내 기억이 틀리지 않다면 두 발의 발톱으로 가시 돋친 화살과 번개를 한 다발씩 움켜쥐고 있다. 원래도 성미가 고약한 이 불길한 새는 사나운 부리와 눈, 공격적인 자세 때문에 무해한 공동체를 해칠 것처럼 보인다. 자신이 날개를 펼치고 있는 이 건물에 침입하면 무사하지 못할 거라고 주민들에게 경고하는 듯 보이기도 한다. 지금 이 순간에도 많은 사람이 이처럼 위협적인 연방 독수리의 날개 밑으로 피신하려 애쓰는 모습을 보면 그 가슴이 깃털을 채운 베개처럼 폭신하고 아늑할 거라 상상한 모양이다. 그러나 독수리는 기분이 좋을 때에도 그리 상냥하지 않고, 언제든 제 새끼들을 발톱으로 할퀴거나 부리로 쪼거나 가시 돋친 화살로 괴롭혀 내던져버리는 짐승이다.

이쯤에서 위에서 묘사한 건물이 이 항구의 세관이라는 점을 밝히는 게 좋겠다. 건물 주변의 포장도로 틈새로 풀이 자라 있는 것으로 보아 요즘에는 이런저런 용무로 찾아오는 발걸음이 뜸하다는 사실을 알 수 있다. 그래도 1년에 몇 달쯤은 오전에 사람들의 발길이 잦아지며 활기를 띤다. 그럴 때면 노인들은 영국과 마지막 전쟁을 치르기 전, 세일럼이 무역항 역할을 하던 시절을 떠올릴지도 모르겠다. 지금처럼 외면당하지 않던 시절, 지금처럼 이곳의 상인들과 선주들조차도 고향의 부두가 삭든 말든 이미 무역이 활발해서 더 보태줄 필요도 없는 뉴욕이나 보스턴으로 몰려가 자기도 모르게 그곳의 상업을 더 부풀려주는 일은 하지 않던, 그런 시절 말이다. 어쨌든 주로 아프리카나 남미에서 오는 선박 서너 척이 한꺼번에 입항하거나 출항하는 날 오전이면 화강암 계단을 분주하게 오르내리는 발소리가 울려 퍼진다. 이 세관은 해풍에 벌게진 얼굴로, 막 항구에 들어온 선박에서 녹슨 양철 상자에 서류를 담아 겨드랑이에 끼고 찾아오는 선장을 그의 아내보다 먼저 맞이하는 곳이다. 선주가 오기도 하는데, 그들은 방금 끝마친 항해가 계획대로 큰돈을 벌어줄 상품을 실어 왔다면 환하고 자비로운 얼굴을, 아무도 원치 않는 쓸모없는 물건만 잔뜩 싣고 왔다면 침울하고 부루퉁한 얼굴을 하고 있다. 장차 이맛살이 지고 반백의 수염이 덥수룩한, 근심 가득한 상인으로 변해갈 새파란 점원도 볼 수 있다. 이들은 물방아용 저수지에서 종이배나 띄우고 놀아야 할 나이에 피 맛을 아는 늑대 무리처럼 무역의 맛을 보고는 선주의 배에 투기 상품을 실어 보낸다. 또 이런 장면에서는 외항선을 타려고 통행증을 받으러 온 선원이나 최근 기력이 쇠해 창백한 얼굴로 입항한 뒤 병원에 가려고 허가증을 받으러 온 선원도 볼 수 있다. 영령 식민지 지역들에서 장작을 싣고 오는 작고 녹슨 범선의 선장들도 빼놓을 수 없는 그림이다. 거칠어 보이는 이 뱃사람들은 양키처럼 약삭빠르지는 않지만 쇠퇴해가는 우리 지역 무역에 적지 않은 기여를 하고 있다.

가끔은 이런 사람들이 한꺼번에 등장하고 여기에 다른 부류까지 나타나 한동안 세관이 북적거리는 무대로 바뀌기도 한다. 그러나 화강암 계단을 오르면서 더 자주 보게 되는 광경은 점잖은 노인들이 여름에는 입구에서, 겨울이나 날씨가 궂은 날에는 각자의 방에서 구식 의자를 벽에 기대앉아 있는 모습이다. 잠들어 있을 때도 많지만 가끔은 빈민 구호소나 자선의 손길, 혹은 해고 위험이 없는 한직에 의존해 살아가는 이들처럼 코 고는 소리인지 말소리인지 분간하기 어려운 기운 없는 목소리로 대화를 나눈다. 성경의 마태처럼 세관에 앉아 있지만 사도가 되라는 부름을 받기는 어려울 듯한● 이 노신사들이 바로 세관의 관리들이다.

정문으로 들어가면 왼쪽에 가로세로 길이가 각각 5미터쯤 되고 천장이 높은 방이 있다. 사무실이라고 보는 게 맞을 것이다. 두 개의 아치형 창문으로는 앞서 말한 황량한 부두가

● 〈마태복음〉 9장 9절 가운데 "예수께서 그곳을 떠나 지나가시다가 마태라 하는 사람이 세관에 앉아 있는 것을 보시고 이르시되 나를 따르라 하시니"에 빗댄 표현.

내려다보이고 다른 창문으로는 좁은 골목과 더비 거리의 일부가 보인다. 어느 창문으로든 식료품점과 목재상, 싸구려 기성복 판매점, 선구상 등을 볼 수 있는데, 그 주위에는 주로 뱃사람들이나 항구도시를 어슬렁거리는 부랑자들이 모여 서서 큰 소리로 웃고 떠든다. 이 방은 오랫동안 사용하지 않은 듯 여기저기 거미줄이 쳐 있고 칠이 벗겨졌으며 잿빛 모래가 바닥을 뒹군다. 전체적으로 너저분한 상태라 여자들의 마법의 도구인 빗자루나 대걸레가 좀처럼 닿지 않은 일종의 성역이라고 쉽게 짐작할 수 있다. 가구라고는 굵직한 연통이 달린 난로 하나와 오래된 소나무 책상 하나, 다리가 세 개 달린 스툴과 아주 낡고 불안정한 나무 의자 두세 개뿐이다. 서가도 빼놓을 수 없겠다. 삼사십 권쯤 되는 법령집과 두꺼운 조세법 요람 한 권이 책꽂이에 꽂혀 있다. 양철 파이프가 천장을 뚫고 올라가 있어 건물의 다른 곳에 있는 사람들과 대화를 할 수도 있다. 약 6개월 전만 해도 여러분이 알 만한 사람이 이곳을 왔다 갔다 서성이거나 높은 스툴에 걸터앉아 팔꿈치로 책상을 짚고 조간신문을 훑어보았다. 존경하는 독자 여러분은 버들가지 사이로 환한 햇살이 들어오는 구목사관 서쪽의 작고 아늑한 서재로 여러분을 초대한 그 사람을 알아볼지도 모르겠다. 그러나 이제 그곳에 가도 그 민주당 급진파 검사관은 만날 수 없다. 개혁의 빗자루가 그를 쓸어버렸기 때문이다. 지금은 더 적합한 후임자가 그의 자리를 꿰차고 앉아 그가 받던 보수를 주머니에 챙겨 넣는다.

나는 소년 시절뿐 아니라 성인이 된 뒤에도 꽤 오랫동안 떠나 있던 이 오래된 고향 도시 세일럼에 예나 지금이나 각별한 애정이 있지만, 그곳에 사는 동안에는 그 애정이 얼마나 깊은지 알지 못했다. 겉으로 보기에는 단조로운 평지 위에 목조 가옥이 죽 늘어서 있는데, 딱히 건축미라곤 찾아볼 수 없고 그림같이 아름답거나 정취가 있는 것도 아니면서 그저 볼썽사납게 들쑥날쑥하다. 또한 갤로스 힐과 뉴기니에서부터 반대편 끝의 빈민 구호소까지 반도 전체를 가로질러 길고 나른한 길이 지루하게 뻗어 있다. 이런 고향에 애착을 느끼는 건 헝클어진 장기판에 애착을 품는 것과 다를 바 없다. 그러나 다른 곳에서 만족스러운 삶을 살면서도 마음속에는 늘 세일럼에 애틋한 감정이 남아 있으니 애정이라고밖에 달리 표현할 길이 없다. 이는 아마도 우리 가문이 오래전부터 이곳에 깊이 뿌리를 내렸기 때문일 것이다. 지금으로부터 두 세기하고도 사반세기 전에 나와 성이 같은 첫 영국인 이민자가 숲으로 에워싸인 이 야생의 땅에 정착한 이후 이곳은 도시로 발전했다. 그 자손들이 이 땅에서 태어나고 죽어서 흙으로 돌아갔으니 그 가운데 적지 않은 부분이 잠시나마 이곳을 밟고 있는, 역시 결국에는 흙으로 돌아갈 나의 육신과 맞물려 있을 것이다. 그러니 어찌 보면 내가 말하는 애정은 흙이 될 인간이 흙이 된 인간에게 느끼는 감각적인 공감에 불과할지 모른다. 내 고향 사람들은 대부분 이런 감정을 이해하지 못한다. 오히려 잦은 이식을 통해 흙을 갈아주는 것이 후손에게 이로울 테니 알 필요도 없다고 생각할 것이다.

그러나 정서에는 도덕적인 면도 들어 있다. 내가 기억하는 한 아주 어린 시절부터 나는 집안에서 전해 내려오는 이야기를 통해 희미하고 어두운 위엄이 더해진 첫 이주 조상의 모습을 상상하곤 했다. 그 모습이 여전히 머릿속에 남아 오늘날의 세일럼에서는 좀처럼 느낄 수 없는 친숙한 감정을 불러일으킨다. 성경책과 칼을 옆구리에 끼고 일찍부터 아무도 밟지 않은 길을 거닐며 전쟁과 평화의 사도로 두각을 드러낸 조상의 모습, 흑담비 망토를 두르고 뾰족한 모자를 쓰고 수염이 텁수룩한 그 근엄한 모습은 이름이나 얼굴이 알려지지 않은 나 자신보다 이곳에 강한 연대를 느끼게 해준다. 그는 군인이자 입법자이자 재판관이었다. 또한 교회의 지도자로서 청교도의 좋고 나쁜 특징을 모두 드러냈다. 퀘이커교도들은 그를 가혹한 박해자로 기억했다. 그들의 역사에서는 그가 자기네 종파의 여자를 잔인하게 박해한 사건이 그의 수많은 업적보다도 더 오래 기록에 남아 있을 것이다. 그의 아들도 이런 기질을 물려받아 마녀들을 처형하는 데 크게 기여했으니 그의 몸에 마녀의 피가 묻어 있다고 해도 무리는 아닐 것이다. 차터 거리 묘지에 묻힌 그의 시신이 완전히 썩어 흙이 되지 않았다면 말라비틀어진 그의 유골 어딘가에 지금도 그 흔적이 남아 있으리라! 이 조상들이 스스로 죄를 뉘우치고 천국 어디쯤에서 잔혹한 행위를 용서해달라고 빌지 아니면 다른 곳에서 무거운 벌을 받으며 신음할지 나로서는 알 길이 없다.

그저 이 글을 쓰면서 그분들을 대신해 모든 수치를 받아들이고 그들이 야기한 저주가 이제는 풀리기만을 기원할 뿐이다. 그런 저주에 관해 들은 얘기도 있고 오랜 세월 우리 가문이 겪은 지독하고 처참한 상황을 봐도 분명히 알 수 있기에 하는 말이다.

그러나 눈썹이 짙고 근엄한 이 청교도 조상들은 이끼가 덮인 유서 깊은 가문의 가지 끝에 나 같은 게으름뱅이가 매달려 있는 것만으로도 충분한 응보를 받았다고 여길 것이다. 내가 소중하게 품은 목표들이 그들의 눈에는 하나같이 쓸모없게 보일 테고, 내가 집안을 벗어나서 조금이라도 성공을 이룬 적이 있다 해도 그런 성공은 무가치하거나 심지어 불명예스럽다고 여길 테니까.

"저놈은 뭐야?"

잿빛 혼령이 된 조상들이 저희끼리 속삭이는 소리가 들리는 듯하다.

"소설을 쓴다는군! 그게 대체 무슨 짓인지! 그런 일이 어떻게 하느님을 영광스럽게 하거나 인류에 공헌이 된다는 거야? 저 정신 나간 놈은 딴따라나 다를 게 없다니까!"

이것이 시간의 심연을 뛰어넘어 나의 오랜 선조들과 내가 주고받는 대화다! 하지만 나를 실컷 조롱해봐야 나의 본성에는 그들의 강한 특징이 섞여 있지 않겠는가.

이 도시의 유아기와 유년기에 해당하는 초창기 시절에 열의와 활기 넘치는 두 사내가 깊이 뿌리를 박은 우리 가문은 그 뒤로 지금까지 이곳에서 생활하며 줄곧 명망을 유지했다. 내가 아는 한 가문에 먹칠한 사람은 없었지만 처음 두 세대 이후로 이렇다 할 업적을 남기거나 대중의 이목을 끈 사람도 없었다. 새로 쌓인 흙에 처마 밑까지 묻혀가는 거리의 낡은 집들처럼 우리 집안도 점점 가라앉아 시야에서 거의 사라져버렸다. 100년이 훌쩍 넘도록 우리 가문 사람들은 아버지에서 아들로 대를 이어가며 바다로 나갔다. 선장 노릇을 하던 반백의 아버지가 선미 갑판에서 물러나 집에 들어앉으면 열네 살짜리 소년이 자리를 이어받아 돛대 앞에 서서 아버지와 할아버지를 때려대던 짭짤한 물보라와 거센 바람을 마주했다. 이 소년도 때가 되면 선원실에서 선장실로 옮아갔고 세상을 돌아다니며 격동의 세월을 보낸 뒤 고향으로 와서 나이를 먹고 죽어서 흙으로 돌아갔다. 이렇게 한 집안이 한곳에서 나고 자라고 묻히며 그곳과 오랜 관계를 맺다보면 주변 풍경이나 도덕에 대한 가치관이 매력적이든 아니든 인간과 지역 사이에 혈연 같은 유대가 형성된다. 사랑이 아니라 본능에 따른 관계인 것이다. 외지에서 들어왔거나 기껏해야 아버지 또는 할아버지 대부터 살았던 주민들은 세일럼 사람이라고 주장하기 어렵다. 200년 넘게 대대로 뿌리내린 가문 사람들이 껍질에 붙어 있는 굴처럼 이곳에 들러붙게 하는 그 끈끈함을 새 이주민이 어떻게 알겠는가. 이곳에서 즐거움을 찾지 못하더라도 낡은 목조 가옥과 진흙, 먼지, 밋밋한 지형과 정서, 쌀쌀한 동풍, 냉담한 분위기가 지긋지긋하더라도 상관없다. 그

밖에 또 다른 결점을 보거나 느낀다고 해도 달라지는 건 없다. 그래도 마법은 깨지지 않을뿐더러 어찌나 강력한지 나고 자란 이곳이 지상낙원이라 느껴지기도 한다. 내 경우에도 그랬다. 세일럼을 고향으로 삼는 것을 숙명으로 여겼다. 그러니 내가 이곳에 머문 시간이 길지 않았다고 해도 이 오래된 마을에서는 이미 우리 가문 사람들의 외모와 성격을 알아볼 수 있었을 것이다. 오랜 세월 동안 한 사람이 무덤에 들어가고 나면 그다음 사람이 터줏대감처럼 그 자리를 이어받았을 테니까. 그러나 이러한 정서는 건강하지 못한 관계를 끊을 때가 왔다는 신호다. 인간도 감자처럼 양분이 소진된 땅에 거듭 심으면 제대로 자랄 수 없다. 내 아이들은 제각기 다른 곳에서 낳았고 힘닿는 데까지 그 애들이 낯선 땅들에 뿌리내리게 할 생각이다.

구목사관을 떠나게 되었을 때 나는 다른 곳으로 갈 수 있었는데 아마 그러는 편이 나았을 것이다. 그러나 결국 고향에 관성적으로 품고 있던 이 기이하고 따분한 애착 때문에 미합중국 벽돌 건물의 한자리를 차지하게 되었다. 나의 운명이었다. 영영 돌아오지 않을 것처럼 고향을 떠난 적이 여러 번이었지만 어째서인지 끈질기게 돌아오곤 했다. 마치 세일럼이 내 우주의 중심인 것처럼. 그리하여 어느 화창한 아침, 나는 대통령의 임명장을 챙겨 들고 화강암 계단을 올라가 내 무거운 책임을 덜어줄 사람들 앞에서 세관의 최고 행정관으로 부임했다.

미합중국의 문무 지휘관을 통틀어 나처럼 베테랑의 원로 집단을 휘하에 두었던 사람이 있을까? 없었다고 확신한다. 그들을 둘러보니 최고참이 누구인지 단번에 알 수 있었다. 보통 공직의 재임 기간은 정치적인 소용돌이에 좌우되는 법이건만 세일럼의 세관은 이 세관장의 독립적인 지위 덕분에 과거 20년이 넘도록 그런 위험에서 벗어나 있었다. 뉴잉글랜드에서 가장 저명한 군인이었던 그는 찬란한 공훈의 대좌 위에 굳건히 서 있었다. 또한 역대 행정부의 현명한 관용 덕에 자리를 보전하면서 위험하고 혼란한 시기에도 부하들을 안전하게 품어주었다. 밀러 장군,● 그는 철저한 보수주의자였다. 다정한 천성에 쉽게 휘둘리고 친숙한 이들에게 강한 애착을 보이며 확실한 발전이 보장되는 변화조차도 좀처럼 수용하지 않는 사람이었다. 그런 까닭에 내가 부임했을 때 세관의 직원은 거의 노인들이었다. 대부분은 바다 곳곳을 돌아다니며 격랑에 시달리고 온갖 풍파에 굳건히 맞서다가 늘그막에 이 조용하고 구석진 곳으로 들어온 선장들이었다. 정기적으로 열리는 대통령 선거 때 잠시 공포에 떨긴 해도 그것을 제외하곤 별다른 방해 없이 모두 이곳에서 새로운 삶을 누리고 있었다. 보통 사람들처럼 노화와 질병을 막을 수는 없었지만 이들에게는 죽음을 최대한 미루는 부적이라도 있는 것 같았다. 그중 두셋은 통풍과 류머티즘 때문에 연중 대부분을

● 1812년 미영전쟁에 참전한 제임스 밀러(1776~1851) 장군을 말한다.

세관에 나오는 것은 꿈도 꾸지 못하고 누워 있다고 했다. 그러나 지루한 겨울이 지나고 햇살이 따스해지는 오뉴월이 되면 다시 기어 나와 일을 한답시고 어슬렁거리다가 한가해지거나 아무 때고 원할 때면 다시 자리에 누웠다. 나는 이 연로한 공화국 관리 여러 명의 공직 수명을 단축한 죄를 인정하지 않을 수 없다. 내 요청으로 고된 노동에서 벗어난 그들은 머지않아 더 좋은 세상으로 가버렸다. 마치 국가에 대한 헌신이 삶의 유일한 신조였던 것처럼. 나는 진심으로 그랬으리라 믿는다. 그나마 위안으로 삼는 게 있다면 내가 개입한 덕분에 그들에게는, 세관원이라면 누구든 피해 갈 수 없던 악행을 충분히 뉘우칠 시간이 주어졌다는 점이다. 세관은 앞문으로든 뒷문으로든 천국으로 가는 길과 통하지 않는 곳이니 말이다.

내 휘하의 관리들은 대부분 휘그당원이었다.[•] 이 연로한 인사들에게는 새로 부임한 검사관이 정치인이 아니라는 점, 원칙적으로는 충성스러운 민주당 지지자이지만 정치와는 상관없이 그 자리에 임명되었다는 점이 다행스러운 일이었다. 내가 아니라 적극적인 정치가가 이 요직을 맡아 질병으로 직무를 게을리하는 휘그당원 세관장과 아무렇지 않게 맞섰다면 이 몰살의 사자가 세관 계단을 올라온 지 한 달도 안 돼서 노병들은 공직의 명을 채우지 못하고 모조리 잘려 나갔을 테

● 19세기 중반 미국에서는 휘그당과 민주당이 각각 보수와 개혁을 대표하는 주요 정당이었다.

니 말이다. 이런 문제에서 흔히 따르는 관례대로라면, 이 백발 노병들을 모두 단두대에 세우는 것이 정치가가 마땅히 할 일이었다. 그들이 내 손에 그런 험한 꼴을 당할까봐 두려워하는 모습이 역력했다. 나의 등장으로 공포에 떠는 모습을 보는 건 괴로우면서도 재미있었다. 반백 년 동안 폭풍을 맞으며 움푹 팬 뺨이 나처럼 무해하기 이를 데 없는 인간의 눈초리에도 퍼렇게 질리는 꼴이란. 오랫동안 보레아스•조차도 입을 다물 만큼 거칠게 호령하던 목소리가 내 앞에서 떨리는 광경은 또 어떠했겠는가. 이 노련한 신사들은 어떤 관례를 적용하든 더 젊고 더 정통적인 정견을 지닌, 우리 공화국을 위해 일하기에 훨씬 더 적절한 이들에게 자리를 내주어야 한다는 사실을 알았다. 게다가 그중 일부는 이미 업무 효율이 현저히 떨어져 있었다. 나 역시 그 사실을 알았지만 차마 결단을 내릴 수 없었다. 그리하여 나에게는 마땅히 큰 수치였고 공직자의 양심에 걸리는 일이었지만, 어쨌든 그들은 내 재임 기간 내내 부두 근처를 떠나지 않고 세관 계단을 한가로이 오르내렸다. 늘 하던 대로 구석진 곳에서 의자를 벽에 기대놓고 졸다가 오전에 한두 번 깨어나 이미 수천 번 되풀이한 옛 항해 이야기나 이제는 그들 사이에 암호가 되다시피 한 케케묵은 농담을 지껄이면서 말이다.

그들은 새로 온 검사관이 딱히 위협이 되지 않는다는 사실

• 그리스 신화에 나오는 북풍의 신.

을 금세 알아차렸을 것이다. 그리하여 마음이 한결 가벼워진 이 선량한 노신사들은 사랑하는 국가를 위해서는 아니더라도 자신을 위해 쓸모 있는 일을 한다는 기쁜 마음으로 잡다한 업무를 해나갔다. 안경 너머로 선박의 짐칸을 얼마나 꼼꼼히 살펴보는지! 게다가 사소한 문제로는 시끄럽게 수선을 피우면서도 중대한 문제는 어찌나 둔감하게 놓쳐버리는지! 예를 들어 수레 하나를 가득 채울 만큼 많은 귀중품이 훤한 대낮에 둔감한 그들의 코앞에서 밀반입되는 실수가 일어나면 그들은 범법 선박의 모든 출입구를 꼼꼼하고 철저하게 잠갔으며 테이프와 밀랍으로 다시 한번 확실하게 봉쇄했다. 애초의 태만을 나무라기보다는 사후에 경계를 강화한 것을 칭찬해야 할 정도였다. 어차피 돌이킬 수 없는 일인데도 그렇게 열정을 보이는 태도는 인정해야 마땅하지 않겠는가.

　조금 어리석은 습성이긴 하지만 나는 어지간히 불쾌한 인간이 아니면 누구에게나 친절한 편이다. 동료들의 성격에서도 좋은 점을 먼저 찾아내 이를 토대로 됨됨이를 판단한다. 이 세관의 늙은 관리들은 대부분 장점이 있었고 그들을 보호하고 지휘해야 하는 입장에서는 호의적인 관계를 쌓는 편이 유리했으므로 나는 머지않아 그들을 모두 좋아하게 되었다. 보통 사람들은 녹아내릴 듯한 뜨거운 열기가 반쯤 마비된 노인들의 몸에는 기분 좋은 따스함으로 느껴지는 여름날 오전, 그들이 평소처럼 뒷문 옆 벽에 나란히 기대앉아 두런두런 얘기하는 소리를 듣고 있으면 기분이 유쾌해졌다. 얼어 있던 지난날의 재담이 해동되어 그들의 입술에서 웃음과 함께 쏟아져 나왔다. 겉보기에 노인들의 즐거움은 아이들의 그것과도 비슷하다. 지성이나 뛰어난 유머 감각은 중요하지 않다. 표면에서 어른거리는 즐거움의 광채는 초록빛 나뭇가지에나 이끼 낀 잿빛 둥치에나 똑같이 환하고 기분 좋은 빛을 내려준다. 차이가 있다면 한쪽은 진짜 빛이지만 다른 한쪽은 썩어가는 나무에서 나오는 인광에 가깝다는 것뿐이다.

내 훌륭한 옛 친구들을 모두 노인으로 뭉뚱그리는 것은 서글프고 부당한 일임을 밝힐 필요가 있겠다. 일단 내 부하들이 하나같이 노인이었던 것은 아니다. 재능 있고 원기 넘치는 전성기 사내들도 있었다. 그저 운이 따라주지 않아서 나태하고 의존적인 삶을 살고 있을 뿐 그보다 훨씬 뛰어난 일을 할 수 있는 사람들이었다. 가끔은 잘 관리된 지성의 초가지붕으로 노년의 백발을 얹게 된 사람도 있었다. 그러나 이 베테랑 군단의 대다수는 인생에서 다양한 경험을 했음에도 그 가운데 딱히 보존할 것이 없는 따분한 노인들이라고 해도 크게 틀린 말은 아니다. 그들은 실용적인 지혜의 황금 낟알을 수확할 기회가 아주 많았음에도 알맹이는 다 내던지고 껍데기만 고이 간직한 듯했다. 젊은 시절에 직접 목격한 수많은 세상의 경이와 40~50년 전에 겪은 난파의 경험보다 오늘 아침 식사나 어제 또는 오늘, 내일의 만찬에 관해 얘기할 때 훨씬 열의를 보이곤 했다.

이 세관의 최연장자는 몇 안 되는 이곳 관리들뿐 아니라 감

히 말하건대 미합중국 전역의 세관 감시원을 호령하는 종신
감독관이었다. 사실 그는 뼛속까지 철저히, 어쩌면 기득권을
타고난 세무계의 진정한 적자라고 할 수 있었다. 혁명군 대령
이자 과거 이 항구의 세관장이었던 그의 아버지가 자리를 만
들어 아들을 임명했기에 하는 말이다. 살아 있는 사람 중에는
기억하는 이가 거의 없을 만큼 오래된 일이었다. 내가 처음
만났을 때 그 감독관은 여든 살쯤 되었는데 평생 찾아 헤매
도 찾기 어려운 훌륭한 상록수 같은 사람이었다. 뺨은 발그레
하고 다부진 몸에는 환한 단추가 달린 푸른색 외투를 세련되
게 차려입었으며, 당당하고 힘찬 걸음걸이와 건강하고 원기
왕성한 태도가 더해져 젊다고 말할 수는 없어도 노령과 질병
이 건드릴 수 없도록 대자연이 새로 고안해낸 인간처럼 보였
다. 세관에 끊임없이 울려 퍼지는 그의 목소리와 웃음은 여
느 노인의 것처럼 떨리거나 갈라지기는커녕 수탉의 울음이
나 클라리온 소리처럼 우렁찼다. 동물적인 특성 말고는 딱히
볼 게 없는 사람이었지만 동물적인 특성으로만 보면 워낙 건
강하고 혈기 왕성한 데다 고령임에도 계획하거나 마음에 품
은 즐거움을 거의 다 누릴 능력이 있었으므로 더할 나위 없
이 흡족한 존재였다. 해임될 걱정도 없이 정기적인 수입을 누
리며 세관에서 평생을 태평하게 보냈으니 이렇다 할 근심거
리도 없었을 것이다. 그러나 그보다 근본적이고 확실한 이유
는 보기 드물게 완벽한 동물적 특성에, 지적 수준이 그리 뛰
어나지 않고 도덕적 요소와 정신적 요소는 네발로 다니는 짐

승과 간신히 구분될 만큼 극미량만 첨가되어 있다는 점이었으리라. 사고 능력이나 깊은 감정, 골치 아픈 감수성이 그에게는 없었다. 요컨대 건강한 신체에서 절로 나오는 유쾌한 기질 덕분에 맡은 일을 그럭저럭 용인될 만큼 해낼 수 있는 평범한 본능이 가슴을 대신하고 있었다. 아내가 셋 있었지만 모두 오래전에 세상을 떠났고, 자식이 스무 명이었지만 역시 대부분 어릴 때나 다 자라서 흙으로 돌아갔다. 이 정도의 슬픔을 겪었으면 제아무리 밝은 기질을 타고난 사람이라 해도 음울한 기운이 속속 배어들 법도 하지 않은가. 그러나 우리의 노장 감독관에겐 어림없는 소리였다! 그는 그저 짧은 한숨으로 음울한 지난날의 괴로움을 모조리 떨쳐냈다. 그리고 나선 발가벗고 돌아다니는 아기처럼 금세 즐길 준비를 했다. 세관장의 열아홉 살짜리 비서가 이 노인보다 훨씬 더 어른스럽고 근엄해 보일 정도였다.

나는 그곳에서 다른 어떤 인간보다도 이 원로 인사를 흥미롭게 지켜보고 관찰했다. 그는 실로 보기 드문 괴짜였다. 어떻게 보면 너무도 완벽했지만 다르게 보면 더없이 천박하고 기만적이며 종잡을 수 없고 보잘것없었다. 그에게는 영혼도, 마음도, 생각도 없다는 게 내가 내린 결론이었다. 앞에서도 말했듯이 그가 가진 거라곤 본능뿐이었다. 그러나 이런 성격의 요소들이 너무도 절묘하게 어우러져서 이러한 결함이 거슬리기는커녕 내게는 만족감을 줄 뿐이었다. 그토록 철저히 속세와 육감의 노예인 사람이 저세상에서는 어떻게 살지 상상하기 어려웠지만, 삶이 결국 마지막 숨을 거둘 때 완전히 끝나버리는 것이라면 그의 삶은 그리 나쁘지 않았다. 도덕적 책임감은 들짐승보다 낫지 않은데도 더 많은 쾌락을 즐겼고, 노령의 우울함과 쓸쓸함에 휘둘리지 않는 축복을 들짐승만큼 누렸으니 말이다.

그가 네발로 다니는 형제들보다 훨씬 나은 점이 하나 있다면, 세상에서 누리는 행복의 적지 않은 비중을 차지하는 훌륭한 만찬을 회상하는 재주였다. 식도락은 매우 유쾌한 그의 특징이었다. 그가 구운 고기에 대해 묘사하는 것을 듣고 있으면 피클이나 굴을 먹을 때처럼 침이 돌았다. 어차피 그보다 고귀한 재주가 있는 것도 아니었고 뱃속의 이익과 기쁨을 더하는 데 열정과 재능을 쏟는다고 해서 소진되거나 망가질 소양이 있는 것도 아니었기에 그가 생선이나 칠면조 고기, 붉은 고기 등을 가장 맛있게 조리하는 법을 설명할 때면 흡족하고 유쾌해졌다. 아무리 오래된 연회라도 그가 당시의 훌륭했던 상차림을 회상하면 돼지고기나 칠면조 고기가 코앞에 와 있는 것 같았다. 60~70년이 지난 일인데도 그의 혀에는 여전히 그 맛이 남아 아침에 먹은 양고기처럼 새록새록 음미되는 듯했다. 함께 갔던 사람들이 모두 구더기의 먹이가 되어버렸을 만큼 오래된 만찬을 묘사하며 그는 입맛을 다시기까지 했다. 지난 요리의 환영이 끊임없이 그의 앞에 나타나 분노하거나 응징하기는커녕 맛있게 먹어준 것을 고마워하며 아련하면서도 감각적인 쾌락을 끊임없이 일깨우는 광경을 보고 있노라면 감탄이 터져 나왔다. 애덤스 대통령● 시절에 그의 식탁을 장식한 소 안심과 송아지 우둔살, 돼지갈비, 특별했던 닭고기, 놀랍도록 훌륭했던 칠면조 고기가 되살아나기도 했다. 다른 모든 인간의 경험, 그의 삶을 밝히거나 그늘지게 했던 다른 모든 사건은 가벼운 바람처럼 별다른 영향을 미치지 않고 그를 스쳐 지나갔다. 내가 판단하기에 이 노인의 삶에서 가장 비극적인 사건은 20년인가 40년 전에 세상을 살다 간 거위에 얽힌 불행이었다. 아주 먹음직스러워 보이는 거위였건만 막상 식탁 위에 올라오자 어찌나 질긴지 고기 칼로는 흠집조차 낼 수 없어서 결국 도끼와 톱으로 잘랐다고 했다.

그에 관한 스케치는 이쯤에서 마무리하는 게 좋겠다. 그러나 내가 평생 만난 사람들 가운데 이 노인만큼 세관원에 적합한 인물은 없었기에 더 장황하게 쓰고픈 마음이 크다. 지면의 한계로 이유를 다 밝힐 수는 없지만 대부분의 사람은 이런 일을 하다보면 도덕적 손상을 입게 마련이다. 그러나 이 노장 감독관은 그럴 능력이 되지 않았으므로 눈을 감을 때까지 그 자리에 있다 한들 그때처럼 건강한 모습으로 왕성하게 만찬을 즐길 것 같았다.

세관 초상화로 장식한 내 화랑을 완성하려면 절대 빼놓을 수 없는 인물이 또 하나 있는데, 그는 비교적 관찰할 기회가 적었으므로 어렴풋한 윤곽만 그릴 수 있겠다. 바로 우리의 용

● 1797~1801년에 재임한 미국의 제2대 대통령 존 애덤스(1735~1826).

맹한 노장 군인인 세관장이다. 그는 굉장한 무공을 세운 뒤 서부의 황야를 통치하다가 20년 전에 이곳으로 와서 파란만 장하고 명예로운 삶을 마무리하고 있었다. 그 무렵 이미 일흔 살 내외였던 이 용감한 군인은 기백을 일깨우는 추억 속의 군악으로도 떨칠 수 없는 노쇠함을 이끌고 이승에서 남은 행 진을 이어갔다. 돌격할 때 선두로 나섰던 걸음에는 중풍이 찾 아들었다. 하인의 부축을 받고 한 손으로는 쇠 난간을 무겁게 짚어야만 느릿느릿 괴롭게 세관의 계단을 올라올 수 있었고, 그런 뒤에는 힘겹게 실내를 가로질러 늘 그러듯 벽난로 앞자 리에 앉았다. 그곳에서 그는 평온하고 흐릿한 눈으로 오가는 사람들을 바라보았다. 사방에서 서류가 부스럭거리는 소리와 선서하는 소리, 업무를 논의하는 소리, 일상적인 사무실의 대 화가 들렸지만, 이 모든 소음이나 상황은 그의 감각을 어렴풋 이 자극할 뿐 깊은 의식의 영역으로 들어가지 못하는 듯했다. 이렇게 쉬고 있을 때면 그의 얼굴은 온화하고 다정했다. 그러 다가도 주의를 끄는 일이 생기면 호의와 관심의 표정이 떠올 랐으니 내면에는 아직 빛이 살아 있음에도 그저 지성의 등불 에 관여하는 외부의 매개가 그 광선을 막고 있는 듯했다. 그 의 정신은 실체를 들여다볼수록 온전해 보였다. 말을 하거나 들을 때면 힘을 쏟아야 했지만 그럴 필요가 없을 때면 그의 얼굴은 이전처럼 기분 좋은 평온을 누렸다. 그런 모습을 보는 건 그리 괴롭지 않았다. 어둡기는 해도 노령의 우둔한 기색이 없었기 때문이다. 원래 강인하고 튼튼하던 그의 본성은 아직 무너지지 않고 남아 있었다.

그러나 이렇게 노쇠해진 모습에서 그의 성격을 관찰하고 가늠하기란 잿빛의 폐허로 변한 타이콘데로가● 같은 옛 요새를 오직 상상에만 의존해 복원하는 것만큼이나 어려운 일이었다. 곳곳에 성벽이 온전히 남아 있다고 해도 다른 부분은 형체를 알아볼 수 없는 흙무더기로 변해 있고, 오랫동안 전쟁이 없어서 버려진 탓에 풀과 희한한 잡초들이 무성하게 자라 있을 테니 말이다.

우리는 얘기를 거의 나누지 않았다. 그러나 나는 그를 아는 두 발 동물과 네발 동물이 모두 그랬듯 애정이라고 할 만한 감정으로 이 노병을 바라보았으므로 그의 초상에서 중요한 특징 몇 가지를 찾아낼 수 있었다. 두드러진 특징은 그가 얻은 명성이 그저 우연이 아니고 합당함을 보여주는 고귀하고 영웅적인 자질이었다. 내가 보기에 그는 쉬지 않고 움직이는 성향이 아니었다. 젊었을 때나 늙어서나 어떤 자극이나 충동이 있어야만 행동에 돌입했을 것이다. 그러나 장애물을 극복하고 적절한 목적을 달성해야 한다는 자극을 받으면 절대 포기하거나 실패하지 않을 사람이었다. 과거에 그를 뜨겁게 달구었고 지금도 완전히 꺼지지 않은 열기는 활활 타올랐다가 사그라지는 불꽃이 아니라 용광로의 쇠처럼 시뻘겋게 달아오

● 뉴욕주 북부에 있는 요새로, 1775년 미국독립혁명 당시 영국군을 성공적으로 공격하는 데 사용되었다.

르는 깊은 빛이었다. 내가 그를 만난 시기에는 이미 때 이른 퇴화에 잠식당했음에도 단단하고 근엄하며 굳은 결의가 엿보였다. 그의 의식 깊숙이 어떤 흥분이 전달된다면, 즉 아직 죽지 않고 잠들어 있는 활력을 깨울 만큼 요란한 나팔 소리가 들린다면, 노환을 환자복처럼 내던지고 낡은 지팡이를 내려놓은 채 전투용 검을 들고 다시 전사가 될 것 같았다. 그렇게 긴박한 순간에도 그는 침착했으리라. 그러나 그런 모습은 상상으로나 그려볼 뿐 실제로 기대하거나 바랄 수 없었다. 내가 그에게서 본 것은 앞에서 가장 적절한 비유로 들었던 옛 타이콘데로가의 무너지지 않은 성벽만큼 뚜렷한 특징들이었다. 젊은 시절에는 고집으로 통했을 법한 완고하고 답답한 인내력, 다른 대부분의 기질처럼 묵직한 덩어리로 남아 1톤짜리 철광석같이 단조할 수도 주무를 수도 없는 청렴함, 그리고 자비심. 치페와 또는 포트 이리 요새에서 맹렬하게 돌격대를 지휘한 사람이지만, 당대 박애주의를 놓고 격론을 벌였던 이들에 버금갈 만큼 진정한 자비심이 그에게서 엿보였다. 모르긴 해도 그는 제 손으로 사람을 몇 명 죽였을 것이다. 반드시 승리하겠다는 정신으로 달려드는 돌격 앞에서 그의 적들은 낫에 베인 풀잎처럼 스러졌을 것이다. 그럼에도 그는 나비의 날개에서 솜털 한 올 뽑아낼 수 없을 만큼 잔인하지 못한 사람이었다. 나는 그 노인만큼 온정이 깊다고 확신할 만한 사람을 아직까지 만나지 못했다.

이 장군의 많은 특징, 특히 그를 비슷하게 스케치하는 데 적지 않은 도움을 주는 특징들은 나를 만나기 전에 사라졌거나 희미해졌을 것이다. 그저 우아하기만 한 기품은 가장 덧없이 사라지는 법이다. 게다가 자연은 폐허가 된 타이콘데로가 요새에는 들꽃의 씨를 뿌려도 노쇠한 인간의 몸은 퇴락한 건물의 틈에서만 뿌리를 내리고 자라는 아름다운 꽃으로 새로이 꾸며주지 않는다. 그러나 우아하고 아름다운 특징도 몇 가지 눈에 띄었다. 때로는 유머의 빛이 그 앞을 가로막는 어두운 장막을 뚫고 나와 우리의 얼굴에 기분 좋은 빛을 뿌려주었다. 또 유년기나 청년기가 지난 강한 남자에게서는 좀처럼 볼 수 없는 타고난 우아함이 꽃을 보고 향기 맡기를 좋아하는 장군에게서 엿보였다. 노병이 찬미하는 꽃이라고 해봐야 제 이마를 장식한 피 묻은 월계관뿐일 거라 생각하기 쉽지만 이 장군은 소녀처럼 꽃을 감상할 줄 아는 사람이었다.

이 용맹한 노장군은 주로 벽난로 앞에 앉아 있었고 검사관인 나는 장군과 대화하는 고역을 피하기 위해 멀찍이 서서 잠에 취한 그의 평온한 얼굴을 바라보곤 했다. 그는 우리와 불과 몇 미터 떨어져 있는데도 다른 세상에 있는 것 같았다. 그의 의자 옆을 지나가도 멀게 느껴졌고 팔을 뻗어 손을 잡는다고 해도 다가갈 수 없을 것 같았다. 그는 어울리지 않는 세관의 환경보다는 혼자만의 사색 속에서 진짜 삶을 살았는지도 모른다. 열병식의 기동연습, 전장의 혼돈, 30년 전에 들었던 장엄하고 화려한 군악대의 취주, 이런 장면과 소리가 그의 지적 세계 앞에서 생생하게 펼쳐졌는지도 모른다. 그의 주변에서는 상인들과 선장들, 말쑥한 세관 직원들과 상스러운 뱃사람들이 들락거리고 상업과 세관의 일과가 펼쳐지며 끊임없이 작은 소음을 일으켰지만, 장군은 그 사람들과도 그들의 업무와도 가장 동떨어진 사람처럼 보였다. 부세관장의 책상 위에는 잉크병과 서류철, 마호가니 자와 함께 이제는 녹슬었지만 한때는 전장에서 눈부시게 빛났고 여전히 날에 광채가 남아 있는 오래된 칼이 생뚱맞게 놓여 있었는데, 이 장군 역시 그 칼처럼 세관에 어울리지 않는 사람이었다.

나이아가라 국경의 그 강인한 군인, 혈기 왕성했던 그 사내를 되살려 새로이 창조하는 데 큰 도움을 준 일이 하나 있었다. 그가 필사적이고 영웅적인 전투를 눈앞에 두었을 때 뉴잉글랜드의 배짱 가득한 기백을 들이마시며 모든 위험을 인지하고 그 모든 것과 맞서겠다는 각오로 외친 인상적인 말을 회상한 것이다. 그는 "해보겠습니다, 각하!"라고 말했다. 나라에서 용맹함을 명예로운 문장으로 기린다면 장군의 방패에 새길 제명으로 가장 적합한 말이리라. 쉬운 말처럼 보이지만 그토록 위험하고 영광스러운 임무 앞에서 보통 사람은 섣불리 내뱉을 수 없었을 것이다.

자신과는 다른 사람들, 추구하는 바가 완전히 다르고 평소 자신의 영역에서 벗어나야만 이해되는 영역의 사람들과 교류하는 습관을 들이는 것은 개인의 도덕성과 지적 능력을 개선하는 데 큰 도움이 된다. 나는 살면서 우연히 그런 혜택을 누릴 기회가 많았지만 가장 충만하고 다양한 기회를 누린 시기는 세관에서 일할 때였다. 특히 그중 한 사람의 성격을 관찰하면서 재능에 대한 개념을 새로이 정립하게 되었다. 그는 확실히 일에 재능이 있었다. 정확하고 예리하며 명석할 뿐 아니라 복잡한 문제를 모조리 꿰어 보는 눈과 마법사가 지팡이를 휘두르듯 손쉽게 문제를 해결해 정리하는 재주를 지녔다. 세관에서 잔뼈가 굵은 그에게는 이곳이 꼭 맞는 활동 무대였다. 중간에 들어온 나 같은 사람에게는 더없이 골치 아프고 복잡한 업무들이 그에게는 완벽하게 돌아가는 체계처럼 정연해 보였다. 내가 보기에 그는 자신이 속한 부류의 이상향 같은 존재였다. 사실상 그 자신이 세관이었다. 혹은 적어도 맞물린 바퀴들을 원활히 돌아가게 하는 중요한 부속품이었다. 이런 기관의 관리들은 임무 수행 능력에 관계없이 대개는 자신의 이익과 편의에 따라 부임하다보니 자기에게 없는 재주를 부득이 다른 데서 찾아야 했다. 따라서 우리의 이 유능한 사내는 자석이 쇳가루를 끌어당기듯 필연적으로 다른 이들이 어려워하는 문제를 모조리 끌어당겼다. 그의 정신에서 보자면 범죄랄 만한 우리의 우매함을 너그럽게 이해하고 용서하며 도무지 해결되지 않는 문제를 손가락 하나로 분명하게 처리했다. 그의 비밀스러운 친구인 우리뿐 아니라 상인들도 그를 귀하게 여겼다. 그는 너무도 성실한 사람이었다. 그에게 성실함이란 선택이나 원칙의 문제가 아니라 자연의 섭리였다. 또한 정직하고 체계적인 업무 처리 방식을 보면 그의 지성이 놀랍도록 명료하고 정확하다고 느끼지 않을 수 없었다. 자기 업무에 속하는 어떤 일에서든 양심에 조금이라도 걸리는 것이 있다면 장부 계산이 틀리거나 깨끗한 기록부 내지에 잉크 방울이 떨어진 것처럼, 아니 그보다 훨씬 더 괴로워할 사람이었다. 한마디로 나는 이곳에서 자신의 위치에 완벽하게 들어맞는 사람을 만났는데, 이는 내 인생에서 대단히 드문 일이었다.

내 주변에는 이런 사람들이 있었다. 나는 과거의 삶과는 확연히 다른 위치에 내던져진 것을 신의 섭리라 여기며 긍정적으로 받아들이고 거기서 얻을 이익을 확실하게 끌어모으려 노력했다. 그 전까지 나는 브룩 농장•의 몽상가들과 함께 힘든 일을 견디며 허황된 계획을 세웠다. 에머슨 같은 지성인의 흔적이 남아 있는 곳에서 3년간 생활했으며, 애서베트 강가에서 자유로운 나날을 보내며 나뭇가지를 모아 불을 피우고 엘러리 채닝••과 공상적인 사색에 빠지기도 했다. 소로와 월든 호숫가에 있는 그의 은둔처에서 소나무와 원주민 유물에 관한 얘기를 나누었고, 고전적으로 다듬어진 힐러드•••의 교양에 공감하며 안목을 키우기도 했다. 롱펠로••••의 난롯가에서 시

- 유니테리언 목사이자 사회운동가인 조지 리플리(1802~1880)가 보스턴 교외에 건설한 19세기 미국의 사회주의 공동생활체로, 호손 외에도 윌리엄 채닝, 랠프 월도 에머슨을 비롯한 지성인들이 동참했다.
•• 미국의 초월주의 시인 엘러리 채닝(1817~1901).
••• 미국의 변호사 겸 작가, 수필가이자 호손의 절친한 친구였던 조지 스틸먼 힐러드(1808~1879).

적 감상에 젖기도 했다. 그러니 이제 내 본성의 다른 재능을 발휘해 이전까지 식욕조차 느끼지 못한 양식으로 내게 양분을 공급할 때가 되었다. 늙은 감독관조차도 올컷●●●●을 알고 지낸 사람의 식이요법을 바꾸기에는 바람직한 인물이었다. 위에서 말한 인상적인 인물들을 포함해 이전과는 완전히 다른 부류와 어울리면서도 그 변화에 투덜거리지 않은 것은 나라는 인간이 천성적으로 균형 잡혔으며 엄격한 조직에서 요구하는 중요한 자질도 적당히 갖췄다는 증거가 아닐까 한다.

　문학은 실천의 대상으로든 즐기는 대상으로든 나의 관심사에서 벗어나 있었다. 그 시기에 나는 책을 도외시했다. 책은 나와 동떨어져 있었다. 인간의 본성도 자연의 일부이긴 하지만 이를 제외하고는 하늘과 땅에 펼쳐진 모든 자연도 어떤 의미에서는 내게 가려져 있었고, 자연을 영적으로 변모시키는 상상의 즐거움도 내 마음을 떠나갔다. 내 안의 재능은 완전히 떠나지는 않았지만 활동을 멈추고 유예 상태에 들어갔다. 마음만 먹으면 언제든 과거에 소중했던 것을 불러올 수 있다는 점을 의식하지 않았더라면 이 모든 상황이 말할 수 없이 처참하고 서글펐을 것이다. 그런 삶이 너무 오래 지속되면 심각한 결과가 따랐을지도 모른다. 실로 그것은 대가 없이

───────────

●●●● 미국의 시인 헨리 워즈워스 롱펠로(1807~1882).

●●●●● 미국의 교사이자 작가, 철학자이며 《작은 아씨들》의 저자로 유명한 루이자 메이 올컷의 부친인 에이머스 브론슨 올컷(1799~1888).

지속할 수는 없는 삶이었다. 그런 삶은 나를 가치 있는 형태로 변모시키기보다는 그저 이전과는 완전히 다른 사람으로 영구히 바꿔놓았을지도 모른다. 그러나 나는 그 삶을 그저 일시적인 상태로 여겼다. 나에게 유익한 새로운 변화가 필요해지면 언제든 찾아올 것이며 그때가 그리 멀지 않았다는 예감이 늘 나지막한 속삭임처럼 귓가에서 맴돌고 있었다.

어쨌든 세관에서 나는 검사관이었고 내가 알기로는 그 역할을 하기에 부족하지 않았다. 사고력과 상상력, 감수성이 뛰어난 사람은 (더욱이 보통 검사관보다 이런 능력이 열 배쯤 된다면) 마음만 먹으면 언제든 실무가가 될 수 있다. 동료 관리들이나 업무상 어떤 식으로든 얽히게 된 상인들과 선장들은 나를 다른 각도에서 보지 않았고 내게 다른 면이 있는 줄도 몰랐을 것이다. 내 글을 한 쪽이라도 읽어본 사람조차 없었을 테지만 설사 전부 다 읽었다고 해도 나를 더 흥미롭게 보는 사람은 없었으리라. 그 무용한 글이 제각기 당대에 나처럼 세관에서 일했던 번스나 초서의 글처럼 명필이었다고 해도 사정은 달라지지 않았을 것이다. 자신이 인정받는 좁은 세계에서 한 발짝 벗어나 그동안 이루고 지향해온 모든 것이 바깥세상에서는 얼마나 하찮은지 깨닫는 경험은 문학적 명성을 얻고 세계적인 문호들의 반열에 오르기를 꿈꾸는 사람에게 괴롭기는 해도 훌륭한 각성이 된다. 경고로든 질책으로든 내게 그런 교훈이 필요했는지는 모르겠지만 어쨌든 나는 그것을 확실하게 배웠고, 지금 돌아보면 진실을 터득하는 과정에서 큰 충격을 받거나 한숨을 쉬며 나가떨어지지 않아서 얼마나 다행인지 모른다. 문학적인 대화로 치자면, 나와 함께 세관에 부임해 나보다 조금 늦게 퇴직한 훌륭한 세관원 친구가 자신이 좋아하는 나폴레옹이나 셰익스피어 얘기에 나를 끌어들이곤 했다. 사람들이 수군거리기로 이따금 (몇 미터 떨어져서 봤을 때) 미합중국 관용 편지지에 시처럼 보이는 글을 끼적거린다는 세관장의 서기가 나를 적당한 대화 상대라 여겼는지 내게 가끔 책 얘기를 꺼내기도 했다. 문학적인 교류는 이 정도가 전부였지만 당시의 내게는 충분했다.

이제는 표지에 내 이름이 공개적으로 새겨지는 것을 원하거나 신경 쓰지 않게 되었지만 색다른 명성이 재미있게 느껴졌다. 세관의 담당자가 후추 자루나 아나토• 바구니, 엽궐련 상자, 그 밖에 온갖 물건 꾸러미에 관세를 내고 정식으로 세관을 통과했다는 증거로서 형판과 검은 염료를 사용해 내 이름을 찍었기 때문이다. 이런 기이한 명성의 매개가 이름을 얼마나 널리 알릴지는 모르지만, 어쨌든 내 이름은 지금껏 한 번도 닿지 않았고 두 번 다시 닿고 싶지도 않은 곳까지 내 존재를 알리고 있었다.

그러나 과거는 죽은 것이 아니었다. 한때 생생히 살아 숨쉬다가 이제는 아주 고요한 휴식에 들어간 생각들이 어쩌다 한 번씩 되살아났다. 이처럼 지난날의 습관이 내 안에서 눈을

• 잇꽃나무의 씨를 이용해 만든 향신료.

뜬 인상적인 사례들 가운데 지금 적는 이 스케치를 대중에게 공개하는 것이 문학적으로 타당하다고 여기게 해준 사건이 있었다.

세관 2층에는 벽널을 붙이거나 벽토를 바르지 않아서 벽돌과 서까래가 그대로 드러난 커다란 방이 있다. 이 건물은 원래 항구의 옛 상업적 포부에 걸맞은 규모로 설계되었지만 이곳이 계속 번영하리라는 예측이 빗나가며 그 안에서 일하는 사람들이 감당할 수 없을 만큼 공간이 남아돌게 되었다. 따라서 세관장실 위에 있는 이 널찍한 공간은 지금까지도 완성되지 않은 채 거뭇한 들보를 장식한 오래된 거미줄과 함께 여전히 목수와 석공의 손길을 기다리고 있다. 방의 한쪽 끝에 우묵하게 들어간 부분에는 공문서 다발이 담긴 통들이 차곡차곡 쌓여 있었다. 바닥에도 비슷해 보이는 잡동사니들이 나뒹굴었다. 몇 날 며칠, 때로는 몇 주나 몇 달, 심지어 몇 해 동안 힘들게 작성한 이 문서들이 이제는 곰팡이에 덮여 이 땅의 애물단지로 전락한 채 아무도 거들떠보지 않는 구석에 처박혀 있다니 참으로 서글픈 일이었다. 하기야 그렇게 치면 다른 원고들, 따분한 공무가 아닌 독창적인 두뇌의 사유와 가슴 깊은 곳에서 쏟아낸 풍부한 감정으로 채운 원고들은 어떠한가. 이곳에 쌓여 있는 서류들만큼 쉽게 잊힐 뿐 아니라 그것들과는 달리 한 번도 쓸모를 발휘한 적이 없다. 가장 서글픈 사실은 세관 직원들이 이런 가치 없는 기록을 끼적여 얻어낸 편안한 삶을 그런 원고의 작가들은 누리지도 못했다는 점이다! 그러나 이 문서들은 지역의 역사를 보여주는 사료가 될 테니 가치가 전혀 없다고 말하기는 어렵다. 틀림없이 그 안에는 세일럼의 옛 상업통계와, 한때 이곳을 호령한 해운왕 더비와 빌리 그레이, 사이먼 포레스터 같은 거인들과 다른 많은 거물의 기록이 들어 있을 것이다. 분을 바른 그들의 머리가 무덤에 들어가기 무섭게 산더미 같은 재산이 줄어들기 시작했다. 독립 혁명이 끝나고 한참 뒤 소소하게 상거래를 시작한 초창기부터 그 자손들이 유서 깊은 상류층의 지위라고 여기는 자리에 오르기까지 오늘날 세일럼의 귀족을 구성하는 많은 가문의 시조도 그 안에서 행적을 되짚어볼 수 있을 것이다.

혁명 이전에 대한 기록은 많지 않다. 세관의 초기 문서와 기록은 영국 왕의 관리들이 모두 영국군을 따라 보스턴에서 도망쳤을 때 핼리팩스로 옮겨졌을 것이다. 내게는 참으로 아쉬운 일이었다. 아마도 호민관 시대●까지 아울렀을 그 문서들에는 잊혔거나 여전히 회자되는 옛 인물과 관습에 관한 자료가 많이 들어 있을 테고, 그런 기록은 내게 오래전 구목사관 근처 들판에서 인디언의 화살촉을 주웠을 때와 비슷한 기쁨을 안겨주었을 테니 말이다.

그런데 어느 비 오는 한가한 날, 운 좋게도 흥미로운 무언

● 영국의 호민관 시대는 1642~1649년에 일어난 영국 내전 이후 찰스 1세가 처형되고 올리버 크롬웰이 통치한 1658년까지의 기간을 말한다.

가를 발견했다. 구석에 쌓여 있는 잡동사니를 들쑤시던 나는 문서를 하나씩 펼쳐 오래전 바다에 침몰했거나 부두에서 허물어져가는 선박들과, 지금은 보스턴 거래소에서도 들을 수 없고 이끼 낀 묘비에서도 쉽게 알아보기 힘든 상인들의 이름을 훑어보았다. 오래전에 죽어버린 시체를 볼 때처럼 애잔하면서도 넌더리 나는 내키지 않는 마음으로 문서들을 보면서 나는 잘 쓰지 않아 녹슨 상상력을 동원하기 시작했다. 말라비틀어진 해골들을 통해 인도가 유일한 개척지고 오로지 세일럼만이 거기까지 가는 길을 알던 시절, 이 오래된 도시의 밝은 모습을 그려보기 위해서였다. 그때 우연히 오래되어 누렇게 변한 양피지 봉투로 정성스레 싼 작은 꾸러미가 손에 잡혔다. 보아하니 서기들이 지금보다 단단한 재료 위에 뻣뻣하고 공식적인 서체로 기록을 하던 과거 어느 시기의 공식 기록이 들어 있을 것 같았다. 어쩐지 그것이 본능적인 호기심을 자극했고 결국 나는 보물이 나오리라 직감하며 꾸러미의 빛바랜 빨간색 끈을 풀었다. 단단히 접힌 양피지 표지를 펼치자 셜리 총독이 서명날인한 임명장이 나왔다. 조너선 퓨라는 사람을 매사추세츠만 식민지 세일럼항의 왕실 세관 검사관으로 임명한다는 내용이었다. 그러고 보니 80년 전쯤 퓨 검사관이 사망했다는 글을 어디선가(펠트의《연보》에서였을 터다) 읽은 기억이 났다. 최근에 성 베드로 교회를 재건하는 중에 그곳의 작은 묘지에서 그의 유해가 나왔다는 신문 기사도 보았다. 기억이 맞다면, 존경하는 내 선임자의 유해는 온전치 않은 해골과 옷의 일부, 주인의 머리에 비해 흡족할 정도로 잘 보존된 위엄 있는 곱슬머리 가발이 전부였다. 그러나 나는 양피지 임명장에 싼 문서들을 살펴보면서 곱슬머리 가발이 품은 오래된 두개골의 흔적을 뛰어넘는 무언가, 즉 퓨 검사관의 머릿속에서 일어난 작용과 그의 정신적인 측면을 보여주는 바를 알게 되었다.

간단히 말해 그것은 공식 문서가 아니라 사적인 문서이거나 적어도 그가 자신의 재량으로 직접 쓴 기록이었다. 그런 기록이 세관의 잡동사니 속에 들어가 있는 것으로 보아 퓨 검사관은 갑자기 세상을 떠났고 그의 공무용 책상 서랍에 들어 있었을 이 문서는 유족에게 전해지지 않았거나 세관 업무와 관련되었다고 여겨진 모양이었다. 고문서가 핼리팩스로 옮겨졌을 때 이 꾸러미는 공무와 상관없는 것으로 드러나 이곳에 남았지만 그 뒤로 아무도 열어보지 않은 듯했다.

이 옛날 검사관은 업무로 골치 아픈 일이 딱히 없었는지 지역의 골동품을 연구하거나 비슷한 다른 연구에 많은 여가 시간을 쏟은 듯 보였다. 자칫 녹슬었을 정신에 이런 것들이 소일거리를 제공했으리라. 어쨌든 그가 모아놓은 자료 가운데 일부는 이 책에 실린 〈큰길〉●이라는 글을 준비하는 데 큰 도움이 되었다. 나머지도 이와 비슷하게 가치 있는 목적에 쓰일

● 원래 이 작품은 《주홍 글자》와 함께 단편집에 넣을 예정이었으나 결국 다른 제목으로 다른 작품집에 실었다.

것이다. 만약 내가 태어난 땅을 너무도 존경한 나머지 뭔가 경건한 일을 해보려 시도한다면 이 자료로 세일럼의 역사를 만들 수도 있을 것이다. 돈벌이가 되지 않을 그 일을 나 대신 맡아줄 의향과 능력이 있는 사람이라면 누구든 사용해도 좋다. 마지막 방안으로 에식스 역사 학회에 맡기는 것도 고려하고 있다.

그러나 이 기이한 꾸러미에서 무엇보다도 나의 관심을 끈 것은 몹시 낡고 빛이 바랬음에도 여전히 고운 자태를 간직한 주홍색 천이었다. 금빛 자수가 놓인 듯했지만 너무 낡고 해져서 광택은 남아 있지 않았다. 바느질 솜씨가 아주 뛰어난 사람의 작품임을 한눈에 알 수 있었고 (이 불가사의한 재주를 잘 아는 여자들에게 확인한 바로는) 실을 뜯어본다고 해도 되짚을 수 없는 잊힌 시대의 바느질이었다. 세월에 닳고 좀이 쓸어 넝마쪽이 되어버린 주홍색 천을 자세히 들여다보니 글자의 형태를 띠고 있었다. 대문자 A였다. 크기를 재보니 A의 양쪽 다리는 정확히 8.255센티미터였다. 옷을 장식하는 물건이 분명했지만 그것을 어떻게 달았는지, 그것으로 과거에 어떤 계급과 명예, 존엄을 나타냈는지는 (이런 세세한 것들을 표시하는 방식은 금세 변하기 때문에) 풀기 어려운 수수께끼였다. 그러나 묘하게도 흥미가 일었다. 나는 그 오래된 주홍 글자에 시선을 고정한 채 한동안 떼지 않았다. 해석해볼 만한 심오한 의미가 담겨 있는 게 틀림없었다. 나의 감성을 미묘하게 자극하면서도 이성적으로 분석할 수 없는 의미가 그 불가사의한 상징에

서 흘러나오고 있었다.

당혹스러웠다. 나는 여러 가설을 떠올려보았고, 혹시 백인이 인디언의 눈길을 끌기 위해 고안한 장식은 아닐까 상상하며 그것을 가슴에 대보았다. 이런 얘기는 우습게 들리겠지만 믿어주기 바란다. 그것을 갖다 대자 가슴이 타는 느낌이 들었던 것이다. 실제로 뜨거운 열기가 느껴졌다기보다는 그 글자가 붉은 천이 아니라 빨갛게 달군 쇠로 만들어진 것처럼 가슴이 타들어가는 듯했다. 순간 나는 몸서리치며 나도 모르게 그것을 바닥에 떨어뜨렸다.

그때까지 나는 그 주홍 글자의 의미를 궁리하느라 그것과 함께 말려 있던 지저분한 종이 두루마리는 살펴보지 않았다. 마침내 그것을 펼쳐 보니 반갑게도 옛 검사관의 필체로 이에 얽힌 사정이 낱낱이 기록되어 있었다. 우리 조상들이 꽤 주목할 만한 사람이라고 여긴 듯한 헤스터 프린이라는 사람의 생애와 생활양식이 이절대판지 여러 장에 소상히 적혀 있었다. 헤스터 프린은 매사추세츠만 식민지 초기부터 17세기 말까지 살다 간 여인이었다. 퓨 검사관은 당대 노인들의 증언을 바탕으로 이 이야기를 썼는데, 그들은 젊은 시절에 보았던 헤스터 프린을 나이가 무척 많은데도 노쇠하지 않고 당당하며 근엄한 여성으로 회상했다. 또한 그녀는 기억나지 않을 만큼 오래전부터 자진해서 아픈 사람들을 돌봐주었고 그 밖에도 많은 선행을 베풀었다. 특히 마음이 힘든 이들의 온갖 문제를 상담해주었다. 그런 성향의 사람이라면 마땅히 그래야 하듯 많은 사람에게 천사에 버금가는 존경을 받았지만 어떤 이들에게는 훼방꾼이나 눈엣가시로 보였던 것 같다. 글을 좀 더 읽어보니 이 독특한 여인이 저지른 일과 겪은 고통이 적혀 있었는데, 그 내용의 대부분은 뒤에 이어지는 《주홍 글자》에 언급되어 있다. 그 이야기의 주요 사실은 퓨 검사관의 문서에 적힌 기록에 기반했음을 명심하기 바란다. 원본 문서는 가장 기이한 유품인 주홍 글자와 함께 아직 내가 소장하고 있으며, 이 이야기에 큰 흥미를 느껴 원본을 보고 싶어 하는 독자가 있다면 언제든 보여줄 생각이다. 내가 이절대판지 대여섯 장에 적힌 옛 검사관의 설명에만 얽매여 이야기에 옷을 입히고 등장인물들에게 영향을 준 동기와 열정을 상상했으리라 생각해선 안 된다. 오히려 나는 거의 전권을 갖고 이야기를 창조했다. 다만 그 줄거리는 실화를 토대로 했음을 주장하는 바다.

이 우연한 발견이 내 마음을 어느 정도 예전의 경로로 돌려놓았다. 이를 기반으로 이야기를 쌓아 올릴 수 있을 것 같았다. 그 옛날 검사관이 100여 년 전 의복을 입고 무덤 속에서도 살아남은 불멸의 가발을 쓴 채 세관의 가장 황량한 방으로 나를 찾아온 것만 같았다. 왕실의 사령을 받은 사람답게 눈부신 왕좌의 광휘를 온몸에 휘감은 모습에서 위엄이 묻어났다. 아! 시민의 하인으로서 스스로를 주인들 가운데 가장 하찮은 이보다도 더 하찮고 가장 저급한 이보다도 더 저급하다 느끼는 처량한 공화국의 관리와는 얼마나 다른 모습인지. 그는 어렴풋하지만 기품이 넘치는 모습으로 흐릿한 손을 내밀어 내게 주홍색 상징물과 설명이 적힌 작은 두루마리를 내주었다. 그리고 망령의 목소리로 호령하기를, 자신이 공직에서는 나의 조상이라 할 수 있으니 자식의 마땅한 도리와 존경을 신성히 여겨 벌레 먹고 곰팡이 핀 이 기록을 대중 앞에 내놓으라 했다. 퓨 검사관의 망령은 인상적인 가발을 쓴 위풍당당한 모습으로 고개를 끄덕이며 힘주어 말했다.

"꼭 감행하게. 그러면 그 이익은 모두 자네의 몫이 될 거라네! 머지않아 필요할 테니. 우리 때는 공직을 얻으면 평생을 보장받고 때로는 후손에게 물려주기도 했지만 이제 시대가 달라졌으니까. 하지만 이 노부인 헤스터 프린에 관해서는 자네 선배의 기억을 믿어야 하네!"

나는 퓨 검사관의 망령에게 대답했다.

"그러겠습니다!"

그렇게 해서 나는 헤스터 프린의 이야기에 골몰하게 되었다. 많은 시간 내 방을 왔다 갔다 하거나 세관의 정문에서 옆문까지 갔다가 돌아오기를 수십 번 반복하면서 생각하고 또 생각했다. 끊임없이 주위를 서성이는 내 발소리에 잠을 설치게 된 늙은 감독관과 계량원들, 검사원들은 몹시 짜증을 냈다. 그들은 자기들의 예전 습관에 빗대 검사관이 선미 갑판을 거닐고 있다고 수군거렸다. 내가 그렇게 걸어 다니는 이유가 식욕을 돋워 저녁을 맛있게 먹기 위해서라고 생각했을 것이다. 사실 제정신인 사람이 자발적으로 움직이는 이유는 그것밖에 없었다. 그리고 솔직히 말하면 이렇게 서성이는 동안 실제로 동풍 때문에 식욕이 솟았고, 지칠 줄 모르는 이런 활동이 낳은 이렇다 할 결과는 그것뿐이었다. 세관의 분위기는 상상력과 감수성으로 섬세한 수확물을 내기에 적합하지 않았으니, 만약 내가 대통령이 열 번쯤 바뀌는 동안 계속 그곳에 있었더라면 《주홍 글자》 이야기가 대중 앞에 나올 수 있었을까 싶다. 나의 상상력은 더럽혀진 거울과 같았다. 내가 최선을 다해 묘사하는 사람들을 비추지 못하거나 아주 흐릿하게만 비추었다는 얘기다. 이야기 속 인물들은 내 지성의 용광로에서 나오는 열기로는 데워지지도 녹지도 않았다. 그들은 정열의 광채도 감정의 유연함도 없이 송장처럼 경직되어 경멸 어린 미소를 띠며 어디 해보라는 듯이 나를 노려보면서 마치 이렇게 말하는 듯했다.

'당신이 우리와 무슨 상관이 있지? 한때는 상상의 인물들을 좌지우지했는지 모르겠지만 지금은 그 어쭙잖은 힘도 모두 사라졌어! 하찮은 공직의 돈과 맞바꾸었잖아. 가서 월급이나 챙기시지!'

한마디로 내 상상이 빚어낸 무기력한 인간들이 나의 무능을 조롱했지만, 이에 저항할 수도 없는 형편이었다.

이런 참혹한 마비 상태에 사로잡히는 시간은 비단 미합중국 정부가 나의 하루 가운데 제 몫으로 요구한 세 시간 반만이 아니었다. 해변을 산책할 때나 일대를 돌아다닐 때에도 좀처럼 이 상태를 벗어나지 못했다. 썩 내키지 않아서 자주 하지는 않았지만 구목사관의 문턱을 나설 때마다 새롭고 활기 넘치는 생각을 불어넣어주던 자연의 상쾌한 힘으로 기운을 북돋으려 할 때에도 마찬가지였다. 지적인 능력에서도 똑같은 무기력이 집까지 나를 따라왔고, 내가 터무니없게도 서재라 일컫는 방에 들어가면 마음이 무겁게 짓눌렸다. 늦은 밤, 가물거리는 석탄불과 달빛만이 비치는 조용한 응접실에 앉아 여러 장면을 상상하려 애쓸 때에도, 내일은 그런 장면들이 다채로운 빛깔로 종이를 환하게 밝히며 술술 흘러나올지 모른다는 희망에 젖을 때에도 사정은 달라지지 않았다.

이런 시간에도 상상력이 작동하지 않는다면 절망적인 상황이 아닐 수 없다. 낯익은 방의 카펫 위로 새하얗게 내려앉아 모든 사물을 뚜렷하게 드러내주는 달빛, 아침이나 한낮의 가시성과는 달리 사물 하나하나가 소상히 보이게 해주는 그 달빛은 로맨스 작가가 상상의 손님들과 친분을 쌓게 해주는 가장 좋은 매개가 아니던가. 익숙한 방에는 친근하고 가정적인 풍경이 펼쳐지게 마련이다. 개성 있는 의자들, 반짇고리나 책 한두 권 또는 불 꺼진 등불이 놓인 탁자, 소파, 책꽂이, 벽에 걸린 그림 등이 익숙한 풍경을 이루지만, 달빛이 비치면 이 모든 사물이 완전하게 드러나면서 영성을 부여받아 실체를 잃고 지적인 존재로 변한다. 아무리 작고 하찮은 사물이라도 이런 변화에 노출되면 모종의 위엄을 얻는다. 어린아이의 신발 한 짝이나 작은 고리버들 마차에 앉아 있는 인형 또는 목마처럼 낮에 사용했거나 갖고 놀던 모든 사물이 대낮과 다름없이 생생하게 드러나면서도 다른 세계의 존재인 양 기이한 성질을 띤다. 그리하여 친숙한 방바닥은 현실의 세상과 상상의 세계 사이, 현실의 존재와 상상의 존재가 만나 서로의 특징에 물드는 중간 지대가 되는 것이다. 이곳에 유령이 들어온다 해도 우리는 기겁하지 않을 것이다. 얼핏 주위를 둘러봤을 때 멀리 떠나버린 소중한 사람이 이 마법 같은 달빛 속에 조용히 앉아 있다 해도, 먼 곳에서 돌아온 것일까 아니면 이 난로 옆을 떠나지 않았던 것일까 궁금할 뿐 주변과 너무도 잘 어우러져서 딱히 놀랍지 않을 것이다.

어두침침한 석탄불도 내가 묘사하려는 효과를 내는 데 중요한 역할을 한다. 벽과 천장을 불그스름하게 물들이고 반짝이는 가구 표면에 반사되어 방 전체에 은은한 색조를 드리우기 때문이다. 이 온기를 품은 불빛이 달빛의 서늘한 어스레함과 어우러져 공상이 불러오는 형상들에게, 말하자면 인간의 가냘픈 감수성과 마음을 부여한다. 그러면 그들은 희뿌연 형체에서 남자와 여자로 변한다. 무심코 거울을 보면 환영이 어른거리는 테두리의 안쪽 깊숙한 곳에서 연기를 피워 올리며 꺼져가는 무연탄의 광채와 바닥에 드리워진 허연 달빛이 보이고, 이 모든 광경이 빛을 발했다가 어두워지기를 반복하며 현실에서 멀어지는 만큼 상상의 세계와 가까워진다. 그런 시간에 홀로 앉아 이런 장면이 눈앞에 펼쳐지는데도 기묘한 장면을 꿈꾸고 사실적으로 채색하지 못한다면 로맨스를 쓸 엄두도 내지 말아야 한다.

그러나 세관에서 일하는 동안 내게는 달빛이든 햇빛이든

난롯불이든 모두 매한가지로 느껴졌다. 전부 가물거리는 촛불 이상으로 반짝이지 않았다. 특정한 감수성이 통째로 나를 떠나버렸고 그와 함께 대단히 풍부하거나 뛰어나진 않았어도 내게는 최고의 재산이었던 그쪽 재능이 사라져버렸다.

다만 다른 종류의 글을 시도했더라면 내 재능이 그토록 무용하고 무가치하지는 않았으리라 믿는다. 예를 들어 감독관 가운데 베테랑 선장이었던 사람의 이야기는 흡족하게 쓸 수 있었을 것이다. 탁월한 이야기꾼으로 매일같이 내게 웃음과 감동을 안겨준 그의 이야기를 빼놓는다면 나는 배은망덕한 인간이리라. 그는 모든 것을 눈앞에 그려지도록 설명하는 재주와 타고난 익살로 윤색하는 재능이 있었는데, 만약 내 글에 그런 재주를 담을 수 있었다면 틀림없이 문학의 새로운 지평을 열었을 것이다. 아니면 차라리 더 진지한 일을 찾는 편이 나았을지도 모른다. 더없이 물질적인 일상의 삶이 나를 짓누르며 방해하는 가운데서 다른 시대로 들어가려 시도하다니, 혹은 매 순간 비누 거품처럼 덧없는 아름다움이 예기치 못한 현실의 상황에 부딪혀 사라지는 가운데서 공기 같은 질료로 세계를 창조하려 고집하다니 내가 어리석었다. 차라리 현재라는 불투명한 실체 속으로 사고와 상상력을 퍼뜨려 그것을 투명하게 만드는 편이 현명했으리라. 갈수록 무거워지기 시작하던 부담을 정신적으로 승화하고, 당장 내가 교류하는 평범한 인물들과 하찮고 지루한 사건들 속에 숨어 있는 불멸의 가치를 단호하게 파헤치는 편이 나았을지도 모른다. 잘못은 내게 있었다. 내 앞에 펼쳐져 있는 삶의 책장이 지루하고 따분하게 느껴진 것은 내가 심오한 의미를 고민하지 않은 탓이었다. 내가 쓰게 될 가장 훌륭한 책이 거기에 있었는데 말이다. 빠르게 흘러가는 현실의 삶이 눈앞에 끊임없이 낱장의 글을 펼쳐내 보였지만 내 머리의 통찰이 부족하고 내 손이 그것을 받아쓸 재주가 없는 까닭에 덧없이 사라져갔다. 훗날 언젠가 흩어진 조각들과 부서진 단락들을 용케 떠올려 써 내려간다면 종이 위에서 황금으로 변할지도 모를 일이다.

이러한 자각은 너무 늦게 찾아왔다. 당시 나는 그저 과거의 기쁨이 이제는 절망적인 고역이 되었다는 생각에만 매달렸다. 그렇다고 이런 상황을 딱히 불평할 수도 없었다. 그저 어지간히 형편없는 이야기와 수필을 쓰다가 포기하고 어지간히 봐줄 만한 세관의 검사관이 된 것이었으니까. 그뿐이었다. 그래도 이건 너무했다. 이대로 지성이 쇠락하는 것일까, 병에 담긴 에테르처럼 모르는 사이에 조금씩 날아가 확인할 때마다 점점 줄어들고 결국 휘발성 없는 찌꺼기만 남는 것일까 하는 의혹에 시달리는 건 결코 기분 좋은 일이 아니다. 이는 의심의 여지가 없었다. 그리고 나뿐만 아니라 다른 사람의 경우를 봐도 공직이 성격에 미치는 영향을 따지면 지금 얘기하는 삶의 방식이 그리 바람직하지 않다는 결론이 났다. 이 영향에 관해서는 나중에 다른 형식으로 더 발전시킬지도 모르겠다. 여기서는 오랫동안 세관 관리로 일하다보면 여러 가지 이유로 칭송하거나 존경할 만한 인물이 될 수 없다고만 해두겠다. 그 이유 중 하나는 종신직이라는 점이고, 또 다른 것은 업무의 성격이다. 정직한 일이라고 믿긴 하지만 사람들이 함께하는 노력에 동참하는 그런 종류의 일이라고는 할 수 없으니 말이다.

내가 보기에 이런 지위에 있는 사람들이 공통적으로 겪는 한 가지 영향은 공화국의 막강한 팔에 기댄 사이에 자신의 적당한 힘을 잃게 된다는 것이다. 천성이 유약한지 강인한지에 따라 정도의 차이는 있겠지만, 어쨌든 자립 능력을 상실한다. 남달리 강한 기운을 타고났거나 기력을 떨어뜨리는 이 마력의 자리에 너무 오래 있지 않는다면 잃어버린 힘을 되찾을 수도 있다. 운 좋게도 힘겨운 세상에서 아직 싸울 힘이 남았을 때 어떤 불손한 힘이 작용해 그 자리에서 쫓겨난 사람은 과거의 자신으로 돌아가 옛날 모습을 되찾기도 한다. 그러나 이는 드문 경우에 속한다. 대개는 파멸에 이를 때까지 오래도록 자리를 지키다가 기력이 쇠한 채로 쫓겨나 험난한 삶을 비틀비틀 걸어가려 안간힘을 쓴다. 적절히 단련된 고집과 탄성을 잃었고 자신이 쇠약해졌음을 알기에 끊임없이 자신을 지탱해줄 외부의 힘을 찾아 아련한 시선으로 주위를 두리번거린다. 머지않아 우연한 행운으로 복직하리라는 희망이 끈질기게 지배하며 절망적인 상황에서도 불가능을 가볍게 무시한 채 살아 있는 내내, 어쩌면 죽은 뒤에도 콜레라의 발작처럼 얼마간 괴롭힐 것이다. 다른 무엇보다도 그런 희망, 그런 믿음이 새로운 무언가에 도전하려는 의지와 가능성을 앗아 간다. 진창에서 벗어나려 억척스럽게 애쓸 필요가 뭐가 있는가? 조금만 있으면 정부의 튼튼한 팔이 그를 번쩍 들어 올릴 텐데. 조만간 한 달에 한 번 정부의 주머니에서 나오는 반짝이는 동전 꾸러미로 행복하게 살 수 있는데 여기서든 캘리포니아로 금을 캐러 가서든 생계를 위해 발버둥 칠 필요가 있겠는가? 공직의 맛을 조금이라도 보고 나면 가엾게도 이런 독특한 병에 걸리니 참으로 서글프고 기이한 일이다. 미합중국의 가치를 깎아내릴 생각은 없지만, 이런 점에서 정부의 돈은 악마의 보수와 같은 마력을 지녔다. 그것을 만지는 자는 조심하지 않으면 영혼까지는 아니더라도 강인한 힘이나 용기, 끈기, 진실성, 자립심, 그 밖에 남자다운 성격에 보탬이 되는 좋은 점들을 내주는 불리한 거래를 하게 된다.

이런 엄청난 가능성이 저 멀리서 나를 기다리고 있었다! 그렇다고 이 검사관이 깊은 깨달음을 얻었다거나 공직에 남든 쫓겨나든 철저히 망가질 수 있다는 점을 받아들였느냐 하면 그것도 아니었다. 그러나 속이 편치 않았다. 우울하고 불안해지기 시작했다. 끊임없이 나의 정신을 들여다보며 그 안의 초라한 자질 가운데 무엇이 사라졌고 남은 건 얼마나 망가졌는지 점검해보았다. 내가 이곳에서 나가서도 남자로서 삶을 이어가려면 최대한 얼마나 더 버틸 수 있는지 계산해보기도 했다. 솔직히 고백하자면 정책상 나처럼 조용한 사람을 정리할 리도 없고 공직에서 자진 사임 하는 것도 드문 일이었으므로, 늙어서 반백이 될 때까지 검사관 자리를 놓지 못하고 늙은 감독관 같은 동물로 전락하면 어쩌나 하는 것이 나의 가장 큰 불안이요, 걱정이었다. 내 앞에 펼쳐진 지루한 공직의 삶을 견디다보면 결국에는 연로한 감독관처럼 저녁 식사가 하루의 중심이 되고 나머지 시간에는 늙은 개처럼 햇빛을 쬐거나 그늘에서 잠을 자며 소일하게 되는 것이 아닐까? 자신이 지닌 재능과 감수성을 남김없이 활용하는 삶이 최고의 행복이라 느끼는 사람에게는 이 얼마나 지독한 전망이었겠는가! 그러나 실은 쓸데없는 걱정이었다. 신이 나로서는 상상할 수도 없는 굉장한 계획을 대신 마련해놓으셨기 때문이다.

검사관이 된 지 3년째 되던 해에 〈P. P.〉식으로 말하면 테일러 장군●의 대통령직 당선이라는 놀라운 사건이 일어났다. 공직의 이점을 온전히 평가하려면 반대 정부가 들어섰을 때 공직자가 어떻게 되는지 살펴봐야 한다. 이럴 때 공직의 자리는 유난히 난처한 것이 되고 비참한 상황 가운데서도 가장 불쾌한 것이 된다. 나쁜 일이 결국 최고의 기회가 되는 경우도 있지만, 이 경우에는 좋은 대안이란 없다. 그러나 자존심이 세고 예민한 사람으로서 자신을 좋아하지도 이해하지도 않는 이들, 은혜든 상처든 둘 중 하나를 고르라면 차라리 상처받는 쪽을 택할 이들의 손에 자신의 이해관계가 달리는 상황에 놓이는 것은 참으로 묘한 경험이다. 또한 선거 기간 내

● 1848년 휘그당의 후보로 대통령에 당선된 미국의 제12대 대통령 재커리 테일러(1784~1850).

내 차분했던 사람으로서 승리의 순간에 잔혹한 공격이 시작되고 자신도 그 대상에 포함되었음을 깨닫는다면 이 역시 얼마나 묘한 경험이겠는가! 인간의 속성 가운데 단지 힘을 지녔다는 이유로 잔인하게 구는 일만큼 추한 것은 없을 텐데, 그저 평범한 이들과 다름없는 사람들에게서 이런 경향이 드러나고 있었다. 단두대가 적절한 비유로서가 아니라 문자 그대로의 의미로 공직자들에게 적용되었다면, 집권당의 적극적인 당원들은 신나게 우리의 목을 쳐내고 그런 기회를 허락한 하늘에 감사하지 않았겠는가! 패배뿐 아니라 승리도 그저 차분하게 호기심을 갖고 지켜본 사람으로서 우리 당은 여러 번 승리했음에도 이번에 승리한 휘그당처럼 맹렬하고 쓰디쓴 악의와 복수심을 드러내진 않았다고 생각한다. 대체로 민주당이 집권하는 것은 필요에 의해서다. 다년간 관행에 따라 그것이 정쟁의 법칙이 되었고 다른 방안이 공표되지 않는 한 여기에 불만을 표하는 것은 나약하고 비겁한 일에 해당했다. 그러나 민주당은 오랜 승리 덕에 관대해졌다. 경우에 따라 합당한 사유가 있으면 예외를 인정해주기도 하고, 설사 칼날을 날카롭게 갈아 공격한다고 해도 그 칼끝에 악의의 독을 묻히는 경우는 거의 없었다. 막 잘라낸 머리를 발로 걷어차는 비열한 짓도 웬만해선 하지 않는다.

한마디로 내 처지는 아주 좋게 말해도 유쾌하다고 할 수 없었지만 내가 승리자의 편이 아니라 패자의 편이라는 사실을 자축할 이유는 충분했다. 그때까지 그리 열성적인 당원은 아니었지만 이런 위기와 역경을 마주하자 내가 어느 당을 선호하는지 확실하게 알 수 있었다. 또한 다소 아쉽고 부끄러운 얘기지만, 합당한 계산에 따르면 나는 다른 민주당원들에 비해 직위를 유지할 확률이 높았다. 그러나 한 치 앞을 내다보는 사람이 어디 있겠는가? 내 머리는 가장 먼저 잘려 나갔다!

사람의 머리가 잘려 나가는 순간은 인생에서 좀처럼, 아니 결코 기분 좋은 일이라 할 수 없다. 그러나 우리의 많은 불행이 그렇듯 아무리 심각한 상황이라도 좌절하지 않고 그것을 적절히 이용한다면 구제책과 위안을 얻을 수 있다. 내 경우에는 위안이 되는 이야깃거리가 가까이에 있었고 이를 이용해야 하는 처지가 되기 전부터 나는 꽤 오랫동안 머릿속에서 이러저러하게 굴려보고 있었다. 어차피 공직에 싫증을 느껴 막연하게나마 사임을 고려하고 있었다는 점을 감안하면 자살하려던 참에 우연히 살해되는 기회를 얻은 것과 비슷한 행운이 찾아온 셈이었다. 나는 구목사관에서처럼 세관에서도 3년을 보냈다. 지친 뇌를 쉬게 하기에도, 오래된 지적 습관을 끊고 새로운 습관을 들이기에도 충분한 시간이었다. 또한 누구에게도 이롭거나 기쁘지 않은 일만 할 뿐 최소한 내 안에서 들썩이는 충동을 진정할 만한 일을 조금도 할 수 없는 부자연스러운 생활도 충분히, 아니 너무 오래 했다. 게다가 세관의 검사관으로서 무례하게 파면당한 것은 휘그당의 적으로 인정받은 셈이니 전혀 불쾌하지 않았다. 사실 이 전임 검사관은 정치에 적극적으로 관여하지 않았고, 한집안의 형제들조차도 갈라서게 하는 좁은 길에 갇히기보다는 모든 인류가 만나는 드넓고 고요한 들판에서 자유롭게 돌아다니기를 선호하는 사람이었다. 그래서 가끔은 같은 민주당원조차도 아군이 맞는지 의심하곤 했다. 이제는 (잘려서 붙어 있지도 않은 머리에) 순교의 관을 썼으니 이 문제는 확실하게 해결된 듯했다. 나는 영웅심에 불타는 사람은 아니었지만, 나보다 훌륭한 사람들이 속속 스러지는 상황에서 외로운 생존자로 남느니 기쁘게 지지해온 정당의 몰락과 함께 내몰리는 편이 한층 품위 있게 느껴졌다. 적대적인 정부의 자비에 기대 4년 동안 근근이 버틴 뒤에 내 입장을 새로이 밝히고 한층 굴욕적으로 우호적인 정부의 자비를 구하는 것보다 나은 일이었다.

한편 언론이 내 상황을 떠들어대는 바람에 한두 주 동안 나는 어빙의 목 없는 기수●처럼 목이 잘린 채로 신문의 지면을 장식했다. 정치적 사망에 이른 사람이 마땅히 그렇듯 오싹하고 우울하며 빨리 매장되기를 갈망하는 모습으로 말이다. 나에 대한 비유적인 묘사는 이쯤 해두기로 하겠다. 실제로는 머리가 온전히 붙어 있는 채로 이 모든 상황이 최선이라고 편안하게 결론 내린 뒤 잉크와 종이, 펜을 사서 오랫동안 쓰지 않은 책상을 펼치고 문인으로 돌아갔다.

그렇게 해서 나의 오래전 선임자인 퓨 검사관의 노작이 활동을 개시했다. 오랜 휴식으로 녹슨 내 지적 장치가 그나마

● 워싱턴 어빙(1783~1859)의 〈슬리피 할로의 전설〉에 나오는 인물.

만족스럽게 이야기를 엮어내기까지는 조금 시간이 걸렸다. 마침내 모든 생각을 쏟아붓기 시작했지만 그럼에도 이야기는 딱딱하고 음울하게 느껴졌다. 온화한 햇살에도 밝아지지 않았고, 자연과 실생활의 거의 모든 풍경과 이를 표현한 그림까지도 말랑말랑하게 바꿔놓을 법한 다정하고 친근한 효과를 넣어도 좀처럼 부드러워지지 않았다. 그토록 매력을 발산하지 못한 것은 혁명이 일어나기 전, 여전히 혼돈에 휘말린 시대의 산물이었기 때문일 것이다. 저자의 마음에 밝은 구석이 없던 것도 아니었다. 그는 해도 비치지 않는 이 어두운 상상의 세계를 거니는 동안 구목사관을 떠난 이후 어느 때보다도 행복했다. 이 책에 실린 짧은 이야기 가운데 몇 편은 역시 내가 공직 생활의 고된 업무와 명예를 강제로 내려놓은 뒤에 쓴 것이고, 나머지는 연감이나 잡지에 실려 세상을 한 번 돌고 나서 새로 태어난 것이다.● 정치적 단두대의 비유를 이어가자면, 이 책은 〈참수된 검사관의 유고〉로 생각해도 좋겠다. 지금 마무리하려는 이 스케치는 너무 자전적이라 겸손한 사람이 살아생전에 발표하기는 어렵다고 해도 무덤에 들어가서 썼다면 용서받을 수 있을 테니까. 온 세상에 평화가 있기를! 내 친구들에게 축복이 있기를! 내 적들이 용서받기를! 나는 이제 고요히 잠들었으니!

● 앞에서도 언급했듯이 이 글을 쓸 때 호손은 《주홍 글자》와 함께 단편 몇 편과 스케치를 단편집에 넣으려 했다.

세관 시절은 이제 나에게 꿈처럼 남아 있다. 애석하게도 얼마 전 말에서 떨어져 세상을 떠나지 않았다면 영원히 살았을 늙은 감독관과 세관에 함께 앉아 있던 다른 모든 노인도 이제는 그림자처럼 어렴풋하게만 보일 뿐이다. 내가 상상 속에서 즐겁게 만지작거렸던 백발에 주름진 얼굴들은 이제 영원히 기억에서 떠나갔다. 핑그리, 필립스, 셰퍼드, 업턴, 킴벌, 버트럼, 헌트 같은 상인들과 6개월 전만 해도 귀에 아주 친숙했던 다른 수많은 이름, 세상에서 중요한 자리를 차지하는 듯 보였던 사람들과 이토록 짧은 시간에 실제로든 기억에서든 완전히 연이 끊어질 수 있다니! 이제는 그중 몇 사람의 이름과 모습도 간신히 떠올린다. 곧 나의 고향도 안개에 휩싸인 듯 기억의 연무에 가려 희미해질 것이다. 마치 초목이 우거진 이 마을이 실제로 존재하는 곳이 아니라 그저 구름 위에 떠 있었던 것처럼, 그리고 목조 가옥에 살며 소박한 오솔길과 밋밋하고 따분한 큰길을 걷던 사람들도 모두 상상의 존재였던 것처럼. 이제 그곳은 내 삶의 현실이 아니다. 나는 다른 곳의 주민이 되었다. 선량한 마을 사람들도 나를 아쉬워하지 않을 것이다. 글을 쓰면서 그곳 주민의 눈에 중요한 사람이 되는 것, 그리고 나의 많은 조상이 살고 묻힌 그곳을 유쾌하게 기억하는 것을 소중한 목표로 삼았지만, 문학가로서 정신의 수확물을 적절히 무르익게 해주는 다정한 분위기를 그곳에서는 한 번도 느끼지 못했다. 차라리 다른 사람들과 어울리는 편이 나을 것이다. 말할 필요도 없겠지만 그 마을의 친숙한 사람들 역시 내가 없어도 당연히 잘 지낼 것이다.

　그래도 후대의 고고학자들이 마을 우물●이 있던 곳을 유서 깊은 장소로 꼽아준다면 우리의 증손들이 이따금 먼 옛날의 이 글쟁이를 기분 좋게 회상해주지 않을까! 아, 생각만 해도 얼마나 벅차고 뿌듯한 일인지!

────────────

● 호손은 1835년에 세일럼의 이야기를 담은 단편소설 〈마을 우물에서 나오는 실개천〉을 발표했다.

제1장 감옥 문

빛깔이 칙칙한 옷과 뾰족한 회색 모자 차림에 수염이 텁수룩한 남자들이, 머리에 두건을 쓰거나 맨머리를 내놓은 여자들과 한데 섞여 목조건물 앞에 모여 있었다. 참나무로 만든 육중한 문에는 장식용 쇠못이 박혀 있었다.

새로운 식민지의 개척자들은 아무리 도덕적이고 행복한 낙원을 계획했더라도 미개척지 일부를 공동묘지와 감옥 부지로 정하는 일을 필수 과제로 삼았다. 보스턴에 정착한 선조들도 이런 관례에 따라 아이작 존슨●의 땅과 그의 무덤 근처를 공동묘지 터로 정하고, 비슷한 시기에 콘힐 인근에 최초의 감옥을 지었을 것이다. 아이작 존슨의 무덤은 훗날 킹스 채플●●의 묘지 주위로 모여든 무덤들의 구심점이 되었다. 마을이 생긴

● 영국에서 이주한 매사추세츠주 청교도의 창시자 아이작 존슨(1601~1630).
●● 1754년에 건립된 보스턴 최초의 성공회 교회.

지도 15년에서 20년쯤 지난 터라 목조 감옥은 비바람과 세월의 흔적으로 얼룩졌고, 이 때문에 찡그린 얼굴처럼 우울한 건물 정면이 한층 우중충해 보였다. 참나무 문의 묵직한 쇠붙이들은 녹이 슬어 이 신세계의 다른 무엇보다도 오래된 유물처럼 보였다. 범죄와 연관된 것이 다 그렇듯 이 감옥도 청춘을 모르고 살아온 것 같았다. 이 흉물스러운 건물 앞에는 마차가 다니는 길이 있었고, 건물과 마찻길 사이에는 일찌감치 감옥이라는 문명사회의 검은 꽃을 피운 땅에서 동질감을 느끼기라도 한 듯 우엉이나 명아주, 흰독말풀같이 볼썽사나운 풀이 무성했다. 그러나 감옥 문 옆에는 6월을 맞아 우아한 보석 같은 꽃망울을 잔뜩 품은 들장미 덤불이 문턱까지 뿌리를 뻗고 있었다. 그 달콤한 향기와 덧없는 아름다움은 감옥에 들어가는 죄수나 처형을 받기 위해 감옥 문을 나서는 사형수에게 너그러운 대자연이 베푸는 연민과 친절이라 여겨도 좋을 것이다.

이 장미 덤불은 기이한 우연으로 지금까지 역사 속에 살아남았다. 그 위로 높이 솟은 소나무와 참나무가 쓰러진 뒤에도 오래도록 살아남은 까닭이 그저 끈질긴 야생성 때문인지 아니면 꽤 믿을 만한 주장대로 성녀 앤 허친슨●이 감옥 문으로 들어갈 때 그 발길이 닿은 자리에서 돋아났기 때문인지는 여

● 1638년 불법 설교로 매사추세츠주에서 추방당한 영국 출신의 청교도 여성 앤 허친슨(1591~1643).

기서 따져보지 않겠다. 다만 이제부터 그 불길한 문에서 출발하게 될 우리 이야기의 문턱에서 발견했으니 한 송이를 꺾어 독자에게 선사하고자 한다. 이 들장미 한 송이가 우리의 이야기에서 발견하게 될 달콤한 도덕의 꽃을 상징하기를, 그리고 인간의 나약함과 슬픔에 얽힌 이야기의 어두운 결말을 조금이나마 밝히기를 바라며.

제2장 장터

　지금으로부터 적어도 200년 전의 어느 여름날 아침, 꽤 많은 보스턴 주민이 프리즌 레인의 감옥 앞 풀밭에 모여 쇠로 고정해놓은 참나무 문을 뚫어져라 바라보고 있었다. 다른 지역 사람이나 뉴잉글랜드의 후대 사람들이 수염을 기른 이 선량한 주민들의 단호하고 우울한 얼굴을 보았더라면 곧 끔찍한 일이 일어나려는 모양이라고 짐작했을 것이다. 대중의 정서로는 이미 판결을 받은 악질 죄인이 마침내 법의 심판을 받아 처형당한다고 여겼을지도 모른다. 그러나 초기 청교도의 엄격한 성향을 감안하면 그렇게 단정 짓기도 어려웠다. 게으름을 피운 하인이나 말썽을 피워 부모가 당국에 넘긴 자녀가 태형을 받기로 되어 있는지도 모를 일이었다. 어쩌면 도덕률 폐기론자나 퀘이커교도 또는 다른 이단자가 매를 맞고 마을에서 추방되기로 했다거나, 백인의 독주를 마시고 거리에서 난동을 부린 게으른 인디언 부랑자가 채찍을 맞고 컴컴한 숲으로 쫓겨나기로 되었는지 모른다. 치안판사였던 남편을 잃고 과부가 된 성질 고약한 히빈스 부인● 같은 마녀가 교수형을 당하기로 했는지도 모를 일이었다. 어떤 일이 예정돼 있었든 운집한 관중은 무겁고 엄숙한 분위기를 풍겼다. 종교와 법을 거의 동일시하고 이 두 가지가 성격에 철저히 배어 있어 가벼운 규율이든 무거운 규율이든 똑같이 존중하고 두려워하는 사람들에게 꼭 어울리는 분위기였다. 처형대의 죄수가 이런 사람들에게서 기대할 수 있는 동정은 아주 미미하고 냉혹한 것이었으리라. 또한 지금 같으면 수치와 조롱으로 그칠 형벌도 당시에는 사형 못지않게 엄숙하고 위엄 있게 집행되었을 것이다.

우리의 이야기가 시작되는 그 여름날 아침 유난히 눈에 띄었던 점은 군중 속에 섞여 있는 몇몇 여인이 곧 치러질 형벌에 유달리 관심을 보였다는 것이다. 아직 세련된 예절이 발달하지 않은 시대라 여자들이 페티코트와 파딩게일●● 차림으로 거리에 나와 처형대 앞에 모인 군중 속에 그리 작지도 않은 몸집을 끼워 넣는 것도 때에 따라 용인되는 분위기였다. 영국에서 태어난 이 부녀자들은 육체적으로나 정신적으로나 예닐곱 세대쯤 떨어진 아름다운 후손들보다 훨씬 거칠었다. 그 후로 세대가 거듭되면서 어머니들은 자식들에게 더 유순

● 1656년에 마녀로 판결받아 처형된 앤 히빈스를 말한다.
●● 과거 여자들이 치마를 불룩하게 부풀리기 위해 치마 안에 입던 둥근 틀.

하고 유연한 성격까지는 아니더라도 더 연한 혈색과 섬세하고 덧없는 아름다움, 더 가냘픈 몸을 물려주었다. 감옥 문 주위에 선 여자들은 사내 같은 엘리자베스 여왕이 여성을 대표하기에 부적절하다고 할 수 없는 시대로부터 반세기도 떨어져 있지 않은 후손이었다. 엘리자베스 여왕의 동포였던 그들의 몸에는 영국의 소고기와 맥주가 그리 정제되지 않은 도덕적 양식과 함께 배어 있었다. 따라서 눈부신 아침 햇살이 넓은 어깨와 풍만한 가슴, 아득한 섬나라에서 무르익고 뉴잉글랜드의 기후에서도 창백해지거나 여위지 않은 둥글고 불그스름한 뺨으로 쏟아져 내렸다. 게다가 대부분 기혼자로 보이는 이 여자들이 내뱉는 말은 내용으로나 목소리로나 요즘 사람들이 들으면 화들짝 놀랄 만큼 대담하고 우렁찼다.

쉰 살쯤 되어 보이는 험상궂은 여자가 입을 열었다.

"다들 내 말 좀 들어봐요. 헤스터 프린처럼 악랄한 죄인은 교회에서 평판도 좋고 원숙한 우리 여자들이 손을 봐주는 게 모두를 위해 좋지 않겠어요? 여러분 생각은 어떤가요? 그런 요부가 지금 여기 모인 우리 다섯 명 앞에서 심판을 받는다면 존경하는 치안판사님들이 내린 형벌 정도로 넘어갈 수 있겠어요? 쳇, 어림도 없지!"

그러자 다른 여자가 말했다.

"그 여자의 담임 목사이신 독실한 딤스데일 목사님도 자기 신도들 가운데 그런 불미스러운 일이 터져서 몹시 속상해하신다고 하더라고요."

또 다른 중년 부인이 말을 보탰다.

"치안판사님들은 신앙이 깊은 분들이지만 솔직히 너무 자비로우시잖아요. 적어도 헤스터 프린의 이마에 뜨거운 인두로 낙인을 찍든가 했어야죠. 그 정도는 해야 헤스터 같은 여자가 겁을 먹는다니까요. 그 못된 년이 옷에 기껏 표시 하나 붙인다고 신경이나 쓰겠냐고요! 아마 브로치나 이교도의 장식으로 가리고 아주 당당하게 거리를 활보할걸요!"

아이의 손을 잡고 있던 젊은 부인도 나직한 목소리로 끼어들었다.

"하지만 아무리 가린다고 해도 가슴에 늘 고통이 느껴지겠죠."

"아니, 옷에든 이마에든 표시를 달거나 낙인을 찍는 게 무슨 소용이 있어요?"

판사를 자청한 여인들 가운데 가장 매정하고 가장 못생긴 여자가 큰 소리로 말을 이었다.

"그 여자는 우리 모두에게 수치를 줬으니 죽어야 마땅해요. 법률에 그런 조항이 있지 않나요? 성서에도 있고 법령집에도 틀림없어요. 그런데 판사님들이 그걸 쓸모없게 만들었으니 자기 아내나 딸이 타락의 길을 간다고 해도 자업자득이에요!"

"아이고, 너무하네요, 아주머니."

군중 속에서 한 사내가 외쳤다.

"그럼 여자들이 정절을 지키는 게 그저 교수대가 두려워서란 말입니까? 어떻게 그런 말을 함부로 하는지! 자자, 쉿, 그만합시다. 감옥 문의 자물쇠가 돌아가는 걸 보니 프린 부인이 나오는 모양이네요."

감옥 문이 안에서 활짝 열리더니 허리에 칼을 차고 손에는 지휘봉을 든 음울하고 오싹한 하급 관리가 마치 햇빛 속으로 들어오는 검은 그림자처럼 나타났다. 청교도의 율법을 최종적으로 가장 가까이에서 죄인에게 집행하는 임무를 맡은 만큼 그 율법의 음산한 엄격함을 온몸으로 발산하는 모습이었다. 그는 지휘봉을 든 왼손을 앞으로 뻗으며 오른손으로 젊은 여인의 어깨를 잡아 끌어냈다. 여인은 감옥 문턱에서 타고난 위엄과 강인한 성격을 드러내며 사내를 뿌리치고는 자신의 의지인 양 나왔다. 그녀의 품에 안긴 3개월쯤 된 아기가 쨍한 햇빛에 눈을 깜빡이며 조그만 얼굴을 옆으로 돌렸다. 태어나서 지금까지 줄곧 어둑한 지하 감옥의 어스레한 빛에만 익숙해 있던 탓이었다.

아기의 어미인 젊은 여인은 사람들 앞에 온전히 노출되는 순간 충동적으로 아기를 가슴에 꼭 끌어안았다. 모성애에서 나온 행동이라기보다는 옷에 수놓았거나 붙여놓은 표시를 감추기 위해서였을 것이다. 그러나 이내 치욕의 상징으로 다른 치욕의 상징을 가려봐야 소용없다는 현명한 판단을 내린 듯 팔의 힘을 풀고는 얼굴에 타오르는 홍조와 거만한 미소를 띤 채 당당한 시선으로 마을 사람들과 이웃들을 둘러보았다. 긴 옷의 가슴에 달린 붉은색 헝겊 위에 금실로 솜씨 좋게 수를 놓고 화려하게 장식한 글자 A가 드러났다. 바느질 솜씨가 기막힌 데다 풍부하고 눈부시게 꾸민 터라 그저 옷에 잘 어울리는 장식 하나를 더한 듯 보였다. 그녀의 옷은 시대의 취향에 걸맞은 화려함이 돋보였지만 식민지의 검약 정책이 허용하는 한도를 훨씬 넘어서는 것이었다.

젊은 여인은 키가 컸고 전체적인 자태가 무척 우아했다. 풍성하고 반질반질한 짙은 머리카락은 햇빛을 받아 더욱 반짝거렸고, 정갈한 이목구비와 발그레한 혈색이 돋보이는 아름다운 얼굴에서도 시원한 이마와 깊고 까만 눈이 유난히 인상적이었다. 귀부인의 면모가 보였는데, 오늘날 귀족들처럼 섬약하고 형언하기 어려운 우아함을 지녔다기보다는 그 시대의 귀부인들처럼 기품과 위엄이 엿보였다. 과거의 기준으로 보면 헤스터 프린은 감옥에서 나오는 순간 그 어느 때보다도 귀부인 같았다. 그녀를 알았던 사람들, 처참한 기운에 에워싸여 어둡고 우울한 모습을 보게 되리라 예상한 사람들은 눈부시게 아름다운 모습과 그녀를 감싼 불행과 치욕마저도 광륜처럼 빛을 발하는 광경에 경악했다. 예민한 관찰자라면 그 안에 절묘한 고통이 있음을 알아차렸을 것이다. 사실 감옥에서 오늘을 위해 내키는 대로 직접 지어 입은 옷은 무모하고 화려한 특징들로 그녀의 마음 상태를, 절박한 자포자기의 심정을 표현한 듯했다. 그러나 남녀를 불문하고 헤스터 프린을 알던 이들조차도 그녀를 낯설게 느낄 만큼 모두의 눈길을 사로잡는 특징은 바로 가슴에 환상적인 솜씨로 수 놓인 채 빛을 발하는 주홍 글자였다. 이는 그녀를 평범한 이들에게서 끌어내 홀로 다른 세계에 두는 마력을 발휘했다.

구경하던 여자들 가운데 한 명이 말했다.

"확실히 바느질 솜씨는 좋네요. 하지만 그걸 저런 식으로 보여준 여자는 저 뻔뻔한 화냥년 말고는 없었답니다! 여러분, 저건 우리의 신성한 판사님들을 면전에서 비웃고 그 귀한 분들이 내린 처벌을 자랑거리로 삼는 것 아닌가요?"

나이 많은 부인들 가운데 가장 냉혹해 보이는 여자도 중얼거렸다.

"헤스터 저 여자의 가냘픈 어깨에서 풍성한 옷을 벗기고 정성스레 수놓은 붉은 글자 대신 내 관절 덮개를 붙이면 잘 어울리겠네!"

그러자 가장 젊은 여자가 속삭였다.

"다들 진정하세요! 다 듣겠어요! 저 글자를 수놓을 때 한 땀 한 땀 자기 가슴을 찌르는 기분이었을 텐데."

그때 음산하게 생긴 관리가 지휘봉을 휘두르며 소리쳤다.

"비키세요, 여러분, 폐하의 명령입니다. 비키세요! 길을 내주세요. 어차피 프린 부인은 저 기막힌 옷차림으로 지금부터 오후 1시까지 남녀노소 모두의 앞에 서 있을 겁니다. 죄악을 만천하에 공개하는 정의로운 매사추세츠주 식민지에 축복이 있기를! 갑시다, 헤스터 부인. 장터에서 그 주홍 글자를 모두에게 보이시오!"

구경꾼들이 양옆으로 비켜서며 길을 내주었다. 관리가 앞장서고 험상궂은 사내들과 냉정해 보이는 여자들이 뒤섞여 나아가자 헤스터 프린도 형벌의 장소로 걸음을 옮겼다. 이 일로 수업이 빨리 끝난 학생들이 무슨 영문인지도 모른 채 호기심에 들떠 행렬을 앞질러 달리면서 헤스터의 얼굴과 그녀의 품에서 눈을 깜빡거리는 아기, 그녀의 가슴에 수 놓인 치욕의 글자를 거듭 돌아보았다. 당시 감옥 문에서 장터까지는 그리 먼 거리가 아니었다. 그러나 죄수가 느끼기에는 꽤 먼 길이었을 것이다. 오만한 표정을 짓고 있긴 했지만 자신을 보려고 몰려드는 사람들의 발걸음 하나하나가 고통으로 다가왔을 테니 말이다. 심장이 거리에 내팽개쳐져 모두가 그것을 걷어차고 짓밟는 기분이었으리라. 그러나 우리 인간의 본성에는 놀랍고도 은혜로운 속성이 있으니, 바로 고문을 당하는 순간에는 그 강도를 미처 깨닫지 못하고 나중에야 극심한 고통을 인지한다는 것이다. 따라서 헤스터 프린도 차분하게 시련을 받아들이며 장터 서쪽 끝에 있는 처형대로 향했다. 보스턴에 최초로 건립된 교회의 처마 밑에 붙어 있어 교회 부속처럼 보이는 곳이었다.

우리에게 이 처형대는 두어 세대 전부터 그저 역사와 전통을 보여주는 유물로 사용되지만, 과거에는 프랑스 공포정치의 단두대처럼 일종의 형벌 기구로서 선량한 시민을 양성하는 효과적인 수단으로 여겨졌다. 간단히 설명하면 죄인의 목을 조여 구경꾼들이 볼 수 있게 고정하는 형틀이 설치된 단상이었다. 목재와 쇠로 만들어진 이 기구는 치욕의 극치를 구현하고 분명하게 내보이는 것이었다. 내가 생각하기에는 죄

목이 무엇이든 간에 부끄러워하는 죄인이 얼굴을 가리지 못하게 하는 것만큼 인간 본성을 거스르는 잔혹 행위는 없다. 그것이 그 형벌의 핵심이었다. 형틀로 목과 머리를 고정하는 것이 이 흉측한 기구의 가장 오싹한 특징이었지만, 당시 다른 죄인에게도 자주 그랬듯 헤스터 프린이 받은 선고는 그저 단상 위에 정해진 시간 동안 서 있는 것이었다. 무얼 해야 하는지 잘 알던 헤스터는 나무 계단을 올라가 성인 남자의 어깨쯤 오는 단상 위에 서서 주위를 에워싼 수많은 사람 앞에 자신의 모습을 보였다.

만약 이 청교도 군중 속에 가톨릭 신자가 있었더라면 그림 같은 옷차림과 자태로 아기를 품에 안고 서 있는 아름다운 여인을 보고 걸출한 화가들이 앞다퉈 내놓은 성모의 모습을 떠올렸을 것이다. 그러나 그와 동시에, 이 여인이 세상을 구원할 아기를 낳은 그 순결하고 성스러운 여인과 얼마나 대조되는지도 상기했으리라. 인간 삶에서 가장 신성한 특성 속에 가장 깊은 죄의 흔적을 담은 여인은 눈부신 아름다움으로 세상을 더욱 어둡게 만들었고 그녀가 낳은 아기는 세상을 더 큰 혼란에 빠트렸다.

이 장면에는 두려움이 섞여 있었다. 그도 그럴 것이, 같은 인간의 죄와 수치를 보고 몸서리치기보다는 미소를 지을 만큼 사회가 타락하기 전이었다. 헤스터 프린의 치욕을 목격하는 사람들은 아직 순박함을 잃지 않았다. 그들은 헤스터가 사형선고를 받았다고 해도 그 엄중한 처벌에 불평하지 않고 그

주홍 글자 | 73

녀의 죽음을 지켜볼 만큼 엄격할지언정 다른 사회에서처럼 이 같은 장면을 한낱 웃음거리로 치부할 만큼 비정하지는 않았다. 설사 이 문제를 조롱거리로 바꾸고 싶었다고 해도 총독과 그의 고문관들, 판사와 장군, 마을 목사들 같은 위엄 있는 인물들의 준엄한 모습에 위축되고 주눅 들었으리라. 지금 이 모든 인사가 예배당 발코니에 앉거나 선 채로 처형대를 내려다보고 있었으니 말이다. 그들이 이런 구경거리에 동참하면서도 지위와 역할에 따른 위엄과 존경을 잃지 않을 수 있다면 법에 따른 형의 집행이 확실한 효과를 낸다고 봐도 무방하다. 그래서인지 군중은 진지하고 엄숙했다. 불행한 죄인은 자신을 향한 천 개의 매정한 눈이 무겁게 가슴에 집중돼 있는 상황에서 여자로서 최대한 힘을 내 버티고 있었다. 그런 압박은 실로 견디기 힘든 것이었다. 본성이 충동적이고 열정적인 그녀는 대중의 모욕이 온갖 욕설로 날아온다면 독침과도 같은 그 고통을 모두 받아내리라 각오한 터였다. 그러나 관중의 엄숙한 분위기는 그보다 훨씬 지독한 고문이었다. 그녀는 사람들의 굳은 얼굴에서 조롱 섞인 웃음이라도 번지기를 간절히 바랐다. 조롱의 대상이 자신이라 해도 상관없었다. 저 많은 사람, 저 모든 남자와 여자, 빽빽거리는 어린아이에게서 요란한 웃음이 터져 나온다면 헤스터 프린 자신도 경멸어린 쓴웃음으로 갚아줄 수 있으련만. 지금 그녀에게 주어진 운명은 납덩이 같은 고통이었다. 당장 목청껏 소리를 지르며 처형대에서 뛰어내리지 않으면 금방이라도 미쳐버릴 것 같은 그런 고통이었다.

그러나 모두가 그녀를 주목한 그 장면이 이따금 시야에서 사라지거나 불완전한 형체의 망령들처럼 흐릿하게 가물거렸다. 그녀의 정신과 특히 그녀의 기억이 기이하리만치 활발하게 움직이며 서쪽 황무지 변경의 거칠고 작은 마을 장터가 아닌 다른 풍경들을 눈앞에 가져왔다. 그와 함께 높고 뾰족한 모자의 테 아래서 그녀를 바라보는 사람들이 아닌 다른 얼굴들이 끊임없이 떠올랐다. 아주 소소하고 하찮은 기억들, 어린 시절과 학창 시절, 예전에 즐기던 놀이, 어릴 때의 말다툼, 결혼 전 집안의 자잘한 일들 따위가 그 후의 여러 가지 무거운 기억과 뒤섞여 물밀듯이 밀려왔다. 모든 게 똑같이 중요한 듯 혹은 모든 게 연극에 불과한 듯, 하나하나가 그림처럼 생생했다. 아마도 잔인하고 가혹한 현실에서 벗어나기 위해 그녀의 정신이 본능적으로 주마등 같은 환영을 펼쳐 보인 것이리라.

형틀이 설치된 이 처형대는 헤스터 프린에게 행복한 어린 시절부터 걸어온 모든 길을 보여주는 전망대 역할을 하고 있는 셈이었다. 그 비참한 고지에 서서 그녀는 영국의 고향 마을과 아버지의 집을 보았다. 낡은 회색 돌집은 가난에 찌든 모습이었지만 현관문 위에는 유서 깊은 가문임을 상징하는 방패 문장이 흐릿하게 남아 있었다. 엘리자베스 시대풍의 구식 주름 깃 위로 기품 있는 백발 수염을 늘어뜨리고 머리가 벗어진 아버지의 얼굴이 보였다. 늘 조심스럽고 걱정 가득한 다정한 표정으로 기억 속에 남아서 세상을 떠난 뒤에도 딸의 앞길에 부드러운 잔소리를 해주던 어머니의 얼굴도 나타났다. 풋풋한 아름다움을 빛내며 뿌연 거울을 들여다볼 때마다 그 안의 모든 것을 환하게 밝히던 자신의 얼굴도 보이는 듯했다. 그리고 또 다른 얼굴이 있었다. 창백하고 여윈 학자 같은, 나이 지긋한 사내의 얼굴. 등불에 의지해 지루한 책을 수없이 들여다보느라 그의 눈은 침침하고 흐릿해졌다. 그러나 그 침침한 눈이 인간 영혼을 읽으려 할 때는 속을 꿰어 보는 듯 묘하게 날카로워졌다. 여자로서 헤스터 프린이 어김없이 떠올리는 이 학자이자 은둔자의 특징은 왼쪽 어깨가 오른쪽 어깨보다 살짝 올라가서 몸이 조금 뒤틀려 보인다는 것이었다. 이 기억의 화랑에서 그다음으로 그녀 앞에 나타난 것은 복잡하고 구불구불한 도로와 높은 회색 집들, 커다란 성당, 오래되고 특이한 공공건물이 늘어선 어느 유럽 도시였다. 그곳에서 그녀를 기다리는 새로운 삶은 몸이 뒤틀린 학자와 얽혀 있었다. 새롭지만 허물어가는 벽을 뒤덮은 푸른 이끼처럼 낡아빠진 물질에 의존하는 삶. 마침내 이 모든 장면이 사라지고 청교도 마을의 저속한 장터 풍경이 되살아났다. 그곳에 모여 매서운 눈으로 헤스턴 프린 자신을, 가슴에는 금실로 아름답게 수 놓인 주홍 글자 A를 달고 아기를 품에 안은 채 처형대 위에 선 자신을 노려보는 사람들이라니!

정말 이것이 현실이란 말인가? 그녀가 힘주어 끌어안았는지 아기가 울음을 터트렸다. 그녀는 주홍 글자로 시선을 내리고 손가락으로 그 부분을 어루만지며 아기와 그 치욕의 상징이 모두 현실이라 되뇌었다. 그렇다! 이것이 그녀의 현실이었고 다른 것은 모두 사라지고 없었다!

제3장 인지

주홍 글자를 단 여인이 수많은 사람의 가혹한 시선을 받고 있다는 자각에서 마침내 벗어난 것은 군중의 끝에서 저항할 수 없이 머릿속을 헤집는 형체를 발견하면서였다. 거기에는 전통적인 옷을 입은 인디언 사내가 서 있었다. 당시 원주민이 영국 식민지 마을에 오는 것은 드문 일이 아니었으므로 지금 같은 상황에서 인디언 한 명이 나타났다고 해서 헤스터 프린의 시선을 끌 일은 아니었다. 머릿속 상념을 잊게 해줄 리도 만무했다. 그러나 문명인과 원주민의 옷을 섞은 듯한 기이한 옷차림의 백인 사내가 인디언 옆에 일행처럼 서 있었다.

그는 몸집이 작고 얼굴에 주름이 졌지만 노인이라고 할 수는 없었다. 정신을 워낙 갈고닦은 덕에 육체도 그에 맞게 변해 확실한 징표들이 드러난 듯 매우 지적으로 보였다. 어울리지 않게 조합해 무심하게 걸친 듯한 옷차림으로 기이한 특징을 감추거나 완화하려고 노력했지만 헤스터 프린의 눈에는 사내의 두 어깨가 기울어진 것이 확연하게 보였다. 여윈 얼굴과 살짝 뒤틀린 몸을 인지하는 순간, 그녀는 한 번 더 아기를 꼭 끌어안았다. 그 갑작스러운 동작에 가엾은 아기는 또다시 괴로운 듯 울음을 터트렸다. 그러나 어미의 귀에는 그 소리가 들리지 않는 것 같았다.

이 이방인은 장터에 도착해 헤스터 프린의 눈에 띄기 전까지 한동안 그녀를 보고 있었다. 처음에는 정신과 무관한 외적 특징은 가치 있거나 중요하게 여기지 않고 내면만을 중시하는 사람처럼 그저 무심하게 바라보았다. 그러나 그의 표정은 이내 예리하고 날카로워졌다. 경악의 빛이 뱀처럼 몸부림치며 그의 얼굴을 미끄러져 지나가다가 잠시 멈추고 똬리를 트는 듯한 기색이 훤히 드러났다. 어떤 강렬한 감정이 얼굴에 그늘을 드리웠지만 그와 동시에 이를 의지력으로 억눌러 순식간에 차분한 표정으로 돌아왔다. 짧은 순간 경련처럼 스친 표정은 감지할 수 없이 사라져 이내 그의 본성 깊숙이 가라앉았다. 헤스터 프린의 눈이 자신을 주시하고 있고 알아보기도 했음을 감지한 그는 천천히 차분하게 손가락 하나를 올려 허공에서 어떤 신호를 보내고는 자기 입술에 갖다 댔다.

이윽고 그는 옆에 있는 마을 사람의 어깨를 가볍게 치며 예의 바르게 물었다.

"실례하겠습니다. 저 여자는 누굽니까? 무슨 일로 사람들 앞에서 치욕을 당하고 있는 겁니까?"

마을 사람은 호기심 어린 얼굴로 사내와 그의 원주민 동행을 보며 대답했다.

"이곳에 처음 오신 모양이군요. 아니라면 헤스터 프린 부인의 못된 행실을 모를 리가 없지요. 저 여자는 독실한 딤스데일 목사님의 교회에서 엄청난 추문을 일으켰습니다."

이방인 사내가 다시 말했다.

"맞습니다. 저는 이곳에 처음 왔고 그동안 원치 않게 떠돌이 생활을 했습니다. 바다와 뭍에서 온갖 곤욕을 치르고 오랫동안 남쪽 이교도에게 붙잡혀 있었지요. 몸값을 치르고 그곳에서 벗어나기 위해 이 인디언 친구를 따라 여기로 왔습니다. 그런데 헤스터 프린이라는 저 여자, 이름이 맞겠지요? 저 여자가 무슨 죄를 지었는지, 어째서 저 처형대에 오르게 되었는지 말씀해주시겠습니까?"

"그러지요. 황야에서 곤욕을 치르고 붙잡혀 있다가 마침내 이곳에 왔으니 참으로 기쁘시겠네요. 우리의 이 신성한 뉴잉글랜드에서는 부정을 반드시 들춰내 통치자들과 주민들이 보는 앞에서 벌을 받게 하거든요. 저 여자는 영국에서 태어나 암스테르담에서 오랫동안 생활한 학자의 아내였습니다. 한참 전에 그 남편은 바다 건너 여기 매사추세츠주에서 모험을 해보기로 마음먹었답니다. 이를 위해 아내를 먼저 보내고 자기는 필요한 일을 처리하느라 그곳에 남았다는군요. 아이고, 그런데 저 여자가 여기 보스턴에 온 지 2년쯤 됐나? 그 학자라는 프린 선생에게서 아무 소식이 없던 겁니다. 그러다보니 젊은 아내는 보시다시피 나쁜 길로 빠졌고……."

"아! 아이고! 무슨 말인지 알겠네요."

이방인은 쓸쓸한 미소를 지으며 말을 이었다.

"말씀하신 그 학자가 책에서 이런 건 못 배웠나봅니다. 그런데 프린 부인이 품에 안은 아기 말입니다. 보아하니 서너 달 된 것 같은데, 아비가 누구인지 아십니까?"

"사실, 그게 수수께끼랍니다. 성서의 다니엘 같은 인물이 있다면 밝혀줄 텐데 말이지요. 헤스터 저 여자가 도통 말을 하지 않고 판사님들도 머리를 맞댔지만 소용없었습니다. 누군지 몰라도 그 죄인 역시 이 비참한 광경을 보고 있겠지요. 하느님께서 내려다보신다는 사실도 잊고서."

"그 학자라는 사람이 직접 나서서 문제를 파헤쳐야겠군요."

이방인이 미소를 지으며 말하자 마을 주민이 대꾸했다.

"만약 살아 있다면 그래야겠지요. 우리 매사추세츠주 판사님들은 저 여자가 젊고 아름다우니 지독한 유혹에 빠져 나락으로 떨어졌을 테고, 남편은 바다에 가라앉은 게 분명하다고 판단해서 차마 우리의 정당한 법에 따라 가혹한 벌을 내리지 못했습니다. 제대로 판결을 내렸다면 사형이었겠지요. 판사님들은 큰 자비와 호의를 베풀어 프린 부인에게 처형대 위에 겨우 세 시간 서 있고 앞으로 평생 가슴에 치욕의 징표를 달고 사는 벌을 내리는 데서 그쳤습니다."

이방인은 진지하게 고개를 끄덕이며 대꾸했다.

"현명한 판결이네요! 저 여인은 저 치욕의 글자가 묘비에 새겨질 때까지 사람들에게 죄를 지어선 안 된다고 일깨워주는 본보기가 될 테니까요. 그래도 부정을 함께 저지른 자가 처형대에 나란히 서지 않은 건 참으로 유감입니다. 그래도 결국 밝혀지겠지요! 밝혀질 겁니다! 밝혀지고말고요!"

그는 대화하던 주민에게 예의 바르게 인사한 뒤 인디언 동행에게 뭐라고 속삭이더니 그와 함께 사람들을 비집고 나아갔다.

이런 일이 일어나는 동안 헤스터 프린은 여전히 이 이방인에게 시선을 고정한 채 단상 위에 서 있었다. 그에게 몰두한 나머지 가시적인 세상의 다른 모든 존재는 사라지고 오로지 그와 그녀만 남은 듯했다. 그를 직접 만났더라면 더 끔찍했으리라. 한낮의 태양이 얼굴을 뜨겁게 달구며 수치를 훤히 드러내고 가슴에는 붉은 치욕의 표시를 단 채 죄로 잉태한 아기를 품에 안고 마주하는 편이 차라리 나았다. 축제라도 열린 양 몰려나온 사람들이 가정의 행복한 그림자 속에서나 볼 수 있는 얼굴, 혹은 교회에서 부인용 베일 아래로 평온한 난롯불에 의지해 볼 수 있는 얼굴을 똑바로 노려보는 상황에서 이런 식으로 만나는 편이 나았다. 참혹하긴 매한가지였지만 이 수많은 목격자가 은신처가 되어주었다. 그와 단둘이 얼굴을 마주하느니 이토록 많은 사람을 사이에 두고 멀찍이 서 있는 편이 낫지 않겠는가. 말하자면 사람들 앞에 노출된 상태가 그녀에겐 피난처가 되어 그 보호물이 사라지면 어쩌나 걱정이 되었다. 이런 생각에 빠져 있느라 뒤에서 부르는 소리도 듣지 못했다. 모두가 들을 만큼 크고 엄숙한 목소리로 여러 번 불린 뒤에야 그녀는 정신을 차렸다.

"내 말을 들으시오, 헤스터 프린!"

앞에서도 설명했듯이 헤스터 프린이 서 있는 처형대 위에는 일종의 발코니, 그러니까 예배당에 딸린 옥외 회랑이 있었다. 그 시대의 치안판사들이 공식적인 행사를 치를 때 포고를 내리고 필요한 절차를 행하는 곳이었다. 지금 우리가 묘사하는 장면을 보러 나온 벨링엄 총독이 그곳에 앉아 있고 그의 주위에는 호위병 네 명이 미늘창을 들고 의장병 역할을 수행하고 있었다. 총독은 짙은 색 깃털이 달린 모자를 쓰고 테두리에 수를 놓은 망토를 걸쳤으며 그 속에는 검은 벨벳 튜닉을 입고 있었다. 주름 속에 혹독한 경험이 새겨져 있는 나이지긋한 신사였다. 젊은 혈기가 아니라 준엄하고 절제된 남자의 기운과 노인의 진지한 지혜를 근간으로 발전한 지역에서 수장이자 대표자를 맡기에는 손색없는 사람이었다. 이곳이 지금만큼 발전한 것은 헛된 상상이나 희망을 품지 않은 덕이었다. 이 최고 통치자를 에워싼 다른 고관들도 모든 권위가 신의 제도에 버금가는 신성함을 지녔다고 여겨지던 시대에 걸맞게 근엄한 모습이었다. 그들이 정의롭고 현명하며 선량한 사람들이라는 점은 의심할 여지가 없었다. 그러나 그들이 아무리 현명하고 덕망이 높다 한들 인류 전체를 놓고 볼 때 부정한 여자의 마음을 심판하고 뒤엉킨 선악의 그물망을 푸는 일을 하기에 지금 헤스터 프린이 돌아본 이 엄숙한 표정의 현인들만큼 부적합한 사람들을 고르기도 어려웠을 것이다. 헤스터 프린은 지금 이 순간 눈곱만큼의 동정이라도 기대할 수 있다면 그들이 아니라 군중의 더 크고 따뜻한 마음에 희망을 거는 편이 낫다는 사실을 아는 듯했다. 발코니를 올려다보는 이 불행한 여인은 창백한 얼굴로 가늘게 몸을 떨고 있었다.

그녀를 부른 사람은 보스턴의 최고령 목사이자 그 시대의 다른 많은 성직자처럼 훌륭한 학자이며 다정하고 온화한 성격을 지닌 유명한 존 윌슨 목사였다. 그러나 그의 다정하고 온화한 성격은 지적 재능처럼 정교하게 발전하지 않은 탓에 축복이라기보다는 부끄러운 특징이었다. 지금 발코니에서 테 없는 베레모 아래 희끗희끗한 머리카락을 드러낸 채 서 있는 그는 어둑한 서재의 불빛에만 익숙해진 탓인지 거침없이 내리쬐는 햇빛에 잿빛 눈을 헤스터의 아기처럼 깜빡거렸다. 오래된 설교집의 표지에 새겨져 있을 법한 음울한 초상화 같은 모습이었다. 사실 그런 초상화와 마찬가지로 그에게는 지금처럼 나서서 인간의 죄와 정욕, 고통의 문제에 간섭할 자격이 없었다.

"헤스터 프린, 나는 그동안 그대의 설교자로 은혜를 내려준 여기 이 젊은 형제와 언쟁을 벌였소."

윌슨 목사는 옆에 있는 창백한 청년의 어깨에 손을 얹으며 말을 이었다.

"사실 나는 하늘이 내려다보고 여기 이 현명하고 올곧은 지도자들이 지켜보며 모든 대중이 듣는 앞에서 이 독실한 젊은 이가 그대의 비열하고 추악한 죄를 물어야 한다고 설득하려 했소. 이 젊은 목사는 그대의 타고난 기질을 나보다 잘 알 테니 회유를 하든 겁을 주든 그 완고한 고집을 꺾어 그대를 극악한 나락으로 유혹한 자의 이름을 밝히게 하려면 어찌해야 하는지 알아내리라 생각했소. 하지만 나이에 비해 현명하다고 해도 아직은 모질지 못한 젊은이라 이런 백주에 많은 사람이 모인 자리에서 가슴속 비밀을 털어놓으라고 강요하는 건 여인의 본성에는 가혹하다고 반대하더군. 나는 죄를 지은 것이 부끄럽지 죄를 고백하는 건 부끄러운 일이 아니라고 그를 설득하고 있소. 다시 묻겠소, 딤스데일 목사. 이 가엾은 죄인의 영혼을 우리 둘 중 누가 맡아야 하겠소?"

발코니에 앉아 있는 위엄 있고 지체 높은 사람들이 술렁거리기 시작했다. 벨링엄 총독은 젊은 목사를 존중해 권위적인 목소리를 다소 누그러뜨리며 그 이유를 설명했다.

"선량한 딤스데일 목사, 저 여인의 영혼을 책임져야 할 사람은 목사요. 그러니 저 여인이 회개하고 그 증거로 고백을 하라고 권고하시오."

이 직설적인 호소에 군중의 시선이 일제히 딤스데일 목사에게로 쏠렸다. 영국의 명문 대학을 졸업한 이 젊은 목사는 당대의 모든 학문을 우리의 이 미개척 원시림으로 가져온 사람이었다. 훌륭한 설교와 신실함으로 이미 종교계에서 두각을 드러냈고 용모 또한 출중했다. 하얀 이마는 봉긋하게 튀어나와 우아해 보였고 커다란 갈색 눈은 구슬픈 느낌을 주었으며 입은 일부러 힘주어 다물지 않으면 가늘게 떨려 섬세한 감성과 굉장한 자제력을 겸비한 듯 보였다. 많은 재능을 타고 났고 학자 못지않게 학식이 뛰어났음에도 어째서인지 이 젊은 목사는 불안해 보였고 조금은 겁에 질렸으며 놀란 듯한 기색도 엿보였다. 인생행로에서 길을 잃고 방황하면서 혼자 은신할 때만 비로소 마음을 놓는 사람 같았다. 그래서인지 그는 주어진 의무가 없을 때는 어둑한 샛길을 걸으며 단순하고 어린아이 같은 삶을 살았다. 그러다가도 필요할 때는 신선하고 향긋하며 이슬처럼 맑은 생각을 지니고 나서서 많은 사람이 말하듯 천사의 발언 못지않은 감동을 주었다.

윌슨 목사와 총독은 바로 이런 청년에게, 더럽혀졌음에도 여전히 신성시되는 여인의 영혼에 감춰진 비밀을 모두의 앞에서 밝히도록 설득해달라고 간청하며 대중의 이목을 집중시키고 있었다. 입장이 난처해진 그의 뺨에서 핏기가 사라지고 입술이 떨렸다.

윌슨 목사가 말했다.

"저 여인에게 말하시오, 형제여. 존경하는 총독의 말씀대로 이건 저 여인의 영혼을 위하는 일이자 여인의 영혼을 책임져야 할 그대의 영혼을 위한 일이오. 어서 진실을 고백하라고 하시오!"

딤스데일 목사는 묵도를 올리듯 고개를 숙인 뒤 나섰다. 그러고는 발코니 너머로 몸을 내밀고 그녀의 눈을 똑바로 보며 말했다.

"헤스터 프린, 선량하신 목사님의 말씀을 들었으니 내게 어떤 책임이 주어졌는지 잘 알 겁니다. 그대도 이것이 그대의 영혼을 평화롭게 하는 길이고 이생에서 받는 벌이 구원에 더욱 도움이 된다고 생각한다면 그대와 함께 죄를 짓고 고통받는 자의 이름을 말하는 것이 그대의 책무입니다! 그자에 대한 그릇된 동정과 배려로 침묵해선 안 됩니다. 제 말을 들으십시오, 헤스터. 그자도 저 높은 곳에서 내려와 치욕의 단상 위에 당신과 나란히 서야 하겠고, 그러는 것이 평생 죄지은 가슴을 숨기고 사는 것보다 나을 겁니다. 그대의 침묵은 그의 죄에 위선을 보태라고 유혹, 아니 강요할 뿐 달리 무슨 도움이 되겠습니까? 하늘이 그대에게 모두가 보는 앞에서 치욕을 겪는 벌을 내려주신 덕분에 그대는 모두가 보는 앞에서 내면의 악마와 외면의 슬픔을 이겨낼 수 있게 된 겁니다. 그대는 지금 자신에게 주어진 건강에 좋은 고배를 그에게는 내주지 않으려 하는 겁니다! 어쩌면 그자는 그 잔을 직접 들 용기도 없을 테지만."

젊은 목사의 목소리는 떨리면서도 달콤했고 깊고 풍부하면서도 불안정했다. 그 발언의 직접적인 의미보다는 거기에 실려 있는 감정이 모든 이의 심금을 울리고 한마음으로 공감시켰다. 헤스터의 품에 안긴 가엾은 아기조차 감동했는지 멍한 눈으로 딤스데일 목사를 바라보다가 작은 두 팔을 올리고 기쁨과 슬픔이 섞인 듯한 소리로 옹알거렸다. 목사의 강력한 호소에 대중은 헤스터 프린이 죄인의 이름을 말하거나, 아니면 저 높은 곳에서든 낮은 곳에서든 저항할 수 없는 내면의 목소리에 이끌린 죄인이 처형대로 올라갈 수밖에 없다고 생각했다.

그러나 헤스터는 고개를 저었다.

윌슨 목사가 아까보다 냉혹한 목소리로 외쳤다.

"여인이여, 하늘의 자비가 허락하는 선을 넘지 마시오! 아기조차도 목소리를 내어 그대가 들은 충고를 지지하고 확인해주었잖소. 그러니 이름을 말하시오! 이름을 말하고 회개한다면 그대의 가슴에 단 그 주홍 글자를 뗄 수도 있을 거요."

"그럴 수 없어요!"

헤스터 프린은 윌슨 목사가 아닌 젊은 목사의 깊고 괴로운 눈을 들여다보며 말을 이었다.

"이 글자는 너무도 깊숙이 각인되었어요. 아무도 뗄 수 없을 거예요. 그러니 저는 그것으로 저의 고통뿐 아니라 그 사람의 고통도 함께 견디겠어요!"

"말하시오! 말해야 아이에게 아비를 찾아줄 수 있지 않겠소!"

처형대를 에워싼 군중 속에서 냉정하고 엄중한 목소리가 들려왔다.

"말하지 않겠어요!"

헤스터 프린은 사색이 된 얼굴로 누군지 분명하게 아는 듯한 그 목소리의 주인에게 대꾸했다.

"이 아기는 하늘의 아버지를 찾아야 할 거예요. 지상의 아버지는 끝까지 모를 테니까요!"

"저 여인은 절대 말하지 않을 겁니다!"

가슴에 손을 얹고 발코니 너머로 몸을 내민 채 자신의 호소에 대한 대답을 기다리던 딤스데일 목사가 중얼거렸다. 그는 이제 긴 한숨과 함께 물러나며 다시 말했다.

"여인의 마음이 저토록 강인하고 너그럽다니 놀랍습니다! 저 여인은 절대 말하지 않을 겁니다!"

이런 상황을 위해 꼼꼼히 준비한 노목사는 가엾은 죄인의 마음을 돌릴 수 없음을 깨닫고 대중에게 여러 종류의 죄에 관해 설교하면서 끊임없이 수치스러운 글자를 들먹였다. 그가 사람들의 머리 위에서 한 시간이 넘도록 설교를 이어가며 수없이 그 죄악의 상징을 강조하자 대중의 상상 속에 새로운 공포가 더해져 그 주홍빛이 지옥 불구덩이의 불꽃에서 나온 양 느껴지기 시작했다. 그러는 동안 헤스터 프린은 치욕의 단상 위에 서 있었다. 눈에는 초점이 없었고 지친 듯 무심한 얼굴이었다. 오전 내내 그녀는 인간이 견딜 수 있는 모든 것을 견뎠다. 극한의 고통을 기절해서 회피하는 성격도 아닌지라 동물적인 기능은 온전히 유지하면서도 정신은 단단한 무감각의 껍데기 속으로 피신했다. 이런 상태에서는 설교자의 목소리가 아무리 무자비하게 귀를 때려도 이렇다 할 효과를 내지 못했다. 고문의 시간이 끝나갈 무렵 아기는 귀청이 떨어져 나갈 듯 날카롭게 울부짖었다. 그녀는 아기를 달래려 했지만 기계적인 행동일 뿐 아기의 고통에 공감하지 않는 듯했다. 다시 감옥에 끌려간 그녀는 사람들의 시야에서 벗어나 쇠못이 박힌 문안으로 사라질 때까지도 그런 무감각한 태도를 유지했다. 뒤에서 그녀를 지켜보는 사람들은 주홍 글자가 저 안의 컴컴한 통로를 저속한 빛으로 밝히더라고 수군거렸다.

제4장 만남

감옥으로 돌아간 헤스터 프린은 끊임없이 감시하지 않으면 자해를 하거나 불쌍한 아기에게 다소 정신 나간 행동을 할 만큼 초조한 흥분 상태에 빠졌다. 밤이 가까워질 때까지 아무리 야단치고 처벌한다고 협박해도 상태가 나아지지 않자 브래킷 교도관은 의사를 불러야겠다고 판단했다. 교도관의 설명에 따르면 이 의사는 기독교식 의술에 뛰어날 뿐 아니라 숲에서 자라는 약초나 뿌리에 관해서도 원주민 못지않게 해박했다. 사실 헤스터 프린만이 아니라 아기에게 더 전문적인 손길이 시급했다. 모유를 먹는 이 아기는 어미의 몸속을 침투한 혼돈과 괴로움, 절망을 젖과 함께 빨아 먹었는지 괴로운 듯 몸부림치며 헤스터 프린이 하루 종일 견딘 정신적 고통을 그 조그마한 몸으로 강렬하게 표현하고 있었다.

교도관을 바싹 뒤따라 음울한 감방으로 들어선 사람은 독특한 차림새로 군중 속에 서서 주홍 글자를 단 여인에게 깊은 관심을 보인 그 사내였다. 그도 감옥에서 지내고 있었지만, 죄를 지어서가 아니라 판사들이 인디언 추장들과 그의 몸값을 상의하는 동안 그곳에 머물게 하는 것이 가장 편리하고 적절하다고 판단했기 때문이다. 그의 이름은 로저 칠링워스였다. 그가 들어오는 순간 방 안이 고요해지자 교도관은 감탄을 금치 못했다. 아기는 여전히 보챘지만 헤스터 프린은 금세 죽은 듯이 잠잠해졌다. 의사가 말했다.

"교도관님, 부디 환자와 단둘이 있게 해주십시오. 틀림없이 잠시 후면 평온해질 겁니다. 프린 부인이 그 어느 때보다도 정당한 권위에 순종할 것을 약속드리지요."

그러자 브래킷이 대답했다.

"아이고, 선생님이 그렇게만 해주신다면 능력을 인정해드리지요! 정말이지 이 여자는 뭐에 씐 것 같다니까요. 제가 채찍질을 해서라도 악마를 몰아낼 수 있다면 그렇게 할 텐데 말입니다."

이방인은 자신이 밝힌 직업에 어울리는 차분한 태도로 방 안에 들어왔다. 교도관이 그를 여인과 단둘이 두고 나간 뒤에도 그의 태도는 변하지 않았다. 여자가 군중 속에서 그를 발견하고 눈을 떼지 못한 것만으로도 두 사람이 아주 가까운 사이임을 짐작할 수 있을 것이다. 사내는 먼저 아기를 보았다. 바퀴 달린 침대에 누워 몸부림치며 울부짖고 있었으니 다른 모든 일을 제쳐두고 한시라도 빨리 달래야 했다. 그는 아기를 정성스레 살펴보고는 옷 속에서 가죽 상자를 꺼내 걸쇠를 풀었다. 그러고는 그 안에서 조제한 약처럼 보이는 것을 물에 타며 말했다.

"난 예전에 연금술을 공부했고 약초의 효능에 정통한 사람들 속에서 1년 넘게 지냈으니 의학 학위가 있다는 의사들보다 나을 거요. 이리 오시오! 이 아이는 당신 아이이지 내 자식은 아니니 내 목소리나 얼굴에서 아비를 느낄 수 없을 테지. 그러니 이 약은 당신이 직접 먹이시오."

헤스터는 그가 내민 약을 뿌리치고 불안한 기색이 역력한 얼굴로 그를 바라보며 속삭여 물었다.

"죄 없는 아기에게 복수하려는 건가요?"

"어리석은 소리!"

의사는 냉랭하면서도 달래는 목소리로 말했다.

"이 가엾은 사생아를 해쳐서 좋을 게 뭐가 있겠소? 이건 아주 잘 듣는 약이오. 내 아이라고 해도, 그러니까 당신과 나의 아이라고 해도! 이보다 좋은 약은 줄 수 없을 거요."

여전히 마음이 가라앉지 않은 그녀가 망설이자 그는 아기를 빼앗아 제 품에 안고 직접 약을 먹였다. 금세 약효가 돌면서 의사의 약속이 사실이었음이 드러났다. 어린 환자의 칭얼대는 소리가 잦아들고 발작적인 경련도 차츰 가라앉았다. 괴로움에서 벗어난 아기들이 흔히 그러듯 잠시 후 이 아기도 땀을 흘리며 깊은 잠에 빠졌다. 의사의 체면을 회복한 사내는 이제 아기의 어미에게 관심을 돌렸다. 그가 차분하게 집중하며 그녀의 맥을 짚고 눈을 들여다보자 너무나 친숙하면서도 낯설고 차가운 그의 시선에 그녀는 심장이 오그라들어 몸서리쳤다. 마침내 검진을 마친 그는 다른 약을 조제하며 입을 열었다.

"나는 레테•나 네펜테••는 모르지만 황야에서 수많은 비법을 배웠고 이것도 그중 하나요. 파라셀수스•••만큼 오래된 내 지식을 나눠준 대가로 인디언이 가르쳐준 비법이지. 마셔요! 깨끗한 양심만큼 효과가 좋지는 않겠지만 그건 내가 줄 수 없으니. 그래도 사나운 바다의 풍랑에 기름을 부은 듯 들썩거리는 흥분을 가라앉혀줄 거요."

그가 잔을 내밀자 헤스터는 천천히 열의에 찬 눈으로 그의 얼굴을 살피며 받아 들었다. 두려운 표정이라기보다는 그가 여기에 온 목적을 의심하는 표정이었다. 그런 뒤 그녀는 잠든 아이를 들여다보고 입을 열었다.

"죽어버릴까 했어요. 죽기를 바라기도 했고요. 나 같은 사람도 무언가를 해달라고 기도할 자격이 있다면 죽음을 달라고 기도했을 거예요. 하지만 만약 이 잔 속에 죽음이 담겨 있다면 내가 마시는 걸 보기 전에 다시 생각해요. 자! 이제 입술에 댔어요."

● 그리스 신화에 나오는 망각의 강.

●● 호메로스의 《오디세이》를 비롯해 고대 그리스 문학에 자주 등장하는, 시름과 고통을 잊게 하는 약.

●●● 스위스의 의학자 겸 연금술사 아우레올루스 필리푸스 파라셀수스(1493~1541).

"마셔요."

그는 이전과 똑같이 차가운 얼굴로 대꾸했다.

"나를 그렇게 모르나, 헤스터 프린? 내가 그렇게 경박한 짓을 할 것 같소? 설사 내가 복수를 꿈꾼다 한들 당신을 살려두는 편이 내 목적을 위해서는 낫지 않겠소? 당신이 병이나 죽음을 모면할 수 있는 약을 주어 그 가슴을 태우는 수치가 더 뜨겁게 타오르도록 하는 편이 낫지 않겠냔 말이오."

그가 이렇게 말하며 긴 집게손가락을 주홍 글자에 갖다 대자 실제로 불이 붙은 듯 헤스터는 가슴이 타들어갔다. 그녀가 자기도 모르게 움찔하자 그는 빙긋 웃으며 다시 말했다.

"그러니 살아서 남녀 모두가 보는 앞에서, 남편이라 부르는 자가 보는 앞에서, 그리고 당신의 아이가 보는 앞에서 당신의 운명을 지니고 다니란 말이오! 그리고 살기 위해선 이 약을 마셔요."

헤스터 프린은 말을 보태지도 망설이지도 않고 잔을 비운 뒤 이 유능한 사내의 손짓에 따라 아기가 잠들어 있는 침대에 앉았다. 사내는 방에 하나뿐인 의자를 끌고 와 그녀의 옆에 앉았다. 그의 행동에 그녀는 몸서리가 났다. 인정 때문이든 원칙 때문이든, 말하자면 세련된 방식으로 잔인성을 드러내려는 것이든 그녀의 육체적인 고통을 덜기 위해 할 일을 다 했으니 이제 그는 그녀를 치유할 길 없는 깊은 상처를 입힌 여자로 대하려는 것 같았다.

그가 입을 열었다.

"헤스터, 당신이 왜, 어쩌다가 그런 나락으로 떨어졌는지, 그러니까 무슨 이유로 아까 보았던 그 치욕스러운 처형대에 올라갔는지 묻지 않겠소. 그 이유는 금세 찾을 수 있을 테니까. 나의 어리석음과 당신의 나약함 때문이겠지. 학자로서 책에만 파묻혀 살아온 내가, 지식을 향한 갈망을 채우느라 좋은 시절을 다 보내고 시든 내가 당신처럼 젊고 아름다운 사람과 무얼 할 수 있겠소! 날 때부터 기형이었던 주제에 젊은 여자의 환상 속에서는 지적 재능으로 육체의 결함을 가릴 수 있다고 스스로를 속이다니. 사람들은 내가 현명하다더군. 하지만 현인이 자기 일에도 현명할 수 있다면 나 역시 이런 상황을 예견했을 거요. 넓고 어둑한 숲을 벗어나 이 기독교 마을에 들어오자마자 헤스터 프린 당신이 사람들 앞에 서서 치욕을 당하는 광경을 마주하게 될 줄 알았을 거란 말이오. 아니, 우리가 결혼해서 함께 교회 계단을 내려올 때부터 우리 삶의 저 끝에는 그 주홍 글자가 타오르고 있으리라는 것을 알았겠지!"

"당신은 알았잖아요."

너무도 침울해 있던 헤스터는 치욕의 징표를 찌르는 이 마지막 말을 견딜 수가 없었다.

"내가 당신에게 솔직했다는 거요. 난 사랑을 느끼지도 않았고 그런 척하지도 않았어요."

"그랬지. 내가 어리석었던 거요. 말했잖소. 하지만 그때까지 나는 헛된 삶을 살았소. 세상은 너무도 재미없는 곳이었지! 내 가슴은 많은 손님을 들일 만큼 넓었지만 외롭고 쓸쓸하며 따뜻한 불길 하나 없었소. 나는 그저 불을 피우고 싶었소! 그게 그렇게 허황된 꿈인 줄도 모르고. 늙고 침울한 데다 몸도 성치 않았지만 세상 사람 모두가 누릴 만큼 곳곳에 퍼져 있는 그 소박한 행복이 내 것이 될 수도 있다고 생각했소. 헤스터, 그래서 당신을 내 가슴에, 그 안의 가장 깊은 방에 들이고 당신의 존재가 만들어낸 온기로 당신을 데워주려 했소!"

"제가 당신에게 큰 잘못을 했어요."

헤스터가 속삭였다.

"우리 둘 다 서로에게 잘못했소. 내가 먼저 잘못했지. 이제 막 젊음을 꽃피운 당신이 늙은 나와 부자연스럽고 거짓된 관계를 맺게 했으니 말이오. 나는 사유와 철학을 헛되이 하지 않았으니 당신에게 복수할 생각도, 나쁜 짓을 할 생각도 없소. 당신과 나를 매단 저울은 이제 수평을 이룬 셈이오. 하지만 헤스터, 우리 둘에게 몹쓸 짓을 한 그자는 아직 살아 있잖소! 그 사람이 누구요?"

"묻지 마세요! 절대 말하지 않을 거니까!"

헤스터 프린은 단호하게 그의 얼굴을 보며 대꾸했다.

"절대 말하지 않겠다?"

그는 어둡고 자신만만한 미소로 응수했다.

"절대 알려주지 않겠다! 그런데 말이오, 헤스터. 바깥세상에서든 어딘가 깊은 곳, 눈에 보이지 않는 사유의 영역에서든 온 힘을 다해 열심히 수수께끼를 파헤치는 자에게 끝까지 숨길 수 있는 비밀은 없소. 호기심 많은 뭇사람들에게는 숨길 수도 있겠지. 오늘처럼 그자의 이름을 억지로 캐내 처형대에 함께 세우려던 목사들과 판사들에게도 숨길 수 있을 거요. 하지만 나는 그들에겐 없는 다른 감각으로 찾아내겠소. 책에서 진리를 찾아냈듯이, 연금술에서 금을 찾아냈듯이 그자를 찾을 거란 말이오. 교감을 이용하면 그를 알아볼 수 있소. 그가 떨고 있는 모습을 보면 나도 모르게 갑자기 몸서리가 날 거요. 조만간 그자는 내 손에 들어오고 말 거요!"

주름진 학자의 눈이 놀랍도록 번뜩이며 헤스터 프린에게로 향하자 그녀는 가슴에 담아놓은 비밀을 그가 읽을지도 모른다는 두려움에 가슴 앞에서 손을 모아 쥐었다.

"그의 이름을 말하지 않겠다? 그런다고 그가 내 손에 들어오는 걸 막을 수는 없소."

그는 운명이 자기편이라고 믿는 듯 확신에 찬 표정으로 말을 이었다.

"그놈은 당신처럼 옷에 치욕의 표시를 달지 않았지만 나는 그의 가슴에서 그 글자를 읽어낼 거요. 하지만 그자를 걱정할 필요는 없소! 하늘의 응징에 개입한다거나 그를 인간의 법에 맡겨 나까지 손해 보는 일을 하지는 않을 테니까. 그의 목숨을 어떻게 할 생각도 없소. 내가 보기엔 꽤 명망 있는 사람인 것 같은데 명성을 위협하는 짓을 벌일 거라고 생각하지도 마시오. 얼마든지 살아보라지! 세간의 명성 속에 숨어도 좋소! 그래도 결국에는 내 손에 들어오고 말 테니!"

"당신은 자비를 베푸는 척하지만 말하는 것을 들으니 무서운 사람이군요!"

헤스터가 아연실색하는 얼굴로 경악하며 대꾸하자 학자가 다시 입을 열었다.

"아내였던 당신에게 한 가지 당부하겠소. 당신은 내연의 남자가 누군지 끝내 말하지 않았지. 나에 대해서도 말하지 마시오! 이곳에 나를 아는 사람은 아무도 없소. 당신이 한때 나를 남편이라 불렀다는 사실을 누구에게도 말하지 마시오! 나는 이곳 변경의 황무지에 천막을 치고 살 생각이오. 다른 곳에서는 인간들로부터 고립된 방랑자에 불과하지만 이곳에는 나와 가장 가까운 사이라 할 수 있는 남자와 여자, 아이가 있으니 말이오. 사랑의 관계든 증오의 관계든, 옳은 관계든 그릇된 관계든 상관없소! 헤스터 프린, 당신과 당신의 모든 것은 나의 것이오. 당신이 있는 곳, 그자가 있는 곳이 곧 나의 집이오. 하지만 내가 누구인지 절대 말하지 마시오!"

"왜 그런 걸 바라는 거죠? 당장 당신의 정체를 밝히고 나를 버리지 않는 이유가 뭐냐고요."

헤스터는 이유를 알 수 없지만 이 비밀스러운 합의에 오싹해졌다.

"아마도 부정한 여자의 남편이라는 불명예를 피하기 위해서겠지. 다른 이유가 있을지도 모르고. 어쨌든 아무도 모르게 살다가 죽는 게 나의 목적이오. 그러니 당신의 남편은 이미 죽은 사람이고 영영 아무런 소식도 보내지 않는다고 해둡시다. 말로든 손짓으로든 눈빛으로든 나를 아는 티를 내지 마시오. 무엇보다도 당신과 정을 통한 그자에게 절대 비밀을 누설하지 마시오. 조심해야 할 거요! 그의 명예와 지위, 목숨이 모두 내 손안에 있을 테니까. 조심하시오!"

"그 사람의 비밀을 지키듯이 당신의 비밀도 지킬게요."

헤스터가 말했다.

"맹세하시오!"

그의 말에 헤스터는 맹세를 했다.

"그럼, 프린 부인. 이제 그만 당신을 두고 가겠소."

늙은 로저 칠링워스가 말했다. 앞으로 그는 그 이름으로 불리게 될 것이었다.

"당신과 당신의 아기, 그리고 주홍 글자를 두고 가겠소. 그런데 그 징표는 어떻소, 헤스터? 잘 때도 뗄 수 없는 건가? 악몽이나 불길한 꿈을 꿀까봐 두렵지 않소?"

헤스터는 그의 눈에 담긴 표정을 보고 불안해하며 물었다.

"왜 나를 보고 그렇게 웃는 거죠? 혹시 이 근처 숲에 출몰한다는 악마가 당신인가요? 내 영혼을 파괴하는 계약에 나를 끌어들인 건가요?"

"당신의 영혼은 아니오."

그는 또 한 번 미소를 지으며 대꾸했다.

"당신의 영혼은 아니지!"

제5장 바느질하는 헤스터

마침내 헤스터 프린의 감옥살이가 끝났다. 옥문이 활짝 열리고 그녀는 햇살 속으로 걸음을 내디뎠다. 그녀의 지치고 병든 마음에는 세상 모든 것을 똑같이 비추는 햇살이 오로지 자기 가슴에 수 놓인 주홍 글자를 보여주기 위해 내리쬐는 듯 느껴졌다. 어쩌면 앞에서 묘사한 장면에서 그랬듯 구경꾼들이 줄줄이 따라오고 온 세상의 손가락질을 받는 치욕을 당할 때보다 처음으로 혼자 이 감옥 문을 나서는 지금이 더 생생한 고문이었을 것이다. 그때는 기이하리만치 신경이 곤두서고 전투력이 넘쳐서 그 현장을 일종의 섬뜩한 승리의 순간이라고 상상할 수 있었다. 더군다나 평생에 오직 한 번만 겪는 단편적인 사건이었으므로 평온한 시절을 몇 년쯤 버틸 수 있는 힘을 모아 아낌없이 쏟아부었다. 그녀를 단죄한 법이, 강철 같은 팔로 파괴만 하는 것이 아니라 지탱해주기도 하는 그 냉혹한 얼굴의 거인이 치욕이라는 끔찍한 시련을 견디도록 지탱해주었다. 그러나 홀로 감옥에서 나와 일상을 시작하게 된 지금은 그녀의 본성이 지닌 평범한 자원으로 버티지 않으면 쓰러지는 수밖에 없었다. 더는 미래의 자원을 끌어와 현재의 고통을 버티는 데 쓸 수 없는 노릇이다. 내일은 또 내일의 시련이 있을 테니까. 다음 날도, 또 그다음 날도. 날마다 그날의 시련이 있을 테고 그 모든 시련은 말할 수 없이 고통스러울 것이다. 먼 훗날에도 고통은 계속될 것이며 그녀는 그 무거운 짐을 팽개치지 못하고 계속 견뎌야 한다. 날이 가고 해가 갈수록 수치의 더미 위에 또 다른 불행이 쌓일 것이다. 그리고 줄곧 그녀는 개성을 잃고 설교자와 도덕가들이 여성의 나약함과 부정한 정욕을 설명하기 위해 구체적인 예로 사용하는 상징으로 전락할 것이다. 젊고 순수한 이들은 명망 있는 집안에서 태어나 가슴에 불길처럼 타오르는 주홍 글자를 달고 있는 그녀를, 한때는 순결했지만 이제는 역시 성숙한 여인이 될 아기를 낳은 그녀를 죄의 형상이자 형체로, 실체로 보라고 배울 것이다. 그리고 그녀가 무덤까지 가져갈 치욕이 결국 그녀의 묘비를 대신할 것이다.

그녀의 앞에는 넓은 세상이 있었다. 판결문에 이 기이하고 구석진 청교도 마을을 벗어날 수 없다는 조항이 있는 것도 아니다. 따라서 그녀는 언제든 고향이나 유럽의 다른 지역으로 돌아가 새로운 환경에서 자신의 평판과 정체를 숨기고 새로 태어난 듯 살아갈 수 있었다. 그런가 하면 컴컴하고 불가사의한 숲의 입구도 활짝 열려 있었으므로 그녀의 본성이 지닌 야수성을 발휘해 그녀에게 유죄를 선고한 법과는 다른 관습과 생활 방식을 따르는 이들과 살아갈 수도 있었다. 그런데도 이 여인이 수치의 표본으로 살아갈 수밖에 없는 이곳을 집으로 삼는 것은 의아하게 보일 수도 있다. 그러나 숙명이라는 것이 있다. 심판의 힘을 지닌 듯 저항할 수도 피할 수도 없는 이끌림. 이런 힘이 작용하면 평생을 채색할 만큼 엄청난 사건이 일어난 곳을 떠나지 못하고 유령처럼 떠돌게 된다. 그러나 그 영향이 막강할수록 삶은 어두운 빛깔을 띠고 처연해진다. 그녀의 죄, 그녀의 치욕은 그녀가 이 땅에 심은 뿌리였다. 거기에서 자란 새 삶은 이 땅에 더 깊이 동화되어 다른 모든 순례자와 나그네에게는 여전히 적대적인 이 황무지를 거칠고 지긋지긋하나마 평생 살아갈 헤스터 프린의 고향으로 바꿔준 듯했다. 이에 비하면 지상의 다른 모든 곳, 심지어 행복한 유년 시절과 결혼 전의 티 없는 시절이 오래전에 벗어놓은 옷처럼 어머니의 품에 안겨 있을 것 같은 영국의 시골 마을조차도 이제는 낯선 땅이 되었다. 그녀를 이곳에 묶어놓은 끈은 단단한 쇠사슬인지라 그녀의 마음을 깊이 후벼 파는데도 결코 끊을 수 없었다.

어쩌면 그녀가 그토록 큰 고통을 안긴 장소와 길을 벗어나지 못하는 것은 다른 감정 때문이었을지도 모른다. 아니, 자신에게도 숨겨놓은 그 비밀이 구멍에서 기어 나오는 뱀처럼 가슴을 뚫고 나오려 할 때마다 하얗게 질리곤 했지만, 사실은 의심의 여지가 없었다. 그녀가 한 몸이라고 느끼는 사람이 이곳에 살며 그 길을 걸어 다닌다는 것. 지상에서는 티를 내지 못해도 최후의 심판대에 서게 되면 그것을 결혼의 제단으로 삼아 영원히 함께 벌을 받을 사람이었다. 영혼을 유혹하는 악마는 끊임없이 헤스터의 머리에 이런 상념을 집어넣고는 격정적이고 무모한 환희에 사로잡힌 그녀를 보며 한껏 비웃어 준 뒤 도로 거두어갔다. 그녀는 차마 똑바로 마주할 수 없는 그 생각을 서둘러 깊은 지하 감옥에 집어넣고 빗장을 걸었다. 결국 그녀는 뉴잉글랜드 주민으로 계속 살아가는 이유를 생각해낸 뒤 억지로 믿기로 했지만 절반만 사실이고 절반은 자기기만이었다. 이곳이 죄를 지은 곳이니 이곳에서 지상의 벌을 받아야 한다는 것. 날마다 수치의 고문을 견디면 결국 영혼이 정화되고, 잃어버린 순결을 되찾지는 못해도 다른 순결, 수난에 따르는 더 성스러운 순결을 얻을 수도 있다는 것. 그것이 그녀가 고안한 이유였다.

그래서 헤스터 프린은 도망치지 않았다. 반도의 경계 안에 속했지만 마을과는 조금 떨어진 외곽에 작은 초가집이 있었다. 초창기 이주민이 지었다가 농사에 척박한 땅이라 버리고 갔지만 외진 편이라 이주민들이 즐기는 사교 활동에서 벗어나 있었다. 집은 해안에 있었고 우묵하게 들어온 바다 건너 서쪽에는 숲이 우거진 언덕들이 보였다. 이 반도에서만 자라는 나지막한 덤불은 이 오두막을 가려주기는커녕 오히려 숨기고 싶거나 숨겨야 하는 무엇이 여기 있다고 알려주는 듯했다. 그녀는 여전히 의심의 눈초리로 감시하는 치안판사들의 허락을 받아 얼마 안 되는 돈으로 이 작고 외로운 집에서 아기와 함께 살림을 꾸렸다. 그러자 순식간에 이곳에는 신비로운 의심의 그림자가 드리워졌다. 이 여인이 왜 온정이 닿지 않는 곳에 살아야 하는지 모르는 어린아이들이 살금살금 찾아와 그녀가 오두막 창가에서 바느질하거나 문가에 서 있거나 작은 텃밭에서 일을 하거나 마을로 향하는 길로 나서는 모습을 훔쳐보곤 했다. 그러다가 그녀의 가슴에 달린 주홍 글자를 보면 전염성 강한 묘한 공포에 사로잡혀 황급히 흩어졌다.

외로운 처지인 데다 감히 찾아오는 친구 하나 없었지만 생계를 걱정할 필요는 없었다. 그녀에게는 한 가지 기술이 있었는데, 마을이 작은 탓에 널리 활용할 수는 없어도 무럭무럭 자라는 아기와 그녀가 먹고살 돈을 벌기에는 충분했다. 그것은 그때나 지금이나 여자가 익힐 수 있는 유일한 기술인 바느질이었다. 그녀가 정성스레 수놓아 가슴에 달고 다니는 글자는 궁정 여인들조차도 비단실과 금실로 짠 옷감에 인간의 손이 만든 풍성하고 고상한 장식을 달기 위해 기꺼이 구하려 할 만큼 섬세하고 창의적인 솜씨를 보여주는 견본이었다. 주로 검고 수수한 청교도의 옷차림을 생각하면 그녀의 훌륭한 바느질을 찾는 사람이 그리 많았을까 싶다. 그러나 시대의 취향은 이런 우아함을 요구했기에 아무리 준엄하다 해도 포기하기 힘든 유행을 고향에 두고 온 우리의 선조들은 흔들리지 않을 수 없었다. 성직 서임식과 치안판사 임명식을 비롯해 새 정부의 힘을 과시하는 장엄한 공식 행사에서는 정책상 위엄 있고 체계적인 의식과 엄숙하면서도 정교한 장중함을 보여주어야 했다. 풍성한 주름 깃과 공들여 만든 띠, 우아하게 수놓은 장갑은 지배권을 쥔 인사들의 공식적인 지위를 드러내는 필수품이었으므로 사치 금지법 때문에 서민들에게는 금지된 낭비가 부와 지위를 지닌 이들에게는 쉽게 허락되었다. 장례 의식에서도 망자에게 입히는 수의뿐 아니라 검은 천과 흰 천으로 유족의 슬픔을 표현하는 갖가지 상징적인 의장에 헤스터 프린 같은 기술자의 손길이 종종 필요했다. 당시에는 아기들도 예복을 입었으므로 아기 옷도 노역과 돈벌이의 기회가 되었다.

헤스터의 바느질은 꽤 빠른 속도로 점차 요즘 말하는 유행이 되어갔다. 비참한 운명의 여인을 위로하는 마음에서였는지, 평범하거나 무가치한 것에도 괜한 가치를 부여하는 병적인 호기심 때문이었는지, 혹은 그때도 지금처럼 아무나 구할 수 없는 것을 누군가는 쉽게 구할 수 있었는지, 그도 아니면 원래 메울 수 없는 공백을 헤스터가 메웠는지는 몰라도, 어쨌든 그녀가 적당한 시간만큼 바느질을 하면 쉽게 정당한 보상을 누릴 만한 일거리가 있었다는 것만은 확실하다. 어쩌면 화려하고 장엄한 의식에서 죄인의 손으로 바느질한 옷을 입음으로써 허영에 대한 죗값을 치르려 했는지도 모르겠다. 그녀의 바느질은 총독의 주름 깃에서도 보였고 군인의 견대와 목사의 띠에서도 볼 수 있었으며, 아기의 작은 모자를 장식하기도 했고 죽은 이의 관 속에서 끝내는 곰팡이에 뒤덮여 사라지기도 했다. 그러나 그녀의 솜씨가 신부의 순결한 홍조를 가리는 하얀 면사포를 장식했다는 기록은 찾아볼 수 없다. 이는 사회가 끊임없이 가혹하게 그녀의 죄를 비난했다는 뜻일 것이다.

헤스터는 자신을 위해서는 가장 금욕적이고 검소한 생활을, 아기를 위해서는 조금 더 풍족한 생활을 하는 것으로 만족할 뿐 그 이상 욕심을 내지 않았다. 그녀의 옷은 가장 거칠고 칙칙한 천으로 만들었고 장식은 오직 하나, 늘 달고 다녀야 하는 주홍 글자뿐이었다. 반면 아이의 옷은 환상적인 독창성이라 할 법한 화려한 특징을 자랑했는데, 이는 이 어린 소녀에게 일찍부터 나타난 비현실적인 매력을 한층 부각했다. 거기에는 좀 더 깊은 의미가 있는 듯했지만 이에 대해서는 나중에 얘기할 기회가 있을 것이다. 아기 옷을 장식하는 데 쓰는 약간의 지출을 제외하고 나머지 여윳돈은 모두 자선을 베푸는 데 썼다. 그러나 그것을 받은 이들은 그녀보다 형편이 나쁘지 않았을뿐더러 자비를 베푸는 손을 모욕하기 일쑤였다. 그녀는 좋은 옷을 만드는 데 쓰는 시간을 쪼개 가난한 사람들에게 수수한 옷을 만들어주었다. 이런 수고를 속죄의 방식으로 여겼을 수도 있고, 단순한 노동에 많은 시간을 쏟으며 자신의 쾌락을 제물로 바치려 했는지도 모른다. 천성적으로 풍부하고 관능적인 동양풍 취향을 가진 그녀는 화려한 아름다움을 좋아했지만 그녀의 삶에서 정교한 바느질을 제외하고는 그것을 드러낼 일이 없었다. 여자는 남자와 달리 섬세한

바느질을 하는 데서 즐거움을 느낀다. 헤스터 프린에게는 그
것이 삶의 열정을 표출하고 달래는 수단이었는지도 모른다.
다른 즐거움과 마찬가지로 그녀는 삶의 열정도 죄라고 여기
며 자제했다. 이렇게 하찮은 문제에서도 병적으로 양심의 가
책을 느꼈다는 것은 진심으로 회개하고 있었다기보다는 미
심쩍은 무언가, 양심에 크게 찔리는 무언가가 있었다는 뜻이
아닐까 싶다.

　이런 식으로 헤스터 프린은 세상에서 할 수 있는 일을 찾았
다. 세상은 비록 여자가 느끼기에 카인의 이마에 찍힌 낙인보
다도 견디기 힘든 표식을 그녀에게 달아주었지만, 강인한 성
격과 진귀한 재주를 타고난 그녀를 완전히 내칠 수는 없었다.
그러나 그녀는 사회와 교류하면서도 그 안에 속해 있다고 느
끼지 못했다. 그녀가 접촉하는 사람들의 몸짓과 말, 심지어
는 침묵에도 그녀는 추방자이며 혼자 다른 세상에 살고 있다
거나 보통 사람들과는 다른 기관과 감각을 통해 인간 사회와
교류하고 있다는 뉘앙스가 담겨 있었고 노골적으로 표현되
는 경우도 많았다. 또한 그녀는 세간의 관심에서 동떨어져 있
으면서도 결코 멀리 갈 수 없었다. 흡사 생전에 익숙했던 난
롯가에 찾아와도 사람들에게 보이지 않고 말을 걸 수 없으며
가족의 기쁨과 슬픔을 나눌 수도 없는 유령 같은 존재였다.
설사 금지된 공감을 드러내는 데 성공한다 해도 사람들은 공
포와 지독한 혐오감을 드러낼 테니 말이다. 실제로 그녀는 사
람들에게 이런 혐오감과 쓰디쓴 냉소만을 불러오는 듯했다.

아직은 사려 깊은 행동이 발달한 시대가 아니었다. 어떤 사람들은 그녀가 이미 잘 알고 잊을 리도 없는 그녀의 가장 큰 약점을 틈만 나면 가혹하게 후벼 파며 새록새록 그녀의 자리를 일깨워 고통을 주었다. 앞에서도 말했듯이 그녀가 자비를 베푼 가난한 사람들이 도움의 손길을 매도하는 경우도 많았다. 일 때문에 찾아간 지체 높은 여인들 역시 그녀의 가슴에 쓰디쓴 독약을 한 방울씩 떨어뜨리곤 했다. 때로는 여자들이 흔히 그렇듯 일상의 사소한 문제들로 미묘한 독약을 지어 조용히 악의를 드러내는 연금술을 부렸고, 때로는 상처가 벌어져서 훤히 드러난 가슴을 야비한 표현으로 세차게 때렸다. 헤스터는 오랫동안 자신을 단련했다. 창백한 뺨에 한껏 올라왔다가 가슴 깊은 곳으로 가라앉는 홍조야 어쩔 수 없었지만 다른 방식으로는 전혀 반응하지 않았다. 그녀는 순교자에 가까운 인내를 발휘했지만 적을 위해 기도하는 것은 삼갔다. 마음으로는 용서하고 싶어도 축복의 말이 제멋대로 뒤틀려 저주로 바뀔까봐 두려웠기 때문이다.

일회성이 아니라 지속적으로 효력을 발휘하도록 교묘하게 설계된 청교도 법정의 선고는 수백 가지 방식으로 끊임없이 그녀에게 새록새록 고통을 주었다. 성직자들이 길에서 이 가엾은 죄인을 만나 걸음을 멈추고 훈계를 하면 사람들이 모여들어 비웃거나 험상궂은 표정을 짓곤 했다. 하느님은 모두의 아버지이니 안식일의 미소를 함께 나누려 교회에 들어서면 하필 자신의 이야기가 설교의 주제로 떠올랐다. 헤스터는 아이들도 무서워졌다. 부모의 영향을 받아 아이 하나만 데리고 조용히 마을을 돌아다니는 이 음울한 여인을 막연히 두려워했기 때문이다. 아이들은 그녀를 마주치면 옆으로 비켜섰다가 그녀가 지나가고 나면 멀리서 날카로운 고함을 지르며 쫓아왔고, 그들이 무의식적으로 내뱉은 말 한마디가 그녀에게는 끔찍한 비수로 꽂혔다. 그녀의 치욕이 널리 퍼져 온 세상이 알게 된 듯했다. 나뭇잎들이 저희끼리 이 어두운 이야기를 속삭였다 해도, 여름의 산들바람이 그 얘기를 실어 날랐다 해도, 혹은 겨울의 거센 바람이 큰 소리로 외쳤다 해도 이보다 고통스럽지는 않았으리라! 낯선 사람의 시선도 색다른 고문이었다. 이방인들은 어김없이 의아한 눈으로 주홍 글자를 바라보았고 그럴 때마다 헤스터의 가슴에는 새로이 낙인이 찍히는 듯했다. 그 글자를 손으로 가리고픈 충동이 들었지만 간신히 억눌렀다. 그렇다고 아는 사람들의 시선이 덜 고통스러운 것은 아니었다. 낯익은 이의 서늘한 눈길은 더더욱 견디기 힘들었다. 한마디로 헤스터 프린은 주홍 글자로 향하는 사람들의 시선에 언제나 끔찍한 고통에 시달렸다. 그 자리의 열기는 도무지 식지 않았다. 오히려 나날이 이어지는 고문에 더욱 예민해지는 것 같았다.

그러나 가끔, 며칠 또는 몇 달에 한 번 그 수치스러운 낙인에 어떤 시선이, 그러니까 어느 한 인간의 시선이 닿을 때면 그녀의 고통을 나눠 가기라도 한 듯 잠시나마 마음이 편안해졌다. 그러나 금세 다시 밀려드는 고통은 전보다 훨씬 괴로웠다. 그 짧은 순간에 새로이 죄를 지은 탓이었다. 그렇다면 죄 지은 사람이 헤스터뿐이었을까?

오롯이 혼자 감내해야 하는 이 기이한 고통은 그녀의 상상력에도 영향을 미쳤다. 도덕적으로나 지적으로 더 허약한 사람이었다면 그 영향은 더 심각했을 것이다. 어쨌든 그녀는 겉으로만 관계를 맺고 있는 이 작은 세상을 외로운 발걸음으로 오가면서 이따금 그 주홍 글자가 새로운 감각을 부여했다고 느꼈다. 혼자만의 착각이라 해도 부인하기에는 너무나 강렬했다. 몸서리를 치면서도 믿지 않을 수 없는 그 감각은 바로 사람들의 마음속에 숨겨진 죄를 교감으로 알아차리는 것이었다. 이를 느낄 때면 공포에 휩싸였다. 대체 무엇이었을까? 타락 천사의 사악한 속삭임이었나? 자신에게 온전히 넘어오지 않고 발버둥 치는 이 여인에게 표면적인 순결은 허위에 불과하며 세상 어디서든 진실을 볼 수 있다면 헤스터 프린 말고도 많은 사람의 가슴에서 주홍 글자가 번쩍거릴 거라고 타락 천사가 속삭인 것이 아니라면 무엇이란 말인가? 모호한 동시에 너무나 분명한 이런 암시를 진실로 받아들여야 할까? 그녀는 비참한 일을 많이 겪었지만 이렇게 혐오스럽고 진저리 나는 느낌은 처음이었다. 더 당황스럽고 충격적인 점은 그런 상황이 전혀 예기치 못한 순간에 불경스러울 만큼 뜬금없이 찾아온다는 것이었다. 때로는 오랜 가치를 중시하는 시대의 사람들이 천사와 교류하는 존재로 우러러보는, 경건함과 정의의 표본이라 할 만큼 덕망 높은 목사나 치안판사의 옆을 지나갈 때 그녀의 가슴에 달린 붉은 치욕의 표시가 교감하듯 고동쳤다. 헤스터는 "어떤 사악한 존재가 나타난 걸까?" 하고 중얼거렸다. 그러고는 마지못해 고개를 들어보면 이 지상의 성자 말고는 아무도 보이지 않았다! 또 세간의 평으로는 평생 가슴에 눈을 품은 듯 차갑게 살아왔다는 도도한 노부인의 찡그린 얼굴을 마주했을 때 묘한 동질감이 완고하게 고개를 들기도 했다. 그 부인의 가슴에 숨어 있는 차가운 눈덩이와 헤스터 프린의 가슴에서 뜨겁게 타오르는 수치 사이에 어떤 공통점이 있단 말인가? 그뿐만이 아니었다. '보라, 헤스터, 여기 네 동지가 있다!'라고 경고하는 듯한 전율이 일어 고개를 들어보면 웬 젊은 아가씨가 겸연쩍게 주홍 글자를 곁눈질하다가 그 잠깐의 시선에도 자신의 순결이 더러워진다는 듯이 서늘하게 얼굴을 살짝 붉히며 얼른 고개를 돌렸다. 아, 이 치명적인 징표를 부적으로 삼는 악령이여, 정녕 그대는 젊든 늙었든 이 가엾은 죄인이 존경할 대상을 하나도 남겨놓지 않으려 하는가? 이처럼 믿음을 잃는 것은 무엇보다 슬픈 죗값이리라. 그럼에도 헤스터 프린은 자신 같은 죄인은 없다고 믿으려 했다. 이는 자신의 박약함과 인간의 가혹한 법의 제물이 된 이 가엾은 여인이 완전히 타락하지 않았다는 증거로 봐야 하리라.

그 따분했던 시대에 상상력을 자극하는 소재를 만나면 괴기스러운 공포를 덧칠하려 열을 올리던 뭇사람들은 주홍 글자에 관해서도 무시무시한 전설이 될 만한 이야기를 지어냈다. 글자를 수놓은 주홍빛 천이 보통 염료로 물들인 것이 아니라 지옥 불로 빨갛게 달군 것이라서 헤스터 프린이 밤에 밖으로 나오면 환하게 번쩍거린다는 것이었다. 전설을 잘 믿지 않는 우리 현대인들은 인정하지 않으려 들겠지만 주홍 글자가 헤스터의 가슴을 까맣게 태운 것으로 보아 어쩌면 그들의 주장도 일리가 있었을지 모른다.

제6장 펄

　우리는 아직 헤스터 프린의 아이에 관해서는 많은 얘기를 하지 않았다. 이 작은 생명체는 헤아릴 수 없는 신의 뜻에 따라 죄로 물든 정욕의 도가니에서 순수하게 피어난 아름다운 불멸의 꽃이었다. 아이가 성장할수록 하루하루 눈부신 광휘를 발하는 아름다움과 아이의 작은 얼굴 위로 가물거리는 지성의 빛을 지켜보면서 이 슬픈 여인은 얼마나 신통해했겠는가! 그녀의 펄! 그것이 헤스터가 붙인 이름이었다. 그렇다고 아이가 진주처럼 희고 차분하며 서늘해 보인다거나 진주를 떠올리게 하는 외모를 지닌 것은 아니었다. 그보다는 그녀가 가진 모든 것을 털어야 살 수 있는 값진 존재, 어미의 하나뿐인 보물이라는 뜻이었다! 인간이 이 여인의 죄를 표시하기 위해 붙인 주홍 글자는 워낙 강력하고 파괴적인 힘을 지녀서 그녀처럼 죄지은 자가 아니고서는 누구의 동정도 닿을 수 없었다. 그런데 신은 이처럼 인간이 범한 죄의 직접적인 결과로서 그 치욕의 표시를 단 가슴에 이토록 사랑스러운 아기를 안기신 것이다! 이 아기는 어미를 영원히 인류와 그 후손과 연결해준 뒤 결국에는 하늘의 축복받은 영혼이 될 것이다. 그러나 이런 생각은 헤스터 프린에게 희망보다는 불안을 안겼다. 자신이 부도덕한 짓을 저질렀음을 잘 아는 그녀는 그 결과물이 좋을 것이라 믿을 수 없었다. 점점 발전해가는 아이의 성향을 하루하루 걱정스레 관찰하면서 아이의 탄생에 얽힌 죄에 부합하는 어둡고 거친 특성이 나타날까 불안해했다.

아기에게 신체적 결함이 없는 것은 분명했다. 온전한 비율과 활력, 처음 써보는 팔다리를 제대로 움직이는 능력으로 보아 에덴동산에서 태어났더라도 부족함이 없었다. 인류 최초의 부모가 추방되고 나서도 그곳에 남아 천사들의 즐거움이 되었을 것이다. 이 아이에게는 티 없는 아름다움과 함께 언제나 이와 공존한다고 말할 수는 없는 타고난 우아함이 있었다. 아무리 수수한 옷을 입어도 가장 잘 어울리는 옷인 듯 보는 사람의 눈을 사로잡았다. 그렇다고 어린 펄이 촌스러운 옷을 입은 것은 아니었다. 그 병적인 이유는 나중에 이해하게 되겠지만, 어쨌든 아이의 어미는 가능한 범위 내에서 가장 풍성한 옷감을 구하고 상상력을 총동원해 아기가 사람들 앞에 입고 나갈 옷을 만들고 장식했다. 그렇게 꾸민 아이는 몸집이 조그마한데도 위풍당당해 보였고, 본래 지닌 아름다움부터가 워낙 눈부신지라 아름다운 옷에 묻히기는커녕 옷을 뚫고 나와 주위를 에워싼 후광이 어둑한 오두막의 마룻바닥을 비출 정

도였다. 요란하게 놀다가 옷이 찢어지고 더러워져 시커멓게
변해도 그 나름대로 완벽한 한 폭의 그림 같았다. 펄에게는
변화무쌍한 매력이 있었다. 시골 아이의 들꽃 같은 수수함부
터 귀족 아기의 기품에 이르기까지 다양한 면모가 엿보였다.
그러나 어떤 모습에서든 절대 잃지 않는 특성, 말하자면 깊은
빛깔을 지닌 열정이 있었다. 만약 변화할 때마다 그 빛깔이
희미해지거나 흐릿해졌다면 아이는 정체성을 잃었을 것이다.
그렇다면 더 이상 펄이라 할 수 없었다!

　이런 외적인 변화무쌍함은 아이의 내면에 있는 다양한 특
성을 보여줄 뿐 아니라 더없이 정확하게 표현해주었다. 아이
의 기질은 다양한 동시에 깊이 있는 듯했으나 헤스터의 걱정
이 낳은 착각인지는 몰라도 자신이 태어난 세상과는 관련이
없었고 그에 걸맞지도 않았다. 아이는 도무지 규칙을 따르려
들지 않았다. 존재 자체로 이미 법칙을 크게 위반한 아이였
다. 구성 요소들은 아름답고 눈부실지 몰라도 뒤죽박죽 배합
되었고, 나름의 질서가 있다고 해도 변화와 배열의 규칙을 찾
기 어려웠다. 헤스터는 펄이 영적인 세계에서 정신을 채우고
지상의 질료로부터 육신을 만들어가던 그 짧은 시기에 자신
이 어떠했는지 돌아보며 아이의 성격을 추론할 수밖에 없었
지만, 그마저도 더없이 모호하고 불완전했다. 정욕에 휩싸인
어미의 상태가 아직 태어나지 않은 아기에게 정신적인 삶의
빛을 전파하는 매개가 되었을 터, 그 빛이 본디 희고 깨끗했
다 할지라도 도중에 끼어든 이 매개물 때문에 깊은 붉은빛과

금빛, 이글거리는 광채, 검은 그림자와 누그러지지 않는 광원이 짙게 배어들었다. 무엇보다도 그 시기에 헤스터의 마음에서 일어난 극심한 갈등이 펄에게 영구히 새겨졌다. 그녀는 자신의 거칠고 무모하며 반항적인 기분과 변덕, 심지어는 가슴에 품었던 우울감과 낙담의 그림자도 발견하곤 했다. 이런 그림자는 어린아이의 아침 햇살 같은 기질 덕분에 환하게 빛났지만 시간이 지나면 폭풍과 회오리바람으로 바뀔지도 모를 일이었다.

그 시대의 가정교육은 지금보다 훨씬 엄격했다. 성서의 가르침에 힘입어 험악한 얼굴로 호되게 꾸짖거나 매질하는 것이 잘못을 벌하는 수단뿐 아니라 아이의 덕성을 기르기 위한 건전한 훈육법으로 통용되었다. 그러나 하나뿐인 아이를 홀로 키우는 헤스터 프린은 필요 이상으로 엄격하게 굴지 않았다. 다만 자신의 과오와 불행을 의식한 터라 자기 손에 맡겨진 어린 생명을 일찍부터 다정하면서도 엄하게 통제하려 노력했다. 뜻대로 되는 일은 아니었다. 웃어보기도 하고 무서운 얼굴을 하기도 했지만 양쪽 모두 효과가 없다는 결론을 내리고는 결국 물러서서 아이가 마음대로 하도록 내버려두기 시작했다. 물론 물리적인 강요나 제재는 당장 효과가 있었다. 그러나 감정이나 이성에 호소하는 다른 훈육 방법이 어린 펄에게 효과가 있는지 여부는 아이의 변덕에 따라 달라졌다. 펄이 아직 아기였을 때 그녀는 아무리 강요하거나 설득하거나 애원해도 소용없음을 알려주는 아이의 표정을 알게 되었다.

총명해 보이면서도 무어라고 설명할 수 없고 삐딱하거나 때로는 못돼 보이기까지 하는 표정이었고 여기에는 대개 주체할 수 없는 활기가 동반되었으므로, 그런 순간이면 헤스터는 펄이 인간의 아이가 맞을까 하는 의문을 떨칠 수 없었다. 오히려 오두막의 마룻바닥에서 잠시 놀다가 비웃음을 지으며 사라져버릴 요정 같았다. 야수성이 빛나는 아이의 새까만 눈에 그런 표정이 나타나면 손에 잡을 수 없는 아득한 존재를 마주하는 느낌이 들었다. 어디서 왔는지도 어디로 갈지도 모르는 채 허공을 떠돌다가 가물거리는 빛처럼 사라져버릴 것만 같았다. 그런 눈빛이 보이면 헤스터는 자기도 모르게 아이에게 얼른 달려가 도망치기 시작하는 이 꼬마 요정을 따라잡은 뒤 가슴에 꼭 끌어안고 열성적으로 입맞춤을 퍼부었다. 넘치는 사랑을 주체할 수 없어서가 아니라 펄이 피와 살로 이뤄진 인간임을, 허상이 아님을 확인하기 위해서였다. 그러나 붙잡힌 펄이 낭랑하고 흥에 겨운 웃음을 터트리면 의혹이 한층 커질 뿐이었다.

펄은 너무도 큰 값을 치르고 얻은, 삶의 하나뿐인 보물이었지만 그 애와 어미 사이에는 이처럼 기이하고 이해할 수 없는 마법이 너무도 자주 일어났고, 그럴 때면 헤스터는 가슴이 찢어지는 고통에 울음을 터트렸다. 그러면 펄은 엄마에게 어떤 영향을 미칠지도 모르는 채 얼굴을 찌푸리고 작은 손을 꼭 움켜쥐며 차갑고 냉담한 불만의 표정을 지었다. 그러다가 인간의 슬픔을 느낄 수도, 이해할 수도 없다는 듯이 이내 전보다 더 큰 웃음을 터트리곤 했다. 이보다 드문 일이기는 해도 가끔은 감정의 폭발로 자기에게도 감정이 있음을 증명하려는 듯이 격한 슬픔에 온몸을 부들부들 떨며 흐느꼈고 어눌한 말로 엄마에 대한 사랑을 표현하기도 했다. 그러나 헤스터는 이런 돌발적인 애정 표현을 마음 편히 받아들일 수 없었다. 그런 일은 갑자기 찾아왔다가 순식간에 사라졌다. 이런 일들을 곱씹어볼 때면 헤스터는 자기가 주문을 외워 어떤 영혼을 깨웠는데 그 과정에서 뭔가 잘못되어 이 새롭고 이해할 수 없는 존재를 통제하는 주문을 놓쳤다는 느낌마저 들었다. 아이가 평온하게 잠이 들면 그제야 마음이 놓였다. 그 몇 시간 동안 그녀는 아이의 존재를 확신하며 조용하고 슬픈, 그러나 달콤한 행복을 음미했다. 그러고 나면 어린 펄이 눈꺼풀을 살짝 올리고 그 기이한 표정을 가물가물 드러내며 깨어나곤 했다!

언제나 준비된 엄마의 미소와 의미 없는 종알거림의 단계를 지나 펄은 금세, 정말이지 신기할 정도로 금세 사회적 교류를 할 나이가 되었다! 새가 지저귀듯 맑은 펄의 목소리가 다른 아이들의 외침과 어우러졌다면, 장난꾸러기 아이들이 시끌벅적하게 떠드는 가운데서 헤스터 프린이 딸의 목소리를 알아차리고 음미할 수 있었다면 얼마나 행복했을까! 그러나 그런 일은 일어나지 않았다. 펄은 타고나기를 아이들 세계에 낄 수 없는 아이였다. 악마의 자식이고 죄의 상징이자 소산인 펄은 세례받은 아이들과 어울릴 자격이 없었다. 펄은 자신이 외톨이이며 주위에 뚫을 수 없는 울타리가 둘러쳐진 운명을 타고났음을, 간단히 말해 다른 아이들과 비교할 때 아주 독특한 입장임을 직감적으로 알아차린 듯했으니 이보다 놀라운 일이 있을까? 헤스터는 감옥에서 나온 후로 사람들 앞에 나설 때면 언제나 펄을 데리고 다녔다. 마을을 다닐 때도 늘 펄이 곁에 있었다. 아기 때는 품에 안겨 다니던 펄은 어느새 조막만 한 손으로 엄마의 집게손가락을 꼭 잡고 엄마의 한 걸음에 서너 걸음을 옮기며 아장아장 보조를 맞췄다. 그러면서 마을 아이들이 풀이 자란 노변이나 집 문턱에서 청교도의 훈육이 허락하는 만큼 음울하게 까불고 장난치는 모습을 보았다. 아이들은 교회에 가는 놀이나 퀘이커교도를 괴롭히는 놀이를 했고 인디언과 싸우며 머리 가죽을 벗기는 흉내를 내거나 마법사 흉내로 서로 겁을 주었다. 펄은 그 모습을 관심 있게 바라볼 뿐 결코 다가가지 않았다. 누가 말을 걸어도 대꾸하지 않았다. 가끔 아이들이 주위로 몰려들면 펄은 작은 분노를 터트리며 돌멩이를 집어 던지거나 알아들을 수 없는 말을 외쳤는데, 그럴 때면 아이의 엄마는 그 소리가 모르는 언어로 지껄이는 마녀의 저주와 너무도 흡사해서 몸서리쳤다.

사실 극도로 편협한 사고방식을 익힌 청교도 아이들은 이들 모녀에게 평범하지 않은 기이하고 섬뜩한 무언가가 있음을 어렴풋이 감지했다. 그래서 마음 깊이 그들을 멸시했고 욕설을 퍼붓는 경우도 드물지 않았다. 펄은 그들의 감정을 느끼고 아이의 가슴에 품을 수 있는 가장 쓰디쓴 증오를 되돌려 주었다. 이렇게 사나운 기질을 분출하는 모습이 엄마에게는 고맙게 느껴졌고 심지어 위안을 주기도 했다. 그도 그럴 것이, 아이의 잦은 변덕은 이해할 수 없어 답답할 때가 많았지만 적어도 이런 행동에는 이해할 수 있는 진심이 담겨 있었기 때문이다. 그러나 한편으로는 그런 모습에서 헤스터 자신의 내면에 있던 악마의 그림자를 발견하고 경악하기도 했다. 이 모든 증오와 열정은 펄이 헤스터의 가슴에서 필연적으로 물려받은 것이었다. 모녀는 인간 사회와 동떨어진 고립의 원 안에 함께 서 있었고, 펄이 태어나기 전에 헤스터 프린을 괴롭혔으나 모성애가 발동하면서 누그러지기 시작한 그 불온한 요소들이 아이의 성향에 각인된 것 같았다.

펄은 엄마의 오두막 안이나 그 주변에서는 딱히 다양한 친구를 원하지 않았다. 오히려 횃불이 닿는 곳마다 불길이 일 듯 창의성이 넘치는 펄의 정신에서 주문이 흘러나와 수많은 사물에 생명을 부여했다. 나무 막대나 헝겊 뭉치, 꽃처럼 뜬금없는 사물이 펄의 마법에 꼭두각시가 되어 겉모습은 전혀 변하지 않은 채 아이의 머릿속에서 펼쳐지는 연극 무대에 올랐다. 펄은 아기 목소리로 젊거나 늙은 다양한 배역을 맡아 연기했다. 시커멓고 근엄하며 신음이나 다른 구슬픈 소리를 산들바람에 실어 보내는 늙은 소나무들은 굳이 변신시키지 않아도 청교도 노인들을 맡기기에 제격이었다. 마당에 자라난 볼썽사나운 잡초들은 그 자식들이 되어 펄에게 무자비

하게 맞거나 뿌리째 뽑혔다. 참으로 경이로운 일이었다. 펄이
상상력으로 빚어낸 다양한 형상들은 일관성도 없이 늘 기이
하리만치 활기차게 벌떡 일어나 춤을 추다가도 빠르고 열광
적인 삶의 흐름에 지친 듯 이내 늘어졌고, 그러고 나면 다른
형상들이 그와 똑같이 원기 왕성하게 나타났으니 말이다. 북
극광을 제외하고 이처럼 변화무쌍한 것은 세상에 없었다. 그
러나 자라나는 머리로 이처럼 상상력을 발휘하고 유희를 벌
이는 것은 총명한 아이에게서 흔히 볼 수 있는 특징에 불과
했는지도 모른다. 다만 펄은 인간 친구가 없어서 자신이 만들
어낸 상상의 친구들과 어울렸을 뿐. 특이한 점은 자신의 가슴
과 머리에서 태어난 모든 존재를 적대시했다는 것이다. 펄은
친구를 만들기보다는 언제나 분쟁의 씨앗을 널리 뿌리는 듯
했고, 그 자리에서 무장한 적이 돋아나면 싸우려고 달려들었
다. 그렇게 어린아이가 끊임없이 세상을 적대시하고 필연적
으로 치르게 될 전투에서 방어력을 기르기 위해 열성적으로
훈련하는 모습은 서글프기 그지없었으니, 아이가 그렇게 된
것이 자기 탓이라고 생각하는 어미에게는 얼마나 슬픈 일이
었겠는가!

　펄을 바라보던 헤스터 프린은 일감을 무릎에 내려놓고 숨기
고 싶어도 절로 터져 나오는 신음 섞인 절규를 외치곤 했다.

　"아, 하늘에 계신 아버지, 당신이 아직도 저의 아버지시라
면 제가 세상에 데려온 이 아이는 무엇이란 말입니까!"

　펄은 그 외침을 들었거나 좀 더 미묘한 경로로 그 안에서

고동치는 고통을 알아차린 듯 생기 넘치는 예쁜 얼굴을 엄마 쪽으로 돌리고 요정처럼 총명한 미소를 지으며 하던 놀이를 이어갔다.

아이에겐 특이한 점이 하나 더 있었다. 그 애가 세상에 태어나 가장 먼저 의식한 것이 무엇이었을까? 엄마의 미소는 아니었다. 보통 아기들은 엄마의 미소를 보고 조그만 입으로 희미하게 배냇짓을 하고, 나중에 어른들은 그 일을 회상하며 실제로 웃은 게 맞느니 아니니 애정 어린 말다툼을 벌이지만 펄에게는 가당찮은 소리였다! 펄이 처음으로 의식한 사물은 바로, 굳이 얘기를 해야 할까? 바로 헤스터의 가슴에 달린 주홍 글자인 듯했다! 어느 날 엄마가 요람 위로 몸을 굽힐 때 아기의 시선이 반짝이는 금실로 수 놓인 그 글자로 향했다. 아기는 조그만 손을 올려 그것을 움켜쥐고는 의심의 여지 없는 웃음, 심지어 더 큰 아이처럼 보일 만큼 확실한 웃음을 지었다. 헤스터 프린은 헉하고 숨을 들이켜며 본능적으로 그 치명적인 징표를 잡아떼려 했다. 펄의 조막만 한 손이 다 안다는 듯 그것을 움켜쥐고 있는 그 순간이 고문과도 같았다. 그러나 괴로운 어미의 행동을 어린 펄은 장난으로 받아들인 듯 눈을 들여다보며 방긋 웃는 것이 아닌가! 그때부터 헤스터는 아이가 잠잘 때를 제외하고는 한시도 마음을 놓을 수 없게 되었다. 한순간도 평온하게 아이를 보며 즐기지 못한 것이다. 사실 펄은 몇 주 동안 주홍 글자에 눈길 한번 주지 않기도 했다. 그러다가도 마치 갑자기 닥친 죽음의 일격처럼 불시에 묘한 미소와 이상한 눈빛을 띠며 이전과 같은 행동을 보였다.

한번은 헤스터가 보통 엄마들처럼 아이의 눈에 비친 자기 반영을 보고 있을 때 그 기묘한 요정의 눈빛이 나타났다. 마음이 산란하고 고독한 여자들은 까닭 모를 망상에 시달리는 법이라, 그 순간 작고 까만 거울과도 같은 펄의 눈에 비친 조그만 반영이 자기 얼굴이 아닌 다른 얼굴로 보였다. 사악하게 활짝 웃고 있는 악마 같은 그 얼굴은 그녀가 너무도 잘 아는, 그러나 좀처럼 웃지 않고 결코 사악해 보이지도 않는 얼굴과 흡사해 보였다. 마치 아이에게 씐 악령이 그녀를 보며 조롱하는 것 같았다. 그 후에도 헤스터는 그만큼 생생하지는 않아도 비슷한 망상에 수없이 시달렸다.

펄이 주변을 뛰어다닐 만큼 자란 어느 여름날 오후의 일이었다. 펄은 들꽃을 한 움큼 꺾어 들고는 엄마의 가슴에 한 송이씩 던지며 장난을 쳤고 꽃송이가 주홍 글자를 맞힐 때마다 작은 요정처럼 깡충깡충 춤을 추었다. 헤스터는 두 손을 움켜쥐고 반사적으로 가슴을 가리려 했다. 그러나 자존심 때문이었든 체념해서든, 아니면 차라리 이렇게 말할 수 없는 고통을 겪으며 속죄하는 편이 나을 것 같아서였든 글자를 가리고픈 충동을 누르고 꼿꼿이 앉아 죽은 사람처럼 파리한 얼굴로 펄의 야성적인 눈을 애처롭게 바라보았다. 계속되는 꽃의 포격이 끊임없이 주홍 글자를 맞히면서 이 세상에서는 치료제를 찾을 수 없고 다른 세상에서도 구하기 어려운 극심한 상처로 어미의 가슴을 뒤덮었다. 마침내 탄약이 다 떨어지자 아이는 가만히 서서 헤스터를 바라보았다. 그저 엄마의 상상이었을지 몰라도 깊이를 헤아릴 수 없는 검은 눈 속에서 예의 그 악마가 웃으며 내다보는 듯했다.

"아가, 넌 누구니?"

엄마가 소리쳐 물었다.

"난 엄마의 예쁜 펄이지!"

펄은 이렇게 대답하며 웃음을 터트리더니 금방이라도 굴뚝 속으로 날아오르려는 작은 요정처럼 까불거리며 깡충깡충 춤추기 시작했다.

"정말 엄마의 아기가 맞니?"

헤스터가 다시 물었다. 공연한 질문이 아니었다. 그 순간 그녀는 진심으로 궁금해서 물어본 것이었다. 너무도 총명해 보이는 딸의 모습에 그 애가 스스로 이 세상에 오게 된 비밀을 알고 있으며 이제는 밝힐 수도 있지 않을까 하는 막연한 생각이 들었던 것이다.

"응, 난 예쁜 펄이야!"

아이는 계속 까불거리며 같은 말을 되풀이했다.

"넌 엄마의 아기가 아니잖아! 엄마의 펄이 아니야!"

헤스터는 장난 섞인 어조로 말했다. 그녀는 대개 가장 괴로운 순간에 장난기가 발동하곤 했다.

"말해봐. 넌 누구니? 누가 널 여기로 보냈어?"

"엄마가 말해야지!"

아이는 진지하게 말하며 헤스터에게 다가와 무릎에 바싹

몸을 기댔다.

"엄마가 가르쳐줘야지!"

"하늘에 계신 네 아버지가 보낸 거야!"

헤스터 프린이 대꾸했다. 그러나 영리한 아이는 그녀가 머뭇거리는 모습을 놓치지 않았다. 평소와 같은 변덕이 발동했는지 아니면 악마가 부추겼는지 펄은 작은 집게손가락을 올려 주홍 글자를 건드렸다. 그러고는 단호하게 소리쳤다.

"하늘에 계신 아버지가 보낸 게 아니야. 내겐 하늘의 아버지가 없어!"

"쉿, 펄, 쉿! 그렇게 말하면 못 써!"

엄마가 터져 나오는 신음을 참으며 말을 이었다.

"하늘에 계신 아버지가 우리 모두를 이 세상에 보내셨거든. 네 엄마도 그분이 보내셨어. 당연히 너도 그분이 보내셨겠지! 아니라면 이렇게 기이하고 요정 같은 아이가 어디서 왔겠니?"

"가르쳐줘! 가르쳐줘!"

펄은 같은 말을 되풀이하며 더는 진지하지 않은 얼굴로 웃으면서 마룻바닥을 뛰어다녔다.

"엄마가 가르쳐줘야지!"

그러나 스스로도 어두운 의혹의 미궁에 빠져 있던 헤스터는 확실하게 대답해줄 수 없었다. 그녀는 마을 사람들이 쑥덕거리던 얘기를 떠올리고는 미소를 지으면서도 몸서리를 쳤다. 아무리 애를 써도 아이의 아버지를 찾아내지 못한 그들은 펄의 기이한 특징 몇 가지를 살피며 이 가엾은 아이가 악마의 자식이라고 수군거렸다. 오래전 가톨릭 시대부터 이런 악마의 자식들이 어머니의 죄를 매개로 세상에 와서 추악한 목적을 이루려 한다나. 루터도 적대적인 수도사들의 추문에 따르면 그 섬뜩한 종족의 자식이었다.* 뉴잉글랜드의 청교도 가운데 이처럼 불길한 기원을 가진 자식이 펄 하나만 있던 것은 아니었다.

● 16세기 종교개혁을 이끈 마르틴 루터(1483~1546)의 어머니가 악마라는 소문이 있었다.

제7장 총독의 저택

어느 날 헤스터 프린은 벨링엄 총독이 중요한 공식 행사에서 사용하려고 주문한, 술과 자수로 장식한 장갑을 들고 그의 저택을 찾아갔다. 이 통치자는 보통선거의 결과로 가장 높은 계급에서 한두 단계 내려왔지만 여전히 식민지의 행정관들 사이에서는 명예롭고 영향력 있는 지위에 있었다.

이 시기에 헤스터가 식민지 행정에서 막강한 힘과 역할을 가진 인사를 만나려 한 데에는 수놓은 장갑을 전달하는 것보다 훨씬 중요한 이유가 있었다. 마을의 지도자들 가운데 비교적 엄격한 종교 및 정치의 규율을 주장하는 사람들이 그녀의 아이를 빼앗아 가려 한다는 소문을 들은 것이었다. 앞에서 잠깐 언급했듯이 펄이 정말 악마의 자식이라고 가정한다면, 이 선량한 사람들이 기독교의 관점에서 어미의 영혼을 위해 그 앞을 가로막는 장애물을 치워줘야 한다고 생각한 것도 무리는 아니었다. 또 한편으로 아이가 도덕적이고 종교적인 인간으로 성장해 궁극적인 구원에 이를 수 있는 기질을 지녔다면 헤스터 프린보다 현명하고 선량한 후견인의 손에 맡겨져야 이런 혜택의 가능성을 크게 높일 수 있었다. 이 계획을 추진 중인 인사들 가운데 가장 열의를 보이는 한 사람이 벨링엄 총독이라는 소문이 돌았다. 지금 같으면 기껏해야 마을 행정관 이상의 고관에게는 넘어가지 않을 문제가 당시에는 고관들끼리 편을 갈라 공개적으로 논의되었다니 기이하고 터무니없어 보일지도 모르겠다. 그러나 원시사회처럼 단순했던 그 시대에는 헤스터와 아이의 행복에 관한 문제뿐 아니라 그보다 훨씬 사소하고 공익과 관련 없는 사안까지도 입법자들의 심의와 법령으로 다뤄야 하는 문제로 여겨졌다. 예를 들어 이보다 좀 더 오래되었지만 그리 멀지 않은 시기에 돼지 한 마리의 소유권을 놓고 식민지 입법자들 사이에서 훨씬 더 격렬하고 쓰디쓴 논쟁이 벌어지며 입법의 구조 자체에 중대한 변화가 일어나기도 했다.

그리하여 헤스터 프린은 마음에 걱정을 한가득 안고서, 그러나 한편으로는 자신의 권리를 확실하게 인지한 채 대중과의 싸움에서 자연의 동정을 받는 외로운 여인에게 승산이 없지는 않을 거라는 생각으로 고독한 오두막을 나섰다. 당연히 어린 펄과 함께였다. 이제 폴짝거리며 엄마를 따라다닐 나이가 되어 아침부터 저녁까지 쉴 새 없이 뛰어다니는 펄은 이보다 훨씬 더 먼 길도 갈 수 있었다. 그런데도 꼭 필요해서가 아니라 변덕을 부리느라 엄마에게 자주 안아달라고 했고, 그런 뒤에는 금세 다시 내려달라고 조르고는 헤스터보다 앞서 나가며 풀이 자란 오솔길에서 수없이 가볍게 넘어지거나 구르곤 했다. 앞에서도 얘기했듯이 펄은 풍부하고 화려하며 깊고 생기 넘치는 아름다움을 지녔다. 낯빛은 화사했고 두 눈은 깊고 그윽하면서도 반짝반짝 빛났으며 이미 진한 갈색으로 윤기가 흐르는 머리칼은 몇 년 뒤면 새까만 색이 될 것 같았다. 안팎으로 불을 품은 듯한 모습이 과연 격정의 순간에 우연히 생겨난 존재다웠다. 헤스터는 펄의 옷을 지을 때 화려함을 추구하는 상상력을 한껏 발휘해 붉은 벨벳 튜닉을 독특하게 재단하고 금실로 환상적인 무늬와 화려한 장식을 풍성하게 수놓았다. 뺨이 발그레하지 않은 아이가 입었다면 낯빛이 더 창백하고 파리해 보였을 강렬한 색감이 어여쁜 펄에게는 훌륭하게 어울리는 덕에 지금껏 지상에서 춤추었던 그 어떤 불길보다도 환하게 타오르는 불꽃이 된 듯했다.

그러나 아이를 보는 사람에게는 바로 이 눈부신 옷이, 아니 아이의 외모 전체가 헤스터 프린이 가슴에 달고 다니는 징표를 절로 떠올리게 했다. 또 다른 형태의 주홍 글자인 셈이었다. 생명을 부여받은 주홍 글자! 그 어미는 머릿속에 붉은 치욕의 표시가 너무도 깊이 각인된 나머지 고안하는 모든 것이 그와 비슷한 형태를 띠게 되기라도 한 듯 주홍 글자와 흡사한 옷을 정성스레 지었다. 많은 시간 굉장한 재주를 발휘해서 애정의 대상에게 자신의 죄와 벌의 상징을 유추할 만한 것을 만들어주다니. 그러나 사실 펄은 애정의 대상인 동시에 죄와 벌의 상징이었다. 바로 그랬기에 헤스터도 펄의 모습에 주홍 글자를 완벽하게 재현할 수 있던 것이다.

변방에 사는 모녀가 마을에 들어서자 음침하게 자기들만의 놀이를 즐기던 청교도 아이들이 고개를 들고 진지한 얼굴로 저희끼리 떠들었다.

"저기 봐. 주홍 글자를 단 여자랑 주홍 글자를 꼭 닮은 아이가 나란히 걸어가고 있어! 가서 진흙이나 던져주자!"

그러나 대담한 펄은 인상을 쓰며 발을 구르고 조그만 손으로 갖가지 위협적인 손짓을 하다가 갑작스레 적대적인 아이들에게 달려들어 모두 쫓아버렸다. 사납게 아이들을 쫓아내는 모습이 유아들 사이에 떠도는 성홍열(scarlet fever)●을 닮은 듯했고 어린 세대의 죄를 벌하는 임무를 맡은, 아직 날개깃도 온전히 자라지 않은 심판의 천사 같기도 했다. 무시무시한 비명과 고함을 지르기도 했는데, 틀림없이 도망자들은 그 엄청난 소리에 심장이 떨렸을 것이다. 마침내 승리한 펄은 조용히 엄마 옆으로 돌아와 빙긋 웃으며 엄마를 올려다보았다.

그 뒤로 두 사람은 별다른 일을 겪지 않고 벨링엄 총독의 저택에 도착했다. 지금도 오래된 도시에 가면 볼 수 있는 양식의 커다란 목조건물이었다. 이제 이런 건물들은 이끼가 끼고 낡아서 칠이 부서져 내리는 데다 어둑한 방들에서 벌어졌던, 여전히 회자되거나 잊힌 갖가지 슬픈 일과 기쁜 일을 가

─────────

● 직역하면 '주홍 열병'이라는 뜻이 된다.

슴에 품은 채 우울하게 서 있다. 그러나 당시에는 계절에 걸맞은 신선함이 외관에 깃들어 있었고 볕이 드는 창문에서는 죽음을 한 번도 겪지 않은 터전의 흥거움이 흘러나왔다. 실제로 그 집은 꽤 밝은 모습이었다. 벽에는 잘게 부순 유리 파편이 듬뿍 섞인 치장 벽토를 발라놓아서 햇살이 건물의 전면을 비스듬히 비추면 다이아몬드를 두 움큼쯤 뿌려놓은 듯이 반짝거렸다. 근엄한 청교도 통치자의 저택보다는 알라딘의 궁전에 어울릴 법한 화사함이었다. 후대 사람들의 감탄을 사기 위해 치장 벽토를 갓 발랐을 때 그려 넣은, 그 시대의 기이한 취향에 걸맞은 희한하고 신비로운 형체와 도형들이 이제 단단히 굳어 장식 효과를 더했다.

펄은 눈부시게 환하고 아름다운 저택을 보고는 깡충거리며 춤을 추기 시작했고 전면에 쏟아지는 햇살을 모조리 뜯어내서 갖고 놀게 달라고 집요하게 졸라댔다. 아이의 엄마가 말했다.

"그건 안 돼, 펄! 네가 직접 햇살을 모아보렴. 엄마에겐 네게 줄 햇살이 없어!"

두 사람은 문으로 다가갔다. 아치형 문 양옆에는 좁은 탑처럼 보이는 건물의 돌출물이 있었고 여기에 격자 창문과 필요에 따라 여닫히는 목제 덧문까지 달려 있었다. 헤스터 프린이 쇠망치를 들어 문을 두드리자 총독의 하인 중 한 명이 나왔다. 영국에서 자유민으로 태어나 7년간 노예살이를 하는 사람이었다. 그 기간 동안 그는 주인의 소유물이 되어 황소나 조립식 의자처럼 교환하거나 팔 수 있는 상품으로 전락했다.

그는 그 시대뿐 아니라 오래전에도 영국의 유서 깊은 집안의 하인들이 입었던 푸른 외투를 입고 있었다.

"벨링엄 총독님은 안에 계신가요?"

헤스터가 물었다.

"네, 계십니다."

하인은 눈을 크게 뜨고 주홍 글자를 빤히 보며 대꾸했다. 이 지역에 온 지 얼마 안 되어 아직 이 상징을 본 적이 없던 것이다.

"네, 총독님께서는 안에 계십니다. 하지만 목사님 두 분과 의사 선생님이 함께 계십니다. 지금은 만날 수 없을 것 같습니다."

"그래도 들어가야겠어요."

헤스터 프린이 말하자 하인은 단호한 분위기와 가슴에서 반짝이는 상징 때문에 그녀가 지체 높은 여인이라 판단했는지 딱히 말리지 않았다.

그렇게 해서 헤스터와 어린 딸 펄은 홀 안으로 안내되었다. 벨링엄 총독은 본국의 부유한 귀족 영지를 본떠 이 집을 설계했고 건축 자재의 특징과 기후의 특성, 본국과는 다른 방식의 사교 생활을 고려해 조금씩 변화를 주었다. 천장이 높고 널찍한 홀이 저택의 안쪽 깊숙한 곳까지 이어졌고 중간중간 다른 방으로 직접 혹은 간접적으로 연결되는 문이 나 있었다. 이 널찍한 공간의 한쪽 끝, 출입문 양옆으로 우묵하게 들어간 곳에 서 있는 높은 탑의 창문으로 햇빛이 들어왔다. 반대편 끝에는 커튼에 일부가 가려졌으나 옛날 책에서나 묘사된 아치형의 창이 있고 그리로 더 강한 빛이 들어왔다. 그 아래 방석을 깔아놓은 자리 위에 이절대판지의 크고 두꺼운 책이 놓여 있었는데, 《영국 연대기》유의 책이었을 것이다. 오늘날 우리가 집에 찾아온 손님들이 편하게 넘겨 볼 수 있도록 금박 입힌 책을 거실 한가운데 있는 탁자에 놓아두는 것과 비슷한 관행이었다. 홀의 가구라고는 등받이에 참나무 화관이 정교하게 새겨진 육중한 의자들과 이와 비슷한 분위기의 탁자뿐이었다. 엘리자베스 시대나 그 이전 시대의 가구와 가보들을 총독의 본가에서 이리로 옮겨 온 모양이었다. 탁자 위에 놓인 커다란 백랍 잔은 손님을 환대하는 옛 영국의 정서도 함께 가져왔다는 징표였다. 헤스터나 펄이 안을 들여다보았더라면 최근에 마신 맥주의 거품이 바닥에 남아 있었을지도 모른다.

벽에는 벨링엄 가문 선조들의 초상화가 걸려 있었는데, 흉갑을 걸친 사람이 있는가 하면 정교한 주름 깃과 평상복 차림의 인물도 보였다. 오래된 초상화들이 늘 그렇듯 하나같이 엄격하고 근엄한 모습이었다. 그림이라기보다는 그 안에서 망자의 혼령들이 살아 있는 이들이 활동하고 즐기는 모습을 가혹하고 엄한 비판의 눈초리로 보고 있는 것 같았다.

참나무 판자를 댄 홀 벽의 한가운데에는 초상화 같은 옛 유물이 아니라 최근에 만든 갑옷 한 벌이 걸려 있었다. 벨링엄 총독이 뉴잉글랜드로 오던 해에 런던의 솜씨 좋은 갑옷 장인이 만든 것이었다. 철갑 투구와 흉갑, 목가리개, 정강이가리 개가 있고 장갑 밑에는 칼 한 자루가 매달려 있었다. 전부 다 그랬지만 그중에서도 특히 투구와 흉갑은 하얀빛을 발산할 만큼 눈부시게 광을 낸 터라 바닥에까지 빛을 흩뿌렸다. 이 빛나는 갑옷은 그저 보여주기 위한 것이 아니라 벨링엄 총독 이 실제로 엄숙한 열병식이나 훈련장에서 여러 번 입었고 피 쿼트 전쟁*에서는 연대의 선두에서 빛을 발했다. 총독은 원 래 법률가 교육을 받았고 베이컨과 코크, 노이, 핀치** 등을 동료로 들먹이곤 했지만 이 신생국의 긴급한 사정 때문에 군 인 겸 정치가, 통치자의 역할을 맡을 수밖에 없었다.

햇살에 반짝이는 저택 외관을 보고 무척 즐거워하던 펄은 이 반짝이는 갑옷을 보고도 신이 나서 한동안 흉갑을 거울 삼아 장난을 쳤다.

"엄마, 여기 엄마가 보여. 여기 봐! 여기!"

헤스터가 아이의 기분을 맞춰주려고 흉갑을 보는 순간, 볼 록거울 같은 효과 때문에 주홍 글자가 더욱 과장되고 부풀려 진 채 가장 두드러진 특징이 되어버린 자신의 모습이 보였다. 실로 그녀는 그 글자 뒤에 완전히 가려진 듯했다. 펄은 그 위

● 1637년경 북아메리카 원주민 피쿼트 부족과 뉴잉글랜드 이주민 사이에서 벌어 진 전쟁.

●● 제임스 1세와 찰스 1세 통치 시절에 주요 정치가로 활동한 프랜시스 베이컨 (1561~1626)과 에드워드 코크(1552~1634), 윌리엄 노이(1577~1634), 존 핀치(1584~1660)를 말한다.

에 걸린 투구에 반사된 비슷한 반영을 가리키며 작은 얼굴에 너무도 익숙한, 요정 같은 총명한 표정을 띤 채 엄마를 보고 빙긋 웃었다. 짓궂고 장난기 가득한 아이의 얼굴도 마찬가지로 확대되고 과장되어 거울에 반사되자 헤스터 프린은 그것이 자신의 딸이 아니라 펄을 가장한 도깨비의 모습이 틀림없다는 생각이 들었다. 그녀는 펄을 잡아끌며 말했다.

"이리 와, 펄. 저기 아름다운 정원을 보러 가자. 꽃도 있을 거야. 숲에 피어 있는 것보다 아름다울걸."

펄은 순순히 홀의 반대편 끝에 있는 내닫이창으로 달려가 정원 산책로를 바라보았다. 그 위를 뒤덮은 풀은 바싹 깎여 다듬어져 있었지만 길가에 자란 관목은 미처 다듬어지지 못한 채였다. 집주인이 대서양 이쪽 편, 그저 생존을 위해 발버둥 쳐야 하는 이 척박한 토양에서 고국의 아름다운 조경을 이어가려는 노력을 가망 없다 여기고 포기한 모양이었다. 훤히 보이는 곳에서 양배추가 자랐고 저만치 떨어진 곳에 뿌리를 내린 호박 넝쿨이 멀리까지 뻗어 나와 창문 바로 밑에 커다란 호박 하나를 늘어뜨리고 있었다. 마치 이 거대한 금빛 채소가 뉴잉글랜드 토양이 내줄 수 있는 가장 풍성한 장식이라고 총독에게 경고하는 듯했다. 그래도 조그만 장미 덤불과 사과나무 몇 그루가 보였다. 필경 이 반도의 첫 정착민으로, 초창기에 황소를 타고 이곳 거리를 돌아다녔다고 하는 전설의 인물 블랙스톤 목사가 심은 나무의 자손들일 것이다.

장미 덤불을 본 펄은 붉은 장미 한 송이를 갖고 싶다고 떼를 쓰더니 아무리 달래도 말을 듣지 않았다. 아이의 엄마는 필사적으로 애원했다.

"쉿, 아가, 쉬잇! 울지 마, 착하지, 펄! 정원에서 무슨 소리가 들리는데. 총독님과 신사분들이 오고 있어!"

실제로 저 아래 보이는 정원의 길을 따라 여러 사람이 저택으로 다가오는 모습이 보였다. 펄은 조용히 하라는 엄마의 애원에도 아랑곳하지 않고 섬뜩한 비명을 지르다 입을 다물었다. 엄마의 말을 들어서가 아니라 처음 보는 사람들의 모습에 변덕스러운 아이의 호기심이 발동한 덕분이었다.

벨링엄 총독은 노신사들이 집에서 즐겨 입는 헐렁한 겉옷과 느슨한 모자 차림으로 앞장서 걸으며 자기 영지를 과시하고 앞으로 어떻게 개선할지 설명하는 듯 보였다. 반백의 턱수염 아래 오래전 제임스 왕 시대에 유행한 고상한 주름 깃을 넓게 두른 모습이 마치 소반에 얹은 세례 요한의 머리● 같았다. 겉모습에서 풍기는 인상이 워낙 강직하고 준엄한 데다가 나이도 이미 초로를 지나 노년에 들어선 탓에 그가 주변에 쌓아두기 위해 갖은 노력을 한 듯 보이는 세속적인 쾌락의 도구들과는 잘 어울리지 않았다. 그러나 우리의 근엄한 선조들이 인간 삶은 시련과 전쟁의 연속이라고 입버릇처럼 말했다고 해도, 또한 제아무리 의무 앞에서 재산과 목숨을 희생할

● 헤로디아의 딸이 부탁을 들어주겠다는 헤롯 왕에게 세례 요한의 머리를 소반에 담아 가져오라고 청하는 〈마가복음〉 6장의 일화에 빗댄 표현.

준비가 되어 있었다고 해도 쉽게 손에 넣을 수 있는 안락한 삶, 심지어 호화로운 삶의 수단을 양심 때문에 거부했을 거라 생각한다면 오산이다. 예를 들어 지금 벨링엄 총독의 어깨 너머로 눈처럼 새하얀 수염을 보여주는 덕망 높은 존 윌슨 목사조차도 이런 교리는 가르치지 않았다. 오히려 배와 복숭아를 뉴잉글랜드 기후에 적응시킬 수 있을지도 모르며 보랏빛 포도도 양지바른 정원 담장을 타고 올라가게 하면 될 거라 말하고 있었다. 영국 교회의 풍요로운 품에서 자란 이 나이 많은 성직자는 질 좋고 편안한 것을 좋아하는 확고한 취향을 지녔다. 설교단에 설 때나 헤스터 프린과 같은 죄인을 공개적으로 꾸짖을 때는 매우 엄한 모습을 보였지만 평상시에는 다정하고 자비로운 성격 덕분에 동료 성직자들보다도 훨씬 따뜻한 사랑을 받고 있었다.

총독과 윌슨 목사의 뒤로 다른 손님 두 명이 보였다. 독자들이 기억할지 모르겠지만 헤스터 프린이 치욕을 당하는 장면에서 마지못해 짧은 역할을 떠맡았던 아서 딤스데일 목사와 그와 가까운 사이이자 2~3년 전에 이 마을에 정착한 인물로 의술에 뛰어난 로저 칠링워스였다. 이 학자는 성직에 따르는 일과 의무에 몸을 아끼지 않은 탓에 최근 건강이 심하게 나빠진 젊은 목사 딤스데일의 친구 겸 주치의로 알려져 있었다.

총독은 손님들보다 먼저 계단을 한두 개 올라와서는 커다란 홀의 내닫이창 유리문을 획 열어젖히다가 어린 펄을 바로 앞에서 마주쳤다. 헤스터 프린은 커튼 그림자에 어느 정도 가려져 있었다.

"웬 아이가 여기 있지?"

벨링엄 총독은 눈앞에 있는 작은 주홍색 형체를 보고 흠칫 놀라며 물었다.

"제임스 왕 시절, 궁정에서 열리는 가장무도회에 초대받는 걸 큰 영광으로 여기던 그 화려한 시절에나 이런 아이를 보았는데! 그때는 무슨 축일이면 이렇게 작은 꼬마들이 몰려다녔지. 그 아이들을 '무질서의 왕'•의 자식들이라고 불렀어. 그나저나 이런 꼬마 손님이 어떻게 내 집을 찾아오셨나?"

그러자 마음씨 좋은 윌슨 목사가 소리쳤다.

"그러게 말입니다! 이 주홍색 깃털의 어린 새 같은 아이는 누구일까요? 풍부한 색감의 채색 창으로 햇살이 쏟아져 들어와 마룻바닥을 금빛과 붉은빛으로 물들일 때 비슷한 무늬를 보긴 했지만, 그건 고국에서였지요. 예쁜 아가, 넌 누구니? 그리고 네 어미는 대체 무슨 생각으로 이렇게 이상한 옷을 입혔다니? 너도 기독교도니? 교리문답은 알고 있어? 혹시 장난꾸러기 요정인가? 그런 건 가톨릭의 유물과 함께 즐거운 옛 영국에 두고 온 줄 알았는데."

"저는 우리 엄마의 딸이에요. 이름은 펄이고요!"

주홍색 형체가 대답했다.

● 15~16세기 잉글랜드의 궁정 등에서 열린 크리스마스 연회를 위해 선출된 사회자.

"펄? 차라리 루비가 어울리겠구나! 혹은 산호! 네 옷 색깔로 보면 붉은 장미가 더 어울릴 것도 같고!"

노목사는 이렇게 말하며 손을 내밀어 어린 펄의 뺨을 쓰다듬으려 했으나 소용없었다.

"그런데 네 엄마는 어디 있니? 아! 알겠다."

그는 이렇게 덧붙인 뒤 벨링엄 총독을 돌아보며 속삭였다.

"우리가 함께 얘기했던 바로 그 아이입니다. 여기 그 불행한 어미 헤스터 프린도 있네요!"

"그렇습니까? 저런 아이의 어미라면 창녀(scarlet woman)●이거나 바빌론의 여자와 비슷할 거라 생각하던 참이었는데! 그나저나 때맞춰 잘 왔네요. 당장 이 문제를 논의하면 되겠습니다."

벨링엄 총독은 유리문 안으로 들어왔고 세 명의 손님도 뒤를 따랐다.

그는 타고난 매서운 눈으로 주홍 글자를 단 여인을 바라보며 말했다.

"헤스터 프린, 요즘 그대에 관해 많은 논의를 했소. 주요 논점은 권위와 영향력을 가진 우리가 저 아이의 내면에 있는 불멸의 영혼을 속세의 덫에 빠졌던 자의 손에 맡기는 것이 과연 양심적인 일인가 하는 거요. 아이의 어미인 당신이 말해 보시오! 자식이 현세에서든 내세에서든 행복을 누리게 하려

● 직역하면 '주홍색 여자'이며, 가톨릭교회를 경멸하는 뜻으로도 쓰인다.

면 그대의 손을 떠나 온전한 옷을 입고 엄격한 교육을 받으며 하늘과 땅의 진리를 배우게 해야 한다고 생각지 않소? 이런 문제에서 그대가 아이에게 무얼 해줄 수 있겠소?"

"이것으로 배운 교훈을 우리 펄에게 가르쳐줄 수 있습니다!"

헤스터 프린이 붉은 징표를 손가락으로 가리키며 대꾸했다.

"이보시오, 그건 치욕의 징표란 말이오! 그 글자가 상징하는 바로 그 오점 때문에 우리는 당신의 아이를 다른 사람에게 맡기려는 것인데."

근엄한 총독의 말에 헤스터는 한층 창백해진 얼굴로 차분하게 대꾸했다.

"그렇다 해도 이 징표는 제게 가르침을 주었고 날마다 가르쳐주고 있어요. 지금 이 순간에도요. 그 교훈이 저에게는 아무런 이익을 주지 못한다고 해도 제 아이는 더 똑똑하고 훌륭하게 자라게 해줄 겁니다."

"우리가 신중하게 판단해서 어떻게 해야 할지 살펴보겠소. 윌슨 목사님, 목사님께서 이 펄이라는 아이를 보시고 또래에 걸맞은 기독교 교육을 받았는지 판단해주시지요."

벨링엄의 말에 늙은 목사는 안락의자에 앉아 무릎 사이로 펄을 끌어당기려 했다. 그러나 어미가 아닌 다른 사람이 건드리거나 말을 거는 데 익숙하지 않은 아이는 열린 유리문으로 빠져나가 계단 위에 섰다. 마치 깃털이 풍성한 열대지방의 들새처럼 금방이라도 날아오를 듯한 모습이었다. 인자한 할아버지 같은 태도 덕분에 평소 아이들에게 인기가 많았던 윌슨 목사는 이 돌발 행동에 적잖이 놀랐지만 아이를 시험하는 일을 포기하지 않고 근엄하게 물었다.

"펄, 내 말을 잘 들어야 때가 되면 네 가슴에 아주 값비싼 진주를 달 수 있단다. 말해보렴, 아가. 누가 너를 만들었지?"

이 무렵 펄은 자신을 누가 만들었는지 잘 알고 있었다. 독실한 집안의 딸인 헤스터 프린이 하늘에 있는 아버지에 관해 얘기해주었고 그 뒤로 아무리 어린아이라도 인간이라면 열성적인 관심을 갖고 흡수할 수밖에 없는 여러 진실을 가르쳐주었다. 따라서 펄은 3년 동안 살면서 많은 것을 배웠고《뉴잉글랜드 교리 입문서》나《웨스트민스터 교리문답서》첫 대목 정도는 실제로 본 적 없어도 거뜬히 시험을 통과할 수 있는 수준이었다. 그러나 모든 아이에게 조금씩은 있고 펄에게는 열 배쯤 있는 심통이 하필 가장 불리한 순간에 아이를 사로잡아 입을 다물게 하거나 이상한 말을 지껄이게 했다. 펄은 손가락을 입에 넣은 채 윌슨 목사의 질문에 여러 번 버릇없이 대답을 거부한 끝에 결국 자기는 누가 만든 게 아니고 감옥 문 옆에서 자라는 들장미 덤불에서 엄마가 꺾어 왔다고 대답했다.

이 엉뚱한 생각을 떠올린 것은 창밖에 서 있는 펄의 근처에 총독의 붉은 장미 덤불이 있었기 때문이리라. 또 이리로 오는 길에 지나온 감옥 옆의 붉은 장미도 떠올랐을 것이다.

늙은 로저 칠링워스가 빙긋 웃으며 젊은 목사의 귀에 대고 뭐라고 속삭였다. 이 의사를 본 헤스터 프린은 자기 운명이 위태로운 상황에서도 그의 얼굴이 크게 변한 것을 알아차리고 흠칫 놀랐다. 어둡던 낯빛이 더욱 음울해지고 몸도 더 틀어져서 그녀와 친밀한 사이였던 시절에 비해 훨씬 더 추한 모습으로 변해 있었다. 잠시 그와 눈이 마주쳤지만 앞에서 벌어지는 상황에 다시 집중하지 않을 수 없었다.

"가관이군!"

펄의 대답에 말문이 막혔던 총독이 서서히 정신을 차리며 소리쳤다.

"세 살이나 됐는데 누가 자기를 만들었는지도 모르다니! 그렇다면 자신의 영혼에 대해서도, 현재 그것이 얼마나 타락했고 앞으로 어떤 운명을 겪을지도 전혀 모른다는 뜻이지! 여러분, 더 물어볼 것도 없습니다."

헤스터는 펄을 붙잡아 품에 꼭 끌어안고는 독기를 품은 표정으로 이 늙은 청교도 행정관을 마주했다. 펄은 세상에서 버림받고 혼자인 그녀의 심장을 뛰게 하는 유일한 보물이었기에 그 아이를 세상에 빼앗기지 않을 확실한 권리가 있다고 느꼈고 죽을힘을 다해 그것을 지킬 각오가 되어 있었다. 그녀가 소리쳤다.

"이 아이는 하느님이 제게 주셨어요! 다른 모든 것을 빼앗긴 대가로 주신 거예요. 이 아이는 저의 행복이에요! 하지만 고통이기도 하죠! 펄은 저를 살아가게 해주는 존재이고, 저를 벌하기도 합니다! 이 아이 역시 주홍 글자라는 걸, 하지만 사랑스럽기에 주홍 글자보다 수십만 배로 저를 벌할 수 있다는 걸 모르시겠나요? 이 아이는 절대 데려갈 수 없어요! 차라리 제가 죽겠어요!"

"가엾은 여인이여, 그 아이는 그대가 기를 때보다 훨씬 나은 보살핌을 받을 수 있소!"

매정하지 못한 노목사의 말에 헤스터 프린은 비명에 가까운 높은 목소리로 같은 말을 되풀이했다.

"이 아이는 하느님이 제게 주셨어요! 저는 절대 포기하지 않을 거예요!"

그런 뒤 그녀는 그 순간까지 좀처럼 눈길을 주지 않았던 젊은 딤스데일 목사를 불쑥 돌아보며 다시 울부짖었다.

"목사님이 얘기 좀 해주세요. 제 영혼을 이끌어주신 담임 목사이셨으니 다른 분들보다 저를 잘 아시잖아요. 저는 이 아이를 포기하지 않을 거예요! 목사님이 말씀해주세요! 목사님에게는 이분들에게 없는 온정이 있으니 잘 아실 거예요. 제 심정이 어떤지, 어미의 권리가 무엇인지. 그리고 오직 아이와 주홍 글자 말고는 아무것도 없는 어미에게 그 권리가 얼마나 더 절실한지 말예요! 부탁이에요! 저는 아이를 잃지 않을 거예요! 말씀해주세요!"

금방이라도 미쳐버릴 것 같은 헤스터 프린의 열성적이고 기이한 호소에 젊은 목사가 창백한 모습으로 가슴에 손을 얹고 나섰다. 유난히 예민한 그는 흥분할 때면 가슴에 손을 얹는 버릇이 있었다. 지금 그는 헤스터 프린의 공개 치욕 장면에서 묘사한 것보다 더 수심이 깊고 수척해 보였다. 그리고 건강이 나빠진 탓인지 다른 이유 때문인지 크고 검은 눈에서 깊은 고뇌와 상심이 담긴 고통의 세계가 엿보였다.

"이 여인의 말에도 일리가 있습니다."

목사의 감미로운 목소리는 가늘게 떨렸지만 홀 전체에 메아리쳐 갑옷에 울림이 반사될 만큼 힘이 실려 있었다.

"헤스터 부인의 말에도, 부인이 느끼는 감정에도 일리가 있습니다! 하느님께서 저 여인에게 아이를 내려주셨고 다른 누구도 가질 수 없는, 아주 독특해 보이는 아이의 성격과 요구를 본능적으로 알아차리는 능력을 주셨습니다. 게다가 이 모녀의 관계에는 아주 신성한 면이 있지 않습니까?"

그러자 총독이 끼어들었다.

"어허! 어째서 그렇다는 겁니까, 딤스데일 목사? 분명하게 얘기해주시오!"

목사가 다시 입을 열었다.

"그럴 수밖에 없습니다. 그렇지 않다고 하면 만물의 창조주인 하늘의 아버지께서 죄짓는 행동을 가볍게 여기시고 외설적인 욕정과 신성한 사랑을 구분하지 않는 셈이 되지 않겠습니까? 하느님께서 아비의 죄와 어미의 수치가 낳은 이 아이를 세상에 보내신 것은 지금 더없이 열성적으로, 너무도 비통한 심정으로 아이를 키울 권리를 애원하는 이 여인의 가슴에 여러 가르침을 주기 위해서입니다. 아이는 축복이었습니다. 이 여인의 삶에 하나뿐인 축복이었지요! 그리고 이 여인이 자기 입으로 말했듯이 한편으로는 틀림없는 징벌이었습니다.

생각지도 못한 순간에 불현듯 느끼는 고통, 편치 않은 기쁨에 젖어 있을 때 마치 통증처럼 끊임없이 되살아나는 고문일 테니까요! 이런 마음을 저 불쌍한 아이의 옷으로 표현하지 않았습니까? 저 옷을 보면 우리는 여인의 가슴을 태우는 저 붉은 상징을 절로 떠올리게 되지요."

그러자 선량한 윌슨 목사가 소리쳤다.

"옳은 말이오! 나는 저 여인이 자기 아이를 광대로 만들려는 게 아닐까 걱정했거든!"

"아, 그건 아닙니다! 절대 아니에요!"

딤스데일 목사가 계속 말을 이었다.

"제 말을 믿어주십시오. 저 여인은 하느님께서 저 아이의 존재를 통해 내려주는 엄숙한 기적을 알아본 겁니다. 그리고 제가 생각하기엔 아주 중요한 진실을 저 여인도 느꼈을 겁니다. 이런 은혜는 다른 무엇보다도 어미의 영혼을 살아 있게 하고 사탄의 유혹에 넘어가 더 어둡고 깊은 죄에 빠지는 것을 막아준다는 게 그 진실입니다. 그러니 불멸의 존재, 영원한 기쁨 또는 슬픔이 될 수 있는 존재를 보살피고 올바른 길로 인도하게 한다면 시도 때도 없이 자신의 타락을 상기하게 될 테고, 자식을 천국으로 이끌면 창조주의 신성한 약속에 따라 자식이 부모를 천국으로 이끌어주리라는 것도 배울 테니 죄 많고 가여운 여인에게는 좋은 일입니다! 그런 점에서 죄지은 어미는 죄지은 아비보다 행복한 셈이지요. 그러니 헤스터 프린을 위해서나 저 불쌍한 아이를 위해서나 하느님이 저들을 놓아준 자리에 그대로 두는 편이 좋을 겁니다!"

"나의 친구여, 오늘따라 유난히 열의를 보이는군요."

로저 칠링워스가 그를 보고 빙긋 웃으며 말했다. 그러자 윌
슨 목사가 말을 보탰다.

"우리 젊은 형제가 아주 중요한 말을 했습니다. 존경하는
벨링엄 총독님은 어떻게 생각하십니까? 저 불쌍한 여인을 훌
륭하게 변론하지 않았습니까?"

"그런 것 같군요. 그렇게 논리정연하게 설명하는 것을 들으
니 이 문제는 그대로 두는 편이 좋겠습니다. 저 여인이 더 문
제를 일으키지만 않는다면 말입니다. 그래도 목사님이 직접
하시든 딤스데일 목사가 나서든 저 아이에게 적절히 공인된
교리문답 시험을 치르게 해야 합니다. 또 적당한 시기에 학교
에도 가고 예배에도 가도록 관리들이 잘 살펴야 합니다."

젊은 목사는 말을 끝내자마자 사람들에게서 몇 걸음 물러
나 묵직한 창문 커튼 자락에 얼굴을 반쯤 가린 채 서 있었다.
그러나 햇빛이 마룻바닥에 드리운 그의 그림자는 방금 전에
끝낸 격렬한 호소의 여파로 여전히 떨리고 있었다. 제멋대로
인 데다 변덕스러운 작은 요정 펄이 살그머니 그에게 다가가
두 손으로 그의 손을 잡고 자기 뺨에 갖다 댔다. 너무나 다정
하면서도 조심스러운 아이의 모습에 그 광경을 지켜보던 엄
마는 이렇게 중얼거렸다.

"저 애가 정말 우리 펄일까?"

그러나 그녀는 아이의 가슴에 사랑이 있음을 알고 있었다.

대개는 그 사랑이 격렬하게 드러났고 지금처럼 상냥하고 부드럽게 표현되는 경우는 평생 한두 번에 불과했지만 말이다. 오랫동안 갈구해온 여인의 손길 다음으로 달콤한 것은 영적인 본능에서 자발적으로 나와 마치 진정으로 사랑받을 가치가 있는 사람이라고 알려주는 듯한 어린아이의 애정 표시인 터라, 젊은 목사는 아이를 돌아보며 아이의 머리에 손을 얹고 잠시 머뭇거리다가 이마에 입맞춤을 했다. 어린 펄의 예사롭지 않은 다정함은 오래가지 않았다. 펄은 까르르 웃으며 어찌나 사뿐사뿐 홀을 뛰어가는지 이를 지켜보던 늙은 윌슨 목사는 펄의 발끝이 바닥에 닿기는 하는지 의문스러울 정도였다. 그가 딤스데일 목사에게 말했다.

"저 말괄량이 꼬마는 마법을 부리는 것 같군. 마귀할멈의 빗자루 없이도 날아다니는 걸 보니!"

"이상한 아이입니다! 제 어미를 닮은 구석은 쉽게 찾을 수 있지요. 저 아이를 안팎으로 분석해서 겉모습과 성격으로 아비가 누구인지 예리하게 추측하는 건 학자의 탐구 영역을 벗어나는 일일까요?"

로저 칠링워스의 말에 윌슨 목사가 대꾸했다.

"그런 문제를 속세의 학문으로 해결하려는 건 죄입니다. 금식과 기도로 하는 편이 낫지요. 하지만 그보다 더 나은 방법은 신의 섭리로 저절로 밝혀지지 않는 이상 그저 수수께끼로 두는 것입니다. 그러면 선량한 기독교인 누구나 버림받은 저 가엾은 아기에게 아버지의 온정을 베풀 수 있을 테니까요."

문제가 만족스럽게 해결되고 나자 헤스터 프린은 펄과 함께 그 집을 나섰다. 그들이 계단을 내려갈 때 어느 방의 격자 창문이 홱 열리더니 벨링엄 총독의 성질 고약한 누이이자 몇 년 뒤 마녀로 처형당하게 되는 히빈스 부인이 햇빛 속으로 얼굴을 내밀며 말했다.

"이봐요, 여기 좀 봐요!"

　그 불길한 얼굴이 밝고 산뜻한 저택에 그림자를 드리우는 듯했다.

"오늘밤에 우리랑 함께 가지 않을래요? 숲에서 재미난 친구들이 모일 텐데. 예쁜 헤스터 프린도 올 거라고 악마에게 약속하다시피 했거든."

　헤스터는 의기양양한 미소를 띠며 대꾸했다.

"죄송하지만 못 간다고 전해주세요! 저는 집에서 우리 펄을 돌봐야 하거든요. 저분들이 펄을 빼앗아 갔다면 기꺼이 숲에 함께 가서 악마의 명부에 제 이름을 올렸겠죠. 그것도 제 피로 말예요!"

"여하간 곧 함께 가게 될걸!"

　마녀는 인상을 쓰며 말하고는 들어갔다.

　히빈스 부인과 헤스터 프린의 이런 만남이 꾸며낸 이야기가 아니라 실제 있던 일이라고 한다면 타락한 어미에게서 그녀의 과실로 태어난 자식을 떼어놓아선 안 된다고 한 젊은 목사의 말이 옳았음이 증명된 셈이다. 이 아이는 벌써 어미를 사탄의 유혹에서 구했으니까.

제9장 의사

　독자들도 기억하겠지만 로저 칠링워스라는 이름 속에는 그가 다시는 쓰지 않기로 결심한 다른 이름이 숨어 있었다. 앞에서 얘기했듯이 헤스터 프린의 공개적인 치욕을 지켜보던 군중 가운데 긴 여행으로 지친 나이 많은 사내가 위험한 황야에서 막 벗어나 이 여인을 바라보고 있었다. 그는 그녀에게서 가정의 온기와 화목을 찾고자 했으나 그녀는 이제 죄의 표본이 되어 사람들 앞에 서 있었다. 부인으로서 헤스터의 명예가 모든 이의 발에 짓밟히고 있었다. 장터에서는 그녀를 둘러싸고 치욕스러운 말이 오갔다. 만약 그 소식이 그녀의 일가친척이나 티 없는 시절에 알고 지낸 친구들에게 닿는다면 모두가 그녀의 수치를 떠안아야 할 판이었다. 그리고 얼마나 가깝고 신성한 관계였느냐에 비례해 그 치욕이 분배될 터였다. 그러니 이 타락한 여인과 누구보다도 친밀하고 신성한 사이였던 그가 스스로 선택할 수만 있다면 결코 바람직하지 않은 이 유산의 소유권을 주장할 이유가 뭐가 있겠는가? 그는 치욕의 처형대에 그녀와 나란히 올라 비난받기를 거부했다. 헤스터 프린 외에는 아는 사람이 하나도 없고 헤스터의 침묵마저 마음대로 통제할 수 있던 그는 산 자의 명부에서 자기 이름을 지우고 예전의 관계와 관심사는 오래전에 돌던 소문대로 바닷속에 가라앉은 듯 완전히 사라지는 쪽을 택한 것이다. 이 목적이 달성되자 곧장 새로운 관심사와 새로운 목적이 생겨났다. 죄는 아니었지만 음울한 목적이었고 그가 가진 능력을 모조리 쏟아부어야 할 만큼 어려운 것이기도 했다.

결심을 실행에 옮기기 위해 그는 보통 사람보다 뛰어난 학식과 지식을 갖추었다는 것 말고는 아무것도 소개하지 않은 채 로저 칠링워스라는 이름으로 이 청교도 마을에 둥지를 틀었다. 이른 나이부터 많은 공부를 한 덕에 당대 의학에도 폭넓은 지식이 있던 그는 의사로 자신을 드러내 따뜻한 환대를 받았다. 식민지에서는 의학과 외과 기술에 능통한 사람이 귀했다. 이런 사람들은 대서양을 건너온 이주민들만큼 종교에 뜨거운 열정이 없는 모양이었다. 어쩌면 인체를 연구하는 과정에서 한층 고귀하고 섬세한 기능마저 물적인 속성을 띠게 되었는지도 모른다. 삶 전반을 포괄하는 기술을 지닌 듯한 복잡하고 경이로운 인체 구조에 몰두하면서 정신적인 부분을 바라보는 관점을 잃어버렸는지도 모를 일이다. 어쨌든 그때까지 이 선량한 보스턴 마을의 건강은 의학에 관한 한 경건하고 신성한 태도로 어떤 수료증보다도 탄탄한 신뢰를 주는 나이 지긋한 교회 집사 겸 약제상이 맡고 있었다. 마을의 유일한 외과 의사는 평소 면도질을 하다가 이따금 고귀한 기술을 발휘하는 사람이었다. 이 같은 의료 상황에서 로저 칠링워스는 눈부신 수확이 아닐 수 없었다. 그는 곧 불로장생약이라도 만들어낼 것처럼 뜬금없는 재료를 다양하게 배합해 치료제를 조제하는, 신중하고 인상적인 고대 의학에도 정통했음을 보여주었다. 게다가 인디언에게 붙잡혀 있는 동안 독특한 약초나 뿌리의 약효에 관해서도 많은 지식을 얻었으며, 이 무지한 야만인들에게 자연이 선사하는 단순한 약초가 유럽의 학식 있는 의사들이 수 세기 동안 정리한 약전 못지않게 그에게 신뢰를 주었다는 사실을 굳이 환자들에게 숨기지 않았다.

이 이방인 학자는 적어도 겉보기에는 모범적인 종교 생활을 한다고 인정받았고 이곳에 도착했을 무렵부터 일찌감치 딤스데일 목사를 자신의 영적 지도자로 택했다. 옥스퍼드 대학에서는 여전히 학자로서의 명성이 남아 있는 이 젊은 목사를 두고, 열혈 숭배자들은 아직 미약한 뉴잉글랜드 교회를 위해 초기 선조들이 기독교 신앙의 탄생을 위해 노력한 만큼 열의를 쏟으며 천수를 누린다면 하늘이 임명한 사도에 버금가는 인물이 될 운명이라고 여겼다. 그러나 이 무렵 딤스데일 목사의 건강은 눈에 띄게 나빠지기 시작했다. 그의 평소 습성을 잘 아는 사람들은 이 젊은 목사가 지나치게 열성적으로 공부에 몰두하는 데다 너무 양심적으로 의무를 이행하려 들고, 무엇보다도 속세의 더러움이 정신의 등불을 가리지 않도록 금식과 철야 기도를 너무 자주 하는 탓에 얼굴이 나날이 창백해지는 거라고 여겼다. 어떤 이들은 딤스데일 목사가 세상을 떠난다면 그것은 세상이 그의 발에 밟힐 가치를 잃었기 때문이라고 단언했다. 한편 겸손한 딤스데일 목사 자신은 신의 섭리에 따라 자신이 세상을 떠나야 할 운명이라면 그것은 자신이 이곳 지상에서 아주 소소한 의무조차 이행할 가치가 없다는 뜻이라 믿는다고 밝혔다. 그가 쇠약해지는 원인에 대해선 의견이 분분했지만 그가 쇠약해지고 있다는 사실은 의심할 여지가 없었다. 몸은 여위어갔고 목소리는 여전히 풍부하고 낭랑했지만 역시 곧 쇠진할 거라는 우울한 암시를 담고 있었다. 조금만 놀라거나 갑작스러운 일이 생겨도 가슴에 손을 얹고 처음에는 얼굴이 벌게졌다가 점차 창백해지며 괴로워했다.

젊은 목사의 상태가 이 지경에 이르러 여명처럼 희미한 빛이 일찌감치 꺼질 것같이 위태롭던 찰나에 로저 칠링워스가 마을에 나타난 것이었다. 대체 어디서 왔는지, 하늘에서 떨어졌는지 땅에서 솟아났는지 아무도 모르는 그의 등장은 어딘지 신비로웠고 덕분에 그는 금세 기적 같은 인물이 되었다. 이제 그는 의술에 능한 사람으로 알려져 있었다. 보통 사람의 눈에는 무가치한 것에서 숨은 효능을 찾는 데 익숙한 듯 약초와 들꽃을 모으거나 뿌리를 캐거나 숲의 나뭇가지를 꺾는 모습이 종종 눈에 띄었다. 또한 케넬름 딕비• 경을 비롯해 엄청난 과학적 업적으로 알려진 유명인들과 편지를 주고받거나 친분을 쌓은 얘기를 들먹였다. 학계에서 그토록 높은 지위에 있던 사람이 왜 이런 곳에 왔을까? 큰 도시에서 활동하던 사람이 이런 황야에서 무얼 찾으려는 것일까? 이에 관해 터무니없는 소문이 돌았는데 매우 분별 있는 사람들조차도 믿는 눈치였다. 하늘이 기적을 행해 독일의 어느 대학에 있던 이 출중한 의학박사를 허공으로 띄워 올려 딤스데일 목사의 서재 앞에 내려놓았다는 것이다! 사실 신은 이처럼 기적적인 개입이라고 부르는 무대효과를 의도하지 않고도 목적을 이룰 수 있다고 여기는 현명한 신앙인들조차 로저 칠링워스의 시의적절한 출현이 신이 개입한 결과라고 믿으려 들었다.

이러한 견해를 더 공고히 해주는 것은 이 의사가 젊은 목사에게 깊은 관심을 보인다는 사실이었다. 그는 한 사람의 교구민으로서 목사와 가까이 지내며 천성적으로 과묵하고 예민한 목사의 신뢰와 관심을 얻으려 노력했다. 목사의 건강 상태에 큰 놀라움을 표하면서도 치료에 열을 올렸고 일찌감치 치료를 한다면 좋은 결과를 얻을 수 있다고 주장했다. 딤스데일의 신도 가운데 노인들과 집사들, 어머니 같은 노부인들, 젊고 아름다운 아가씨들은 하나같이 의사가 솔직하게 제안하는 치료를 시도해보라고 끈질기게 권했다. 딤스데일 목사는 그들의 간청을 부드럽게 뿌리쳤다.

● 영국의 궁정 조신이자 외교관이며, 자연철학자로도 큰 명성을 날린 케넬름 딕비(1603~1665).

"저는 약이 필요 없습니다."

하지만 그 뒤로 안식일이 돌아올 때마다 이 젊은 목사의 뺨이 더욱 여위고 창백해졌으며 목소리도 갈수록 떨렸을뿐더러 이제는 가슴에 손을 얹는 것도 어쩌다 한 번 하는 행동이 아니라 지속적인 습관이 되었는데 어찌 그렇게 말할 수 있단 말인가? 혹시 의무에 지친 것인가? 죽기를 바라는 것인가? 보스턴의 노목사들과 그의 교회 집사들은 하느님께서 너무도 자명하게 내려주신 도움을 감히 거절하려는 딤스데일 목사를 '움직여보겠다'며 그를 향해 근엄한 질문을 던졌다. 조용히 듣고 있던 그는 결국 의사의 말을 따르겠다고 약속했다.

이 약속을 지키기 위해 딤스데일 목사는 늙은 로저 칠링워스에게 진료를 청하러 갔다.

"만약 신의 뜻이 그러하다면 선생님이 저를 위해 의술을 낭비하기보다는 제 의무와 슬픔, 죄, 고통이 저와 함께 목숨을 다해 세속적인 잔재는 제 무덤에 묻히고 그 영혼은 저와 함께 영원한 곳으로 간다고 해도 좋을 텐데요."

로저 칠링워스는 타고난 것이든 의도한 것이든 그의 특징이 되어버린 조용한 태도로 차분하게 대꾸했다.

"아, 젊은 목사들은 그렇게 말하는 경향이 있지요. 젊은 사람은 뿌리가 깊지 않아서 생을 쉽게 놓아버리곤 하니까요! 그리고 이 땅을 하느님과 함께 걷는 성스러운 사람들은 하느님과 함께 새 예루살렘의 황금 길을 걷기 위해 기꺼이 이곳을 떠나려 합니다."

"그런 게 아닙니다."

젊은 목사는 가슴에 손을 얹으며 말했다. 고통스러운 듯 잠시 그의 이마가 벌겋게 달아올랐다.

"제가 그곳을 걸을 자격이 있는 사람이라면 차라리 이곳에서 고통을 받을 겁니다."

"훌륭한 분들은 늘 스스로를 너무 낮추는 것 같습니다."

의사가 말했다.

결국 신비에 싸인 로저 칠링워스는 딤스데일 목사의 주치의가 되었다. 의사는 목사의 병에도 관심이 있었지만 환자의 성격과 여러 특징을 살펴보고 싶은 마음이 컸으므로 두 사람은 나이 차이가 꽤 나는데도 점점 많은 시간을 함께 보냈다. 목사의 건강을 위해서, 그리고 의사의 약초를 모으기 위해서 두 사람은 오랫동안 해변이나 숲을 산책했고, 이들의 다양한 대화가 철썩철썩 부서지는 파도 소리와 나무들의 엄숙한 노랫소리에 섞였다. 서로 공부와 은둔의 장소로 사용하는 곳을 자주 찾아가기도 했다. 목사는 이 학자가 깊고 폭넓은 지성을 겸비했으며 동료 목사들에게는 아무리 찾아도 없던 자유롭고 광범위한 견해까지 지녔음을 깨닫고 매료되었다. 사실 그는 의사에게서 이런 속성을 발견하고 충격에 가까울 만큼 놀랐다. 딤스데일 목사는 신앙이 깊고 꾸준히 교리를 추구하며 세월이 흐를수록 더욱 깊게 그 길을 따라갈 수밖에 없을 만큼 고지식한 진짜 성직자요, 진정한 종교가였다. 어떤 사회에서든 이른바 자유로운 사상가가 될 수 없었고, 그를 지탱하는 동시에 단단한 틀 안에 가두기도 하는 신앙의 압박 속에서 평온을 찾는 사람이었다. 그러나 가끔은 평소 사용하던 것과는 다른 지성을 매개로 세상을 바라보며 초조하게나마 안도감을 얻고 즐거움을 느꼈다. 등불이나 희미한 햇빛만이 비치는 답답한 서재에서 물리적으로나 정신적으로나 책들이 내뿜는 퀴퀴한 냄새에 에워싸여 지내다가 창문을 활짝 열고 환기하는 것처럼 말이다. 그러나 그런 바깥 공기는 오랫동안 편안하게 들이마시기에는 너무 신선하고 차가웠다. 그래서 목사는 의사와 함께 교회에서 정의하는 정교의 경계 안으로 다시 들어가곤 했다.

이런 식으로 로저 칠링워스는 자신의 환자를 꼼꼼히 살폈다. 익숙한 사유의 범위 안에서 익숙한 경로를 따라가는 평상시의 모습도 관찰했지만 평소와 다른 도덕적 상황을 마주했을 때에도 새로운 기질이 표면으로 드러나지 않는지 살펴보았다. 그는 목사를 치료하려면 먼저 그를 알아야 한다고 생각하는 듯했다. 감정과 지성이 있다면 육체의 질병에 그 둘의 특징이 묻어나게 마련이다. 아서 딤스데일은 사색과 상상을 활발히 하고 감수성도 예민했으므로 거기에서 신체 질환이 유래하기 쉬운 사람이었다. 따라서 친절하고 다정한 명의 로저 칠링워스는 환자의 가슴을 깊이 들여다보며 그의 신조를 뒤지거나 그의 기억을 파헤쳐보고 컴컴한 동굴에서 보물을 찾듯 꼼꼼하게 이것저것 더듬어보려 했다. 이런 탐색의 기회와 자격뿐 아니라 이를 위한 기술까지 갖춘 탐색자의 눈을 피해 갈 비밀이 있을까? 비밀을 간직한 사람이라면 특히 주치의와 친해지지 않도록 주의해야 한다. 만약 주치의가 총명함을 타고났으며 그 이상의 재주, 말하자면 직관이라고 할 만한 것을 지녔고, 주제넘게 오만하거나 불쾌할 정도로 튀는 성격도 아니라면, 환자에게 친밀하게 다가가 결국에는 환자가 자기도 모르게 머릿속 생각을 불쑥 털어놓게 하는 재주를 타고났으며 그런 상황에서도 별다른 동요 없이 들어주고 공감의 표시 없이 그저 침묵하고 있다가 이따금 애매하게 한숨을 쉬며 한마디씩 거들어 이해하고 있다는 티를 낼 줄 아는 사람이라면, 비밀을 털어놓을 수 있는 친구일 뿐 아니라 의사라는 명성이 주는 이점까지 갖춘 사람이라면, 그렇다면 환자의 영혼이 어느 순간 불가피하게 녹아내려 어두우면서도 투명한 물줄기처럼 흘러나오며 모든 비밀을 훤히 드러내고 말 것이다.

로저 칠링워스는 위에서 열거한 특성을 전부 혹은 대부분 지니고 있었다. 그럼에도 시간은 한없이 흘렀다. 앞에서 말했듯이 교양 있는 두 사람 사이에 모종의 친밀감이 쌓이면서 인간의 사유와 학문의 영역 전반을 아우르는 폭넓은 교류가 이뤄졌다. 그들은 윤리와 종교, 공적인 문제와 사적인 문제를 비롯해 온갖 주제에 관해 토론했고 양쪽 모두 개인적인 문제도 많이 털어놓았다. 그러나 의사가 분명 존재할 거라고 믿는 비밀이 목사의 의식에서 빠져나와 친구의 귀로 흘러드는 일은 없었다. 사실 의사는 딤스데일이 앓고 있는 병의 성격조차 온전히 듣지 못한 게 아닐까 의심하고 있었다. 참으로 기이한 은폐였다!

얼마 후 로저 칠링워스의 은근한 회유로 목사의 지인들은 두 사람이 한집에서 지내게끔 협조해주었다. 그렇게 하면 목사를 걱정하고 아끼는 주치의가 목사의 생명이라는 조류의 밀물과 썰물을 빠짐없이 살필 수 있다는 것이 근거로 제시되었다. 모두가 바라는 이 목표가 이뤄지자 온 마을이 기뻐했다. 그것이 젊은 목사의 건강을 위한 최선의 방법이라고 여겼기 때문이다. 그보다 좋은 방법은 하나뿐이리라. 스스로 그럴 권한이 있다고 생각하는 사람들이 자주 권고하듯이, 목사가 정신적으로 그를 좋아하는 많은 꽃다운 여인들 가운데 한 사람을 골라 헌신적인 아내로 삼는 것이리라. 그러나 현재 아서 딤스데일이 그렇게 할 가능성은 전혀 없었다. 그는 성직자로서 독신으로 사는 것이 교회 규율에 포함되는 것처럼 그런 제안을 모두 거절했다. 딤스데일 목사는 늘 남의 식탁에서 맛없는 음식을 조금씩 얻어먹고 남의 난롯가에서 몸을 녹이며 평생 추운 삶을 견디는 운명을 택한 것이 자명했으므로, 다른 누구보다도 이 젊은 목사에게는 아버지 같은 애정과 존경 어린 사랑을 쏟는 이 현명하고 경험 많고 자비로운 의사가 언제나 부르면 달려올 수 있는 곳에 함께 있는 것이 가장 바람직하게 보였다.

두 친구가 함께 지낼 곳은 신앙이 깊은 명문가 과부의 집으로, 훗날 장엄한 킹스 채플이 건립될 부지를 대부분 차지하는 저택이었다. 한쪽에는 원래 아이작 존슨의 부지였던 묘지가 있었기에 목사와 의사 모두 직업에 맞는 진지한 사색을 하기에 적합한 분위기였다. 선량한 과부가 어머니처럼 신경 써준 덕분에 딤스데일 목사는 해가 잘 들면서도 원할 때는 두툼한 커튼으로 한낮에도 아늑한 어둠을 드리울 수 있는 앞쪽 방을 쓰게 되었다. 벽을 빙 두른 태피스트리는 고블랭직●이라고 했는데, 다윗과 밧세바, 선지자 나단이 등장하는 성서의 이야기를 구현해놓았지만 아직 색이 바래지 않아서 이 장면에 등장하는 여인 밧세바가 불길한 일을 예고하는 선지자 나단만큼이나 오싹하게 보였다.●● 창백한 성직자는 이곳에 장서를 쌓아놓았다. 기독교 초기 교부들의 양피지로 장정한 이절대판지와 랍비들의 전승, 개신교 성직자들이 아무리 비방하고 헐뜯어도 아직까지 자주 활용할 수밖에 없는 수도사들의 저서들이 대부분이었다. 반대편 안쪽에 있는 방은 늙은 로저 칠링워스가 서재 겸 연구실로 사용했다. 요즘 과학자들이 보기에는 형편없는 수준의 실험실로, 증류장치 하나와, 각종 약물과 화학약품을 조제하는 기구가 갖춰져 있었다. 숙련된 연금술사는 목적에 따라 이런 기구들을 전용하는 법을 잘 알았다.

● 15세기 중반 파리의 제직 및 염색 업자인 고블랭의 공장에서 만든 데서 이름이 유래된 문직물.

●● 〈사무엘하〉 11~12장의 내용으로, 다윗이 밧세바와 부정한 관계를 맺은 뒤 그녀의 남편 우리아를 죽음으로 몰아넣고, 선지자 나단이 밧세바가 낳은 아이의 죽음을 예언하는 장면을 말한다.

이렇게 여유로운 환경에서 두 학자는 각자의 구역에 틀어박혀 있다가 익숙하게 서로의 거처를 찾아가 상대의 일을 관심 있게 들여다보곤 했다.

앞에서도 잠시 언급했듯이 아서 딤스데일 목사의 가장 현명한 동료들조차도 하느님께서 많은 공식 기도와 가정 기도, 비밀 기도에 부응해 이 젊은 목사의 건강을 회복시킬 목적으로 이 모든 일을 마련했다고 여겼고, 이는 일리가 있는 견해였다. 그러나 이쯤에서 일부 지역민이 최근 들어 딤스데일 목사와 신비에 싸인 늙은 의사 사이의 관계를 다르게 받아들이기 시작했다는 얘기를 해야 할 것 같다. 몽매한 대중이 제멋대로 판단하려 들면 현혹되기 쉬운 법이다. 그러나 대중이 늘 그러듯 넓고 따뜻한 가슴을 따라 내린 판단이 때로는 너무도 심오하고 정확해서 초자연적인 존재의 계시만큼이나 확실한 진리의 성격을 띠는 경우도 많다. 이번 경우에도 위에서 말한 일부 지역민은 진지하게 반박할 만한 주장이나 근거를 내세우지는 못했지만 그들이 로저 칠링워스에게 품은 편견이 아주 터무니없는 것은 아니었다. 한 예로, 30여 년 전 토머스 오버베리 경●의 살해 사건으로 세상이 떠들썩할 때 런던에 살던 노령의 수공업자가 이 의사를 본 적이 있다고 주장했다. 정확히 기억나지 않지만 분명 다른 이름을 썼고, 오버베리 사

● 영국의 시인이자 수필가인 토머스 오버베리 경(1581~1613)은 제임스 1세의 법정에서 음모의 희생자가 되어 감금, 독살되었다.

건에 연루된 유명한 마법사인 포먼 박사와 함께 있었다는 것이다. 그런가 하면 이 의사가 인디언에게 붙잡혀 있는 동안 막강한 주술사로서 널리 인정받으며 흑마술로 신통하게 병을 고치기도 하는 원주민 사제들의 주문을 배워 의술을 넓혔다는 사람도 두세 명 있었다. 또 현명하고 실용적인 관측으로 다른 문제에서는 중요한 견해를 내놓는 존경받는 사람들을 포함해 꽤 많은 사람이 로저 칠링워스가 이곳에 온 뒤로, 특히 딤스데일 목사와 함께 산 뒤로 얼굴이 많이 바뀌었다고 단언했다. 처음 봤을 때는 차분하고 신중하며 학자 같던 얼굴이 전과 달리 추하고 사악해졌을 뿐 아니라 보면 볼수록 이런 변화가 뚜렷해진다는 것이었다. 뭇사람들 사이에서는 그의 실험실에 있는 불이 지옥에서 가져온 것이고 지옥의 연료로 유지되며 그 불의 연기 때문에 그의 얼굴이 점점 시커멓게 변한다는 소문이 돌았다.

요약하면, 기독교 세계의 모든 시대를 통틀어 유독 성스러운 인물들이 그랬듯이 아서 딤스데일 목사가 늙은 로저 칠링워스를 가장한 사탄이나 사탄의 사절에게 시달리고 있다는 의견이 퍼져나갔다. 이 악마의 대리인은 잠시 하느님의 허락을 받아 이 성직자와 친분을 쌓으며 그의 영혼을 파괴할 계획을 도모하고 있다는 것이었다. 분별 있는 사람들이 보기에는 누구에게 승리가 돌아갈지 의심의 여지가 없다는 것이 중론이었다. 대중은 틀림없이 이 투쟁에서 목사가 승리해 영광스러운 모습으로 새롭게 나타나리라고 확고하게 믿었다. 그럼에도 그가 승리를 위해 고전하며 겪게 될 치명적인 고통을 생각하면서 슬퍼했다.

아! 가엾은 목사의 눈에 서린 깊은 우울과 공포로 짐작건 대 이는 격렬한 싸움이며 승리도 보장할 수 없었다.

제10장 의사와 환자

    로저 칠링워스는 평생 차분한 사람이었고, 따뜻하고 살갑지는 않아도 친절했으며, 세상과도 순수하고 정직한 관계를 맺고 살았다. 이 탐구를 시작할 때만 해도 그는 인간의 정욕이나 자신이 당한 부당함보다는 기하학 문제의 도형과 숫자를 다루듯 진실만을 구하는 재판관처럼 엄격하고 정확하게 임하리라 마음먹었다. 그러나 나아갈수록 굉장한 매혹, 차분하면서도 맹렬한 일종의 강박이 이 노인을 사로잡으면서 모든 요구가 해결될 때까지 결코 놓아주려 하지 않았다. 지금 그는 금을 찾는 광부처럼 불쌍한 성직자의 마음을 파고 들어갔다. 어쩌면 망자의 가슴에 얹어 함께 묻은 보석을 찾으려 무덤을 파헤쳤으나 결국 부패한 시신 말고는 아무것도 찾아내지 못하는 교회지기에 가까웠는지도 모르겠다. 그가 찾아 헤매는 것이 결국 이런 것이라면 그의 영혼은 얼마나 가엾은가!

    이따금 의사의 눈에서 불길한 빛이 가물거리며 푸르게 타

올랐다. 용광로에서 반사되는 빛 같기도 하고, 존 버니언의
《천로 역정》에 나오는, 산기슭의 섬뜩한 문간에서 솟구쳐 나
와 순례자의 얼굴에서 번쩍거리는 오싹한 불길 같기도 했다.
이 음울한 광부가 파고 들어가는 토양은 몇 가지 표시를 내
주며 그를 부추겼을 것이다. 그런 순간이면 그는 중얼거렸다.

"이 남자는 사람들이 순수하다고 여기고 실제로 영적으로
보이기도 하지만 사실은 아버지나 어머니에게서 강력한 동
물적 본성을 물려받았어. 그쪽으로 좀 더 깊게 파보자!"

그는 목사의 어둑한 내면을 오랫동안 파헤친 끝에 여러 진
귀한 요소를 찾아냈다. 인류의 행복을 바라는 고귀한 열망과
사람들을 향한 따스한 애정, 순결한 감정, 사유와 연구로 보
강하고 깨달음으로 빛을 더한 타고난 경건함, 모두 귀한 황금
이었지만 다른 것을 찾는 이에게는 쓰레기에 지나지 않았다.
풀이 죽은 그는 등을 돌렸다가 다른 쪽을 파헤치기 시작했다.
마치 주인이 선잠에 빠졌거나 깨어 있을 때 귀한 보물을 훔
치러 들어가는 도둑처럼 조심스러운 걸음으로 주위를 경계
하며 살금살금 그를 따라다녔다. 아무리 조심해도 가끔은 마
룻바닥이 삐걱거리거나 옷이 바스락거리거나 표적 가까이에
그림자가 졌다. 다시 말하면 예민한 신경 때문에 직감이 발달
한 딤스데일 목사가 자신의 평화를 위협하는 무언가의 접근
을 어렴풋이 감지했다는 얘기다. 그러나 늙은 로저 칠링워스
역시 직관에 가까운 인지력을 지닌 덕분에 목사가 화들짝 놀
라 그에게로 시선을 돌리면 어느새 친절하고 조심스러우며

인정 넘치면서도 선을 넘지 않는 친구이자 의사로 돌아가 있었다.

만약 딤스데일 목사가 병자들이 자주 그러듯 병적인 우울 때문에 모든 사람을 의심하지 않았더라면 이 의사의 성격을 좀 더 온전히 파악했을지도 모를 일이다. 목사는 누구도 친구라고 믿을 수 없었기에 실제로 적이 나타났을 때도 알아차리지 못했다. 그는 그저 늙은 의사와 친밀한 교류를 이어가며 그를 매일 자기 서재에 들이거나 자신이 그의 실험실을 방문해 잡초가 강력한 약재로 바뀌는 과정을 재미 삼아 지켜보았다.

어느 날 목사는 묘지가 내려다보이는 열린 창문 앞에서 팔꿈치로 창턱을 짚고 손을 이마에 댄 채 로저 칠링워스와 얘기를 나눴다. 이 노인은 볼품없는 식물 한 다발을 살펴보고 있었다.

그 무렵 사람이든 무생물이든 좀처럼 똑바로 보지 않는 버릇이 생긴 목사는 그 식물도 곁눈질로 보며 물었다.

"선생님, 이렇게 시커멓고 흐늘거리는 잎이 달린 약초를 어디서 구하셨습니까?"

"요 앞 묘지에도 있습니다."

의사가 일손을 놓지 않은 채 말을 이었다.

"저도 처음 보았어요. 묘비도 없고 망자를 추모하는 다른 물건도 없는 어느 묘에서 이 볼품없는 풀만 자라더군요. 망자의 심장에서 자라났을 겁니다. 아마도 망자가 살아생전에 미처 고백하지 못한 추한 비밀이 그와 함께 묻혀 있다는 표시겠지요."

"아마 망자도 고백하고 싶었는데 그러지 못했을 겁니다."

딤스데일 목사가 말했다.

"어째서요? 어째서 못 했을까요? 매장된 심장에서 살아생전에 말하지 못한 죄를 드러내기 위해 이 검은 풀이 돋아났다면 자연의 모든 힘이 죄의 고백을 열성적으로 요구하고 있다는 뜻이 아니겠습니까?"

의사의 말에 목사가 대꾸했다.

"그건 선생님의 상상일 뿐입니다. 제 추측이 옳다면, 인간의 심장과 함께 매장된 비밀을 말로든 글로든 아니면 어떤 상징으로든 드러낼 수 있는 건 하느님의 자비 말고는 없을 테니까요. 그런 비밀의 죄를 지은 가슴은 결국 숨어 있는 모든 것이 드러나는 날까지 비밀을 품을 수밖에 없습니다. 또한 저는 인간의 생각이나 행동이 응징의 차원에서 폭로된다고 해석되는 내용을 성서에서 본 적이 없습니다. 그건 천박한 견해일 뿐입니다. 정말입니다. 제가 크게 오독하는 게 아니라면 그런 식의 폭로는 그저 운명의 날에 이승의 어두운 문제가 만천하에 드러나는 것을 보려고 기다리는 지성인들의 지적인 만족을 충족시키기 위한 일에 불과합니다. 그런 문제를 완전하게 해결하려면 인간의 마음을 이해해야만 합니다. 게다가 선생님이 말씀하시는 그런 비참한 비밀을 간직하고 있는 사람은 마침내 그날이 오면 마지못해서가 아니라 형언할수 없이 기쁘게 비밀을 털어놓을 겁니다."

"그렇다면 왜 이곳에서 털어놓지 않는 겁니까? 그렇게 형언할 수 없는 위안이 된다면 죄지은 자들이 한시라도 빨리 그 위안을 누리지 않는 이유가 뭡니까?"

로저 칠링워스는 조용히 목사를 곁눈질하며 물었다.

"대부분은 그렇게 하고 있습니다."

목사는 끈질긴 통증에 괴로운 듯 가슴을 부여잡고 말을 이었다.

"가엾은 영혼들 가운데는 임종 때뿐 아니라 명망을 누리며 사는 동안에도 제게 비밀을 털어놓는 사람이 많습니다. 그렇게 털어놓고 나면 그 죄 많은 형제들의 얼굴이 얼마나 편안해지는지 모릅니다! 오랫동안 자신의 오염된 입김으로 숨을 쉬느라 갑갑해하다가 마침내 신선한 공기를 마신 것처럼 말이지요. 어찌 안 그러겠습니까? 살인을 저지르고 괴로워하는 사람이라면 그 송장을 자기 가슴에 묻고 사느니 당장 그것을 내던져 세상에 맡겨버리지 않겠냔 말입니다!"

"하지만 어떤 이들은 그렇게 비밀을 묻어두기도 한다는 거군요."

차분한 의사가 말했다.

"그렇습니다. 하지만 명백한 이유가 있어서라기보다는 천성 때문에 입을 다무는 경우도 있습니다. 아니면 죄를 짓긴 했지만 하느님의 영광과 인간의 행복을 염원해 사람들 앞에 검고 더러운 것을 보이지 않으려는 마음이라고 생각할 수도 있지 않을까요? 일단 폭로하고 나면 더는 선행을 할 수 없고 더 열심히 하느님을 섬겨 과거의 죄에서 구원받을 수도 없으니까요. 그래서 말할 수 없는 고통을 감내하며 지울 수 없는 죄로 가슴이 멍들어도 갓 내린 눈처럼 순수한 모습으로 사람들 속에서 살아가는 것이지요."

"그건 자신을 기만하는 행위입니다."

로저 칠링워스는 평소보다 목소리에 힘을 주고 집게손가락으로 조그맣게 손가락질까지 해가며 말을 이었다.

"자기가 응당 떠안아야 할 치욕이 두려운 거겠죠. 인류에 대한 사랑, 하느님을 섬기고자 하는 열정, 이런 성스러운 충동이 그들의 가슴에 있든 없든 마찬가지입니다. 그 안에는 어차피 그들의 죄가 빗장을 풀어준 사악한 동거인이 함께 살면서 그곳에 지독한 종자를 퍼트릴 테니까요. 하지만 진정으로 하느님을 찬양하려 한다면 그 더러운 손을 하늘로 쳐들지 말아야지요! 진정으로 인류에 도움이 되고자 한다면 회개해 굴욕을 겪음으로써 양심의 힘과 실체를 드러내야 합니다. 아, 지혜롭고 경건한 목사님, 정녕 그런 위선이 하느님의 진리보다 낫다고 저더러 믿으라는 겁니까? 정말 그것이 하느님의 영광을 위해서나 인류의 안녕을 위해 더 좋은 길이 될 수 있다고요? 그건 자신을 속이는 행위입니다!"

"그럴지도 모르지요."

젊은 목사는 그저 부적절하거나 가당치도 않은 논의를 끝내려는 사람처럼 태연하게 말했다. 그에게는 지독히 예민하고 초조한 기질을 건드리는 주제에서 어떻게든 빠져나가는 재주가 있었다. 그가 다시 말했다.

"그나저나 제 유능한 주치의 선생님께 묻고 싶군요. 이 허약한 몸을 친절하게 돌봐주신 것이 실제로 제게 도움이 되었다고 생각하십니까?"

로저 칠링워스가 대답할 새도 없이 바로 옆 묘지에서 어린아이의 맑고 거침없는 웃음소리가 들려왔다. 여름이라 창문이 열려 있었고 목사는 본능적으로 그쪽을 내다보았다. 헤스터 프린과 어린 펄이 묘지에 난 오솔길을 지나고 있었다. 펄은 눈부시게 아름다웠지만 가끔 그러듯 공감의 영역이나 인간 세계를 완전히 벗어난 존재처럼 어딘지 기이한 즐거움에 빠져 있는 모습이었다. 지금 그 애는 불손하게 무덤들 사이를 깡충깡충 건너뛰다가 아주 중요한 사람의 묘비, 아마도 아이작 존슨의 것인 듯 문장이 새겨진 넓고 평평한 묘비에 이르러 그 위에서 춤을 추기 시작했다. 그러다가 예의를 지키라고 애원하다시피 하는 엄마의 지시에 잠시 멈추더니 묘비 옆에 돋아난 기다란 우엉 줄기에서 가시 돋친 열매를 땄다. 열매가 한 줌 모이자 그것을 엄마의 가슴에 달린 주홍 글자의 선 위에 하나씩 붙였고 가시 돋친 열매는 그 자리에 그대로 붙어 있었다. 헤스터는 그것을 떼지 않았다.

어느새 로저 칠링워스도 창문 앞에 서서 음울하게 웃으며 밖을 내다보고 있었다. 그는 친구에게 말하기보다는 혼잣말처럼 중얼거렸다.

"도대체 법도 없고, 권위를 존중할 줄도 모르고, 옳든 그르든 인간의 지시나 의견은 들을 생각도 없는 아이라니까요. 요전 날엔 스프링 레인에서 소 여물통에 담긴 물을 총독님께 튀기더군요. 대체 저 아이의 정체는 뭘까요? 못된 도깨비가 아닐까요? 애정이라는 게 있긴 할까요? 인간의 원칙이 저 아이에게도 있을까요?"

"없을 겁니다. 자유롭게 원칙을 깰 뿐이지요. 착한 아이가 될 수 있을지 저도 모르겠습니다."

딤스데일 목사는 이 문제를 오랫동안 생각해본 사람처럼 조용히 대꾸했다.

아이가 그들의 목소리를 들었는지 총명하면서도 장난기가 깃든 환하고 심술궂은 미소를 지으며 창문을 올려다보더니 딤스데일 목사를 향해 우엉 열매 하나를 던졌다. 그렇게 가벼운 무기에도 예민한 목사는 화들짝 놀라며 움츠러들었다. 펄은 그가 무서워하는 모습을 보고 몹시 즐거워하며 작은 손으로 손뼉을 쳤다. 헤스터 프린도 반사적으로 창문을 올려다보았다. 다양한 연령의 네 사람은 한동안 조용히 서로를 보았다. 이윽고 아이가 요란하게 웃으면서 소리쳤다.

"엄마, 도망가자! 빨리 가지 않으면 저기 늙은 악마가 엄마를 붙잡을 거야! 벌써 목사님을 붙잡았잖아. 어서 가자, 엄마. 저 악마가 엄마를 붙잡는다니까! 하지만 이 펄은 절대 못 잡을걸!"

엄마를 끌고 깡충깡충 춤추고 까불며 죽은 자들이 묻힌 둔덕들 사이를 뛰어가는 펄의 모습은 그곳에 묻힌 과거의 사람들과는 공통점이 전혀 없고 그들과 닮지도 않은 존재인 듯했다. 새로운 성분으로 새롭게 빚어진 존재라 기이한 행동을 해도 잘못이라 여기기보다는 저 나름의 법칙을 갖고 나름의 삶을 살게 해줘야 할 것 같았다.

잠시 후 로저 칠링워스가 입을 열었다.

"저기 저 여자는 어떤 죄를 지었든 목사님이 그토록 괴로운 것이라 간주하는 비밀의 죄는 없습니다. 그렇다면 가슴에 달린 저 주홍 글자 덕분에 헤스터 프린이 덜 비참해졌다고 생각하십니까?"

"저는 그렇다고 믿습니다. 하지만 제가 헤스터 프린을 대신해서 답할 수는 없지요. 저 여인의 얼굴에는 차라리 보지 않는 게 좋을 듯한 고통이 보이니까요. 그래도 저는 불쌍한 헤스터처럼 자기 고통을 자유롭게 드러내는 편이 가슴에 묻어두는 것보다 낫다고 생각합니다."

다시 한번 침묵이 흘렀다. 의사는 가져온 약초를 다시 들여다보고 정리하기 시작했다. 그러다 마침내 입을 열었다.

"조금 전에 목사님의 건강이 어떠냐고 물으셨지요."

"그렇습니다. 정말 알고 싶습니다. 제가 죽을지 살지 솔직하게 말씀해주시지요."

목사가 말했다.

"그렇다면 솔직하게 말씀드리지요."

의사는 여전히 약초를 정리하면서도 경계하는 눈으로 딤스데일 목사를 보며 말을 이었다.

"참으로 희한한 병입니다. 적어도 제가 관찰한 증상들로 판단하면 병 자체나 겉으로 드러나는 증상이 희한한 건 아닙니다. 지금까지 몇 달 동안 매일 목사님을 보고 증상을 관찰한 바로는 병이 꽤 깊은 듯 보이지만, 적절한 학식과 관찰력을 지닌 의사가 치료할 수 없는 병은 아닌 것 같습니다. 뭐라고 말씀드려야 할지 모르겠네요. 알 것 같기도 하고 모를 것 같기도 합니다."

"수수께끼처럼 말씀하시네요, 선생님."

목사는 창백한 얼굴로 창밖을 곁눈질했다. 의사가 말을 이었다.

"그렇다면 좀 더 허심탄회하게 말씀드리지요. 이렇게 허심탄회하게 말씀드릴 수밖에 없는 것에 대해 먼저 용서를 구하겠습니다. 하느님의 뜻으로 목사님의 삶과 건강을 책임지게 된 사람으로서, 그리고 또 친구로서 묻겠습니다. 이 병의 모든 증상을 저에게 아주 솔직하게 밝히셨나요?"

"왜 그렇게 물으시지요? 물론입니다. 의사를 불러놓고 증상을 숨긴다는 건 어린애 장난과 다를 바 없지요!"

로저 칠링워스는 지성이 집약된 듯 강렬하게 빛나는 눈을 목사의 얼굴에 고정하고 신중하게 물었다.

"그렇다면 제가 모든 것을 알고 있다는 말씀이지요? 그렇다면 좋습니다! 하지만! 표면적이고 신체적인 문제만 접할 수 있는 사람은 치료해야 할 문제의 절반밖에 모르는 셈입니다. 우리는 신체의 병이 오로지 신체에서만 나온다고 여기지만 정신적인 문제에서 비롯된 증상일 수도 있습니다. 혹시 제 얘기가 조금이라도 불쾌하시다면 다시 한번 용서를 구하겠습니다. 목사님은 제가 아는 사람 가운데 누구보다도 신체가 정신에 밀접하게 연결되어 있고 크게 영향을 받으며 동화되어 있는, 말하자면 육체가 정신의 도구 역할을 하는 분입니다."

목사는 황급히 의자에서 일어났다.

"그렇다면 더는 부탁드리지 않겠습니다. 선생님은 영혼에 대한 의술은 다루지 않는 걸로 압니다만!"

로저 칠링워스는 그의 말에 아랑곳하지 않았다. 그저 작고 어두우며 뒤틀린 몸으로 일어서서 뺨이 하얗게 질린 수척한 목사를 마주한 채 변함없는 어조로 말을 이어갈 뿐이었다.

"그러니까 목사님의 경우에는 정신의 질환, 즉 정신에 아픈 곳이 생기면 곧바로 몸에 나타난다는 말입니다. 그렇다면 이 의사가 몸의 병을 고쳐야 할까요? 목사님이 먼저 영혼의 상처나 문제를 털어놓지 않는데 어떻게 그러겠습니까?"

"아뇨, 선생님에겐 말할 수 없어요! 속세의 의사에게 그런 걸 털어놓을 수는 없습니다!"

딤스데일 목사는 열의를 다해 소리치며 로저 칠링워스에게로 눈을 돌렸다. 부릅뜬 눈은 환하게 번뜩였고 사나워 보이기까지 했다.

"털어놓지 않을 겁니다! 하지만 이것이 마음의 병이라면 이 세상에 하나뿐인 영혼의 치료사를 찾겠습니다! 그분이 은혜를 베풀면 치료할 수 있을 겁니다. 아니라면 죽일 수도 있고요. 하느님께서 공정하고 지혜롭게 어느 쪽이 좋은지 판가름하실 테니 그분께 맡기겠습니다. 선생님이 뭔데 이런 문제에 끼어듭니까? 어떻게 감히 고통받는 자와 하느님 사이에 끼어드는 겁니까?"

그는 몹시 흥분해서 방을 뛰쳐나갔다.

"이렇게 해보길 잘했어."

로저 칠링워스는 음울한 미소를 띤 채 목사의 뒷모습을 보며 중얼거렸다.

"잃을 것도 없잖아. 우린 곧 다시 친구가 될 거야. 하지만 보라고. 저자는 격정에 사로잡혀 금세 이성을 잃고 말았어! 전에도 그랬듯이 또 격정을 이기지 못했어! 독실한 딤스데일 목사, 저자는 가슴에 격정을 품고 정신 나간 짓을 저지른 게 틀림없어!"

실제로 두 사람이 예전처럼 다시 가까운 사이로 돌아가기는 어렵지 않았다. 두세 시간을 혼자 보낸 젊은 목사는 잠시 자신이 과민해져서 꼴사납게 화를 냈을 뿐 의사의 말이 틀리지 않았다는 사실을 깨달았다. 오히려 이 호의적인 노인에게 자신이 불같이 화를 냈다는 사실이 기가 막혔다. 소견을 말하는 것은 의사의 마땅한 의무이며, 심지어 목사 자신이 분명하게 물어보지 않았는가. 이런 후회가 들자 그는 지체 없이 거듭 사과하고, 그의 치료가 건강을 되찾아주지는 못했지만 꺼져가는 생명을 지금까지 연장해준 것은 분명하니 치료도 계속해달라고 애원했다. 로저 칠링워스는 흔쾌히 받아들이고 목사의 치료를 이어갔다. 선량한 의도를 갖고 최선을 다하긴 했지만 진찰이 끝나면 언제나 아리송한 미소를 띤 채 환자의 거처를 나섰다. 딤스데일 목사 앞에서는 이런 표정이 드러나지 않았지만 문턱을 넘어서는 순간부터 점차 뚜렷해졌다. 그는 중얼거렸다.

"참 희귀하다니까! 더 깊이 들여다봐야겠어. 몸과 정신이 기이하게 연결되어 있다니! 의술을 위해서라도 바닥까지 깊이 파봐야겠어!"

그런 일이 있고 얼마 안 되어 한낮에 딤스데일 목사가 고딕체 활자의 커다란 책 한 권을 탁자에 펼쳐둔 채 의자에 앉아 세상모르는 잠에 빠진 적이 있었다. 그 책은 수면을 유발하는 힘이 굉장한 작품이었던 모양이다. 평소에 목사는 늘 얕은 잠을 자며 나뭇가지를 옮겨 다니는 작은 새처럼 쉬이 놀라서 깨곤 했으니 이처럼 깊은 잠에 빠진 것이 더없이 놀라운 일이었다. 그러나 그의 정신이 얼마나 아득한 곳으로 갔는지 늙은 로저 칠링워스가 특별히 조심하지 않고 방에 들어왔는데도 꿈쩍하지 않았다. 의사는 환자의 앞으로 가서 그의 가슴에 손을 얹고 제의를 젖혀 지금까지 이 전문가의 눈에 늘 가려져 있던 가슴을 드러냈다.

순간, 딤스데일 목사가 몸서리를 치며 살짝 움직였다.

의사는 잠시 멈칫했다가 돌아섰다.

그러나 그의 얼굴에는 놀라움과 기쁨, 공포가 뒤섞여 있었다! 눈빛과 표정으로는 이루 표현할 수 없을 만큼 강렬한 환희가 그의 추한 몸에까지 흘러넘쳤고 급기야는 두 팔을 획 올리고 발로 마룻바닥을 구르는 과장된 동작으로 나타났다! 이처럼 황홀해하는 늙은 로저 칠링워스를 누군가가 보았다면 귀한 영혼이 천국에서 버림받고 사탄의 왕국에 떨어졌을 때 사탄이 보일 법한 반응을 정확히 짐작할 수 있었으리라.

그러나 이 의사의 환희가 사탄의 환희와 다른 점이 있다면 그 안에 놀라움이 섞여 있었다는 것이다!

제11장 마음속

앞서 말한 사건이 있고 나서 목사와 의사의 관계는 겉보기에는 똑같았지만 실제로는 이전과 완전히 달라졌다. 이제 로저 칠링워스의 머릿속에는 꽤 분명한 길이 보였다. 사실 그것은 이전에 그가 밟으려던 길은 아니었다. 이 불행한 노인은 차분하고 온화하며 이렇다 할 열정이 없어 보였지만, 지금까지 마음속에 숨겨놓은 깊고 조용한 악의가 이제야 고개를 들고 그 어떤 인간보다도 내밀한 복수를 도모하게 했다. 이를 위해 모든 두려움과 후회, 고통, 부질없는 참회, 시시각각 되살아나 도무지 떨쳐낼 수 없는 죄책감을 털어놓을 믿음직한 친구가 되어야 했다. 세상에 털어놓으면 너그러운 동정과 용서를 구할 수도 있을 그 수치스러운 슬픔을 세상이 아닌 무자비하고 용서를 모르는 그에게 털어놓게 하리라! 자신에게 어두운 보물이 쏟아지게 하리라! 그것 말고는 다른 무엇도 복수의 욕망을 적절히 채워주지 못하리니.

목사의 내성적이고 예민하며 과묵한 성격이 이 계획을 방해하고 있었다. 그러나 로저 칠링워스는 이런 상황이 딱히 불만스럽지 않았다. 복수자와 복수의 대상을 모두 당신의 목적에 이용하고 때로는 처벌해야 마땅한 곳에 용서를 베풀기도 하는 신이 그의 시커먼 계획을 대신해 다른 것을 마련해놓았으니 말이다. 그는 계시를 받았다고 말할 수 있었다. 그것이 하늘에서 왔는지 다른 곳에서 왔는지는 그의 목적에 있어 그리 중요하지 않았다. 딤스데일 목사와 가까이 지내는 내내 그 계시의 도움으로 목사의 모든 것이 자신의 눈앞에 낱낱이 까발려지는 듯했다. 드러나는 모습뿐 아니라 가장 깊은 내면의 움직임 하나하나까지 보고 이해할 수 있었다. 그때부터 의사는 불쌍한 목사의 내면세계에서 그저 구경꾼이 아니라 중요한 배역을 맡았다. 이제 그는 목사를 마음대로 주무를 수 있었다. 목사에게 찌릿한 고통을 안기고 싶다면? 희생자는 영원히 형틀에 묶여 있으니 이를 조종하는 용수철만 파악하면 문제없었고 당연히 의사는 그것을 잘 알고 있었다! 목사에게 겁을 주어 화들짝 놀라게 하고 싶다면? 마법사가 지팡이를 휘둘러 유령을 불러내듯 죽음이나 그보다 끔찍한 수치의 형상을 한 수많은 유령을 불러내 목사의 주위를 에워싸고 그의 가슴을 손가락질하게 하면 그만이었다!

이 모든 것이 완벽하리만치 교묘하게 이뤄졌으므로 목사는 어떤 사악한 기운이 자신을 지켜보고 있다고 어렴풋이 느끼기만 할 뿐 그 실체가 무엇인지 알지 못했다. 사실 그는 몸이 뒤틀린 늙은 의사를 볼 때면 의심과 두려움, 때로는 공포와 쓰디쓴 증오를 느꼈다. 그의 몸짓, 걸음걸이, 반백의 수염, 아주 무심한 듯 보이는 사소한 행동들, 옷차림까지도 모두 눈에 거슬렸다. 이는 목사가 스스로 인정하는 것보다 깊은 반감이 가슴에 있었다는 증거이리라. 그러나 이런 불신과 혐오의 이유를 찾을 수 없던 딤스데일 목사는 병든 부위에서 나오는 독소가 온 마음을 감염시켜 막연히 불길한 예감이 드는 것이라고 여겼다. 그는 로저 칠링워스에 대해 나쁜 감정이 드는 자신을 탓했고, 중요한 진실의 실마리로 삼았어야 할 감정을 무시하며 뿌리 뽑으려 애썼다. 뜻대로 되지 않았으나 도의를 지키기 위해서 이 노인과 교류를 이어갔고, 그렇게 함으로써 복수자, 불쌍하고 쓸쓸하며 복수의 대상보다도 비참한 그 사내가 전념해온 목적을 이룰 기회를 끊임없이 내주었다.

이처럼 신체의 병에 시달리는 동시에 암울한 정신의 고뇌에 들볶이고 치명적인 적의 권모술수에 놀아나는 와중에도 딤스데일 목사는 성직자로서 눈부신 인기를 얻고 있었다. 사실 여기에는 그의 슬픔이 큰 역할을 했다. 그의 지적 재능과 도덕적 인식, 감정을 느끼고 전달하는 힘이 끊임없이 초인적인 수준으로 유지된 것은 그가 날마다 겪는 가책과 고통 때문이었다. 아직 정상에 오르지도 않은 그의 명성에 걸출한 목사들을 비롯해 여러 동료의 온건한 명성이 묻히고 있었다. 그중에는 딤스데일이 살아온 나날보다도 오랫동안 심원하고 오묘한 성직의 전통을 습득해 이 젊은 목사보다 훨씬 깊고 견실하며 귀중한 성과를 냈다고 할 만한 학자들도 섞여 있었다. 그보다 훨씬 굳건한 정신력을 지녔고 훨씬 예리할 뿐 아니라 무쇠나 화강암에 견줄 만큼 탄탄한 지혜를 타고난 이들도 있었다. 여기에 적당량의 교리 연구가 버무려지면 대단히 존경스럽고 유능하며 냉철한 성직자가 탄생하는 법이다. 또한 진정한 성자라고 할 만한 교부들도 있었다. 이들은 끈질기게 책을 파고들고 부단히 사유해 재능을 단련했으며, 속세의 옷을 입고 있지만 순결한 삶으로 이미 성자가 된 듯 천국과 영적으로 교류해 영묘한 기운을 얻은 사람들이었다. 부족한 게 있다면 오순절에 선택받은 사도들에게 불의 혀로 내려온 재능뿐이었다.● 이국의 언어나 모르는 언어로 말하는 것이 아니라 마음이라는 모국어로 온 인류를 향해 말하는 능력 말이다. 이런 성스러운 목사들은 하늘에서 좀처럼 내려주지 않는 이 마지막 증명서, 즉 불의 혀만 얻으면 사도가 되기에 충분했다. 일상의 언어와 형상이라는 미천한 매개로는 가장 고귀한 진리를 아무리 표현하려 해도, 설사 그런 것을 꿈꾸었다 해도 소용없었을 테니까. 그들은 저 높은 곳에 머물고 있지만 그곳에서 내려오는 그들의 목소리는 너무 멀고 아득해서 알아듣기 어려웠다.

딤스데일 목사는 여러 속성으로 미루어 자연히 이 마지막

● 오순절에 모인 사도들에게 하늘에서 불의 혀처럼 갈라지는 것들이 내려와 각기 다른 언어로 말하게 했다는 〈사도행전〉 2장의 내용을 말한다.

부류에 속할 만한 사람이었다. 죄든 가책이든 운명처럼 지고 다녀야 할 짐이 가로막지 않았더라면 산꼭대기처럼 높은 신앙과 신성의 정상에 이를 수 있었다. 그러나 그의 짐이 끊임없이 그를 내리눌러 가장 낮은 곳으로 끌어내렸다. 그처럼 영묘한 사람, 천사들이 귀 기울여 듣고 반응할 법한 음성을 지닌 사람이! 그러나 바로 그 짐 때문에 그는 죄를 지은 형제들에게 깊이 공감할 수 있었다. 그래서 그의 가슴은 늘 그들의 가슴과 함께 고동쳤고 그들의 고통을 그 안에 받아들였으며 구슬프면서도 설득력 있는 설교로 자신의 격렬한 고통을 다른 수많은 가슴으로 흘려보냈다. 때로는 설득력 있는 수준을 넘어 오싹함을 안겼다! 사람들은 도대체 어떤 힘이 그들을 그토록 감동시키는지 알지 못했다. 그저 이 젊은 목사가 기적처럼 성스럽기 때문이라고 생각했다. 지혜와 질책, 사랑이 담긴 하늘의 전갈을 전하는 사자이기에 가능한 일이라고 여겼다. 사람들의 눈에는 그가 밟은 땅이 성역이었다. 교회의 젊은 여인들은 그의 앞에만 서면 얼굴이 파리해졌다. 그들은 종교적 감상이 뒤섞인 정욕의 희생양이 되어 그것을 온전히 종교적인 열정이라 여기고 제단에 바칠 가장 적절한 제물로서 공공연히 하얀 가슴에 품었다. 나이 많은 신도들은 몸이 날로 쇠하는 딤스데일 목사를 보며 그가 병들고 주름진 자신들보다 먼저 하늘에 갈 거라 믿고 자식들에게 그들의 늙은 육신을 이 젊은 목사의 성스러운 묘지 옆에 묻어달라고 당부했다. 그러는 내내 딤스데일 목사는 자신의 무덤을 상상하며 저주

받은 육신이 묻힌 그 무덤에서도 풀이 자랄지 자문했으리라!

사람들의 이런 숭배가 그에게는 상상을 초월하는 고통을 안겼을 터! 그는 진심으로 진리를 숭상하고, 삶의 정수인 신성함이 없는 것은 의미도 가치도 없는 환영과도 같다고 여겼다. 그렇다면 그는 무엇이란 말인가? 실체인가? 가장 희미한 환영이 아닐까? 그는 설교단에 서서 자신의 정체를 소리 높여 폭로하고 싶은 마음이 간절했다.

"여러분 앞에 검은 성직자복을 입고 서 있는 이 사람, 신성한 단상에서 창백한 얼굴로 하늘을 보며 여러분을 대신해 가장 전능하신 하느님과 교류하는 이 사람, 여러분이 평소 에녹●처럼 고결한 삶을 살 거라 여기며 그 발걸음으로 길을 비추어 뒤따르는 순례자들을 축복의 땅으로 인도한다고 생각하는 이 사람, 여러분의 자식에게 세례를 주고 죽어가는 친구를 위해 작별의 기도를 올려 그들이 아련하게나마 '아멘'을 들으며 세상을 떠나게 해주는, 여러분이 그토록 숭배하고 신뢰하는 여러분의 목자인 이 사람은 타락과 거짓 덩어리에 불과합니다!"

이런 말을 하기 전에는 절대 내려오지 않으리라 결심하고 설교단에 오른 적이 한두 번이 아니었다. 목을 가다듬고 길게 떨리는 심호흡을 뱉은 뒤 그다음 숨결에 음울한 마음속

● 〈창세기〉에 나오는 에녹은 문헌상 최초의 승천자로, 300년 동안 하느님과 동행하다가 승천했다고 한다.

비밀을 실어 보내리라 마음먹은 적도 한두 번이 아니었다. 심지어 몇 번, 아니 백 번도 넘게 실제로 그렇게 말하지 않았던가! 이미 말했단 말이다! 어떻게? 자신이 더없이 부도덕한 사람이라고, 가장 부도덕한 자보다도 부도덕하며 죄인들보다도 지독하고 혐오스러운 인간이라고, 상상할 수 없을 만큼 부당한 인간이라고, 그런데도 하느님의 불같은 격노로 그의 비참한 몸이 오그라지지 않았다니 참으로 알 수 없는 노릇이라고 신도들 앞에서 분명히 얘기했는데! 이보다 솔직하게 말할 수 있을까? 그런데 신도들이 당장 자리에서 일어나 설교단을 모독하는 그를 끌어내렸던가? 아니다! 그들은 그런 이야기를 다 듣고도 그를 더욱 존경할 뿐이었다. 자기를 깎아내리는 이 설교 속에 어떤 치명적인 의미가 담겨 있는지 그들은 짐작조차 하지 못했다. 그저 저희끼리 이렇게 말할 뿐이었다.

"젊은 목사님이 참 경건하기도 하지! 지상의 성인이라니까! 저토록 새하얀 영혼에도 저토록 죄가 있다 하시면 우리의 영혼에서는 얼마나 더러운 죄를 보실까!"

목사는 알고 있었다. 자신의 모호한 고백이 어떻게 비칠지, 자신이 얼마나 교묘하면서도 가책에 시달리는 위선자인지! 그는 죄의식을 고백함으로써 스스로를 속이려 했지만 이런 자기기만으로는 잠시도 위안을 얻지 못한 채 오히려 죄를 더하고 남모르는 수치심에 시달려야 했다. 진실을 말하고도 그것을 더할 나위 없는 허위로 변모시킨 것이다. 그러나 그는 타고나기를 진실을 사랑하고 거짓을 혐오하는 보기 드문 인간이었다. 그랬기에 누구보다도 비참한 자신을 혐오할 수밖에 없었다!

이러한 번민으로 그는 자기를 낳고 길러준 교회의 가르침보다는 낡고 부패한 로마 가톨릭의 관행을 따랐다. 자물쇠로 잠가놓은 딤스데일 목사의 비밀 벽장에는 피 묻은 채찍이 있었다. 이 신교의 청교도 목사는 그 채찍으로 자기 어깨를 때리며 씁쓸하게 스스로를 비웃었고, 그 쓰디쓴 웃음을 듣고 더욱 가혹하게 자신을 벌했다. 신앙이 깊은 청교도들이 자주 그러듯 그도 습관처럼 금식을 했지만 다른 청교도들처럼 육체를 정화해 하늘의 계시를 받아들이는 적절한 매개로 삼기 위해서가 아니라 속죄의 의미로 무릎이 후들거릴 때까지 혹독하게 행했다. 또한 칠흑 같은 어둠 속에서 며칠 동안 연이어 철야 기도를 하기도 했는데, 때로는 가물거리는 등불을 켜놓기도 했고 때로는 거울에 강렬한 불빛을 비추고 자신의 얼굴을 보며 기도하기도 했다. 이처럼 끊임없이 자신을 괴롭히며 반성을 이어갔지만 결코 스스로를 정화할 수 없었다. 며칠 밤 연이어 철야 기도를 할 때면 머리가 아찔해지면서 눈앞에 환영이 스쳐 가는 듯했다. 이런 환영들은 실제로 보았나 싶을 만큼 어둑한 방구석에 희미한 빛으로 나타났고 때로는 가까운 거울 속에 생생하게 나타났다. 때로는 악마의 무리가 창백한 목사를 향해 히죽거리고 비웃으며 함께 가자고 손짓했다. 때로는 반짝이는 천사들이 보였다. 그들은 슬픔에 짓눌려 무겁게 날갯짓을 하다가 높이 올라갈수록 몸놀림이 가벼워졌다. 세상을 떠난 어릴 적 친구들이 나타나기도 했고, 백발 수염을 기르고 성자처럼 얼굴을 찌푸린 아버지가 나타나기도 했으며, 어머니가 고개를 돌린 채 지나가기도 했다. 어머니의 망령이라면 아무리 희미한 환영이라 해도 아들에게 동정 어린 시선을 보내줄 법도 하건만! 이런 환영들로 으스스해진 방 안을 헤스터 프린이 주홍빛 옷을 입은 펄과 함께 지나가면서 손가락으로 자기 가슴의 주홍 글자를 가리킨 뒤 목사의 가슴을 가리킬 때도 있었다.

목사는 결코 이러한 환영들에 현혹되지 않았다. 어떤 순간에든 의지력으로 흐릿한 형체들 사이에서 실체를 분간해냈고, 그 환영들은 저기 저 무늬를 새긴 참나무 탁자나 가죽 장정에 놋쇠로 고정한 크고 네모난 성서처럼 실재하는 것이 아니라고 스스로를 설득했다. 그러나 어떤 면에서 그 환영들은 이 가엾은 목사가 상대하는 가장 진실하고 실질적인 존재였다. 목사처럼 거짓된 삶을 사는 이들에게 말할 수 없이 비참한 것은 우리의 주변 현실에 존재하는, 하느님이 영혼의 기쁨과 양분으로서 마련해놓은 골자와 정수를 빼앗긴다는 점이다. 진실하지 않은 자에게는 온 우주가 허위가 된다. 손에 쥐면 아무것도 남지 않고 사라져버리는 허상에 불과한 것이 된다. 그리고 거짓된 모습을 내보이는 그 자신도 환영이 되거나 존재하지 않는 허상이 된다. 딤스데일을 이 세상에 실존하게 하는 유일한 진실은 그의 가장 깊은 내면에 있는, 그러나 겉으로 여실히 드러나는 바로 그 고통이었다. 그가 한 번이라도 미소 지을 수 있었다면, 즐거운 얼굴을 할 수 있었다면 그라는 사람은 존재하지 않았을 것이다!

여기서 어렴풋이 암시하기만 했을 뿐 상세히 묘사하지는 않은 그 섬뜩한 밤에 목사는 자리에서 일어났다. 어떤 생각이 떠올랐다. 그렇게 하면 잠시나마 평온을 찾을지도 모른다. 그는 대중 예배를 올릴 때처럼 정성스레 옷을 차려입고 살금살금 조용히 계단을 내려와 문을 열고 밖으로 나갔다.

제12장 목사의 철야

    딤스데일 목사는 꿈속을 걷듯, 어쩌면 몽유병에 걸리기라도 한 듯 오래전 헤스터 프린이 몇 시간 동안 공개 치욕을 견딘 곳에 이르렀다. 그 뒤로 무려 7년 동안 비바람과 햇빛에 시달리고 이후에 거기에 오른 수많은 죄인의 발자국으로 시커멓게 얼룩지긴 했지만 그 처형대는 여전히 예배당 발코니 아래 서 있었다. 목사는 계단을 올라갔다.

    5월 초의 컴컴한 밤이었다. 하늘의 정점에서부터 지평선까지 짙은 먹구름이 빼곡히 들어차 있었다. 헤스터 프린의 처벌 광경을 구경하던 군중이 지금 다시 몰려든다고 해도 한밤의 짙은 어둠 때문에 처형대 위의 얼굴은커녕 사람의 윤곽도 알아보지 못할 터였다. 어차피 온 마을이 잠들어 있었다. 발각될 걱정은 전혀 없었다. 목사 자신이 원한다면 동쪽 하늘이 붉게 물드는 새벽까지 그곳에 서 있어도 별다른 위험은 없으리라. 기껏해야 눅눅하고 쌀쌀한 밤공기가 뼈를 파고들어 관절이 뻐근해지고 가래와 기침으로 목이 잠겨서 내일 기도와 설교를 위해 찾아오는 신도들을 속여야 한다는 게 유일한 걱정이었다. 지금 그를 볼 수 있는 것이라고는 벽장 속에서 피 묻은 채찍을 휘두르는 그를 지켜본, 늘 깨어 있는 그 눈뿐이었다. 그렇다면 그는 왜 여기에 왔을까? 참회하는 시늉을 하기 위해서? 그래봐야 그의 영혼은 자신을 비웃을 게 아닌가! 천사들은 그 모습을 보고 얼굴을 붉히며 흐느낄 테고 악마들은 비웃으며 즐거워하지 않겠는가! 그를 이곳으로 내몬 것은 어딜 가나 끈질기게 따라다니는 가책의 충동이었다. 이 가책이라는 놈에게는 늘 함께 다니는 형제가 있었으니, 바로 가책의 충동이 그를 떠밀어 폭로 직전까지 갈 때마다 떨리는 손으로 그를 붙잡고 마는 비겁함이었다. 이 얼마나 불쌍하고 비참한 인간인가! 그토록 쇠약한 몸으로 죄의 짐까지 짊어져야 한단 말인가? 죄는 그것을 견디기로 마음먹은 자나 그 심한 압박을 맹렬하고 야만적인 힘으로 몰아내 내던질 수 있는 강철 신경의 소유자가 져야 하거늘! 이 심약하고 예민한 영혼은 어느 쪽도 택하지 못하고 끊임없이 하늘을 거역하는 죄의 고통과 공허한 참회 사이에서 갈팡질팡하며 그 둘의 매듭 속에 뒤엉켜 있었다.

그리하여 부질없이 속죄하는 흉내를 내며 처형대 위에 서 있는 동안 딤스데일 목사는 온 세상이 그의 맨 가슴, 심장이 있는 바로 그 자리에 숨어 있는 주홍빛 상징을 보기라도 하는 듯 극심한 공포에 휩싸였다. 실제로 오래전부터 무언가가 그 자리를 물어뜯으며 독을 퍼뜨리는 듯한 고통을 느꼈다. 그는 의지와 상관없이 터져 나오는 비명을 억누르지 못했다. 밤을 뚫고 날아가는 고함이 집집마다 전해지고 그 뒤의 산허리에도 메아리쳤다. 악마의 무리가 그 안에 담긴 깊은 고통과 두려움을 감지하고 그것을 이리저리 튕기며 장난감처럼 갖고 노는 것 같았다.

목사는 두 손으로 얼굴을 감싸며 중얼거렸다.

"다 끝났어! 이제 온 마을이 잠에서 깨고 이리로 달려 나와 나를 발견하겠지!"

그러나 실상은 아니었다. 그의 귀에는 소스라치도록 힘차게 울려 퍼진 고함이 실제로는 그리 우렁차지 않았던 것이다. 마을 사람들은 깨지 않았다. 설사 깼다고 해도 잠에 취해 그저 악몽을 꾸었다고 생각하거나 마녀들이 떠드는 소리라고 여겼을 것이다. 그 시대에는 마녀들이 사탄과 함께 마을이나 외딴 오두막 위를 날아다니는 소리가 들리기도 했으니까. 마을이 깨어나는 기미가 전혀 보이지 않자 목사는 눈을 가렸던 손을 떼고 주위를 둘러보았다. 저 멀리 보이는 벨링엄 총독의 저택 창문에서 그 늙은 행정관이 손에 등불을 들고 머리에는 하얀 취침용 모자를 쓴 채 희고 긴 가운으로 몸을 감싸고 나타났다. 무덤에서 불쑥 불려 나온 유령 같은 모습이었다. 고함에 놀란 게 틀림없었다. 그 저택의 다른 창문에서는 총독의 누이인 히빈스 노부인이 등불을 들고 나타났는데, 멀리서 봐도 심술궂고 불만 가득한 표정이 불빛에 드러났다. 그녀는 격자 창문 밖으로 고개를 내밀고 초조하게 위쪽을 보았다. 무수히 울려 퍼지는 메아리와 진동으로 미루어 이 지체 높은 마녀는 딤스데일 목사의 고함을 그녀가 숲에서 어울려 다닌다고 알려진 악마들과 마녀들이 내는 소리로 들은 모양이었다.

이 노파는 벨링엄 총독의 등불이 켜진 것을 알아차리고는 얼른 불을 끄고 사라졌다. 구름 속으로 올라갔을지도 모를 일이다. 목사의 눈에 더는 마녀의 움직임이 보이지 않았다. 총독은 조심스레 어둠 속을 살폈지만 그래봐야 맷돌을 들여다보는 듯 아무것도 보이지 않았을 것이다. 그 역시 결국에는 창가에서 물러났다.

목사는 평정을 되찾고 있었다. 그러나 잠시 후 멀리서 가물거리는 작은 불빛이 눈에 들어오더니 길을 따라 점점 가까워졌다. 불빛이 이리저리 흔들리며 낯익은 말뚝과 정원 울타리, 창살이 쳐진 유리창, 마을 우물로 사용되는 물통과 펌프, 쇠고리가 달린 아치 모양의 참나무 문, 거친 통나무로 만든 문지방 따위를 불쑥불쑥 비췄다. 딤스데일 목사는 잠깐씩 드러나는 이 찰나의 풍경들을 인지하면서도, 지금 들려오는 저 발소리와 함께 자신의 운명이 다가오고 있으며 잠시 후면 등불이 그를 비추고 오랫동안 숨겨온 비밀을 드러내리라 굳게 믿었다. 불빛이 가까워지자 둥그런 광채 속에 그의 형제 목사, 더 정확히 말하면 그의 직업적 아버지이자 덕망 있는 친구인 윌슨 목사의 모습이 드러났다. 딤스데일이 추측하기에는 누군가의 임종 기도를 올리고 돌아오는 길인 듯했다. 사실이 그러했다. 이 선량한 노목사는 윈스럽 총독의 임종을 지킨 뒤 그를 막 하늘로 떠나보내고 나오는 길이었다. 떠나간 총독이 그에게 자신의 영광을 유산으로 남긴 듯, 혹은 이 노목사가 저 멀리 천상의 도시로 들어가는 영광의 순례자를 지켜보며 거기에서 나오는 아득한 빛을 받기라도 하는 듯 죄로 물든 이 우울한 밤에도 그는 과거의 성인들처럼 후광에 에워싸여 환하게 빛을 발했다. 사실 선량한 윌슨 목사는 그저 등불을 들고 집으로 향하고 있었다! 가물거리는 불빛 때문에 딤스데일의 머릿속에서 위와 같은 상상이 펼쳐진 것이었다. 그는 미소를 지었다. 아니, 하마터면 어처구니없는 상상에 웃음을 터트릴 뻔했고 자기가 미쳐가는 게 아닐까 하는 의문마저 들었다.

윌슨 목사가 한 손으로 검은 성직자복을 단단히 여며 쥐고 다른 손으로는 가슴 앞에 등불을 든 채 처형대 옆을 지나갈 때 딤스데일 목사는 이렇게 말하고픈 충동을 참을 수 없었다.

"안녕하십니까, 존경하는 윌슨 목사님! 이리로 올라오셔서 저와 함께 즐거운 시간을 보내시지요!"

맙소사! 정말 딤스데일이 이렇게 말했을까? 한순간 그는 이 말이 입에서 튀어나왔다고 믿었다. 그러나 상상일 뿐이었다. 윌슨 목사는 계속해서 질척한 흙길을 조심스레 살피며 느릿느릿 걸음을 옮겼고 처형대 쪽으로는 고개도 돌리지 않았다. 가물거리는 등불이 꽤 멀어지자 딤스데일 목사는 아찔한 현기증과 함께 자신이 아주 잠깐 끔찍한 불안에 시달렸음을 깨달았다. 그의 마음은 다만 야단스러운 장난으로 위안을 얻고자 한 것뿐이었다.

잠시 후 그의 머릿속을 가득 메운 우울한 상념들 사이로 이 오싹한 장난기가 다시 고개를 내밀었다. 익숙하지 않은 밤의 한기에 팔다리가 뻐근해지면서 처형대의 계단을 내려갈 수 있을까 하는 의심이 들었다. 결국에는 여명이 그를 찾아내리라. 온 마을이 부스스 깨어나고, 가장 먼저 일어난 사람이 어스름한 새벽녘에 밖으로 나왔다가 이 치욕의 장소에 서 있는 그의 어렴풋한 형체를 발견할 것이다. 놀라움과 호기심에 반쯤 미친 그 주민은 집집마다 문을 두드리며 사람들을 불러내 저기 저 죽은 죄인의 혼령을 보라고 소리칠 것이다. 틀림없이 그는 목사를 혼령이라고 생각할 테니까. 새벽의 소동이 날개를 푸드덕거리며 이 집에서 저 집으로 옮아간다. 날이 좀 더 밝아오면서 나이 많은 집안의 가장들이 플란넬 잠옷 바람으로 서둘러 일어나고 부인들도 미처 잠옷을 벗지 못한다. 지금껏 머리카락 한 올 삐져나온 모습을 보이지 않았던 점잖은 인사들이 처참히 흐트러진 모습으로 사람들 앞에 달려 나온다. 늙은 벨링엄 총독은 제임스 왕 시대의 주름 깃을 삐뚜름히 매고 근엄하게 집을 나서고, 히빈스 부인은 밤에 몰래 숲에 다녀오느라 한숨도 자지 못하고 치맛자락에는 잔가지들을 붙인 채 어느 때보다도 험상궂은 얼굴로 바라본다. 선량한 윌슨 목사 역시 임종을 지키느라 밤의 절반을 보낸 뒤 은혜로운 성자들이 나오는 꿈을 꾸던 터라 못마땅한 표정이다. 딤스데일 목사의 장로들과 집사들, 그를 우상화하며 새하얀 가슴에 그를 위한 성소를 마련한 젊은 여성들도 집을 나선다. 놀라서 서둘러 나오느라 그 가슴을 수건으로 감싸지도 못한 채. 한마디로 마을 전체가 놀라고 경악한 얼굴로 비틀거리며 문턱을 넘어 처형대를 에워쌀 것이다. 동쪽의 붉은빛이 이마를 비추는 저 사람은 누구인가? 몸이 꽁꽁 얼고 수치에 짓눌린 채 헤스터 프린이 섰던 자리에 서 있는 저 사람은 다름 아닌 아서 딤스데일이 아닌가!

목사는 자기도 모르게 이런 상상을 하며 괴이한 공포에 휩싸였다가 스스로도 놀랄 만큼 요란하게 웃음을 터트렸다. 그 순간, 가볍고 산뜻한 아이의 웃음소리가 들려왔다. 그는 어린 펄의 웃음이라는 것을 깨닫고 격렬한 고통에서인지 격한 기쁨 때문인지 가슴에 전율을 느꼈다. 그는 잠시 멈칫했다가 소리쳤다.

"펄! 예쁜 펄이구나!"

그런 뒤 좀 더 누그러진 목소리로 다시 말했다.

"헤스터! 헤스터 프린! 당신도 있소?"

"네, 헤스터 프린이에요!"

그녀가 놀란 목소리로 대답했다. 이윽고 그녀가 걸어오던 길에서 발소리가 가까워졌다.

"저와 우리 펄이에요."

목사가 물었다.

"어디서 오는 겁니까, 헤스터? 무슨 일로 여기까지?"

"임종을 지켰어요. 윈스럽 총독님의 임종을 보고 수의를 지으려고 치수를 재서 집으로 가는 길이에요."

그러자 딤스데일 목사가 말했다.

"이리 올라와요, 헤스터. 펄도 함께. 두 사람은 여기 선 적이 있지만 나는 함께하지 않았소. 다시 올라와서 우리 셋이 함께 서봅시다!"

헤스터는 어린 펄의 손을 잡고 말없이 계단을 올라가 처형대 위에 섰다. 목사는 펄의 다른 손을 더듬어 잡았다. 그러자 자신의 생명이 아닌 다른 생명, 새로운 생명의 격정적인 흐름이 급류처럼 그의 가슴으로 밀려 들어와 온몸의 혈관을 채웠다. 마치 이 모녀가 그의 무기력한 몸으로 생명의 온기를 흘려보내는 것 같았다. 세 사람은 전류가 흐르는 사슬이 된 듯했다.

"목사님!"

어린 펄이 속삭였다.

"왜 그러니, 아가?"

딤스데일이 물었다.

"내일 낮에 저와 엄마와 함께 여기 서실래요?"

펄이 물었다.

"아니, 그럴 수는 없단다, 펄."

목사가 대꾸했다. 그 순간 오랫동안 그의 삶을 괴롭혀온 폭로의 두려움이 새삼 강력하게 밀려들었다. 그는 지금 자신이 함께하고 있는 이 화합에 묘한 환희를 느끼면서도 몸이 떨렸다.

"그럴 수는 없단다, 펄. 언젠가 네 엄마와 너와 함께 여기 설게. 하지만 내일은 안 돼."

펄은 웃으면서 손을 빼려 했지만 목사는 그 손을 꼭 잡으며 말했다.

"조금만 더 있으렴, 우리 아가."

"그럼 내일 낮에 저와 엄마의 손을 잡아주겠다고 약속하실 건가요?"

"내일은 안 될 것 같구나, 펄. 나중에 해줄게."

목사가 말했다.

"나중에 언제요?"

아이가 집요하게 물었다.

"심판의 날에."

목사가 속삭였다. 기이하게도 자신이 진리를 가르치는 스승이니 아이에게 그에 걸맞은 답을 해야 할 것 같았다.

"그때는 저기 심판석 앞에 네 엄마와 너, 내가 함께 서야 해. 하지만 낮에는 우리가 이 세상에 함께 있는 모습을 보여선 안 된단다!"

펄은 다시 웃음을 터트렸다.

그러나 딤스데일 목사가 말을 끝내기도 전에 먹구름이 가득했던 하늘에 멀리서 반짝이는 빛이 널리 퍼졌다. 밤하늘을 보는 이들이 자주 관측하는, 텅 빈 대기권에서 불타 없어지는 유성의 현상이 틀림없었다. 거기서 퍼져 나오는 강렬한 빛이

하늘과 땅 사이를 빽빽이 메운 구름층을 환하게 비추었다. 드
넓은 지붕이 마치 거대한 등불처럼 밝아졌다. 낯익은 거리의
풍경이 대낮처럼 뚜렷하게 드러났지만 익숙지 않은 빛이 친
숙한 사물을 비출 때면 언제나 그렇듯 어딘지 섬뜩해 보였다.
층층이 튀어나와 있고 예스러운 박공지붕을 얹은 목조 가옥
들과 일찌감치 주위에 풀이 돋아난 문 앞 계단과 문턱, 막 갈
아엎어 시커먼 흙이 드러난 텃밭들, 장터 안에 있는데도 거의
아무도 밟지 않았고 양옆으로 풀이 파릇파릇 자라 있는 바큇
자국, 이 모든 세상의 존재가 낱낱이 보였지만, 이전과는 다
른 도덕적 의미가 부여된 듯 기이했다. 그리고 그곳에 가슴을
움켜쥔 목사와 가슴에 수놓은 글자를 단 헤스터 프린, 그 자
체로 하나의 상징이자 두 사람을 연결하는 고리와도 같은 어
린 펄이 있었다. 세 사람은 기이하고 장엄한 한밤의 광채 속
에 서 있었다. 마치 그것이 모든 비밀을 폭로할 빛이요, 서로
에게 속한 이들을 하나로 엮어줄 여명인 것처럼.

　목사를 올려다보는 어린 펄의 눈에는 마력이 깃들어 있었
고 얼굴에는 꼬마 요정처럼 보이는 장난기 어린 미소가 떠올
랐다. 펄은 딤스데일의 손을 놓고 길 건너를 가리켰다. 그러
나 목사는 두 손을 가슴 앞에 깍지 낀 채 하늘을 보고 있었다.

　당시에는 유성의 출현뿐만 아니라 해와 달이 뜨고 지는 것
처럼 일상적인 현상을 제외한 모든 자연현상을 초자연적인
원천에서 오는 계시로 해석하는 것이 일반적이었다. 밤하늘
에 창 모양의 불빛이나 불타는 칼, 활과 화살 따위가 보이면

인디언과 전쟁을 치르게 된다는 암시였다. 붉은빛이 비 오 듯 쏟아지면 역병이 돈다는 예언이라 여겼다. 뉴잉글랜드 식 민지 시대부터 혁명기에 이르기까지 좋은 일이든 나쁜 일이 든 중대한 사건이 일어나기 전에 주민들이 이례적인 자연현 상으로 미리 경고를 받지 않은 적이 과연 있었을까 싶다. 많 은 사람이 한꺼번에 전조를 목격하는 경우도 없지 않았다. 그 러나 외로운 목격자의 믿음에 의존해야 하는 경우가 더 많았 다. 이런 사람들은 덧칠하고 확대하고 왜곡하는, 상상력이라 는 매개로 경이로운 현상을 관찰한 뒤 나중에 좀 더 뚜렷하 게 형태를 다듬곤 했다. 한 국가의 운명이 하늘이라는 장막 위에 무시무시한 상형문자로 드러난다는 것은 실로 장엄한 생각이었다. 하늘이 아무리 넓다 해도 신이 모든 백성의 운명 을 적어 넣을 두루마리로 삼을 만큼 넓지는 않을 것이다. 우 리 선조들은 갓 탄생한 그들의 국가가 특별히 친밀하고 엄격 한 천상의 수호를 받고 있다는 증거로 이러한 믿음을 숭상했 다. 그러나 한 개인이 이 광활한 종이 위에서 오직 자신만을 위한 계시를 보았다고 한다면 뭐라고 해야 할까! 그것은 정 신 상태가 몹시 혼란스러울 때 나타나는 증상이라고밖에 할 수 없다. 오랫동안 남몰래 강렬한 고통에 시달리며 병적인 망 상에 빠져 있다보니, 자기중심적인 생각을 대자연 전체로 확 대해 급기야 하늘이 제 역사와 운명을 기록하는 종이로 쓰여 도 이상할 게 없다고 여기게 된 게 아니겠는가!

따라서 하늘을 보는 목사의 눈에 어둑하게 빛나는 붉은색

테두리의 거대한 A가 나타났다면 이는 전적으로 그의 눈과 마음이 병든 탓으로 돌려도 좋을 것이다. 그 순간 실제로 거기에 나타난 것은 구름의 장막에 가려 흐릿하게 타오르는 유성이었을 것이며, 더군다나 그의 죄책감이 만들어낸 그 모양도 아니었으리라. 혹은 적어도 다른 죄인의 눈에는 다른 징표로 보일 만큼 모호했을 것이다.

당시 딤스데일의 심리 상태를 보여주는 기이한 정황이 있었다. 그는 하늘을 올려다보면서도 어린 펄이 손가락으로 가리키는 곳, 처형대에서 멀지 않은 그곳에 늙은 로저 칠링워스가 있다는 것을 온전히 인지하고 있었다. 목사는 그 불가사의한 글자를 올려다볼 때 얼핏 그를 본 듯했다. 유성의 빛은 모든 사물에 그러하듯 그의 얼굴에도 새로운 표정을 부여했다. 어쩌면 의사가 자신의 먹잇감을 바라보면서 다른 때처럼 저절로 떠오르는 증오의 빛을 주의 깊게 감추지 않은 탓인지도 모른다. 만약 유성이 헤스터 프린과 목사에게 심판의 날을 경고하듯 무시무시하게 하늘에 불을 붙이고 땅을 밝혔다면, 그들의 눈에 로저 칠링워스는 미소와 경멸이 담긴 얼굴로 자신의 권리를 주장하는 대악마로 보였을 것이다. 그 표정이 너무도 생생해서, 혹은 목사가 그 표정을 너무도 강렬하게 인지했기 때문에 유성이 사라지고 난 뒤에도 거리와 다른 모든 것은 사라지고 그의 표정만이 어둠 속에 그림처럼 남아 있었다.

딤스데일 목사는 공포에 질린 얼굴로 물었다.

"저 사람은 누구요, 헤스터? 나는 저자를 보면 몸서리가 납니다! 저 사람을 알아요? 난 저자가 싫소, 헤스터!"

헤스터는 약속을 떠올리고 입을 열지 않았다. 목사가 다시 속삭였다.

"저자를 보면 내 영혼이 떨리는 것 같소! 저자는 누구요? 대체 누구란 말입니까? 나를 도와줄 수 없겠소? 나는 저 사람에게서 알 수 없는 공포를 느낀단 말이오!"

"목사님, 저 사람이 누군지 제가 알려줄게요!"

어린 펄의 말에 목사는 아이의 입술에 귀를 갖다 대며 말했다.

"어서 말해보렴! 어서! 최대한 작은 소리로."

펄은 그의 귀에 대고 뭐라고 속삭였다. 인간의 언어처럼 들렸지만 그저 어린애들이 저희끼리 놀 때 떠들어대는 소리에 불과했다. 설사 거기에 로저 칠링워스에 관한 비밀 정보가 담겨 있었다 해도 지성인인 성직자는 알아들을 수 없어서 한층 당황할 뿐이었다. 요정 같은 아이는 깔깔거리며 웃었다.

"지금 나를 놀리는 거냐?"

목사의 말에 아이가 대꾸했다.

"목사님은 용기가 없었잖아요! 진실하지 않았어요! 내일 낮에 저와 엄마의 손을 잡아주겠다고 약속하지 않았잖아요!"

"혹시 독실한 딤스데일 목사님입니까?"

의사는 어느새 처형대 바로 앞에 와서 묻고 있었다.

"목사님이 맞군요! 우리처럼 책에만 파묻혀 산 학자들은 특히 세심하게 지켜봐야 한다니까요! 우리는 걷고 있는 동안에도 꿈을 꾸고 자면서도 걸어 다니니 말입니다. 내려오십시오, 목사님. 나의 소중한 벗이여, 제가 집까지 바래다드리겠습니다!"

"제가 여기 있는 걸 어떻게 아셨습니까?"

목사가 기겁하며 묻자 로저 칠링워스가 대꾸했다.

"전혀 몰랐습니다. 존경하는 윈스럽 총독님을 저의 미천한 의술로 조금이나마 편안하게 보내드리려 다녀오는 길입니다. 그분은 이제 더 좋은 세상의 집으로 가셨으니 저도 집으로 가는 중이었는데, 하늘에 기이한 빛이 떠오르지 뭡니까. 저와 함께 가시지요, 목사님. 그러지 않으면 내일 안식일 예배를 제대로 보실 수 없을 겁니다. 아이고! 그것 보십시오. 책들이 목사님의 머리를 얼마나 어지럽혔는지. 책들 때문입니다! 공부하는 시간을 조금 줄이고 더 쉬어야 합니다. 그러지 않으면 이런 밤의 기행이 심해질 겁니다."

"함께 가시지요."

딤스데일이 말했다. 그는 뒤숭숭한 꿈에서 깬 사람처럼 허탈하고 기운이 빠진 모습으로 의사에게 모든 것을 맡기고 이끌려 갔다.

그러나 안식일인 다음 날 그는 지금까지의 모든 설교 중에서 가장 알차고 강렬하며 성스러운 감동을 주는 설교를 했다. 몇몇 사람은 그 설교의 효험으로 진리를 찾았고, 그 후로 평생 딤스데일 목사에게 경건한 고마움을 갖고 살기로 맹세했다고 한다. 그러나 그가 설교단을 내려올 때 반백의 수염을 기른 교회지기가 검은 장갑 한 짝을 내밀었다. 목사는 자신의 장갑을 알아보았다.

교회지기가 말했다.

"죄인들이 공개 치욕을 당하는 처형대 위에서 오늘 아침에 발견됐습니다. 아무래도 사탄이 목사님께 못된 장난을 친 모양입니다. 사탄은 늘 그렇게 어리석고 눈먼 짓을 하니까요. 순결한 손은 장갑으로 가릴 필요도 없는데 말입니다!"

"고맙습니다, 친구여."

목사는 근엄하게 말했지만 내심 가슴이 쿵쾅거렸다. 기억이 혼란스러워서 간밤의 일도 환영이 아닐까 생각하려던 참이었다.

"그래요. 내 장갑이 맞는 것 같군요!"

"사탄이 이 장갑을 훔치려 했으니 이제 목사님께서는 장갑 없이 그놈을 상대하셔야겠습니다."

늙은 교회지기는 음울한 미소를 띠며 말을 이었다.

"그나저나 목사님께서도 어젯밤에 징조가 나타났다는 얘기를 들으셨겠지요? 하늘에 붉고 커다란 글자가 나타났답니다. A라고 하니 아무래도 천사(Angel)를 가리키는 것 같습니다. 우리의 훌륭하신 윈스럽 총독님이 간밤에 천사가 되셨으니 그런 표시가 나타나는 것도 이상하지 않지요!"

"저는 아무 얘기도 못 들었습니다."

목사가 대답했다.

제13장 헤스터의 새로운 결심

늦은 밤 기이한 상황에서 딤스데일을 만나고 돌아온 헤스터 프린은 이 목사의 상태에 충격을 받았다. 그는 몹시 불안해 보였고 정신력은 아이보다도 쇠약해진 듯했다. 지적 능력은 온전했고 오히려 질병 때문에 병적인 힘이 더해졌지만 정신력은 속절없이 무너져 있었다. 아무도 모르는 일련의 사정을 아는 그녀는 딤스데일이 마땅히 느껴야 할 가책 말고도 무시무시한 무언가가 그의 건강과 안정을 해치고 있음을 쉽게 짐작할 수 있었다. 또한 이 타락하고 가엾은 사내가 과거에 어땠는지도 알았기에, 본능적으로 발견한 적에게 진저리나는 공포를 드러내며 추방자인 그녀에게 도와달라고 호소하던 모습에 더욱 마음이 아렸다. 게다가 그녀는 그가 자신에게 최대한의 도움을 받을 자격이 있다고 판단했다. 오랫동안 사회에서 배제된 채로 살아온 탓에 자신의 기준이 아닌 외부의 기준으로 옳고 그름을 판단하는 데 익숙하지 않았던 그녀는 온 세상을 통틀어 다른 누구에 대해서도 책임감을 느끼지 않았지만 목사에 대해서는 자신에게 책임이 있음을 분명히 알았다. 그렇다고 믿었다. 그녀를 다른 모든 인류와 연결해주는 고리는 모두 끊어졌다. 꽃으로 된 고리든 비단이나 금, 그 밖의 다른 어떤 물질로 이뤄진 고리든 마찬가지였다. 그러나 공동의 죄라는 무쇠 고리는 그도 그녀도 끊을 수 없었다. 그리고 모든 유대가 그렇듯 거기에는 의무가 따랐다.

이제 헤스터 프린의 처지는 치욕을 견디던 예전과는 달라졌다. 그사이 여러 해가 흘렀다. 어느덧 펄은 일곱 살이었다. 화려하게 수놓은 주홍 글자로 가슴을 빛내는 펄의 어미는 마을 사람들의 눈에 익숙한 존재가 된 지 오래였다. 공동체에서 두드러지면서도 공공이나 개인의 이익과 편의를 해치지 않는 사람에게는 흔히 그러듯이 헤스터 프린에게도 어느새 사람들은 호감을 갖게 되었다. 이기심이 작용하지만 않는다면 사람을 미워하기보다는 좋아하는 쪽으로 기우는 것이 인간의 본성이다. 미워하던 사람도 원래 갖고 있던 적대적인 감정을 지속적으로 새롭게 건드리지만 않는다면 미움이 점차 애정으로 변한다. 헤스터 프린의 경우, 짜증을 돋우거나 거슬리게 하는 일이 전혀 없었다. 그녀는 사람들과 맞서기보다는 아무리 가혹한 대우도 불평 없이 받아들였다. 험한 일을 겪어도 따지지 않았고 동정에 기대지도 않았다. 사회에서 추방당한 세월 동안 티 없이 순결한 삶을 산 것도 좋은 평가에 큰 역할을 했다. 뭇사람들이 보기에 이 가엾은 여인은 잃을 것이 없

고, 희망이나 무언가를 얻고자 하는 바람도 없었으므로, 엇나
갔던 그녀를 다시 선의 길로 들어서게 한 것은 그저 선하게
살고자 하는 진심 어린 마음뿐인 듯했다.

또한 헤스터는 그저 모두가 누릴 수 있는 공기로 호흡하고
성실한 노동으로 자신과 펄이 일용할 양식을 얻는 데 만족할
뿐 세상의 특권이라곤 아주 작은 것도 욕심내지 않는다는 점
도 세간의 인정을 받았다. 그러면서도 자신이 무언가를 내줄
수 있을 때는 지체 없이 인류의 자매임을 자청했다. 가난한
사람들이 손을 내밀면 언제든지 얼마 되지 않는 자신의 자원
을 나누었다. 그 가운데 성미 고약한 이들은 그녀가 집 앞에
꼬박꼬박 음식을 갖다놓거나 왕의 옷에도 수를 놓을 수 있는
바느질 솜씨로 옷을 지어주는 대가로 험담을 퍼부었는데 말
이다. 마을에 역병이 돌 때에도 헤스터만큼 헌신적인 사람은
없었다. 개인에게든 마을에든 큰 어려움이 닥칠 때마다 사회
에서 추방당한 이 여인은 당장 자신이 필요한 자리를 찾았다.
어느 집에 암울한 문제가 생기면 손님이 아니라 식구처럼 찾
아갔다. 이처럼 어둑한 빛은 그녀가 인간들과 교류할 자격을
부여하는 매개가 되는 듯했다. 수 놓인 글자는 신묘한 빛으로
위안을 주었다. 다른 곳에서는 죄의 징표였지만 병자의 방에
서는 촛불이 되었다. 병자의 마지막 순간에는 시간의 경계 너
머로 빛을 쏘아주기도 했다. 이승의 빛은 빠르게 어두워지고
저승의 빛은 아직 닿지 않은 순간에 그에게 어디로 발을 디
뎌야 할지 보여준 것이다. 그런 위급 상황에서 따뜻하고 너그

러운 헤스터의 본성이 드러났다. 그것은 목마른 자라면 누구나 마실 수 있고 아무리 많이 마셔도 마르지 않는 인정의 샘이었다. 수치의 상징이 달린 그녀의 가슴은 폭신한 베개를 필요로 하는 이에게 한층 부드러운 베개가 되어주었다. 그녀는 자비의 성모를 자처했다. 어쩌면 그녀 자신이든 세상이든 이런 결과를 기대하지 않았음에도 세상의 무거운 손이 그 역할을 임명했다고 하는 편이 옳을 것이다. 그 글자는 그녀의 소명을 상징하는 표시가 되었다. 그녀는 너무도 유익하고 너무도 도움이 되며 너무도 공감해주는 사람이기에 이제 많은 사람은 이 글자 A를 원래 의미●로 해석하지 않았다. 헤스터 프린은 더없이 강인한 여성의 힘을 보여주었기에 사람들은 그 A가 '능력 있다(Able)'는 뜻이라고 여겼다.

어두워진 집만이 헤스터를 들일 수 있었다. 다시 해가 떠오르면 그녀는 그곳에 없었다. 그녀의 그림자는 이미 문턱을 넘어갔다. 식구로서 도와준 그녀는 떠났고 그 정성 어린 손길을 받은 이가 고마움을 전하고 싶어 해도 그것을 받기 위해 돌아보지 않았다. 길에서 그들을 만나도 인사를 받으려 고개를 들지 않았다. 그들이 다가가 말을 걸려 하면 그녀는 손가락으로 주홍 글자를 가리키며 지나갔다. 자만처럼 비칠 수도 있는 이 행동이 너무도 겸손해 보여서 사람들의 마음이 온화해졌다. 대중에게는 전제적인 기질이 있다. 그저 평범한 정의도

● '간음'을 뜻하는 'Adultery'.

제 권리인 양 집요하게 요구하면 거부하려 들지만, 폭군들이 즐기듯 그것이 전적으로 관용에 달린 일인 양 호소하면 정의보다 더한 것도 내주곤 한다. 헤스터 프린의 태도를 이와 비슷한 호소로 해석한 그들의 사회는 한때 희생자였던 그녀에게, 원하는 것 이상으로, 과분할 만큼 상냥한 얼굴을 보여주었다.

마을의 통치자들, 현명하고 학식 있는 사람들은 오히려 헤스터 프린의 선량한 자질을 인정하는 데 일반인들보다 오래 걸렸다. 그들이 지닌 편견은 대중과 다르지 않았지만 무쇠같이 단단한 이론의 틀에 에워싸여 내던지기가 훨씬 어려웠던 것이다. 그럼에도 인상을 쓰느라 주름진 그들의 험악한 얼굴은 점점 부드러워졌고, 세월이 더 지나면 인자하다고 할 법한 표정이 지어질 것 같았다. 이는 대중의 도덕을 수호해야 하는 지체 높은 위치에 있는 사람들의 얘기였다. 그러나 개개인으로 보면 대부분이 헤스터 프린의 과실을 어느 정도 용서했다. 한 발 나아가 그토록 오랫동안 속죄하기 위해 달았던 주홍 글자를 죄의 징표가 아니라 이후에 행한 수많은 선행의 징표로 보기 시작했다. 외지인들이 오면 그들은 말했다.

"가슴에 수놓은 표시를 단 저 여자 보이지요? 우리의 헤스터, 우리 마을의 헤스터인데 가난한 사람들에게 아주 자상하고, 아픈 사람을 힘닿는 데까지 도와줄 뿐 아니라 번민하는 사람도 위로해준답니다!"

남의 일이라면 가장 나쁜 점만 떠들어대는 게 인간 본성인지라 과거의 암울한 추문을 속닥거리는 사람들도 있었다. 그러나 그런 사람의 눈에도 주홍 글자는 수녀의 가슴에 달린 십자가와 같은 효과를 지니는 것처럼 보였다. 그것은 그녀에게 모종의 신성함을 부여해 온갖 위험에서도 안전하게 걸어 다니게 해주었다. 도적 떼를 만난다고 해도 그 글자 덕분에 그녀는 무사했을 것이다. 심지어 한 인디언이 그 상징을 향해 활을 당겼을 때 화살이 거기에 맞고도 해를 입히지 않고 떨어졌다는 이야기가 전해졌고 많은 사람이 그것을 사실로 믿었다.

그 상징, 아니 그것이 나타내는 사회적 위치는 헤스터 프린의 마음에 강렬하고 독특한 영향을 미쳤다. 그녀의 성격에서 밝고 우아한 부분은 이 뜨거운 낙인에 오그라들어 사라진 지 오래였고 이제는 거친 윤곽만 남아 있었다. 그녀에게 친구나 동반자가 있었다면 그런 윤곽에 혐오감을 느꼈을지도 모른다. 외적인 매력도 비슷한 변화를 겪었다. 어느 정도는 일부러 옷을 수수하게 지어 입고 매력을 드러내지 않으려 했기 때문인지도 모른다. 풍성하고 윤기 나는 머리카락은 잘라버렸는지 모자 속에 숨기고 말았는지 반짝이는 햇살에 한 올도 드러나지 않았다는 점도 슬픈 변화였다. 이 모든 이유가 적잖이 작용한 탓이었겠지만 헤스터의 얼굴에는 사랑의 여신이 거할 자리가 없는 듯 보였다. 조각상 같은 당당한 몸에는 정열의 여신이 탐낼 만한 것이 전혀 없었고 그녀의 가슴 역시 두 번 다시 애정의 여신의 베개가 될 것 같지 않았다. 그녀의 여성성을 유지하는 중요한 속성은 영영 떠나버렸다. 유난히 가혹한 일을 견뎌낸 여자는 이런 운명을 겪게 마련이다. 성격이든 외모든 냉혹하게 변한다. 그저 물러터진 상태로 있었다면 그 여자는 죽었을 것이다. 살아남았다면 유약함을 완전히 떨쳐냈거나 겉으로는 똑같아 보여도 그것이 가슴 깊이 매장되어 다시는 드러나지 않을 것이다. 아마도 이 두 번째가 합당한 추론이리라. 한때 여자였다가 그러기를 포기한 사람은 다시 변화를 일으키는 마법이 일어나면 언제든 다시 여자가 된다. 헤스터 프린도 그런 마법의 손길을 만나 변모하게 될지 곧 보게 될 것이다.

헤스터가 대리석처럼 냉혹해진 것은 열정적이고 감정적이었던 그녀의 삶이 사색적으로 변한 데서 원인을 찾을 수 있었다. 세상에 의지할 거라곤 아무것도 없이 혼자서 어린 펄을 가르치는 동시에 보호해야 했고, 사회적 지위를 되찾고 싶다고 해도 희망이 없는 상태로 홀로 선 그녀는 끊어지고 만 연결 고리의 파편을 모조리 내다 버렸다. 세상의 법칙은 그녀의 생각과 맞지 않았다. 지난 수백 년 동안 갇혀 있던 인간의 지성이 새로이 해방되어 훨씬 활발하고 폭넓게 발전한 시대였다. 칼을 든 자들이 왕과 귀족을 쓰러뜨렸다. 더 대담한 자들은 과거의 법칙을 좌지우지해온 선입견들을 완전히 뒤엎고 재정비했다. 물리적으로 그랬다기보다는 그들의 실질적인 주거지인 이론의 영역에서 그랬다는 얘기다. 헤스터 프린은 이러한 정신을 흡수했다. 당시 대서양 건너에 널리 퍼져 있던 사색의 자유를 누렸다. 우리 선조들이 알았더라면 주홍 글자로 낙인찍은 죄보다 더 치명적인 죄로 여겼을 것이다. 해변에 외로이 서 있는 그녀의 오두막에는 뉴잉글랜드의 다른 집에 감히 들어가지 못하는 사상들이 찾아왔다. 이 환영 같은 손님들이 그녀의 문을 두드리는 모습이 보였다면 사람들은 악마 못지않게 위험천만한 손님을 들인다고 여겼을 것이다.

놀랍게도 대개는 가장 대담한 생각을 하는 자들이 사회의 외적인 규율을 고분고분 따르는 법이다. 그들은 그저 사색으로 만족할 뿐 그것을 실제 행동으로 옮기지 않는다. 헤스터의 경우도 마찬가지인 듯했다. 그러나 어린 펄이 영적인 세계에서 그녀에게 오지 않았더라면 상황은 완전히 달라졌을지도 모른다. 그랬다면 그녀는 앤 허친슨과 손을 잡고 어느 종파의 여성 창시자로 역사에 기록되었을지 모른다. 어쩌면 예언자로서도 이름을 남겼을 것이다. 청교도의 기반을 해치려 했다는 이유로 그 시대의 엄격한 재판소에서 사형당했을 가능성도 배제할 수 없다. 그러나 사상을 향한 이 어머니의 열정은 자식 교육으로 표출되었다. 하느님은 어린 딸을 내림으로써 헤스터에게 수많은 난관 속에서도 여인으로 꽃피울 싹을 소중히 품어 키우게 했다. 그녀의 상황은 너무도 불리했다. 세상은 적대적이었다. 아이의 기질도 어딘가 잘못된 듯했다. 그 때문에 그녀는 그 아이가 어머니의 무모한 격정으로 잘못 태어난 게 아닐까, 그 가엾은 아이가 태어난 것이 잘된 일일까 잘못된 일일까 비통한 가슴으로 끊임없이 자문해야 했다.

사실 헤스터의 머릿속에는 여성 전체에 관해서 이 같은 암울한 의문이 자주 떠올랐다. 아무리 행복한 여성이라 해도 여성의 삶이라는 게 받아들일 가치가 있는 걸까? 제 삶에 관해서는 오래전에 아니라는 결론을 내렸고 더 생각하려 들지도 않았다. 남자도 그러듯 여자도 사색이 깊어지면 평온해지지만, 한편으로는 서글퍼진다. 아마도 자기 앞에 놓인 임무가 희망 없는 일임을 알게 되기 때문일 것이다. 가장 먼저 사회제도 전체를 허물고 다시 세워야 한다. 그런 다음 대자연만큼이나 당연한 것이 된 남성의 본성이나 오랫동안 이어져온 그들의 습성이 근본적으로 바뀌어야만 여성이 공정하고 적절해 보이는 지위를 얻을 수 있다. 마지막으로 다른 모든 어려움이 해결된다고 해도 여성 스스로가 훨씬 더 크게 변화하기 전까지는 이러한 개혁을 활용할 수 없다. 그렇게 큰 변화를 겪고 나면 여성의 가장 진정한 삶이 담겨 있는 영적인 본질이 증발하고 없을 것이다. 이런 문제는 여성이 아무리 사색을 해도 극복하지 못한다. 끝내 해결되지 않거나 해결된다 해도 방법은 하나뿐이다. 여성의 감정이 우위를 차지하면 이런 문제는 사라진다. 그러나 헤스터 프린의 가슴에서는 더 이상 감정이 규칙적으로 건강하게 고동치지 않았으므로 그녀는 길잡이도 없이 어두운 마음속 미로를 헤맸다. 가끔은 극복할 수 없는 절벽 앞에서 걸음을 돌렸고 깊은 골짜기 앞에서 돌아서기도 했다. 주변 풍경은 온통 황량하고 으스스했으며 어디서도 아늑함과 위안을 찾을 수 없었다. 이따금 펄을 당장 천국으로 보내고 자신은 영원한 정의의 존재가 정해주는 곳으로 가는 편이 낫지 않을까 하는 섬뜩한 의혹이 그녀의 영혼을 사로잡으려 했다.

주홍 글자의 형벌이 아직 끝나지 않은 것이다.

그러나 한밤에 딤스데일 목사를 만난 이후 그녀에게는 새로이 생각할 거리가 생겼고 어떤 노력과 희생이 따르더라도 도전해볼 만한 목적이 보였다. 그녀는 목사가 엄청난 불행에 짓눌려 발버둥 치는 것을 목격했다. 더 정확히 말하면 그런 노력마저도 포기한 듯했다. 그가 아직 미치지는 않았지만 그 경계에 서 있다는 것을 깨달았다. 남모르는 가책의 고통이 얼마나 큰지 몰라도 거기서 벗어나게 해주겠다고 내민 손이 그 안에 치명적인 독을 퍼트리는 게 분명했다. 정체를 숨긴 적이 친구이자 조력자의 탈을 쓰고 끊임없이 그의 곁을 맴돌며 기회가 있을 때마다 섬세한 용수철 같은 딤스데일의 천성을 장난감처럼 건드렸다. 헤스터는 목사가 그토록 불길한 기운만 가득하며 상서로운 일은 전혀 기대할 수 없는 처지가 된 것이, 솔직하지도, 용기를 내지도 못하고 그를 속이는 자신 때문이 아닌지 자문해야만 했다. 그나마 변명을 해보자면, 로저 칠링워스의 위장을 묵인하지 않고는 목사가 그녀보다 암울한 파멸을 겪는 것을 막을 길이 없었다. 그런 생각으로 결정을 내렸건만, 지금 보니 둘 중 더 처참한 방법을 택한 것 같았다. 아직 가능성이 있다면 실수를 만회하고 싶었다. 수년 동안 고되고 침울한 시련에 단련된 그녀는 이제 오래전 감옥에서 그랬던 것처럼 로저 칠링워스를 마주하는 일이 두렵지 않았다. 그때는 비굴한 죄인의 입장이었고 치욕을 당한 기억이 생생해 반쯤 정신이 나간 상태였다. 그날 이후 그녀는 꾸준히 지위를 회복해 더 높은 곳에 이르렀다. 반면 그 노인은 복수에 눈이 멀어 그녀와 비슷한 수준으로, 어쩌면 더 낮은 수준으로 떨어졌다.

결국 헤스터 프린은 전남편을 만나 그의 마수에 붙잡혀 있는 게 분명한 희생자를 힘닿는 데까지 구원해보기로 결심했다. 그런 기회가 오기까지는 그리 오래 걸리지 않았다. 어느 날 오후 반도의 외진 곳을 펄과 함께 걷던 그녀는 한 손에 바구니를 들고 다른 손에는 지팡이를 든 채 약제로 사용할 뿌리와 약초를 찾기 위해 허리를 구부리고 있는 늙은 의사를 보았다.

제14장 헤스터와 의사

헤스터는 어린 펄에게 저 약초 캐는 노인과 잠깐 할 얘기가 있으니 물가에 가서 조가비나 엉킨 해초를 갖고 놀라고 했다. 아이는 날아가는 새처럼 가볍게 달려가 신발을 벗고는 작고 흰 맨발로 축축한 바닷가를 철벅철벅 뛰어다녔다. 그러다 이따금 멈춰 서서 썰물이 남겨놓은 웅덩이를 거울 삼아 제 얼굴을 신기한 듯 들여다보았다. 그 안에서 반짝이는 짙은 색 곱슬머리를 늘어뜨리고 눈에는 장난기 어린 미소를 띤 어여쁜 소녀가 자기를 바라보자 친구가 없는 펄은 소녀에게 손을 잡고 함께 달리자고 했다. 그러나 물속에 비친 소녀는 '여기가 더 좋아! 네가 들어오렴!'이라고 말하는 듯 똑같이 손을 내밀었다. 결국 펄은 종아리까지 물이 찬 웅덩이 안으로 들어가 물속 깊이 잠긴 자신의 하얀 발을 내려다보았다. 요동치는 물속에서 여전히 반짝거리는 미소가 부서진 채로 떠올랐다 사라졌다.

그사이 펄의 엄마는 의사에게 다가가 말을 걸었다.

"얘기 좀 했으면 해요. 우리에 관한 얘기예요."

의사는 굽혔던 허리를 펴며 대꾸했다.

"아! 헤스터 부인이 이 늙은이 로저 칠링워스에게 할 얘기가 있다고요? 그렇다면 기꺼이 들어야지요! 그렇지 않아도 여기저기서 부인에 관해 좋은 소식이 들려오더군요! 바로 어젯밤에도 현명하고 존엄하신 치안판사 한 분이 부인의 문제를 논하다가 내게 의회에서 부인에 관한 논의가 있었다고 귀띔해주었소. 그 주홍 글자를 떼는 것이 공공의 안전에 문제가 될 것인가 하는 논의였다고 하던데. 헤스터 부인, 맹세코 나는 그 존경하는 판사에게 그렇게 해달라고 간청했소!"

"이건 치안판사들이 원한다고 뗄 수 있는 게 아니에요. 내게 이걸 뗄 자격이 생기면 저절로 떨어지거나 다른 의미를 상징하는 것으로 바뀌겠죠."

헤스터는 차분하게 대꾸했다.

"그렇다면 달고 있으시오. 그 편이 낫다면. 여자는 자기 몸 장식은 자기 생각대로 해야 하니까. 그 글자는 화려하게 수를 놓아서 가슴에 달고 있으면 멋지게 보이긴 합니다!"

이런 대화를 나누는 동안 헤스터는 노인을 유심히 보면서 지난 7년 동안 그가 어떻게 변했는지 깨닫고 충격과 함께 경외감에 휩싸였다. 그는 더 늙기만 한 것이 아니었다. 세월의 흔적이 보이긴 했지만 나이를 꽤 잘 견뎠고 강인한 활력과 예리함도 유지하는 듯했다. 그러나 헤스터가 그에 관해 가장 뚜렷이 기억하는 부분, 즉 지적이고 학식 있는 사람답게 차분하고 조용한 태도는 온데간데없었고 사나우면서도 주의 깊게 경계하며 열성적으로 탐색하는 표정이 그 자리를 메웠다. 이를 가리기 위해 미소를 띠웠지만 그마저도 가식적이었고 마치 그를 우롱하듯 어색해 보여서 오히려 음흉함을 부각하는 듯했다. 이따금 그의 눈에서 붉은빛이 번뜩였다. 이 노인의 가슴속에서 영혼이 불타며 뿌연 연기를 내뿜다가 격정에 휩싸이는 순간 화르륵 불길이 치솟는 것 같았다. 그는 이 순간적인 불길을 최대한 억누르고 아무 일도 없다는 표정을 지으려 애썼다.

한마디로 늙은 로저 칠링워스는 인간이 적당한 시간 동안 악마의 일을 맡을 의향이 있기만 하다면 언제든 악마가 될 수 있음을 보여주는 산증인이었다. 이 불행한 사내는 7년 동안 고통받는 가슴을 꾸준히 분석하며 거기에서 희열을 얻고 다시 그 극심한 고통을 부채질하는 일에 몰두하며 악마로 변하고 말았다.

헤스터 프린의 가슴에서 주홍 글자가 타올랐다. 여기 또 하나의 파멸이 있었고 이는 어느 정도 그녀의 책임이었다.

"내 얼굴에 뭐가 있기에 그렇게 뚫어져라 바라보는 거요?"

의사의 물음에 그녀가 대답했다.

"내게 충분히 쓰라린 눈물이 남아 있었다면 울음을 터트릴 만한 게 보이네요. 하지만 그 얘기는 그만두죠! 나는 가엾은 목사님 얘기를 하러 왔으니."

"목사에 관해 무슨 얘기를?"

로저 칠링워스는 간절히 원했던 주제를 유일하게 비밀을 터놓을 수 있는 사람과 얘기할 수 있게 되어 몹시 기쁜 듯 화색을 띠며 소리쳤다.

"헤스터 부인, 솔직히 얘기하면 나도 때마침 그 사람 생각을 하고 있었소. 그러니 마음껏 얘기하시오. 대답해줄 테니."

"우리가 마지막으로 대화한 게 벌써 7년 전이었죠. 그때 당신은 내가 우리의 예전 관계를 비밀로 하겠다는 약속을 하게 했어요. 그분의 목숨과 명예가 당신의 손에 달려 있었기 때문에 나는 당신이 간청한 대로 침묵할 수밖에 없었죠. 하지만 그 약속을 하면서 나는 엄청난 불안에 시달렸어요. 다른 사람들을 향한 의무는 다 내던져도 그분에 대한 의무는 남아 있었는데, 당신의 말대로 하겠다고 약속하면서 내가 그분에 대한 의무를 저버리고 있다는 속삭임이 들리더군요. 그날 이후 당신은 그분과 누구보다도 가까이 있었죠. 그가 어디를 가나 따라다니고. 그의 곁에서 잠이 들고 깨기도 했어요. 그의 생각을 염탐하고 그의 가슴을 후벼 파고! 그의 생명을 움켜쥐고 하루하루 죽음 같은 삶을 살게 하고 있죠. 그런데도 그는 당신이 누구인지 몰라요. 이런 상황을 허락한 나는 내가 진실해야 할 유일한 사람을 속이고 있는 거예요!"

"당신에게 다른 방도가 있었나?"

로저 칠링워스가 물었다.

"내가 이 손가락으로 그 사람을 가리켰다면 그자는 설교단에서 내려와 지하 감옥으로 던져질 수도 있었소. 그다음엔 교수형을 당할 수도 있었지!"

"차라리 그 편이 나았을 거예요!"

헤스터 프린이 말했다.

"내가 그자에게 무슨 짓을 했기에 이러는 거요?"

로저 칠링워스가 다시 물었다.

"똑똑히 들어요, 헤스터 프린. 나는 한 나라의 왕이 아무리 많은 돈을 줘도 누릴 수 없는 치료를 그 불쌍한 목사에게 해 주었소! 내 도움이 없었다면 그는 당신과 죄를 범하고 2년도 안 돼서 고통에 불타 죽었을 거요. 그자는 당신처럼 주홍 글 자의 무게를 버틸 정신력이 없거든. 아, 내가 그 굉장한 비밀 을 폭로할 수만 있다면! 하지만 그건 됐소! 나는 의술로 할 수 있는 건 다 했소. 그가 지금 숨을 쉬고 이 땅을 돌아다니는 건 모두 내 덕분이란 말이오!"

"그분은 차라리 당장 죽는 편이 나았을 거예요!"

헤스터 프린이 말했다.

"그래요. 당신 말이 맞소!"

늙은 로저 칠링워스는 자기 가슴에서 번쩍거리며 타오르는 불을 그녀의 눈앞에 여실히 드러내며 소리쳤다.

"그는 당장 죽어버리는 게 나았지! 그 사람만큼 극심한 고 통을 겪은 사람은 없을 거요. 그것도 그의 가장 치명적인 적 이 보는 앞에서! 그자는 나를 의식하고 있었소. 어떤 저주 같 은 힘이 그에게 퍼부어지고 있다는 걸 느끼고 있었소. 그자는 조물주가 창조한 가장 예민한 인간인지라 우호적이지 않은 손이 감정을 쥐락펴락하고 있으며 사악한 것만을 찾고 구하는 눈이 호기심을 갖고 자기를 들여다본다는 걸 알고 있었소. 하지만 그 눈과 손이 나의 것이라는 사실은 몰랐지! 그런 사람들이 흔히 믿는 미신 때문에 자신이 악마의 손에 넘어가 무시무시한 악몽과 절망적인 생각, 찌르는 듯한 가책과 용서에 대한 좌절로 고통받는 거라고, 그마저도 무덤 너머에서 기다리는 고통에 비하면 맛보기에 불과하다고 생각하고 있소. 하지만 그 모든 게 나의 그림자였지! 가장 가까이 있는데도 정체를 모르는 사람! 가장 지독한 복수라는 영구적인 독이 있어야만 살 수 있게 된 존재! 그래요! 그자의 생각이 틀리지 않았소! 그의 바로 옆에 악마가 있던 거요! 한때는 인간의 마음을 지녔던 사람이 이제는 오직 그만을 괴롭히는 악마가 되었소!"

이렇게 말하면서 불행한 의사는 겁에 질린 표정으로 두 손을 올렸다. 마치 거울을 들여다보다가 그 안에서 자신이 아니라 난생처음 보는 무시무시한 형체를 목격한 사람 같았다. 인간은 몇 년에 한 번씩 이처럼 자신의 영적인 모습이 마음의 눈에 뚜렷이 드러나는 순간을 겪는다. 지금 그는 난생처음 보는 자신의 모습을 본 게 틀림없었다.

헤스터는 이 노인의 표정을 알아차리고 물었다.

"충분히 괴롭히지 않았나요? 그분은 충분히 죗값을 치르지 않았나요?"

"아니! 아니오! 그의 빚은 오히려 늘어났소!"

의사는 갈수록 맹렬한 모습을 잃고 점점 우울해졌다.

"헤스터, 9년 전에 내가 어땠는지 기억하오? 그때도 나는 인생의 황혼기였고 그리 이른 황혼기도 아니었소. 하지만 그 때까지 나는 성실하게 학문과 사유에 매진하며 조용한 나날을 보냈고, 그렇게 꾸준히 지식을 쌓으면서 부수적인 목적으로 인류의 행복을 증진하려 노력했소. 나는 누구보다도 평온하고 순수한 삶을 살았소. 나만큼 많은 혜택을 누린 사람도 없을 거요. 그때의 나를 기억하오? 당신은 나를 차갑다고 여길지 몰라도 다른 이들에게는 욕심 없고 사려 깊은 사람, 친절하고 진실하며 공정하고 아주 따뜻하지는 않아도 늘 애정을 보이는 사람이 아니었소? 그렇지 않소?"

"그 이상이었죠."

헤스터가 대답했다.

"그런데 지금 어떻게 되었소?"

그는 그녀의 얼굴을 똑바로 보며 자기 안에 있는 사악한 악마를 얼굴에 그대로 드러낸 채 다그쳐 물었다.

"내가 어떻게 되었는지는 이미 얘기했잖소! 악마가 되었다고! 누가 나를 그렇게 만들었지?"

헤스터는 몸서리치며 소리쳤다.

"저예요! 그분뿐 아니라 저에게도 똑같은 책임이 있어요. 왜 제게는 복수하지 않죠?"

"당신은 그 주홍 글자에 맡기기로 했소. 그것이 나를 대신해 충분한 복수를 하지 못했다 해도 더는 어찌할 수 없소!"

그는 빙긋 웃으며 주홍 글자에 손가락을 갖다 댔다.

"이건 당신을 대신해 충분한 복수를 해주었어요!"

헤스터 프린이 말했다.

"나도 그렇게 생각하오. 그건 그렇고 그자에 대해 내게 무얼 어떻게 하려는 거요?"

의사의 물음에 헤스터는 단호하게 대답했다.

"비밀을 밝혀야겠어요. 이제 그분도 당신의 정체를 알아야해요. 거기에 어떤 결과가 따를지 저도 몰라요. 하지만 내가 그분에게 고통과 파멸을 안김으로써 초래한 오랜 신뢰의 빚을 이제 갚겠어요. 그분의 명성과 이곳에서의 지위, 어쩌면 그분의 목숨까지도 당신의 손에 달려 있어요. 게다가 이 주홍 글자가 진실에, 설사 뜨겁게 달궈진 무쇠처럼 영혼을 파고드는 진실이라고 해도, 그에 맞서는 법을 가르쳐주었기에, 그분이 텅 빈 삶을 사는 것이 이롭다 생각하지도 않기에 당신의 자비를 구하려고 굽실거리지도 않을 거예요. 당신은 마음대로 해요! 그래봐야 그분에게나 나에게나 당신에게나 좋을 게 없어요! 우리 펄에게도 좋을 게 없죠! 우리가 이 암울한 미로를 빠져나갈 길은 없어요!"

"이보시오, 당신에게 연민이 들 지경이군!"

로저 칠링워스는 감탄의 전율을 숨기지 못했다. 그녀가 표현한 절망 속에 장엄하다고 할 만한 무언가가 있었기 때문이다.

"당신은 훌륭한 사람이오. 나를 만나기 전에 나보다 나은 짝을 만났더라면 이런 불상사는 일어나지 않았을 거요. 당신의 그 훌륭한 기질이 허비된 게 안타깝소!"

그러자 헤스터 프린이 대꾸했다.

"나도 당신이 안타까워요. 증오 때문에 그토록 현명하고 정의로운 분이 악마로 변하다니! 그 악마를 몰아내고 예전으로 돌아갈 수는 없나요? 그분을 위해서가 아니라 자신을 위해서라도! 그저 용서하고 응징은 전능하신 하느님께 맡기세요! 아까도 말했듯이 이 암울한 악의 미로에서 함께 헤매며 우리가 놓아둔 죄에 매번 발부리가 걸린다면 그분에게나 당신에게나 나에게나 좋을 게 없어요. 아닐 수도 있겠네요! 당신에게는, 당신에게만은 이로울지도 모르겠어요. 큰 피해를 입은 사람은 당신이고 용서하느냐 마느냐도 당신에게 달려 있으니까. 그 유일한 특권을 포기할 건가요? 그렇게 귀한 이익을 거부하겠어요?"

"그만하시오, 헤스터, 그만!"

노인은 음울하고 근엄하게 말했다.

"내가 용서할 수 있는 일이 아니오. 내게는 당신이 말한 그런 힘이 없소. 오래전에 잊어버린 나의 옛 믿음이 되살아나 우리의 모든 행동과 우리가 겪는 고통을 설명해주는군. 당신은 첫발을 잘못 디뎌 악의 씨앗을 뿌렸소. 하지만 그 후로는 암울한 필연이었을 뿐이오. 나에게 잘못을 저지른 당신이 죄를 지었다는 것도 그저 착각일 뿐이오. 나도 악마의 일을 가로챈 악마 같은 존재는 아니오. 이건 우리의 운명일 뿐이오.

그러니 검은 꽃을 피우도록 놔두시오! 당신은 가서 그자를 어떻게든 마음대로 하시오."

그는 손을 흔들고는 다시 약초를 캐기 시작했다.

제15장 헤스터와 펄

　몸은 기형적으로 뒤틀리고 얼굴은 한번 보면 오래도록 지워지지 않을 듯한 늙은 로저 칠링워스는 헤스터 프린과 헤어져 구부정한 걸음으로 멀어져갔다. 그는 여기저기서 약초를 꺾거나 뿌리째 뽑아 팔에 든 바구니에 넣었다. 기어가듯 나아가는 탓에 반백 수염이 땅에 닿을락 말락 했다. 잠시 그의 뒷모습을 바라보는 헤스터에게 조금은 터무니없는 의문이 들었다. 이른 봄의 어린 풀이 그의 발에 짓밟혀 망가지고 나면 파릇파릇한 초목 위로 누렇게 시든 풀이 남아 그가 갈팡질팡 나아간 길을 보여주지 않을까? 저 노인이 저토록 열심히 모으는 것은 대체 무슨 약초일까 궁금하기도 했다. 그의 눈길이 닿은 땅에는 금세 사악한 기운이 퍼져 지금까지 알려지지 않은 독풀이 그의 손을 만나러 나오는 건 아닐까? 혹은 멀쩡한 풀도 그의 손이 닿으면 해로운 독풀로 변하는 걸까? 어디서나 환하게 빛나는 저 햇살이 그에게도 닿기는 할까? 오히려 불길한 그림자가 그의 뒤틀린 몸을 어디든 따라다니는 것 같은데 정말 그런 걸까? 지금 그는 어디로 가고 있을까? 그가 불쑥 땅속으로 꺼지고 그 자리가 시커먼 황무지로 변한 뒤 시간이 지나면 벨라도나와 층층나무, 사리풀, 그 밖에 이곳 기후에 맞는 독초들이 무성하고 흉물스럽게 자라는 건 아닐까? 혹은 그가 박쥐의 날개를 활짝 펴고 멀리 날아가 높이 올라갈수록 점점 흉측하게 변하는 건 아닐까?

"죄가 되든 아니든 난 저 사람이 싫어!"

헤스터 프린은 여전히 그를 바라보며 씁쓸하게 말했다.

그런 감정에 사로잡힌 자신을 아무리 책망해도 그 감정이 사라지거나 줄지 않았다. 이를 떨쳐내기 위해 그녀는 아주 오래전, 머나먼 땅에서 그가 하루 종일 서재에 틀어박혀 있다가 저녁이면 난롯가에 앉아 부인의 미소를 마주하던 시절을 떠올려보았다. 그는 오랜 시간 혼자 책에 파묻혀 지낸 학자의 가슴을 데우기 위해 그 미소의 빛을 쬐어야 한다고 했다. 예전에는 그저 행복하게만 보였던 장면인데, 이후에 살아온 나날의 우울한 그림자를 통해 보니 더없이 추한 기억이었다. 어떻게 그런 삶을 견뎠는지 놀라울 지경이었다! 어떻게 그와 결혼할 생각을 했는지도! 그녀가 가장 깊이 뉘우쳐야 할 죄는 그의 축축한 손을 견디며 맞잡아준 일, 내키지 않는데도 그의 미소에 눈과 입술로 웃으며 화답해준 일이라는 생각이 들었다. 그리고 로저 칠링워스가 지금껏 저지른 가장 더러운 죄는 철모르던 그녀에게 자기 곁에 있어야 행복하다고 믿게

한 일인 듯했다. 헤스터는 아까보다 더욱 씁쓸한 투로 다시 말했다.

"그래, 난 저 사람이 싫어! 그는 나를 속였어. 내가 그에게 한 짓보다 나쁜 짓을 내게 했어!"

남자들이여, 여자에게 결혼 승낙을 얻었더라도 가장 깊은 가슴속 열정을 깨우지 못했다면 긴장할지어다! 로저 칠링워스의 경우처럼 더 막강한 손길이 그녀의 모든 감성을 깨운다면 그저 조용한 행복을, 조각해놓은 듯한 행복을 따뜻한 현실로 받아들이게 했다는 이유만으로도 비난을 면치 못하는 것이 남자의 비참한 운명이니. 그러나 헤스터도 그런 억울함을 오래전에 풀었어야 한다. 그렇다면 이는 무엇을 의미할까? 무려 7년이라는 세월 동안 주홍 글자의 고문 속에서 그토록 고통을 겪고도 끝내 뉘우치지 않았다는 뜻인가?

그 짧은 시간 동안 늙은 로저 칠링워스의 뒤틀린 몸을 바라보면서 밀려든 감정은 헤스터의 마음에 어두운 빛을 드리웠고, 그 일이 없었더라면 깨닫지 못했을 많은 것을 일깨워주었다.

그의 모습이 시야에서 사라지자 그녀는 아이를 불렀다.

"펄! 우리 펄! 어디 있니?"

언제나 활발함을 잃지 않는 펄은 엄마가 약초 캐는 노인과 얘기하는 동안에도 혼자 재미있게 놀고 있었다. 앞에서 말했듯이 처음에는 물웅덩이에 비친 자기 모습과 어울려 놀며 그 환영을 손짓해 부르다가 좀처럼 나오지 않자 잡을 수 없는 땅의 영역과 닿을 수 없는 하늘의 영역으로 들어가는 길을 찾으려 했다. 그러나 자신과 반영, 둘 중 하나가 허상이라는 것을 깨닫고 한층 재미있는 놀이를 찾았다. 자작나무 껍질로 만든 작은 배에 달팽이 껍데기를 실어서 뉴잉글랜드의 어떤 상인보다도 많은 화물선을 심해로 내보냈지만 대부분은 해 안에서 침몰해버렸다. 살아 있는 참게의 꼬리를 잡기도 하고 불가사리 몇 마리를 생포하기도 했으며 해파리 한 마리를 뜨 거운 햇볕에 말리기도 했다. 그러다가 밀려오는 파도에 줄무 늬를 만들어내는 하얀 거품을 떠서 산들바람에 실어 보내고 는 눈송이처럼 흩어지는 거품이 떨어지기 전에 잡으려고 발 에 날개가 돋친 듯 잽싸게 뛰어가기도 했다. 물가에서 날개를 푸드덕거리며 먹이를 쪼아 먹는 물새 떼를 발견한 이 장난꾸 러기는 앞치마에 조약돌을 가득 담고서 바위 사이에 숨어 살 금살금 작은 물새들을 따라다니며 능숙한 솜씨로 돌을 던졌 다. 가슴에 흰 털이 난 작은 잿빛 새 한 마리가 조약돌에 맞아 날개 한쪽이 부러진 채로 날아간 듯했다. 그러고 나자 이 요 정 같은 아이는 한숨을 쉬며 장난을 그만두었다. 바닷바람이 나 자신과 마찬가지로 야생의 존재인 작은 생명을 다치게 한 것이 가슴 아팠기 때문이다.

마지막으로 펄은 온갖 해초를 모아 목도리와 망토, 머리 장 식을 만들어 쓰고는 작은 인어로 변장했다. 펄은 장식과 옷을 만드는 엄마의 재주를 물려받았다. 인어 복장의 마무리는 거 머리말을 뜯어 엄마의 가슴에 달린 낯익은 장식을 자기 가슴 에 최대한 흉내 내는 것이었다. 주홍색이 아닌 푸릇한 색의 글자 A! 아이는 턱을 바짝 끌어당기고는 이상하리만치 흥미롭게 가슴의 장식을 내려다보았다. 오직 그 글자의 숨은 의미를 찾기 위해 세상에 보내진 존재인 것처럼.

'엄마가 이게 무슨 뜻이냐고 물어보려나?' 펄은 이런 생각을 하고 있었다.

그때 엄마의 목소리가 들렸다. 펄은 작은 물새처럼 총총거리며 달려가 헤스터 프린 앞에 나타나서는 춤을 추고 웃으면서 제 가슴에 달린 장식을 손가락으로 가리켰다.

헤스터는 잠시 뜸을 들인 뒤에 입을 열었다.

"우리 딸 펄, 그 글자는 푸른색인 데다가 너처럼 어린애의 가슴에 달려 있으면 아무런 의미도 없어. 그런데 네 엄마가 달고 다녀야 하는 이 글자가 무슨 의미인지 아니?"

"응, 엄마. 대문자 A야. 엄마가 글자판으로 가르쳐줬잖아."

헤스터는 아이의 조그만 얼굴을 유심히 바라보았다. 그 애의 까만 눈에 자주 나타나는 기이한 표정이 엿보이긴 했지만 펄이 실제로 그 상징에 어떤 의미든 부여하고 있는지는 알 수 없었다. 그 점을 확인하고픈 병적인 욕구가 일었다.

"펄, 엄마가 이 글자를 왜 달고 있는지 아니?"

펄이 밝은 표정으로 엄마의 얼굴을 빤히 보며 대꾸했다.

"응, 알아! 목사님이 가슴에 손을 얹고 있는 거랑 같은 이유잖아!"

"그 이유가 뭔데?"

헤스터는 아이의 엉뚱한 대답에 미소를 지으려다가 다시

생각해보고는 얼굴이 창백해졌다.

"이 글자가 엄마 말고 다른 사람의 가슴과 무슨 관계가 있다는 거니?"

"아니야, 엄마. 내가 아는 건 그게 다야."

펄은 평소보다 진지한 투로 말을 이었다.

"아까 엄마가 얘기하던 그 할아버지에게 물어봐! 그 할아버지는 말해줄 수 있을 거야. 하지만 엄마, 정말 이 주홍 글자가 무슨 뜻이야? 왜 엄마는 늘 이걸 가슴에 달고 있는 거야? 그리고 목사님은 왜 늘 가슴에 손을 얹고 있어?"

펄은 두 손으로 엄마의 손을 잡더니 거칠고 변덕스러운 평소의 모습에서는 좀처럼 볼 수 없는 진심 어린 눈으로 그녀의 눈을 응시했다. 헤스터는 이 아이가 그저 어린애 같은 마음으로 엄마와 가까워지고 싶어 하는지도 모른다는 생각이 들었다. 그저 자기가 할 수 있는 것을 최대한 동원하고 머리를 짜내 공감대를 찾으려 하는지도 모른다. 그래서인지 펄은 평소와 다르게 보였다. 지금까지 헤스터는 아이에게 그저 맹목적인 애정을 쏟을 뿐 4월의 바람 같은 변덕 이상의 무언가를 바라지 않으려 마음을 다스렸다. 4월의 바람은 장난이 심하고 경박하며 헤아릴 수 없이 격정적으로 몰아치기도 하고 온순하게 군다고 해도 심술궂기 그지없다. 게다가 가슴에 품으려 하면 부드럽게 안기기보다는 오싹한 추위를 맛보게 해준다. 가끔은 이런 못된 행동을 만회하려는 듯 기이하리만치 온화하게 뺨을 어루만지고 머리카락을 살랑거리며 장난을 치지만 그러다가도 가슴에 꿈결 같은 환희를 남긴 채 다른 시시한 일을 보러 가버린다. 제 자식에 대해서도 이와 똑같이 느끼는 어미가 있었다. 다른 사람들은 무뚝뚝한 특징만 보고는 그마저도 훨씬 어둡게 채색했을지 모른다. 그러나 지금 헤스터의 머릿속에는 유난히 조숙하고 예리한 펄이 엄마의 친구가 될 수 있으며 엄마의 슬픔을 최대한 털어놓아도 모녀가 서로에 대한 존경을 잃지 않을 나이가 되었다는 생각이 강하게 들었다. 종잡을 수 없는 펄의 성격에서도 불굴의 용기와 억누를 수 없는 의지, 잘 단련하면 자존감으로 발전할 수 있는 긍지, 자세히 들여다보면 거짓의 기미를 발견할 수 있는 많은 것에 대한 쓰디쓴 경멸 같은 확고한 원칙들이 드러나는지도 모른다. 어쩌면 처음부터 있었을지도 모르지만. 또한 펄에게는 애정도 있었다. 아직은 덜 익은 과일처럼 시고 떫떠름하게 느껴지는 것일 뿐. 이 모든 훌륭한 속성에도 불구하고 요정 같은 펄이 고상한 여성으로 자라지 못한다면 어미에게 물려받은 악한 기질이 너무 큰 탓이리라 헤스터는 생각했다.

펄이 필연적으로 주홍 글자의 수수께끼를 끊임없이 맴도는 것은 그 애의 타고난 기질인 듯 보였다. 아이는 자의식이 싹트던 무렵부터 그것을 자신의 사명으로 여겼다. 헤스터는 하느님이 정의와 처벌을 위해 이처럼 두드러진 경향을 부여해준 것이 아닐까 종종 생각했다. 그러나 지금까지 생각하지 못한 의문이 문득 떠올랐다. 혹시 거기에는 자비와 관용의 목적도 있지 않았을까? 어린 펄이 속계의 아이이자 믿음과 신뢰를 부여받은 영혼의 사자라면, 어미의 가슴에 차갑게 남아 그곳을 무덤처럼 바꿔놓은 슬픔을 달래고, 한때 무섭게 타올랐고 지금도 사그라지거나 잠들지 않고 무덤 같은 가슴에 갇혀 있을 뿐인 열정을 극복하도록 돕는 것이 아이의 사명은 아닐까?

이런 생각들이 마치 누군가가 헤스터의 귀에 대고 속삭여주기라도 한 듯 머릿속을 헤집었다. 그러는 내내 어린 펄은 두 손으로 엄마의 손을 잡고 고개를 치켜든 채 날카로운 질문을 한 번, 또 한 번, 그리고 또 한 번 던졌다.

"그 글자는 무슨 뜻이야, 엄마? 그리고 엄마는 왜 늘 그 글자를 달고 다녀? 목사님은 왜 가슴에 항상 손을 얹고 있어?"

헤스터는 혼자 생각했다. '뭐라고 해야 할까? 아냐! 설사 아이의 공감을 살 수 있다고 해도 그렇게 얘기할 수는 없어.'

이윽고 그녀는 입을 열었다.

"바보 같기는. 왜 그런 걸 묻니? 세상에는 어린애가 묻지 말아야 할 것도 많아. 엄마가 목사님의 가슴에 무엇이 있는지 어떻게 알겠어? 그리고 엄마는 금실이 예뻐서 이 주홍 글자를 달고 있는 거야."

지난 7년 동안 헤스터 프린은 가슴에 단 이 징표에 대해 한 번도 거짓말을 꾸며낸 적이 없었다. 그것은 엄격하고 가혹했지만 수호신처럼 그녀를 지켜주었을 것이다. 이제 그 수호신은 그녀의 가슴을 그토록 엄호했음에도 새로운 악마가 들어갔거나 예전의 악마가 물러가지 않았다는 것을 깨닫고 그녀를 버렸다. 어린 펄의 얼굴에서는 진지한 표정이 어느새 사라지고 없었다.

그럼에도 아이는 여전히 그 문제를 내려놓지 않았다. 엄마와 함께 집으로 가면서 두세 번, 저녁을 먹는 동안, 그리고 헤스터가 재우는 동안에도 여러 번, 잠든 시늉을 하고도 한 번, 펄은 장난기가 가득한 까만 눈으로 올려다보며 물었다.

"엄마, 그 주홍 글자가 무슨 뜻인데?"

이튿날 아침 아이는 베개에서 고개를 번쩍 들더니 다른 질문을, 어째서인지 그 주홍 글자를 생각하면 늘 떠오르는 듯한 질문을 던지며 잠이 깼음을 알렸다.

"엄마! 엄마! 목사님은 왜 가슴에 손을 얹고 있어?"

"입 다물지 못해, 못된 것!"

헤스터는 이전까지 스스로에게 한 번도 허용하지 않았던 냉정한 태도로 대꾸했다.

"엄마를 놀리면 못 써. 자꾸 그러면 컴컴한 벽장에 가둬버릴 거야!"

제16장 숲속으로

헤스터 프린은 당장 어떤 고통을 겪든 혹은 미래에 어떤 결과가 따르든, 딤스데일 목사의 곁에 붙어 있는 사내의 정체를 그에게 알려줘야겠다는 결심을 굽히지 않았다. 그래서 목사가 평소에 자주 명상하며 산책한다고 알려진 반도의 해변이나 숲이 우거진 산기슭에서 며칠째 그에게 말을 걸 기회를 노렸으나 헛수고였다. 사실 그녀가 그의 서재로 직접 찾아간다고 해도 이 성직자의 명성을 더럽히거나 추문이 생길 위험은 없었다. 이전에도 참회자들이 여러 번 그의 서재를 찾아가 주홍 글자가 상징하는 것과 비슷한 죄를 고백하곤 했으니 말이다. 그러나 늙은 로저 칠링워스가 은밀하게든 노골적으로든 방해하지 않을까 두려웠고 한편으로는 찔리는 구석이 있기에 의심받지 않을까 걱정되기도 했다. 다른 한편으로는 목사나 헤스터나 상대방과 대화를 하려면 숨을 쉴 수 있는 널찍한 세상이 필요할 것 같았다. 이런 이유로 헤스터는 하늘이 트여 있지 않은 곳은 만남의 장소로 고려하지도 않았다.

그러다 마침내 기회가 왔다. 어느 날 병상에 누워 있는 환자를 찾아간 헤스터는 딤스데일 목사가 그곳에 기도를 해주러 왔다가 전날 인디언 개종자들과 함께 지내는 존 엘리엇● 전도사를 만나러 갔다는 사실을 알게 되었다. 다음 날 오후쯤에 돌아올 거라고 했다. 그리하여 헤스터는 아무리 불편해도 어디든 데려갈 수밖에 없는 어린 펄을 데리고 다음 날 길을 나섰다.

두 여행자가 반도에서 본토로 넘어가자 큰길이 오솔길로 바뀌었다. 미지의 원시림 속으로 제멋대로 뻗어 있는 길이었다. 비좁은 데다가 양옆으로 시커먼 나무들이 빽빽이 우거지고 하늘도 보일락 말락 한 그 길이 헤스터의 마음에는 자신이 오랫동안 방랑하던 도덕의 황무지처럼 느껴졌다. 날은 쌀쌀하고 우중충했다. 그러나 하늘을 뒤덮은 잿빛 구름이 산들바람에 조금씩 움직이며 이따금 가물거리는 햇살이 들어와 오솔길에서 혼자 장난을 쳤다. 잠깐씩 나타났다 사라지는 이 밝은 기운은 언제나 긴 숲을 한참 지나서 저만치 멀리 있었다. 수심이 가득한 풍경 때문인지 까불거리는 햇살도 마음껏 까불지 못한 채 두 사람이 가까이 가면 금세 사라져버렸고, 빛을 따라잡으리라 기대한 그들에게는 그 자리가 한층 음울하게 느껴졌다.

● 매사추세츠주 인디언을 기독교로 개종시키려 노력한 존 엘리엇(1604~1690).

펄이 말했다.

"엄마, 햇빛이 엄마를 싫어해. 자꾸 도망가서 숨잖아. 엄마의 가슴에 달린 게 무서워서 그러는 거야. 저기 봐! 저 멀리서 놀고 있잖아. 엄마는 여기 있어. 내가 가서 잡아볼게. 나는 어린애일 뿐이니까. 내게선 도망가지 않을 거야. 내 가슴에는 아직 아무것도 없으니까!"

"앞으로도 없었으면 좋겠구나, 펄."

헤스터의 말에 펄은 뛰어가다 말고 우뚝 멈춰 서서 물었다.

"왜, 엄마? 내가 커서 어른이 되면 저절로 생겨나지 않을까?"

"얼른 가야지. 가서 햇빛을 잡아! 또 가버리기 전에."

헤스터가 말했다.

펄은 잽싸게 달려가서 헤스터가 지켜보는 가운데 실제로 햇살을 따라잡고는 그 한가운데 서서 눈부신 빛을 받으며 웃음을 터트렸다. 활기가 넘치고 들뜬 아이의 모습에 헤스터는 미소를 지었다. 햇살도 함께 놀 친구가 생겨 기쁜 듯 외로운 아이의 주변을 맴돌았다. 어느새 펄의 엄마도 그 마법의 원 안으로 들어갈 만큼 가까이 왔다.

"이제 빛이 사라지겠네."

펄이 고개를 저으며 말했다.

"잘 봐! 이번엔 엄마가 손을 뻗어서 잡아볼게."

헤스터가 빙긋 웃으며 말했다. 그러나 그녀가 손을 뻗는 순간 햇빛은 사라졌다. 헤스터는 펄의 얼굴에서 어른거리는 환한 표정을 보며 혹시 아이가 빛을 모조리 흡수했다가 길이

다시 어두워지면 그것으로 밝히려는 게 아닐까 하는 생각마저 들었다. 펄의 성격 가운데 자신에게서 물려받지 않은 듯 낯설게 느껴지는 특징은 지칠 줄 모르는 활발함이었다. 그 시절 대부분의 아이가 연주창•과 함께 조상들의 근심에서 물려받은 슬픔이라는 병이 펄에게는 없었다. 어쩌면 활발한 것도 병일지 모르지만 설사 그렇다고 해도 펄이 태어나기 전에 헤스터가 슬픔에 맞서 싸울 때 쏟아부은 격렬한 노력이 반영된 결과일 것이다. 이는 분명 아이의 성격에 단단한 금속 같은 광채를 더하는 기이한 매력이었다. 마음 깊은 곳을 움직여 인간적인 면과 공감 능력을 부여하는 비탄의 씨앗이 펄에게는 없었다. 어떤 이들은 평생 이것을 모르고 살아간다. 그러나 어린 펄에게는 아직 충분한 시간이 있으리라.

"가자, 우리 딸! 숲속으로 더 깊이 들어가서 어딘가에 앉아 쉴 거야."

헤스터는 펄이 햇빛을 받으며 서 있던 자리에서 주위를 둘러보며 말했다.

"난 피곤하지 않아, 엄마. 하지만 가는 길에 이야기를 들려주면 같이 앉아서 쉴게."

"이야기라! 무슨 이야기를 할까?"

헤스터가 묻자 펄은 엄마의 옷자락을 잡고 진지하면서도 장난기 섞인 얼굴로 엄마의 얼굴을 올려다보며 말했다.

• 경부 임파선에 결핵균이 침범해 발생하는 질병으로 과거 아이들에게 흔했다.

"악마 이야기해줘. 이 숲에 악마가 나타나는데 책을 한 권 들고 다닌대. 쇠고리가 달린 크고 무거운 책이야. 흉측한 악마가 숲속에서 만나는 사람에게 그 책과 쇠로 된 펜을 내밀면 그 사람은 자기 피로 이름을 써야 한대. 그러면 악마가 그 사람의 가슴에 표시를 해준대! 엄마도 악마를 만난 적이 있어?"

"누가 그런 얘기를 해줬니, 펄?"

헤스터는 그 시절 사람들 사이에 떠돌던 미신 이야기임을 알아차리고 물었다.

"어젯밤에 갔던 집에서 엄마가 환자를 돌볼 때 난롯가에 앉아 있던 할머니가 그랬어. 그 할머니는 내가 잠든 줄 알고 얘기한 거야. 수많은 사람이 여기서 악마를 만나 그 책에 이름을 적고 가슴에 표시를 달았대. 그 험상궂은 히빈스 할머니도 그중 하나래. 그리고 엄마, 그 할머니가 그러는데 엄마가 달고 다니는 주홍 글자도 악마의 표시라서 한밤에 이 컴컴한 숲에서 악마를 만나면 붉게 타오른대. 그게 정말이야, 엄마? 그리고 엄마도 밤에 악마를 만나러 가?"

"네가 자다가 깼을 때 엄마가 없었던 적이 있니?"

헤스터가 물었다.

"그런 기억은 없는데. 나를 오두막에 두고 가는 게 걱정되면 데리고 가도 돼. 난 엄청 가보고 싶거든! 그런데 엄마, 말해줘! 정말 악마가 있어? 엄마는 만났어? 그리고 이게 악마의 표시야?"

"얘기해주면 조용히 있을 거지?"

펄의 엄마가 물었다.

"응, 엄마가 다 얘기해주면."

펄이 대답하자 헤스터가 말했다.

"엄마는 평생에 한 번 악마를 만났어! 이 주홍 글자는 그 악마의 표시란다!"

두 사람은 이런 대화를 하며 우연히 이 길을 지나는 행인의 눈에 띄지 않을 만큼 숲으로 깊숙이 들어갔다. 그곳에서 풍성한 이끼 더미 위에 자리를 잡고 앉았다. 이전 세기만 해도 그 이끼 더미는 어두운 그늘 속에 뿌리와 둥치를 두고 고개는 하늘 높이 치켜든 소나무였다. 그들은 작은 골짜기에 들어와 있었다. 양옆으로 살짝 올라온 둔덕에는 낙엽이 뒤덮여 있고 그 사이로 역시 낙엽이 깔린 바닥 위에 시냇물이 흘렀다. 그 위로 솟아오른 나무들이 곳곳에 거대한 가지를 드리워 거기에 물길이 막힐 때면 소용돌이나 깊은 웅덩이가 생겨났다. 물살이 더 빠르고 활기찬 곳에서는 조약돌과 반짝거리는 황토색 모래가 보였다. 눈으로 물의 흐름을 따라가다보면 조금 떨어진 숲속에서 물에 반사된 햇살이 보이다가도 이내 커다란 나무둥치와 덤불, 잿빛 이끼 덮인 커다란 바위들 속으로 자취를 감췄다. 거대한 나무들과 화강암 바위들이 이 작은 냇물의 길을 감추려고 안간힘을 쓰는 것 같았다. 어쩌면 끊임없이 졸졸거리는 소리로 자신이 흘러나온 깊은 숲의 이야기를 속삭이거나 매끈한 연못 표면에 그 비밀을 비출까봐 걱정하는지도 몰랐다. 이 작은 개울이 끊임없이 나아가며 재잘거리는 다정하고 나직한 소리는 위안이 되는 한편으로, 슬픈 사람들과 우울한 사건에 에워싸여 제대로 놀아보지도 못하고 즐길 줄도 모른 채 자란 어린아이의 목소리처럼 서글펐다.

한동안 냇물의 이야기에 귀 기울이던 펄이 불쑥 소리쳤다.

"아, 냇물아! 바보 같고 따분한 냇물아! 너는 왜 이리도 슬픈 거니? 기운을 내. 그렇게 내내 한숨만 쉬면서 중얼거리지 말고!"

그러나 냇물은 숲속 나무들 틈에서 짧은 생을 보내며 너무도 우울한 일을 겪어서 그 얘기를 하지 않을 수 없고 그것 말고는 다른 할 얘기도 없는 듯했다. 어찌 보면 펄의 삶도 이 냇물과 닮았다. 알 수 없는 샘에서 흘러나왔고 우울한 그림자가 짙게 드리운 풍경을 흘러왔다. 그런데도 펄은 이 냇물과 달리 춤을 추고 반짝반짝 빛을 발하며 끊임없이 쾌활하게 재잘거렸다.

"엄마, 이 슬픈 냇물이 뭐라는 걸까?"

펄의 물음에 엄마가 대답했다.

"네게 슬픔이 있다면 저 냇물이 얘기해줄지도 몰라. 지금 엄마에게도 엄마의 슬픔을 얘기해주거든! 그런데 펄, 누가 오솔길을 걸어오는 발소리가 들리는구나. 나뭇가지들을 헤치는 소리도 들리고. 너는 저쪽에 가서 놀고 있으렴. 엄마는 저기 오는 분과 할 얘기가 있어."

"혹시 악마가 오는 거야?"

펄이 물었다.

"그만 가서 놀지 않을래?"

펄의 엄마가 다시 한번 말했다.

"하지만 숲속으로 너무 깊이 들어가면 안 돼. 엄마가 부르면 얼른 돌아오고."

"응, 엄마. 그런데 겨드랑이에 커다란 책을 낀 악마가 오는 거라면 나도 잠깐 보고 가면 안 될까?"

펄의 엄마는 초조하게 말했다.

"쓸데없는 소리 말고 어서 가! 악마가 아니야! 저기 나무 사이로 보이잖아. 목사님이야!"

"정말 그러네! 그런데 엄마, 목사님이 가슴에 손을 얹고 있어! 혹시 목사님도 그 책에 이름을 적어서 악마가 저 자리에 표시를 달아줬나? 그런데 왜 목사님은 엄마처럼 보이게 달지 않을까?"

"어서 가. 엄마를 괴롭히는 건 나중에 해도 되잖아. 너무 멀리 가진 말고. 냇물 소리가 들리는 곳에 있어야 한다."

헤스터 프린이 소리쳤다.

아이는 냇물을 따라가면서 노래를 흥얼거리며 구슬픈 물소리에 밝고 경쾌한 음악을 더하려 애썼다. 그러나 냇물은 아랑곳하지 않고 우울한 숲에서 일어난 서글프고 비밀스러운 일을 알아들을 수 없는 소리로 떠들어댔다. 어쩌면 앞으로 일어날 일을 예언하며 한탄하는지도 몰랐다. 이미 짧은 인생에서 어두운 일을 충분히 겪은 펄은 이 투덜거리는 냇물과 더는 어울리지 않기로 했다. 대신 높은 바위틈에서 자라는 제비꽃과

숲바람꽃, 주홍색 매발톱꽃을 모으기 시작했다.

꼬마 요정이 저만치 가자 헤스터 프린은 숲에 난 오솔길 쪽으로 한두 발짝 걸어갔으나 여전히 짙은 나무 그림자를 벗어나지 않았다. 길가에서 꺾은 나무 막대를 지팡이 삼아 혼자 걸어오는 목사가 보였다. 그는 초췌하고 쇠약해 보였고 실의에 빠진 듯 풀 죽은 모습이었다. 마을을 다닐 때나 누군가의 눈에 띌 만한 곳에서는 뚜렷하게 드러나지 않던 모습이었다. 그런 모습이 아무도 없는 이 숲속에서는 안쓰러울 만큼 역력하게 드러났다. 그런 정신 상태라면 이 고독한 숲 자체가 무거운 시련으로 다가왔을 것이다. 내키지 않는 걸음걸이를 보니 계속 걸어가야 할 이유를 알 수 없거나 그럴 마음이 나지 않는 듯, 차라리 가까운 나무뿌리 옆에 쓰러져 영원히 일어나지 않는다면 더할 나위 없이 행복할 듯 보였다. 그 위로 나뭇잎들이 덮이고 흙이 쌓여 작은 둔덕을 이룬다면 더 바랄 게 없는 사람 같았다. 생명이야 남아 있든 아니든. 죽음처럼 확실한 것은 적극적으로 바랄 수도 그렇다고 피할 수도 없는 상태이니 말이다.

헤스터가 보기에 딤스데일 목사는 딱히 확실하고 뚜렷한 질병의 징후를 드러내지 않았다. 그저 어린 펄이 말했듯 가슴에 손을 얹고 있을 뿐이었다.

제17장 목사와 신도

목사가 천천히 걸음을 옮기며 거의 지나칠 무렵에야 헤스터 프린은 간신히 그의 주의를 끌 만큼 목소리를 낼 수 있었다. 마침내 그녀는 그를 불렀다.

"아서 딤스데일!"

처음에는 희미하게, 이윽고 좀 더 크게, 쉰 목소리로 다시 불렀다.

"아서 딤스데일!"

"누구시오?"

목사는 눈에 띄지 않기를 바라던 순간에 기습을 당한 사람처럼 서둘러 몸을 꼿꼿이 세우며 걸음을 멈췄다. 목소리가 들리는 쪽으로 초조한 눈길을 던졌을 때 나무 밑에서 칙칙한 옷을 입은 형체가 어렴풋이 보였다. 대낮인데도 하늘을 뒤덮은 구름과 울창한 나뭇잎들 때문에 사위는 해 질 녘처럼 어두웠고 그 형체는 여자인지 그림자인지도 분간이 되지 않았다. 어쩌면 그의 상념 속에서 빠져나온 혼령이 평생토록 어딜 가나 그를 따라다니며 괴롭힌 탓이었는지도 모른다.

좀 더 가까이 간 그는 마침내 주홍 글자를 발견했다.

"헤스터! 헤스터 프린! 당신이오? 정말 살아 있는 당신이오?"

"그럼요! 지난 7년 동안 그랬듯이 저는 살아 있답니다! 아서 딤스데일, 당신도 아직 살아 있나요?"

두 사람이 서로에게 살아 있는 존재인지 묻고 심지어 자신의 존재조차도 의심한 것은 놀라운 일이 아니었다. 이 어둑한 숲에서 두 사람이 만난 것은 너무도 기이한 일이었기에, 이승에서 친밀한 관계였다가 무덤 너머에서 처음 만나 두려움에 몸을 떨며 마주 서 있는 혼령들 같다고 해도 과언이 아니었으리라. 아직 자신의 상태에도 익숙하지 않고 육신을 떠난 존재와 함께 있는 데에도 익숙하지 않은 상태라고나 할까. 자신도 유령이면서 다른 유령을 보고 겁을 먹은 셈이었다! 그들은 자신에 대해서도 겁을 먹었다. 이 위기가 깨운 의식은 이처럼 숨 막히는 순간이 아니고서는 삶에서 드러날 일이 없는 과거의 경험을 서로의 가슴에 드러내 보였기 때문이다. 아주 짧은 순간 그들의 영혼은 거울에 비친 자신을 보았다. 아서 딤스데일은 두려움에 떨며 내키지 않지만 어쩔 수 없이, 느릿느릿 죽음처럼 차가운 손을 내밀어 역시 차가운 헤스터 프린의 손을 잡았다. 맞잡은 손은 차가울지언정 황량한 기분을 해소해주었다. 이제 두 사람은 적어도 같은 세계에 사는 존재임을 느낄 수 있었다.

그들은 아무 말도 하지 않고 누가 먼저랄 것도 없이 그저 암묵적인 합의로 조금 전에 헤스터가 있던 숲의 어둠 속으로 들어가 그녀와 펄이 앉았던 이끼 더미 위에 앉았다. 마침내 말문이 트이자 처음에는 그저 아는 사람을 만났을 때처럼 하늘이 컴컴하다느니, 폭풍이 올 것 같다느니 하는 얘기를 주고받다가 다음으로 서로의 건강에 관해 물었다. 그렇게 두 사람은 서두르지 않고 한 걸음씩 마음 깊이 품은 주제를 향해 나아갔다. 운명과 여러 사정으로 오랫동안 소원했던 터라 그들의 깊은 생각이 문턱을 넘기 위해서는 먼저 달려가 대화의 문을 열어젖힐 가벼운 화젯거리가 필요했던 것이다.

　잠시 후 목사는 헤스터 프린의 눈을 바라보며 물었다.

"헤스터, 당신은 평화를 찾았소?"

　헤스터는 황량한 미소를 지으며 자기 가슴을 내려다보았다.

"당신은요?"

　그러자 그가 대답했다.

"그럴 리가! 절망뿐이오. 나 같은 사람, 나 같은 삶을 사는 사람이 달리 무얼 바라겠소? 만약 내가 무신론자이고 양심이 없는 사람이었다면, 거칠고 야수 같은 본능만 앞세우는 무뢰한이었다면 오래전에 평화를 찾았을지도 모르지. 아니, 평화를 잃지도 않았을 거요! 하지만 지금 내 영혼과 같은 상태에서는 내 안에 있던 좋은 능력, 하느님이 주신 가장 좋은 선물이 모두 정신을 고문하는 사절이 되었소. 헤스터, 나는 가장 비참한 사람이오!"

"사람들은 당신을 존경하잖아요. 그리고 당신은 분명히 사람들에게 좋은 일을 하고 있고요! 그런데도 위안이 되지 않나요?"

"오히려 비참할 뿐이오, 헤스터! 더 비참할 뿐이라오!"

목사는 쓸쓸한 미소를 지으며 말을 이었다.

"나는 선행을 하는 것처럼 보이지만 스스로 거기에 믿음이 없소. 틀림없이 착각일 것이오. 나처럼 타락한 영혼이 어떻게 다른 영혼을 구원할 수 있겠소? 나처럼 더럽혀진 영혼이 어떻게 다른 영혼을 정화할 수 있겠소? 그들의 존경이 차라리 경멸과 증오로 바뀌었으면 좋겠소! 헤스터, 설교단에 서서 내 얼굴에 천상의 빛이 비치는 듯 바라보는 수많은 시선을 마주하는 게 위안이 되리라 생각하오? 신도들이 진실을 갈구하며 성령이 강림한 듯 내 말에 귀를 기울이는 가운데 나의 내면을 들여다보면 그들이 우상화하는 존재의 시커먼 실체가 보이는데 위안이 되리라 생각하오? 너무도 대조적인 내 겉모습과 실체에 통렬한 고통이 느껴지고 웃음이 터질 뿐이오! 사탄도 비웃고 있소!"

헤스터는 부드럽게 대꾸했다.

"그건 자신을 학대하는 거예요. 당신은 뼈저리게 뉘우쳤어요. 당신의 죄는 오래전에 떠나간 일이에요. 현재의 삶은 사람들의 눈에 비친 그대로 성스럽다고요. 선행으로 회개를 분명하게 입증했는데 그게 진실이 아니란 말인가요? 어째서 회개하고도 평화를 찾지 못하죠?"

"그렇지 않아요, 헤스터! 그 속에는 실체가 없소. 죽음처럼 차가운 회개일 뿐 내게 아무런 도움이 되지 않는단 말이오! 속죄라면 충분히 했소! 회개는 전혀 하지 않았지! 회개를 했다면 오래전에 이 위선적인 성직자복을 벗고 최후의 심판대에서 보여줄 바로 그 모습으로 사람들 앞에 섰어야지요. 헤스터, 가슴에 그 주홍 글자를 달고 다니는 당신은 행복한 겁니다! 나의 주홍 글자는 아무도 모르게 타오르고 있소! 7년 동안 위선으로 고통받다가 내 참모습을 아는 이의 눈을 보고 있으려니 얼마나 마음이 놓이는지 모를 거요. 내게 단 한 명의 친구라도 있다면, 모든 사람의 칭찬에 질리는 날마다 찾아가 내가 세상에서 가장 나쁜 죄인임을 알릴 수 있는 단 한 명의 친구라도 있다면, 설사 최악의 적이라고 해도 그런 사람이 있다면! 그러면 내 영혼도 살아날 수 있을 것 같소. 그 정도의 진실만으로도 구원받을 수 있을 거요! 하지만 지금은 오로지 위선뿐이오! 공허! 죽음! 그뿐이란 말이오."

헤스터 프린은 그의 얼굴을 보면서 선뜻 입을 열지 못했다. 그러나 그가 이렇게 오랫동안 억눌러온 감정을 격렬하게 쏟아낸 지금이야말로 그녀가 하려던 말을 하기에 적절한 상황이었다. 그녀는 두려움을 누르고 입을 열었다.

"당신이 지금까지도 그렇게 간절히 바라는 그 친구, 당신의 죄를 털어놓고 함께 울어줄 수 있는 친구는 그 죄를 함께 지은 바로 나예요!"

그녀는 다시 머뭇거리다가 간신히 말을 이었다.

"당신이 말한 그 최악의 적도 오래전부터 있었어요. 지금은 한 지붕 아래서 함께 살고 있고요!"

목사는 숨을 헐떡이며 심장을 뜯어내려는 듯 가슴을 움켜쥐고는 벌떡 일어나며 소리쳤다.

"아니, 그게 대체 무슨 말이오! 적이라니! 한 지붕 아래 살다니! 대체 무슨 뜻이오?"

헤스터 프린은 이 불행한 남자가 이토록 깊은 상처를 입은 것은 수년 동안, 아니 어쩌면 한순간 악의에 가득 찬 사람의 손에 그를 넘겨준 자신의 책임이라는 것을 이제야 온전히 깨달았다. 어떤 가면으로 위장했든 적이 가까이 있다는 사실만으로도 아서 딤스데일처럼 예민한 사람의 자기장은 어지러워질 수 있었다. 헤스터는 한동안 이런 부분을 절실하게 고민하지 않았다. 어쩌면 그저 자기 문제에 진저리가 나서 목사의 운명은 나을 거라 넘겨짚으며 모른 체했는지도 모른다. 그러나 얼마 전 한밤에 그를 만난 이후 그에게 한층 더 다정하면서도 강렬한 공감이 싹텄다. 이제 그녀는 그의 마음을 더 정확하게 읽고 있었다. 로저 칠링워스가 줄곧 그의 곁에 머물며 그의 주변 공기를 악의라는 비밀의 독약으로 오염하고, 의사의 권한으로 목사의 신체뿐 아니라 정신의 병에도 관여하며, 이 모든 기회를 잔인한 목적에 사용해왔다는 것을 그녀는 의심하지 않았다. 이 때문에 환자의 양심은 한시도 쉴 수 없었고, 건전한 고통으로 그의 정신을 치료하기는커녕 어지럽히고 더럽히기만 했다. 이런 상태로는 이생에서 온전한 정신으로 버티기 어려울 뿐 아니라 사후에도 선과 진리의 존재인 하느님에게 영원히 외면당할 것이다. 그런 두려움이 현생에서 광기로 나타나는 것이리라.

그것이 바로 그녀가 한때 열렬히 사랑했던 이 남자에게 안겨준 파멸이었다. 아니, 지금도 열렬히 사랑한다고 말하지 못할 이유가 있을까? 헤스터는 로저 칠링워스에게 이미 말했듯이 이 성직자의 훌륭한 명성을 희생시키는 것, 혹은 죽음 그 자체가 그녀가 선택한 방법보다 훨씬 나았을 거라고 느꼈다. 이제 와서 이 통탄할 잘못을 고백하려니 차라리 여기 낙엽 위에 누워 아서 딤스데일의 발밑에서 죽어버리고 싶었다. 그녀가 소리쳤다.

"아서, 나를 용서해줘요. 나는 다른 것에 관해서는 언제나 진실하려고 노력했어요! 진실은 내가 손에 쥘 수 있는 단 하나의 미덕인지라 어떻게든 단단히 부여잡았죠. 그런데 당신의 안위, 당신의 목숨, 당신의 명예가 걸려 있는 상황에서는 그럴 수 없었어요! 그래서 기만에 동참하고 말았죠. 하지만 죽음의 위협 앞에서도 거짓은 나쁜 거예요! 내가 무슨 말을 하려는 건지 모르겠나요? 그 노인! 그 의사 말예요! 사람들이 로저 칠링워스라고 부르는 그 남자! 그자는 내 남편이었어요!"

한순간 목사는 격정에 휩싸인 눈으로 그녀를 보았다. 그 격정, 여러 형태로 그의 고귀하고 순결하며 부드러운 특성과 섞여 있는 그 거친 면은 악마가 제 것이라 주장하는 그의 일부였고, 그의 나머지까지 모두 빼앗아 가기 위한 도구였다. 헤스터는 지금껏 그토록 음울하고 사납게 찌푸린 얼굴을 마주한 적이 없었다. 그 잠깐 동안 목사의 얼굴이 검게 변했다. 그러나 고통을 겪으며 성격마저도 약해진 탓에 이토록 격렬한 감정 소모를 오래 견딜 수 없었다. 그는 땅바닥에 털썩 주저앉아 두 손에 얼굴을 묻고 중얼거렸다.

"알 수도 있었는데. 알고 있었는데! 그자를 처음 봤을 때부터, 그리고 그 후에도 볼 때마다 심장이 절로 움츠러들었으니 비밀이 폭로된 셈이었는데! 왜 몰랐을까? 아, 헤스터 프린, 당신은 이게 얼마나 무시무시한 일인지 모르오! 그 수치! 그 모욕! 그것을 보며 고소해하는 자의 눈앞에 죄로 물든 병든 가슴을 드러낸 것이 얼마나 끔찍한 일인지! 이보시오, 이건 당신 책임이오! 난 당신을 용서할 수 없소!"

"용서해줘요!"

헤스터가 그의 옆에 수북이 쌓인 낙엽 위로 몸을 던지며 울부짖었다.

"처벌은 하느님께 맡겨요! 당신은 나를 용서해야 해요!"

격렬한 애정에 마음이 무너져 내린 그녀는 두 팔로 그를 와락 감싸며 그의 머리를 자신의 가슴에 끌어안았다. 그의 뺨이 주홍 글자에 닿았지만 상관하지 않았다. 그는 벗어나려 안간힘을 썼지만 소용없었다. 헤스터는 그를 놓아주지 않으려 했다. 그래봐야 그가 매서운 얼굴로 노려볼 테니까. 온 세상이 7년 동안이나 이 외로운 여인을 험악한 얼굴로 노려보았고, 지금도 그녀는 단호하고도 슬픈 눈으로 그런 눈길을 견디며 한 번도 고개를 돌리지 않았다. 하늘도 무섭게 노려보았지만 그녀는 아직 죽지 않았다. 그러나 이 창백하고 쇠약하며 죄와 슬픔에 지친 사내의 무서운 얼굴은 견딜 자신이 없었다. 어떻게 견디고 살아간단 말인가! 그녀는 거듭 용서를 빌었다.

"용서해줘요. 부디 무서운 얼굴을 하지 말아요. 나를 용서할 건가요?"

"용서하겠소, 헤스터."

마침내 목사는 슬픔의 심연에서 끌어낸 듯 깊지만 한층 누그러진 목소리로 말했다.

"이제는 거리낌 없이 당신을 용서하겠소. 신이시여, 저희 두 사람을 용서하소서! 헤스터, 우리가 세상에서 가장 나쁜 죄인은 아니오. 이 타락한 성직자보다 지독한 죄인이 있잖소! 그 노인의 복수는 나의 죄보다 추악했소. 그자는 신성한 인간의 마음을 냉혹하게 짓밟았지. 헤스터, 당신과 나는 그런 짓은 하지 않았소!"

"우린 그러지 않았죠! 우리가 저지른 일은 그 나름대로 신성했어요. 우린 그렇게 느꼈잖아요! 서로에게도 그렇게 말했고요! 잊었나요?"

헤스터가 속삭여 물었다.

"쉿, 헤스터!"

아서 딤스데일이 몸을 일으키며 말을 이었다.

"아니오, 나도 잊지 않았소!"

두 사람은 손을 맞잡고 오래전에 쓰러져 이끼가 덮인 나무둥치 위에 나란히 앉았다. 살면서 이보다 암울한 순간은 없었다. 그들의 인생행로는 오랫동안 끊임없이 조금씩 암울해지며 이 순간을 향해 은밀히 이어진 듯했다. 그럼에도 거기에는 쉽사리 떠나지 못하고 조금 더, 조금만 더 있기를 갈구하게 하는 마력이 있었다. 주변 숲이 어둑해지고 돌풍이 요란한 소리를 내며 지나갔다. 머리 위에서는 나뭇가지들이 사방으로 흔들거렸다. 근엄한 고목 한 그루가 다른 나무를 향해 구슬프게 속삭이는 소리가 마치 저 아래 앉아 있는 남녀의 슬픈 이야기를, 혹은 다가올 불행을 전하는 것 같았다.

그런데도 그들은 떠날 수 없었다. 마을로 향하는 저 숲길이 얼마나 무시무시한가! 마을에 가면 헤스터 프린은 다시 치욕의 짐을 안고 살아야 하고 목사는 공허한 허위의 명예를 떠안아야 했다. 그래서 그들은 좀 더 머물렀다. 이 컴컴한 숲의 어스레함이 그 어떤 황금빛보다도 소중했다. 목사 말고는 아무도 보지 않는 이곳에서는 주홍 글자가 타락한 여인의 가슴을 뜨겁게 태우지 않았으니! 헤스터 프린 말고는 아무도 보지 않는 이곳에서는 신과 인간을 속인 아서 딤스데일도 잠시나마 진실한 인간이 될 수 있었으니!

목사는 불현듯 떠오른 생각에 화들짝 놀라며 소리쳤다.

"헤스터, 새로운 걱정이 생겼소! 로저 칠링워스는 당신이 그의 정체를 폭로하려 한다는 걸 알고 있잖소. 그렇다면 그자가 우리의 비밀을 지켜주려 할까? 앞으로 그자의 복수는 어떤 식으로 펼쳐질 것 같소?"

헤스터는 곰곰이 생각하며 대꾸했다.

"그 사람은 묘하게 비밀스러운 구석이 있는데, 남몰래 복수를 하면서 그런 성향이 강해진 것 같아요. 우리 비밀을 발설할 가능성은 없을 거예요. 틀림없이 다른 방법으로 자신의 어두운 욕망을 채우려 하겠죠."

"그렇다면 나는! 그 치명적인 적과 같은 공기를 마시면서 어떻게 계속 살아갈 수 있겠소?"

아서 딤스데일은 몸을 움츠리고 초조하게 손으로 가슴을 누르며 소리쳤다. 이제 이런 행동은 무의식적인 습관이 되어 버렸다.

"나를 위해 생각해줘요, 헤스터! 당신은 강인하니까. 나를 위해 해결책을 내주오!"

헤스터는 느리고 단호하게 말했다.

"이제 그 사람과 함께 살아선 안 돼요. 더는 그의 사악한 눈에 당신의 마음을 드러내선 안 돼요!"

"그건 죽음보다도 괴로운 일이었지! 그런데 어떻게 피한단 말이오? 내가 어떤 선택을 할 수 있겠소? 차라리 당신이 그의 정체를 말해줬을 때 그랬던 것처럼 다시 이 낙엽 위에 쓰러져버릴까? 여기 묻혀 당장 죽는 편이 낫지 않겠소?"

"아, 이렇게까지 무너졌다니! 그저 약하다는 이유로 죽을 건가요? 다른 이유도 없이!"

헤스터의 눈에 눈물이 고였다.

"내게 하느님의 심판이 내려진 것이오. 내가 맞서 싸우기에는 너무 강한 상대요!"

가책에 시달리는 목사의 말에 헤스터가 다시 말했다.

"하늘이 자비를 베풀어주실 거예요. 당신이 그것을 이용할
만큼 강인하다면."

"날 위해 강인한 사람이 되어줘요! 내가 무얼 해야 하는지
가르쳐주오."

"세상이 그렇게 좁은 곳인가요?"

헤스터 프린은 목사의 눈을 지그시 바라보며 소리쳤다. 그
녀는 지독하게 짓눌리고 부서져 제대로 서 있기도 어려운 영
혼 앞에서 본능적으로 자석 같은 힘을 발휘하고 있었다.

"그 마을이 세상의 전부인가요? 얼마 전까지만 해도 그곳
은 지금 우리가 있는 이 숲처럼 쓸쓸하고 낙엽이 잔뜩 쌓인
황무지였어요. 저 숲길이 어디로 향하나요? 당신은 그게 마
을로 돌아가는 길이라고 하겠죠! 맞아요. 하지만 반대로 갈
수도 있어요. 황야로 깊이 들어갈수록 사람들의 눈에 띄지 않
겠죠. 그렇게 한참 가다보면 누런 낙엽만 보일 뿐 백인은 흔
적조차 찾을 수 없을 거예요. 그럼 당신은 자유의 몸이에요!
조금만 가면 가장 불행했던 세상에서 벗어나 행복하게 살 수
있다고요! 끝없이 펼쳐진 이 숲속에 로저 칠링워스의 눈에서
마음을 숨길 그늘이 있지 않겠어요?"

"있겠지요, 헤스터. 이 낙엽 속에 파묻힌다면 말이오!"

목사는 서글픈 미소를 지으며 대꾸했다.

"그렇다면 넓은 바닷길도 있어요! 당신은 그 길로 여기에

왔잖아요. 당신이 원한다면 떠나온 곳으로 돌아갈 수 있어요. 고국으로 가면 외딴 시골 마을이든 넓은 런던이든, 아니면 독일이나 프랑스, 유쾌한 이탈리아든 그 사람의 힘과 지식이 미치지 못하는 곳이 있다고요! 그리고 이곳의 철벽같은 사람들이나 그들의 의견이 뭐가 중요해요? 그들은 이미 당신의 훌륭한 부분을 너무 오래 속박해왔어요!"

"그건 안 될 일이오!"

목사는 마치 꿈을 실현해달라는 부탁을 받기라도 한 듯 그녀의 말을 귀 기울여 듣고 있다가 대꾸했다.

"내겐 떠날 힘이 없소! 내가 아무리 죄인이고 비참한 삶을 살고 있다 해도 신이 정해준 자리에서 버티는 것 말고 다른 삶은 생각해본 적이 없소. 내 영혼은 길을 잃었어도 다른 영혼을 위해 할 수 있는 일을 하겠소! 불경한 보초병이라 해도, 이 고된 보초 임무가 끝난 뒤에 받게 될 보상이 죽음과 치욕이라고 해도 내 자리를 떠날 수는 없소!"

헤스터는 자신의 힘으로 그의 기운을 북돋워주리라 굳게 결심하고 입을 열었다.

"당신은 지난 7년 동안 불행에 짓눌려 살았어요. 하지만 이제는 내려놓아야 해요! 당신이 이 숲길로 떠난다 해도 더는 그 불행이 발목을 잡지 않을 거예요. 만약 바닷길로 간다면 그것을 배에 실어선 안 돼요. 몰락의 잔해와 파멸은 그 일이 일어난 이곳에 두고 가요. 더는 그런 걸로 괴로워하지 말아요! 새로 시작해요! 한 번의 시험에 실패했다고 더는 가망

이 없을까요? 그렇지 않아요! 여전히 미래는 시험과 성공으로 가득 차 있어요. 아직 누릴 행복이 남아 있어요! 아직 베풀 선행이 남아 있고요! 이 거짓된 삶을 버리고 진짜 삶을 살아요. 당신의 영혼이 원한다면 인디언들을 가르치고 그들의 전도사가 되어도 좋아요. 혹은 문명사회의 가장 현명하고 저명한 사람들 사이에서 학자이자 현인으로 사는 게 더 잘 맞을 것 같네요. 설교를 해요! 글을 써요! 행동하라고요! 여기 쓰러져 죽는 것 말고 뭐든 해요! 아서 딤스데일이라는 이름을 버리고 다른 이름을 써요. 두려움이나 수치가 따르지 않는 고귀한 이름을 지어요. 당신의 생명을 갉아먹고 의지력과 행동력을 약화하는 고통을 하루라도 더 견딜 이유가 있나요? 그러면 회개할 힘도 잃고 말 거예요! 당장 일어나서 떠나요!"

"아, 헤스터!"

아서 딤스데일이 소리쳤다. 그의 눈에서 그녀의 열정이 불어넣은 빛이 가물거리다가 사그라졌다.

"당신은 무릎이 후들거리는 사람에게 뛰라고 하는군! 난 여기서 죽어야 하오! 저 넓고 낯설고 어려운 세상을 모험할 힘도 용기도 남지 않았으니까! 그것도 혼자서 말이오!"

이는 무너진 영혼의 절망을 표출하는 마지막 절규였다. 그는 손을 뻗으면 닿을 행운을 잡을 힘조차 없었다.

그는 마지막 말을 되풀이했다.

"혼자서 말이오, 헤스터!"

"그럼 혼자 가지 마요!"

그녀가 깊은 목소리로 속삭였다.

이제 해야 할 얘기는 다 한 셈이었다!

제18장 넘치는 햇살

    헤스터의 얼굴을 바라보는 아서 딤스데일의 표정은 희망과 기쁨으로 빛났지만, 그 사이에 두려움이 서려 있었고 그가 막연히 암시하기만 했을 뿐 차마 표현하지 못한 것을 대담하게 말한 그녀에게 경악하는 기색도 엿보였다.

    그러나 천성적으로 용감하고 적극적인 데다가 오랫동안 사회에서 배척당하고 추방된 채로 살아온 헤스터 프린은 이 성직자에겐 낯설기만 한 대담한 생각에 익숙해져 있었다. 두 사람이 지금 운명을 논하는 이 컴컴하고 무성한 숲만큼이나 광활하고 복잡하며 어두컴컴한 도덕의 황무지를 그녀는 아무런 규칙이나 지침도 없이 방랑하며 살았다. 그 황무지에서 지성과 감정을 발전시켰고, 숲속에 사는 야성적인 인디언처럼 자유롭게 그곳을 누볐다. 지난 수년 동안 그녀는 이처럼 거리를 두고 인간의 제도와 성직자나 입법자들이 정한 규칙을 바라보며, 인디언이 성직자의 띠나 법관의 가운, 형틀, 교수대,

난로, 교회 등을 바라볼 때처럼 존경하는 마음 없이 그 모든 것을 비판했다. 운명과 삶의 기복이 그녀를 자유롭게 풀어놓는 쪽으로 흘러간 탓이었다. 주홍 글자는 다른 여자들이 차마 들어갈 수 없는 곳을 출입하는 통행증이었다. 수치, 절망, 고독! 이런 것들이 그녀의 스승이었다. 엄격하고 모진 이 스승들은 그녀를 강인하게 해주었지만 잘못된 것도 많이 가르쳤다.

한편 목사는 널리 용인되는 규범의 범주에서 벗어나는 일은 한 번도 해본 적이 없었다. 물론 하필이면 그중 가장 신성한 규율을 감히 어기기는 했다. 그러나 격정에 휩쓸린 탓이었지, 원칙을 어기거나 의도한 것은 아니었다. 그 괴로운 사건 이후로 그는 비교적 단속하기 쉬운 행동보다는 모든 감정과 생각을 병적일 정도로 세심하게 살폈다. 그 시대의 성직자는 사회구조의 상위에 속했으므로 그 역시 사회의 규제와 규율, 심지어는 편견에도 더 큰 제약을 받았다. 목사라는 그의 지위가 그를 더욱 옥죌 수밖에 없던 것이다. 과거에 죄를 지었지만 끊임없이 가책을 느끼고 아물지 않은 상처를 건드려 고통을 느끼는 사람이었기에 그는 오히려 죄를 짓지 않았더라면 그보다 안전하게 도덕의 경계 안에 머물 수 없었을 것이다.

헤스터 프린에게 추방과 치욕의 7년은 지금 이 순간을 위한 준비였다고 해도 과언이 아니리라. 그러나 아서 딤스데일은 어떤가! 이런 사람이 한 번 더 추락한다면 어떻게 죄를 덜어달라 애원할 수 있겠는가? 그는 그럴 수 없었다. 다만 그동안 극심한 고통을 겪느라 기력이 쇠진했다는 점, 가책에 시달려 마음이 산란해지고 어두워졌다는 점이 변명거리가 될지도 모르겠다. 혹은 확실한 죄인으로 도망칠지 위선자로 남을지를 놓고 양심상 어느 한쪽을 택하기가 어려웠다는 점, 인간이라면 죽음과 치욕의 위험이나 속을 알 수 없는 적의 술책은 피하는 게 당연하다는 점, 결국 음울하고 황량한 길에서 비참하게 병들어 쓰러진 이 불쌍한 순례자에게 인간의 애정과 공감, 새로운 삶, 그가 지금 속죄하고 있는 괴로운 운명을 대신할 진짜 삶의 가능성이 얼핏 보였다는 점도 속죄의 변명으로 도움이 될 것이다. 그리고 여기서 짚고 넘어가야 할 냉혹하고 서글픈 사실이 있으니, 죄를 지어 인간의 영혼에 한번 생겨난 틈은 이생에서 결코 메울 수 없다는 것이다. 적이 다시 성체 안으로 들어오지 못하도록, 그리고 다음번 공격에서는 이전에 성공했던 길이 아닌 다른 길을 공략하지 못하도록 끊임없이 지켜보고 방어할 수는 있다. 그러나 갈라진 성벽은 그대로 남을 것이며 적이 잊을 수 없는 승리를 다시 맛보기 위해 그 주위를 맴돈 흔적도 남아 있을 것이다.

설사 갈등이 있었다고 해도 여기서 설명할 필요는 없으리라. 그저 이 성직자는 도망치기로 결심했고, 혼자 가지 않기로 마음먹었다고만 해두겠다.

딤스데일 목사는 생각했다. '지난 7년 동안 단 한 순간이라도 희망이나 평화를 느꼈다면 하늘의 자비를 믿고 견디겠어. 하지만 어차피 돌이킬 수 없는 운명을 선고받았으니 처형을 눈앞에 둔 사형수에게 허락되는 위안을 거부할 이유가 있을까? 혹은 헤스터가 주장하듯이 이것이 더 나은 삶으로 향하는 길이라면 이를 따르지 않는다고 해서 더 나은 가능성이 있는 것도 아니다! 게다가 이제 헤스터를 곁에 두지 않고는 살 수 없어. 헤스터는 저토록 강인하게 나를 지탱해주고 저토록 다정하게 나를 위로해주니! 아, 감히 눈을 들고 바라볼 수 없는 당신이여, 부디 저를 용서하소서!'

"떠나는 거예요!"

목사가 눈을 맞추자 헤스터가 침착하게 말했다.

결정이 내려지자 고통이 가득한 그의 가슴에 기이한 환희의 빛이 번져나갔다. 자신의 마음속 감옥에서 도망쳐 나온 이 죄수는 구원도 문명도 없는 무법천지에서 야생 그대로의 자유로운 공기를 들이마시는 듯 상쾌한 기분이 들었다. 그의 영혼이 공처럼 튀어 올랐고 비참한 기분으로 바닥을 기어다닐 때보다 하늘에 가까워졌다. 신앙이 깊은 사람인지라 그런 기분에도 어쩔 수 없이 경건함이 배어 있었다. 그는 스스로도 놀라며 소리쳐 물었다.

"내가 다시 기쁨을 느끼는 것인가? 내 안의 기쁨은 씨가 마른 줄 알았는데! 아, 헤스터, 당신이 내겐 천사요! 죄로 얼룩지고 슬픔에 검게 물든 병든 몸으로 이 숲의 낙엽 위에 쓰러졌다가 새로이 빚어지고 자비로운 하느님을 찬양할 새로운 힘도 얻어 다시 일어선 것 같소! 벌써 삶이 나아졌소! 왜 우리가 진작 이런 삶을 찾지 못했을까?"

"이제 돌아보지 않기로 해요. 과거는 지나갔어요! 왜 우리가 거기에 얽매여야 해요? 보세요! 이 징표와 함께 다 내던지고 흔적도 없이 쓸어버리겠어요!"

말이 끝나기가 무섭게 헤스터는 주홍 글자를 고정한 고리를 풀어 가슴에서 떼어낸 뒤 멀리 낙엽 위로 던졌다. 신비로운 징표는 이쪽 냇가에 떨어졌다. 조금 더 멀리 던졌다면 물에 빠져 알아들을 수 없는 이야기를 끊임없이 조잘거리는 작은 냇물에게 또 하나의 비애를 실어 보냈을 것이다. 그러나 수놓은 글자는 냇가에서 잃어버린 보석처럼 반짝거렸다. 운 나쁜 나그네가 주워 간다면 그때부터 기이한 죄의 환영들과 우울한 기분, 설명할 수 없는 불행에 시달릴지도 모를 일이었다.

낙인을 뜯어낸 헤스터는 긴 한숨을 쉬며 마음속에 있던 수치와 고통의 짐을 떠나보냈다. 아, 이 얼마나 후련한가! 그것이 얼마나 무거운 짐이었는지 벗어내기 전에는 미처 몰랐다! 그녀는 충동적으로 머리카락을 가둬놓았던 의례적인 모자마저 벗어버렸다. 어깨 위로 내려온 짙은 색의 풍성한 머리카락은 빛과 어둠을 모두 드러내며 그녀의 얼굴에 부드러운 매력을 더했다. 여인의 깊은 가슴에서부터 흘러나오는 듯한 환하고 부드러운 미소가 그녀의 입가를 간질이고 눈에도 어른거렸다. 오랫동안 창백하던 뺨이 빨갛게 물들었다. 돌이킬 수 없다고들 하는 여성성과 젊음, 풍성한 아름다움이 되살아나 결혼 전에 품었던 희망이나 전에는 몰랐던 행복과 함께 지금이 순간 그들을 에워싼 마법의 원 안으로 들어왔다. 하늘과 땅의 어둠도 그저 이 두 인간의 마음에서 나온 산물이었는지 그들의 슬픔과 함께 사라졌다. 하늘이 갑자기 미소를 짓는 듯 햇살이 쏟아지며 어둑한 숲에 홍수처럼 밀려들어 푸릇한 이 파리들을 비추고 누런 낙엽을 황금빛으로 바꾸고 근엄한 잿 빛 나무둥치들마저도 빛나게 했다. 지금까지 그림자를 만들 어내던 모든 사물이 이제는 빛을 자아냈다. 작은 냇물마저도 기분 좋게 반짝거려서 그 빛을 따라가다보면 신비로운 기쁨 에 휩싸인 미지의 숲 한가운데로 들어갈 수 있을 것 같았다.

인간의 법에 예속되지도, 그보다 고귀한 진리에 교화되지 도 않고 야생 그대로의 무신앙 상태로 남아 있는 숲의 대자 연이 두 영혼의 행복에 이토록 공명하다니! 사랑이란 갓 태 어났든 죽은 듯한 잠에서 다시 깨어났든 언제나 햇살을 만들 어 빛으로 가슴을 가득 채우고 바깥세상으로 넘쳐흐르게 한 다. 그 숲이 여전히 어두웠다고 해도 헤스터의 눈에는, 아서 딤스데일의 눈에는 환하게 빛났으리라!

헤스터는 또 한 번 기쁨의 전율을 느끼며 목사를 보았다.

"당신도 펄을 알잖아요! 우리의 펄! 본 적이 있잖아요. 맞아 요. 그랬죠! 하지만 이제는 다른 눈으로 보게 될 거예요. 펄은 이상한 아이예요! 나도 도통 이해할 수가 없거든요! 하지만 당신도 나만큼 펄을 사랑하게 될 거고, 아이를 어떻게 다뤄야 하는지도 조언해줄 수 있을 거예요."

목사는 다소 초조한 목소리로 물었다.

"그 애가 나를 알면 기뻐할 거라 생각하오? 난 오랫동안 아 이들을 피해왔소. 아이들은 나를 믿지 않고 나와 친해지지도 않으려는 것 같아요. 어린 펄은 두렵기까지 했소!"

그러자 펄의 엄마가 말했다.

"아, 안타깝네요. 하지만 펄은 당신을 사랑할 거고 당신도 그
애를 사랑할 거예요. 멀리 가진 않았어요. 불러볼게요! 펄! 펄!"

"저기 보이는군. 냇물 건너편에 조금 떨어진 곳에 서서 햇빛
을 받고 있소. 정말 저 아이가 나를 사랑할 거라 생각하오?"

헤스터는 빙긋 웃으며 다시 펄을 불렀다. 목사가 말한 대로
펄은 저만치 떨어진 곳에서 휘어진 나뭇가지들 사이로 내리
쬐는 햇빛을 받으며 화려한 옷을 입은 듯한 모습으로 서 있
었다. 이리저리 움직이는 광선 때문에 흐릿했던 아이가 선명
해지기도 하고 살아 있는 아이가 되었다가 어린아이의 혼령
이 되기도 했다. 엄마가 부르는 소리를 듣고 펄은 천천히 숲
을 질러 걸음을 옮겼다.

엄마가 목사와 얘기하는 동안 펄은 지루할 틈이 없었다. 이
거대하고 컴컴한 숲은 세상의 죄와 골칫거리를 그 품으로 가
져온 이들에게는 무섭게 보일지 몰라도 외로운 아이에게는
더없이 훌륭한 놀이 친구가 되어주었다. 음산하긴 했지만 나
름대로 최대한 다정하게 아이를 반겨주었다. 가을에 열려 봄
이 돼서야 익었다가 이제는 시든 잎에 떨어진 핏방울처럼 맺
혀 있는 붉은 호자덩굴 열매도 내주었다. 펄은 그 열매를 모
아 야생의 맛을 즐겼다. 이 황야의 조그만 주민들은 펄이 지
나가도 길을 비켜주지 않았다. 새끼를 열 마리쯤 거느린 자고
새 한 마리가 위협하듯 달려들었다가 곧 사나운 행동을 뉘우

치고 새끼들에게 무서워하지 말라는 듯 깩깩거렸다. 낮은 가지에 혼자 앉아 있던 비둘기는 펄이 그 아래로 지나가는 것을 허락해주었지만 인사인지 경고인지 알 수 없는 소리로 지저귀었다. 나무 위 높은 곳에 사는 다람쥐는 화가 났는지 즐거워서인지 모를 소리를 냈다. 다람쥐는 원래 걸핏하면 성을 내고 장난기도 많아서 어느 쪽인지 분간하기 어렵다. 녀석은 펄을 보고 찍찍거리며 머리에 열매 하나를 던졌다. 작년의 열매라 날카로운 이로 갉아먹은 자국이 있었다. 펄이 가볍게 낙엽을 밟는 소리에 놀란 여우는 도망쳐야 할지 다시 잠을 청해야 할지 고민하는 눈으로 펄을 보았다. 믿기 어려운 얘기 같지만, 늑대 한 마리가 나타나 펄의 옷을 킁킁거리다가 쓰다듬어달라는 듯 사나운 머리를 내밀었다는 소문도 있다. 그러나 실제로 숲의 대자연에서 자양분을 얻는 야생동물들이 이 인간 아이에게서 자기네와 비슷한 야생성을 알아보았는지도 모른다.

펄은 양옆으로 풀이 자라 있는 마을의 길이나 엄마의 오두막에서보다 이 숲에서 온순해졌다. 꽃들도 알고 있는 듯 지나가는 펄에게 "예쁜 아이야, 나를 따다가 장식하렴. 나를 따다가 장식해봐!"라고 속삭였고, 펄은 꽃들이 실망할까봐 제비꽃과 아네모네, 매발톱꽃, 그리고 고목들이 눈앞에 내밀어준 파릇파릇한 잔가지 몇 개를 꺾었다. 그것들을 머리와 작은 허리에 장식하자 님프나 숲의 요정처럼 이 오래된 숲과 교감하는 존재가 되었다. 그렇게 몸치장을 하고 있을 때 펄은 엄마의 목소리를 듣고 천천히 걸음을 옮겼다.

천천히.

목사가 보였기 때문이다.

제19장 냇가의 아이

"당신도 저 아이를 무척 사랑하게 될 거예요."

헤스터 프린은 목사와 함께 앉아 어린 펄을 바라보며 같은 말을 되풀이했다.

"정말 예쁘지 않아요? 게다가 수수한 꽃들로 장식한 솜씨를 보세요! 숲에서 진주와 다이아몬드, 루비를 주웠다고 해도 지금보다 더 잘 어울릴 수는 없을 거예요. 놀라운 아이예요! 그런데 저 이마는 누굴 닮았는지 알 것 같네요!"

아서 딤스데일은 불안한 미소를 지으며 대꾸했다.

"헤스터, 늘 당신 옆에서 아장아장 걸어 다니는 저 예쁜 아이를 보며 내가 얼마나 가슴이 철렁했는지 알아요? 아, 헤스터, 참으로 지독한 생각이고 그런 걱정을 하는 것도 끔찍하지만 저 아이의 얼굴에서 내 모습이 보이는 듯해 세상 사람들이 알아보면 어쩌나 생각했소! 하지만 저 아이는 당신을 꼭 빼닮았소!"

"아니에요! 꼭 빼닮은 건 아니에요!"

펄의 엄마가 다정한 미소를 지으며 말을 이었다.

"얼마 후면 저 아이가 누구의 자식인지 알려지는 걸 걱정할 필요가 없어요. 그런데 머리에 들꽃을 장식한 모습이 묘하게 예쁘네요! 꼭 우리의 고국인 영국에 두고 온 요정이 저 애를 치장해서 우리더러 만나라고 보낸 것 같아요."

두 사람은 함께 앉아 펄이 천천히 다가오는 모습을 보면서 한 번도 느껴보지 못한 감정에 휩싸였다. 아이에게서 두 사람을 묶어주는 끈이 보였던 것이다. 지난 7년 동안 이 아이는 그들이 그토록 숨기려 했던 어두운 비밀을 품은, 살아 있는 상형문자로 세상을 살았다. 환하게 타오르는 이 글자를 해독할 줄 아는 예언자나 마법사가 있었다면 그 안에 담긴 모든 의미가 뚜렷하게 드러났을 것이다! 그리고 펄은 그들이 합일을 이룬 존재였다. 과거의 죄가 무엇이었든 그들의 존재가 만나 영원히 함께 거할 수밖에 없는 집이요, 물리적 융합체이자 정신적 표상인 그 아이를 보면서 어찌 그들이 자신들의 현세의 삶과 미래의 운명이 뒤엉켜 있음을 의심할 수 있겠는가? 이런 생각들, 그리고 아마도 그들이 인정하거나 말로 표현하지 않았을 다른 생각들이 지금 다가오는 아이의 주위에 경외의 빛을 퍼트렸다.

헤스터가 속삭였다.

"펄에게 말을 걸 때는 너무 감상적으로 대하거나 열의를 보이지 말고 태연하게 대해요. 우리 펄은 가끔 변덕스럽고 기이한 꼬마 요정이 되거든요. 특히 자기가 온전히 이해하지 못하는 감정은 못 견뎌요. 하지만 정이 많은 아이예요! 나를 사랑하니까 당신도 사랑할 거예요!"

목사는 헤스터 프린을 흘끗 곁눈질하며 말했다.

"내가 이런 만남을 얼마나 두려워하고 또 갈망하는지 당신은 모를 거요! 하지만 아까도 말했듯이 아이들은 나와 쉽게 친해지지 못해요. 내 무릎에 올라오거나 귀에 대고 재잘거리지도, 내가 웃을 때 같이 웃어주지도 않고, 멀찍이 떨어져서 이상한 눈으로 바라보기만 할 뿐이오. 어린 아기들도 내가 안아주면 울음을 터트리기 일쑤지. 하지만 펄은 짧은 인생에서 내게 다정한 모습을 두 번 보여줬소! 첫 번째는 언제인지 당신도 잘 알 거요! 두 번째는 당신이 그 근엄한 총독의 저택에 펄을 데려왔을 때였소."

"그때 당신은 펄과 나를 위해 용기를 내 탄원해주었죠! 기억해요. 우리 펄도 기억할 거예요. 걱정 마요! 처음에는 조금 어색해서 낯을 가릴 수도 있지만 금세 당신을 사랑하게 될 거예요!"

이제 펄은 시냇가에 이르렀지만 건너편에 서서 이끼 낀 나무둥치에 앉아 자신을 기다리는 헤스터와 목사를 말없이 바라보았다. 펄이 멈춰 선 곳에는 우연히도 냇물이 고여 있었다. 그 잔잔하고 고요한 수면에 꽃과 나뭇잎 화관으로 아름답게 장식해 그림처럼 눈부신 아이의 모습이 반사되어 실제보다 정돈되고 신비로운 분위기를 띠었다. 살아 있는 펄과 흡사한 그 반영이 아이에게 흐릿하고 신비로운 성질을 부여하는 듯했다. 펄이 그 자리에 서서 어둑한 숲의 뿌연 창 너머로 그들을 멀거니 바라보는 모습이 어딘지 묘했다. 그러는 사이 아이는 어떤 공감으로 이끌려 온 듯한 햇빛에 에워싸여 있었다. 냇물 속에는 펄과 똑같은 다른 아이가 펄과 똑같이 황금빛에 에워싸인 채 서 있었다. 헤스터는 알 듯 말 듯 어렴풋이 펄과 소원해진 기분이 들었다. 마치 펄이 혼자 숲을 돌아다니다가 길을 잃고 엄마와 함께 살던 세상을 벗어나 이제는 돌아올 길을 찾지 못하는 것 같았다.

그 느낌은 맞기도 하고 틀리기도 했다. 아이와 엄마는 소원해졌지만 이는 펄의 잘못이 아니라 헤스터의 잘못이었다. 펄이 엄마 곁을 떠나 돌아다니는 사이에 다른 사람이 엄마의 감정 세계로 들어오면서 그 안의 구조가 바뀌었고, 방랑을 마치고 돌아온 펄은 자신의 원래 자리를 찾지 못하고 지금 있는 곳이 어디인지 분간할 수 없게 된 것이었다.

예민한 목사가 말했다.

"저 냇물이 양쪽 세계를 가르고 있어서 당신이 펄을 다시는 만날 수 없는 게 아닐까 하는 이상한 생각이 드는군. 아니면 어릴 때 들은 전설에서처럼 저 아이가 흐르는 냇물을 건너는 게 금지된 요정이라도 되는 거요? 어서 오라고 합시다. 저렇게 꾸물대는 걸 보니 내 신경이 벌써 떨려요."

"빨리 오렴, 우리 딸!"

헤스터가 두 팔을 내밀며 아이를 재촉했다.

"왜 그렇게 느린지 모르겠네! 네가 언제 이렇게 느림보였던 적이 있었니? 이분은 엄마의 친구야. 그러니까 네 친구이기도 하지. 이제 넌 엄마 혼자 네게 줄 수 있는 사랑의 두 배를 받게 될 거야! 냇물을 건너 이리 오렴. 어린 사슴처럼 깡충 뛸 수 있잖아!"

펄은 이 달콤한 표현에도 반응하지 않고 냇물 건너편에 그대로 서 있었다. 야성이 깃든 밝은 눈으로 엄마를 보다가 목사에게로 시선을 옮기더니 이제는 두 사람을 한꺼번에 보았다. 그들이 어떤 관계인지 살피고 이해하려는 듯했다. 아이의 시선을 느낀 아서 딤스데일은 어째서인지 이제는 습관적으로 자연스럽게 나오는 행동을 했다. 가슴에 손을 얹은 것이다. 마침내 펄은 묘하게 권위적인 분위기를 풍기며 손을 뻗었다. 그러고는 작은 집게손가락을 펼쳐 엄마의 가슴을 노골적으로 가리켰다. 냇물의 거울에 비친 작은 펄의 반영도 꽃으로 치장하고 햇빛을 받으며 작은 집게손가락을 내밀었다.

"참 이상하구나. 왜 엄마한테 오지 않는 거니?"

헤스터가 소리쳤다.

펄은 여전히 손가락으로 가리키며 이맛살을 찌푸렸다. 어린아이의 얼굴, 아니 아기 같은 얼굴에 그런 표정이 지어지니 더욱 인상적이었다. 아이의 엄마는 계속 손짓해 부르며 여느 때는 볼 수 없는 환한 미소를 지었고, 그러자 펄은 한층 고압적인 몸짓과 표정을 하며 발을 굴렀다. 냇물 속에서 신비로운 아름다움을 뽐내는 반영도 얼굴을 찡그리고 손가락으로 가리키며 고압적인 몸짓을 하자 펄의 태도가 도드라졌다.

"어서 와, 펄. 안 그러면 엄마 화낼 거야!"

헤스터 프린이 소리쳤다. 평소 이 요정 같은 아이의 심통에 단련이 되긴 했지만 지금은 펄이 얌전히 굴었으면 하는 마음이 간절했다.

"어서 냇물을 건너 이리 오지 못해, 못된 녀석! 안 그러면 엄마가 간다!"

엄마의 협박에도 꿈쩍하지 않고 애원에도 아랑곳하지 않던 펄이 이번에는 갑자기 벌컥 성을 내며 작은 몸을 사정없이 비틀기 시작했다. 거친 몸부림과 함께 귀청이 떨어져 나갈 듯 날카롭게 소리를 질렀다. 그 소리가 사방에 메아리치는 바람에 혼자 이유 없이 심술을 부리는 어린아이에게 많은 사람이 숨어서 공감과 격려를 보내는 듯했다. 이번에도 꽃으로 머리와 허리를 장식한 펄의 성난 반영이 냇물 속에서 발을 구르며 격렬하게 몸부림쳤고, 그 와중에도 여전히 작은 집게손가락은 헤스터의 가슴을 가리켰다!

"왜 저렇게 심통이 났는지 알 것 같아요."

헤스터가 목사에게 속삭였다. 괴로움과 짜증을 감추려고 안간힘을 썼지만 하얗게 질린 얼굴은 감출 수 없었다.

"아이들은 매일 보던 익숙한 광경이 조금만 바뀌어도 못 견디거든요. 펄은 제가 늘 달고 있던 게 없어져서 저러는 거예요!"

"저 애를 진정시킬 수 있다면 뭐든 당장 합시다!"

목사는 애써 웃으며 덧붙였다.

"히빈스 부인 같은 늙은 마녀가 심술을 부리면 몰라도 어린애가 저렇게 흥분하는 건 못 견디겠소. 펄처럼 어리고 예쁜 아이도 그 쭈글쭈글한 마녀처럼 괴팍해 보이는군. 나를 사랑한다면 제발 아이를 달래줘요!"

헤스터는 뺨이 상기된 채로 다시 펄을 돌아보고는 곁눈질로 목사를 살피며 무거운 한숨을 내쉬었다. 말을 꺼내기도 전에 붉게 달아올랐던 얼굴이 백지장처럼 창백해졌다. 그녀는 서글프게 말했다.

"펄, 네 발밑을 보렴! 거기! 네 앞에! 냇물 이쪽에!"

아이는 엄마가 가리키는 곳으로 눈을 돌렸다. 물가에 아슬아슬하게 떨어져 있는 주홍 글자의 금빛 자수가 물에 반사되었다.

"그걸 이리 가져오렴!"

헤스터가 말했다.

"엄마가 와서 가져가!"

펄이 대꾸했다.

"무슨 저런 애가 다 있을까요!"

헤스터가 옆에 있는 목사에게 말했다.

"사실 펄에 관해 해줄 얘기가 많아요! 하지만 솔직히 저 지긋지긋한 징표에 관해선 저 애 생각이 옳은 것 같네요. 조금만 더, 그러니까 우리가 이곳을 떠나 마치 꿈을 꾼 것처럼 이 땅을 돌아보게 될 때까지 며칠 더 저 글자의 고문을 참아야겠어요. 이 숲도 저걸 숨길 수 없나봐요! 저 먼바다가 내 손에서 빼앗아 영원히 집어삼켜주겠죠!"

그녀는 이렇게 말하며 냇가로 가서 주홍 글자를 주워 다시 가슴에 달았다. 조금 전 그것을 깊은 바다에 던져버린다고 말할 때만 해도 희망에 차 있었는데 지금 운명의 손에서 그 치명적인 징표를 도로 가져오자 비운을 피할 수 없을 듯한 느낌이 들었다. 드넓은 허공에 내던졌건만! 겨우 한 시간 마음껏 자유를 들이마셨건만! 이 주홍 불행이 원래 자리에서 또다시 빛나다니! 악행은 징표가 있든 없든 언제나 이처럼 숙명의 성격을 띤다. 이윽고 헤스터는 긴 머리칼을 모아 올려 모자 속에 가두었다. 그 슬픈 글자에 모든 것을 시들게 하는 마력이 있기라도 한 듯 그녀의 아름다움, 그녀의 따뜻하고 풍성한 여성성이 저물어가는 햇빛처럼 사라지고 다시 잿빛 그림자가 드리워지는 듯했다.

음울한 모습으로 돌아온 헤스터는 펄에게 손을 뻗으며 책망이 담긴, 그러나 한층 누그러진 목소리로 물었다.

"이제 네 엄마를 알아보겠니? 이제 네 엄마가 수치스럽고 슬픈 모습으로 돌아왔으니 냇물을 건너 엄마에게 올 거지?"

"응, 그럴게!"

아이가 대답하고는 껑충 냇물을 건너 헤스터를 두 팔로 껴안았다.

"이제 진짜 우리 엄마네! 난 엄마의 딸 펄이고!"

펄은 평소에 좀처럼 보이지 않던 다정한 태도로 엄마의 머리를 끌어내려 이마와 두 뺨에 입을 맞췄다. 그러나 뒤이어 펄은 우연히 위안을 주고도 거기에 고통을 더하지 않고는 못 견디겠다는 듯 입술을 오므리고는 주홍 글자에도 입맞춤을 했다!

"그럼 못써! 엄마에게 눈곱만한 애정을 보여주고는 금세 놀리다니!"

헤스터가 말했다.

"목사님은 왜 저기 앉아 있어?"

펄의 물음에 엄마가 답했다.

"너를 만나려고 기다리시는 거야. 가서 목사님께 축복을 내려달라고 하렴! 목사님은 너를 사랑하셔, 펄. 네 엄마도 사랑하시고. 너도 저분을 사랑할 거지? 어서! 목사님이 너와 인사하고 싶으시대!"

"목사님이 우리를 사랑하신다고?"

펄은 너무도 총명한 얼굴로 엄마의 얼굴을 올려다보았다.

"목사님도 우리랑 같이 가실 거야? 우리 셋이 함께 손을 잡고 마을로 가는 거야?"

"지금은 아니야, 펄. 하지만 며칠 뒤면 우리와 손을 잡고 걸으실 거야. 우리가 함께 사는 집과 난로도 생길 거고. 넌 목사님의 무릎에 앉아서 많은 것을 배울 거야. 목사님은 너를 무척 사랑해주실 거고. 너도 목사님을 사랑할 거지?"

"그런데 목사님은 늘 저렇게 가슴에 손을 얹고 계실까?"

펄이 물었다.

"바보같이 왜 그런 걸 묻니! 어서 가서 축복을 내려달라고 하렴!"

아이의 엄마가 소리쳤다.

그러나 응석받이 아이가 위험한 경쟁자에게 느끼는 본능적인 질투 때문인지 변덕 탓인지 펄은 목사에게 호감을 보이지 않았다. 엄마에게 이끌려 억지로 다가가면서도 몸을 빼고 묘하게 얼굴을 찡그리며 싫은 티를 냈다. 특이하게도 펄은 아기 때부터 온갖 방식으로 얼굴을 찡그렸고 다양하게 표정을 바꿀 때마다 새로운 심술을 드러냈다. 목사는 몹시 당황했지만 입맞춤을 하면 기적처럼 아이에게 호의적인 관심을 받을지도 모른다고 기대하며 몸을 굽혀 펄의 이마에 입을 맞췄다. 그러자 펄은 엄마의 팔을 뿌리치고 냇물로 달려가서는 허리를 구부리고 그 불쾌한 자국이 완전히 씻겨 나가 반짝거리며 흘러가는 물에 흩어져 없어질 때까지 이마를 씻었다. 그러고는 멀찍이 떨어져 서서 헤스터와 목사를 말없이 지켜보았다. 두 사람은 이제 새로운 상황을 맞이해 이러저러한 것을 조율하고 곧 실행할 목표에 관해 얘기하고 있었다.

이렇게 운명적인 만남은 끝이 났다. 이 작은 골짜기는 어두운 고목들과 함께 고독하게 남을 테고 그 수많은 나무의 혀는 그곳에서 일어난, 인간들은 알지 못할 일을 오래도록 수군거릴 것이다. 우울한 냇물은 그 작은 가슴에 이미 넘치도록 품은 신비로운 이야기를 또 하나 더했고 오랫동안 그랬던 것처럼 조금도 쾌활해지지 않은 채로 끊임없이 이야기하며 흘러갈 것이다.

제20장 미로를 헤매는 목사

목사는 헤스터 프린과 어린 펄에 앞서 길을 떠나면서 뒤를 한 번 돌아보았다. 그저 희미한 환영에 불과한 모녀의 얼굴과 윤곽이 숲의 황혼 속으로 서서히 사라지는 건 아닐까 하는 의심이 들었기 때문이다. 그의 삶에 일어난 이 엄청난 일이 현실로 곧바로 받아들여지지 않았다. 그러나 헤스터가 보였다. 아주 오래전 거친 바람에 쓰러진 뒤 긴 세월 동안 이끼에 뒤덮인 채로 세상에서 가장 무거운 짐을 진 불행한 두 사람이 나란히 함께 앉아 잠시나마 휴식과 위안을 얻게 해준 나무둥치 옆에 회색 옷을 입은 그녀가 서 있었다. 그리고 펄도 보였다. 그 애는 침입자가 사라지고 나자 경쾌한 걸음으로 냇가에서 자신의 자리인 엄마의 옆으로 돌아가고 있었다. 그러니까 목사가 이곳에서 잠이 들어 꿈을 꾼 것은 아니었다!

그는 마음을 기이하게 교란하며 괴롭히는 이 모호한 기만의 느낌을 떨쳐내고자 헤스터와 함께 세운 도피 계획을 떠올려 좀 더 확실하게 정리해보았다. 유럽인 개척지나 인디언 천막이 해안에 드문드문 늘어선 뉴잉글랜드나 아메리카 대륙의 황무지보다는 사람들과 도시가 빽빽이 들어찬 구세계가 숨어 살기 적절하다는 것이 두 사람이 내린 결론이었다. 목사는 고된 숲속 생활을 견디기에는 몸이 쇠약했을 뿐 아니라 타고난 재능이나 교양, 전반적인 성향을 봐도 세련된 문명의 한가운데서 사는 게 어울렸다. 문명의 수준이 높을수록 확실하게 적응할 수 있으리라. 우연히도 현재 항구에 배가 한 척 정박해 있다는 점도 이러한 선택에 영향을 미쳤다. 당시에 흔히 보이던 미심쩍은 순항선 중 하나였다. 딱히 바다의 무법자라고 할 수는 없었지만 꽤 무책임하게 바다를 돌아다니는 배였다. 그 배는 스페인령 아메리카에서 최근에 도착했으며 사흘 뒤 영국의 브리스틀로 출항할 예정이었다. 헤스터 프린은 자진해 자선 수녀회에서 일하며 그 배의 선장과 선원들을 알게 되었으니 좋지 않은 사정을 둘러대고 비밀리에 어른 둘과 아이 하나를 태워달라 얘기해보겠다고 했다.

목사는 헤스터에게 그 배가 정확히 언제 출발할 예정인지 꽤 관심 있게 물었다. 나흘 뒤라고 했다. 그 말을 듣고 그는 혼자 중얼거렸다.

"정말 다행이군!"

딤스데일 목사가 왜 그토록 다행이라 여겼는지 딱히 밝히고 싶지는 않다. 그래도 독자에게 숨김없이 얘기하자면, 그날로부터 사흘째 되는 날 그는 새로 당선된 총독의 취임 축하 설교를 할 예정이었다. 당시 뉴잉글랜드 성직자의 삶에 있어서는 매우 영광스러운 일이었으므로 직업적 의무를 마무리하기에 그보다 좋은 시기와 방식은 없다고 여긴 것이다. 이 모범적인 사내는 생각했다. '적어도 사람들이 공적인 의무를 다하지 않았거나 소홀히 했다고 욕하지는 않겠군.' 이 가엾은 목사의 깊고 예리한 자기 성찰이 이토록 지독한 덫에 빠지다니 얼마나 슬픈 일인가! 그에게는 그보다 더한 결함이 있었고 앞으로도 없지 않겠지만 이처럼 측은한 약점은 찾아볼 수 없을 것이다. 오래전부터 그가 지닌 성격의 본질을 갉아먹기 시작한 그 미묘한 병이 이번처럼 교묘하면서도 뚜렷하게 드러난 적은 없었다. 오랫동안 자신과 사람들을 두 얼굴로 마주하다보면 결국 어느 쪽이 진짜인지 혼동할 수밖에 없다.

헤스터와 만나고 몹시 흥분한 딤스데일은 평소와 달리 기운이 넘쳐서 잰걸음으로 마을로 향했다. 숲에 난 오솔길은 어째서인지 마을에서 나갈 때보다 성가신 자연물이 늘어난 듯했고, 그때보다도 인간의 발에 다져지지 않은 듯 거칠게 느껴졌다. 그러나 그는 고인 물을 껑충 뛰어넘고 자꾸 들러붙는 덤불을 헤쳐가며 비탈을 오르고 분지로 뛰어 내려가면서 스스로도 놀랄 만큼 지치지 않고 활력 있게 모든 장애물을 금세 극복했다. 불과 이틀 전에 똑같은 길을 얼마나 기운 없이 걸었는지, 몇 번이나 멈춰 서서 숨을 골랐는지 기억조차 나지 않았다. 마을에 가까워지자 익숙한 사물들이 보이면서 변화가 실감되었다. 그가 이곳을 떠난 게 어제나 그제, 그 전날이

아니고 며칠 전, 아니 수년 전인 것만 같았다. 사실 거리는 그
가 기억하는 그대로였고 박공의 개수도 그대로였으며 풍향
계도 그가 기억하는 곳에 그대로 달려 있었다. 그럼에도 무언
가가 바뀌었다는 묘한 생각이 머리를 떠나지 않았다. 그가 만
나는 사람들과 이 작은 마을의 익숙한 생활상도 마찬가지였
다. 그렇다고 그들이 더 늙거나 젊어 보이는 건 아니었다. 노
인들의 수염이 더 하얗게 셌다거나 어제까지 기어다니던 아
기가 두 발로 걷는 것도 아니었다. 엊그제 이곳을 떠날 때 보
았던 사람들의 어떤 점이 달라졌는지는 딱히 설명할 수 없었
다. 그럼에도 그의 가장 깊은 의식은 그들이 달라졌다고 느꼈
다. 예배당 담장 아래를 지날 때 이런 느낌은 가장 뚜렷해졌
다. 교회 건물이 너무나 낯설면서도 낯익어서 딤스데일은 전
에 본 것이 꿈이었는지 아니면 지금 꿈을 꾸고 있는 것인지
혼란스러웠다.

　다양한 형태로 나타난 이 현상은 외형적인 변화가 아니라
익숙한 현상을 바라보는 이의 마음에 갑작스레 일어난 중요
한 변화를 의미했다. 불과 하루의 시간이 그의 의식에서는 몇
년의 시간처럼 흘러간 셈이었다. 목사 자신의 의지와 헤스터
의 의지, 그리고 둘 사이에서 생겨난 운명이 이 엄청난 변화
를 가져왔다. 이곳은 전과 똑같은 마을이었지만 숲에서 돌아
온 목사는 같은 사람이 아니었다. 지인이 인사를 건넸더라면
그는 이렇게 말했을지도 모른다.

　"나는 당신이 생각하는 그 사람이 아니에요! 그 사람은 저

기 숲속에 있는 아무도 모르는 골짜기의 우울한 냇가에, 이끼 덮인 나무둥치 옆에 버리고 왔답니다! 당신네 목사를 찾으려면 거기로 가보세요. 뺨이 홀쭉하고 창백한 이마에 고통의 주름이 진 여윈 목사가 벗어놓은 옷처럼 널브러져 있는지 찾아보라고요!"

그의 친구들은 틀림없이 이렇게 우길 것이다.

"당신이 바로 그 사람이잖아요!"

그렇다 해도 틀린 쪽은 그의 친구들이지 그가 아니었다.

딤스데일이 집에 닿기 전까지 그의 내면에 있는 사내는 그에게 사고와 감정의 영역에 혁명적인 변화가 일어났음을 보여주는 다른 증거들을 제시했다. 실로 충격에 휩싸인 이 불운한 목사가 지금 느끼는 충동은, 내면의 왕국을 다스리는 왕조와 도덕률이 완전히 바뀌었다고밖에 설명할 길이 없었다. 그는 걸음을 옮길 때마다 기이하고 무모하며 사악한 짓을 하고픈 충동이 들었다. 그것은 저절로 일어나는 동시에 의도적인 충동이었고 이를 거부하는 자아보다 심오한 자아에게서 나오는 것이었다. 예를 들어 자기 교회의 집사 중 한 명을 만났을 때 이 선량한 노인은 많은 나이와 곧고 신실한 인품, 교회에서의 지위에 걸맞게 아버지 같은 애정과 원로의 특권으로 목사를 대했다. 또한 직업적으로나 개인의 성품으로나 목사에게 마땅히 보여야 하는 숭배에 가까운 경의를 표하기도 했다. 지혜와 위엄을 지닌 위풍당당한 노인이, 마치 사회적 지위와 교육 수준이 낮은 사람이 높은 사람을 대하듯이 자연스럽게 순종과 존경을 보이는 사례로 이보다 아름다운 것은 찾아볼 수 없을 정도였다. 그러나 딤스데일 목사는 백발의 수염을 기른 이 훌륭한 집사와 잠깐 대화를 나누는 사이에 성찬에 관해 불경스러운 말이 올라오는 것을 간신히 참았다. 행여 혀가 마음대로 움직여 이 끔찍한 말을 내뱉고 자신이 동의하지 않았는데도 주인이 허락했다고 주장할까 싶어 몸이 떨리고 얼굴이 백지장처럼 창백해졌다. 게다가 이렇게 겁에 질린 상황에서도 목사라는 사람이 그 불경한 말을 했더라면 저 경건한 원로 집사가 얼마나 당황했을까 상상하니 웃음을 참기 힘들었다!

비슷한 일이 또 있었다. 서둘러 걸어가던 딤스데일 목사는 자기 교회에서 가장 나이 많은 여자 신도를 마주쳤다. 누구보다도 신실하고 모범적인 과부였다. 이 가난하고 외로운 노부인의 가슴은 저마다의 이야기를 품은 묘비로 가득한 묘지처럼 죽은 남편과 자식들, 오래전에 숨진 친구들을 향한 그리움으로 가득했다. 다른 사람에게는 무거운 슬픔이었을 이 모든 추억이 30년 넘게 꾸준히 성서를 들여다보며 그 안에서 위안과 진리를 얻은 이 독실한 노부인에게는 신성한 기쁨에 가까워져 있었다. 천상의 위안을 차치하고는 지상에서 위안을 얻을 수 없었지만, 딤스데일 목사의 신도가 되고부터 담임 목사를 우연히든 일부러든 만나서 그 귀한 입술에서 나오는 따뜻하고 향기롭고 천상의 숨결을 담은 복음의 진리를 어두운 귀로나마 황홀하게 경청하는 것을 그녀는 유일한 위안으로 삼았다. 그러나 이번에 딤스데일은 이 노부인의 귀에 입술을 가까이 댈 때까지 성경 구절은 한마디도 떠올릴 수 없었고 영혼의 불멸성을 부인하는 짧고 함축적이며 그로서는 반박할 수도 없을 듯한 주장만 떠올랐다. 영혼의 사악한 적이 바랄 법한 일이었다. 그런 주장이 이 나이 많은 자매의 머리에 고스란히 주입되었다면 그녀는 진한 독약을 마신 듯 그 자리에서 고꾸라져 죽었을 것이다. 자신이 실제로 뭐라고 속삭였는지 목사는 아무리 기억을 더듬어봐도 떠오르지 않았다. 어쩌면 다행히도 횡설수설하는 바람에 선량한 과부가 분명하게 알아듣지 못했거나 하느님이 나름의 방식으로 해석해서 전달했는지도 모른다. 분명한 사실은 목사가 뒤돌아보았을 때 잿빛으로 창백해진 노부인의 쭈글쭈글한 얼굴에 거룩한 성 예루살렘의 광휘와도 같은 신성한 감사와 환희의 표정이 보였다는 것이다.

또 다른 일도 있었다. 목사는 이 늙은 신도와 헤어진 뒤 이번에는 가장 나이 어린 신도를 마주쳤다. 딤스데일 목사가 밤을 새운 다음 날인 안식일에 그의 설교를 듣고 마음을 빼앗겨 새로이 신도가 된 젊은 여성이었다. 그녀는 덧없는 세속의 쾌락을 버리고, 주변 삶이 어두워질 때 밝은 빛을 드리워주며 완전한 어둠조차도 하느님의 영광으로 빛내는 천국의 희망을 얻고자 신앙의 길로 들어섰다. 에덴동산에 핀 백합처럼 예쁘고 순수한 아가씨였다. 목사는 자신이 이 여인의 순결한 마음속 성소를 차지한 채 순백의 커튼에 에워싸여 종교에 사랑의 온기를 더하고 사랑에 종교적 순수를 더하고 있음을 잘 알았다. 그날 오후 이 가엾은 여인을 어머니의 품에서 불러내 유혹에 빠진, 아니 길을 잃고 무모해진(이렇게 말하는 편이 낫지 않을까?) 사내 앞에 던져놓은 것은 사탄의 소행이 분명했다. 그녀가 가까이 오자 사탄은 목사에게 곧 어두운 꽃을 피우고 때가 되면 검은 열매까지 맺을 수 있는 악의 씨앗을 조그맣게 뭉쳐 그녀의 여린 가슴에 떨어뜨리라고 속삭였다. 목사는 자신을 굳게 믿는 이 순결한 영혼에게 그만큼 막대한 영향을 미칠 수 있는 존재였기에 사악한 눈길 한 번으로 순수의 들판을 망가뜨리고 말 한마디로 그 반대의 작물을 자라게할 수도 있다고 느꼈다. 그래서 어느 때보다도 절박하게 성직자복을 올려 얼굴을 가리고는 그 무례한 행동의 의미를 젊은 자매가 알아서 해석하도록 두고 못 본 척 걸음을 재촉했다. 그녀는 주머니나 반짇고리처럼 무해하고 하찮은 것들로 가득한 자신의 양심을 열심히 뒤지며 가엾게도 수백 가지 잘못을 상상했다! 그리고 이튿날 아침 눈이 퉁퉁 부은 채로 집안 일을 시작했다.

이 마지막 유혹을 물리친 승리를 자축할 새도 없이 목사는 또 다른 충동, 전보다 터무니없고 경악스러운 충동에 휩쓸렸다. 얘기하기도 부끄러운 일이지만 길에서 놀고 있는, 이제 겨우 말을 시작한 어린 청교도 아이들을 보고는 걸음을 멈추고 못된 말을 가르치고 싶은 마음이 들었던 것이다. 자신이 입은 옷을 봐서라도 그렇게 별난 짓은 할 수 없다며 유혹을 물리쳤지만 그다음에는 술 취한 뱃사람을 마주쳤다. 스페인 령에서 왔다는 바로 그 배의 선원이었다. 지금까지 온갖 사악한 충동을 단호하게 뿌리친 딤스데일은 하다못해 타르를 잔뜩 묻힌 이 무뢰한과 악수를 하고 방종한 뱃사람들처럼 상스러운 농담을 주고받으며 노골적이고 속 시원하게 하느님을 모독하는 걸쭉한 욕설을 한바탕 퍼붓고 싶었다! 이 위기마저 무사히 넘긴 것은 고귀한 신념 때문이 아니라 한편으로는 타고나길 품위 있는 성품 때문이었고 더 큰 이유는 성직자의 예절이 몸에 배어 있었기 때문이다.

마침내 그는 길에서 잠시 걸음을 멈추고 손으로 이마를 치며 혼자 소리쳤다.

"대체 무엇이 이토록 끈질기게 나를 따라다니며 유혹하는 걸까? 내가 미친 걸까? 아니면 악마에게 완전히 넘어간 걸까? 숲에서 악마와 계약을 맺고 내 피로 서명이라도 한 것일까? 그래서 지금 악마가 못된 상상력을 동원해 온갖 사악한 짓을 요구하며 그 계약을 이행하라는 건가?"

딤스데일 목사가 손으로 이마를 치며 이렇게 혼잣말을 하는 순간, 마녀로 알려진 늙은 히빈스 부인이 그 옆을 지나고 있었다고 전해진다. 그녀는 무척 위엄 있는 모습이었다. 머리에는 높은 장식을 쓰고 풍성한 벨벳 드레스를 입었으며, 그녀의 특별한 친구인 앤 터너가 토머스 오버베리 경의 살해에 가담한 죄로 교수형을 당하기 전에 비법을 알려주었다는, 그 유명한 노란 풀을 먹인 주름 깃도 둘렀다. 마녀는 목사의 마음을 읽었는지 우뚝 걸음을 멈추고 그의 얼굴을 날카롭게 노려보며 교활한 미소를 지었다. 원래 그녀는 목사들과 얘기를 나눌 일이 없었지만 어쩐 일인지 이번에는 목사를 향해 높은 머리 장식을 까딱이며 말을 걸었다.

"목사님, 숲에 다녀오는 길인가보네요. 다음엔 나한테 미리 귀띔해주면 영광으로 알고 함께 가줄게요. 잘난 척하는 건 아니지만 내가 말을 잘하면 목사님도 잘 아는 그 숲의 지배자에게 아무리 낯선 사람이라도 그럴듯한 환영을 받을 수 있거든요!"

예절이 몸에 밴 목사는 이 여인의 신분에 걸맞게 공손히 대꾸했다.

"제 양심과 인격을 걸고 솔직하게 말씀드리면 저는 부인께서 무슨 말씀을 하시는 건지 전혀 모르겠습니다! 저는 그곳의 지배자를 만나러 간 게 아니고 앞으로도 그런 인물의 환영을 얻기 위해 숲에 갈 계획이 전혀 없습니다. 제 신실한 친구인 엘리엇 전도사를 만나 수많은 영혼을 개종시킨 것을 축하하기 위해 갔답니다!"

"하하하!"

늙은 마녀는 또 한 번 목사를 향해 높은 머리 장식을 까딱이며 웃음을 터트렸다.

"그래요. 낮에는 그렇게 얘기해야겠죠! 제법 노련하게 시치미를 떼네요! 하지만 한밤에 그 숲에서 다른 얘기를 해보자고요!"

그녀는 나이에 걸맞게 점잖은 태도로 다시 걸음을 옮겼지만 이따금 고개를 돌려 그에게 내밀한 친분을 인정받으려는 사람처럼 미소 지었다.

목사는 생각했다. '그렇다면 내가 악마에게 영혼을 판 것인가! 사람들 말이 사실이라면 저 누런 주름 깃을 달고 벨벳 옷을 입은 노파가 자신의 왕이자 주인으로 선택했다는 그 악마에게!'

가련한 목사! 사실 그는 그와 아주 비슷한 거래를 한 셈이었다! 행복한 꿈에 현혹되어 이제까지 대죄로 알고 참아온 것을 무모하게 선택해버리지 않았는가. 그리고 그 죄의 독이 전염병처럼 그의 도덕 체계에 빠르게 퍼져나갔다. 이는 축복받은 충동을 모두 마비시키고 온갖 나쁜 충동을 생생히 깨워 놓았다. 경멸, 원한, 괜한 악의, 불필요한 심술, 선하고 신성한 모든 것을 조롱하고픈 충동, 이 모든 것이 깨어나 그를 위협하는 동시에 유혹했다. 히빈스 부인과의 만남이 실제로 일어난 일이라면 이는 목사가 사악한 인간들과 타락한 영혼들의 세계와 내통하며 손을 잡게 되었음을 증명할 따름이다.

이제 목사는 묘지 끝자락에 있는 거처에 이르러 서둘러 계단을 올라 서재로 피신했다. 여기까지 오는 길에 끊임없이 그를 밀어붙인 기이하고 사악한 충동에도 끝내 본모습을 드러내지 않고 은신처에 도달했다는 생각에 마음이 놓였다. 익숙한 방으로 들어온 그는 책과 창문, 난로, 태피스트리로 위안을 주는 벽들을 둘러보면서 숲의 골짜기에서부터 마을을 지나 여기까지 걸어오는 내내 그를 괴롭히던, 세상 모든 것이 낯설게 느껴지던 기분을 또 한 번 느꼈다. 그는 이곳에서 연구하고 글을 썼다. 이곳에서 금식과 철야 기도를 하며 초주검이 되기도 했다. 이곳에서 필사의 기도를 하고 이곳에서 오만 가지 고통을 견디지 않았는가! 의미로 가득한 옛 히브리어 성경 속에서 모세와 예언자들이 그에게 말을 걸어왔고 이를 통해 신의 음성을 듣지 않았는가! 탁자 위에는 이틀 전에 생각이 막혀 문장을 미처 끝내지 못한 채로 남겨놓은 설교문이 잉크 묻은 펜과 나란히 놓여 있었다. 이런 모든 일을 행하고 견딘 사람, 총독 당선을 축하하는 설교문을 여기까지 쓴 사람이 여위고 창백한 목사 자신이라는 것을 그는 알고 있었다. 그러나 지금은 한 발짝 떨어진 곳에 서서 경멸과 연민, 그리고 부러움 섞인 호기심을 느끼며 과거의 자신을 바라보는 것 같았다. 이제 그 사람은 없었다. 숲에서 돌아온 것은 다른 사람이었다. 더 많은 것을 알게 된 사람. 순진했던 과거의 자신이 닿을 수 없던 비밀을 접한 사람. 이 얼마나 비통한 깨달음인가!

이러한 생각에 빠져 있을 때 누군가가 서재 문을 두드렸다. 목사가 소리쳤다.

"들어오세요!"

얼핏 악령을 보게 될지도 모른다는 생각이 머리를 스쳤다. 그리고 그 생각은 현실로 나타났다! 늙은 로저 칠링워스가 들어온 것이다. 목사는 하얗게 질린 얼굴로 히브리어 성서에

한 손을 얹고 다른 손으로는 가슴을 움켜쥔 채 말없이 서 있었다.

의사가 말했다.

"돌아오셨군요, 목사님. 신실하신 엘리엇 전도사님은 어떻게 지내십니까? 그나저나 안색이 좋지 않네요. 황무지를 다녀온 게 무리가 되었나봅니다. 취임 축하 설교를 하려면 기운을 차리셔야 할 텐데 제 도움이 필요하지 않겠습니까?"

"아닙니다, 괜찮습니다. 오랫동안 서재에 틀어박혀 있다가 먼 길을 가서 신실한 전도사님을 보고 신선한 공기도 마셨더니 몸이 좋아진 것 같습니다. 선생님께서 정성스레 지어주는 약이 좋다는 건 알지만 이제는 필요 없을 것 같습니다."

딤스데일 목사가 대답하는 내내 로저 칠링워스는 환자를 살피는 의사답게 진지하고 관심 있는 얼굴로 그를 바라보았다. 그러나 목사는 표면적인 모습이 어떻든 이 노인이 자신과 헤스터 프린이 만난 것을 알고 있거나 적어도 강하게 의심하고 있다고 확신했다. 그렇다면 이 의사는 목사가 자신을 신뢰하는 친구가 아니라 가장 비통한 원수로 여긴다는 것도 알았으리라. 이 정도로 들통이 났다면 조금이라도 표현하게 되는 게 자연스럽지 않은가. 그러나 이상하게도 말로 표현하기까지 꽤 오랜 시간이 걸리는 일도 있다. 그리고 두 사람이 어떤 주제를 피하기로 마음먹었다면 아주 가까이 갔다가도 위험을 모면하기 위해 끝내 건드리지 않고 물러나기도 한다. 따라서 목사는 로저 칠링워스가 그들의 바뀐 입장을 말로 표출할 거라는 걱정은 하지 않았다. 그러나 의사는 음흉한 방식으로 그 비밀에 위험하리만치 가까이 갔다.

"오늘 밤에는 저의 미천한 의술을 이용하시는 게 좋지 않을까요? 축하 설교를 위해서는 아무리 힘들어도 목사님의 원기를 끌어올려야 하니까요. 사람들의 기대가 클 겁니다. 내년에 목사님을 잃지 않을까 다들 걱정하는 모양입니다."

목사는 체념 섞인 경건한 어조로 대답했다.

"네, 다른 세상으로 갈까봐 걱정하겠지요. 부디 나은 세상이길. 솔직히 말씀드리면 저 역시 한 해의 덧없는 계절들을 제 신도들과 함께 지내기는 힘들 거라 생각합니다! 하지만 지금 제 몸에는 선생님의 약이 필요치 않습니다."

"그런 얘기를 들으니 기쁘군요. 그렇다면 오랫동안 효과가 없던 저의 치료가 이제야 효과를 내는 모양입니다. 치료가 성공했다니 저로서는 행복할 따름입니다. 뉴잉글랜드 전체가 감사할 일이지요!"

"빈틈없이 보살펴주신 선생님께 진심으로 감사드립니다. 훌륭한 일을 해주셨으니 제 기도로 갚아야 할 것 같군요."

딤스데일 목사는 음울한 미소를 지었다.

"훌륭하신 분의 기도는 황금에 버금가는 보상이지요! 실로 하느님의 각인이 찍힌 새 예루살렘의 금화와도 같습니다!"

로저 칠링워스 노인은 이렇게 말하며 방을 나갔다.

혼자 남은 목사는 집 안의 하인을 불러 음식을 요청했고 음식이 나오자 게걸스럽게 먹어치웠다. 그런 뒤 지금까지 써놓은 축하 설교문을 난롯불에 던져 넣고 새로 쓰기 시작했다. 마치 계시라도 받은 듯 막힘없이 흘러나오는 생각과 감정을 써 내려갔다. 다만 하느님이 어째서 이처럼 장엄하고 엄숙한 신탁의 음악을 자신처럼 타락한 풍금으로 전달하려는 것일까 의아했다. 그러나 그런 수수께끼는 저절로 풀리든 영원히 풀리지 않든 상관하지 않고 열의와 환희에 휩싸여 할 일을 해나갔다. 밤이 날개 달린 말이 되어 빠르게 그를 태우고 지나갔고 어느덧 커튼 사이로 여명이 수줍은 듯 빼꼼히 얼굴을 내밀었다. 마침내 햇살이 서재 안에 황금빛 광선을 드리워 눈이 부실 때까지 목사는 여전히 손에 펜을 쥐고 있었고 이제 헤아릴 수 없이 방대한 글이 쓰여 있었다!

제21장 뉴잉글랜드의 경축일

    주민들이 뽑은 공직을 새 총독이 넘겨받는 날 아침, 헤스터 프린과 어린 펄은 장터에 들어섰다. 이미 그곳은 수많은 장인과 주민으로 복작거렸고, 이 작은 식민지 도시를 에워싼 삼림지 부락에서 온 듯 사슴 가죽으로 만든 옷을 입은 거칠고 험악한 이들도 많이 섞여 있었다.

    지난 7년 동안 행사가 있을 때마다 그랬듯이 이번 경축일에도 헤스터는 거친 천으로 지은 회색 옷을 입었다. 수수한 색깔 때문이기도 했지만 뭐라 설명할 수 없는 특이한 양식이 그녀의 윤곽마저 눈에 띄지 않게 묻는 듯했다. 그러나 주홍 글자가 그녀를 흐릿한 중간 지대에서 끌어내 도덕적 계몽의 빛을 드리웠다. 마을 사람들에게 오래전부터 친숙해진 그녀의 얼굴은 평소 보던 대로 대리석처럼 차분했다. 가면 같기도 했지만 그보다는 죽어서 차갑게 군은 여인의 평온한 얼굴에 가까웠다. 이처럼 음산한 얼굴을 하게 된 것은 헤스터가 동정을 기대할 수 없다는 점에서 죽은 존재와 다를 바 없으며 아직 세상에 속해 있는 듯 보이지만 사실은 이미 세상에서 떨어져 나왔기 때문이다.

이날만큼은 이전에 볼 수 없던 표정이 나타났을 수도 있지만, 그랬다고 해도 쉽게 감지할 정도로 뚜렷하지 않았을 것이다. 초인적인 능력자가 먼저 마음을 읽은 뒤에 얼굴과 표정에서 그에 걸맞은 징후를 찾는다면 모를까. 이렇게 정신을 꿰뚫어 보는 사람이라면 대중의 시선을 필연이요, 속죄이며 엄격한 종교처럼 견뎌야 하는 의무로 여기고 7년을 괴롭게 버틴 그녀가 오랜 고통을 모종의 승리로 바꾸기 위해 마지막으로 한 번 더 자진해서 그 시선을 한껏 마주하고 있다는 사실을 알아차렸으리라. 사람들이 대중의 희생자이자 평생 노예로 여긴 그녀는 그들에게 이렇게 말하고 싶었는지도 모른다.

"이 주홍 글자와 그 주인을 마지막으로 실컷 봐두세요! 곧 이 여자는 당신들이 볼 수 없는 곳으로 사라질 테니까! 몇 시간만 있으면 당신들이 그녀의 가슴에서 타오르게 한 이 상징이 알 수 없는 심해 속으로 영원히 사라질 거예요!"

또한 헤스터가 자신의 존재와 깊이 얽힌 고통에서 벗어나려는 이 순간에 회한에 휩싸였다고 해도 인간 본성에 모순되는 일이라 할 수 없을 것이다. 여자로 살아온 세월 동안 끊임없이 맛봐야 했던 쑥과 알로에의 고배를 마지막으로 단숨에 들이켜 비우고 싶은 욕구가 강렬하게 솟구친 것은 아닐까? 앞으로 그녀의 입술을 적실 생명의 포도주는 무늬를 새긴 금빛 잔에 담겨 있어야 하며 향긋하고 달콤하면서도 원기를 북돋워주어야 할 것이다. 그러지 않으면 지금까지 억지로 마신 그 쓰디쓴 찌꺼기가 남아 가장 강력한 강장제를 마신 듯 피할 수 없이 우울한 무기력의 상태에 빠질 테니까.

펄은 산뜻하고 화려한 옷을 입고 있었다. 햇살처럼 빛나는 이 요정이 저 우울한 잿빛 형체에서 나왔다고 누가 짐작할 수 있을까. 이런 옷을 구상하려면 우아하면서도 섬세한 상상력이 필요했을 텐데, 그런 상상력이 헤스터의 수수한 옷에 독특한 특징을 더한, 아마도 좀 더 어려웠을 일을 구상한 머리에서 나왔다고 짐작하기도 쉽지 않으리라. 어린 펄에게 너무도 잘 어울리는 드레스는 아이의 성격이 저절로 흘러나와 구현된 결과물인 듯 보였다. 나비의 날개에서 다채로운 빛깔을 분리할 수 없듯이, 환한 꽃잎에서 아름다운 색감을 분리할 수 없듯이 아이에게서 뗄 수 없는 특징처럼 보였던 것이다. 나비와 꽃의 색깔이 그러듯 펄의 옷도 그 애의 본성과 혼연일체를 이루었다. 게다가 오늘 같은 축제일이면 펄은 기이하리만치 들뜨고 동요해서 심장박동과 함께 광채를 뿜어내는 다이아몬드를 가슴에 붙이고 있는 듯 보였다. 아이들은 늘 가까운 가족의 흥분에 동조하게 마련이다. 언제나 그렇지만 집 안에 어떤 식으로든 문제가 생기거나 큰 변화가 임박했을 때는 유난하다. 따라서 엄마의 불안한 가슴에 달린 보석과 같은 존재인 펄은 헤스터의 대리석 같은 이마에서 아무도 감지하지 못한 감정을 영혼의 춤사위로 드러내고 있었다.

흥분으로 활력이 넘치는 펄은 엄마의 옆에서 걷는다기보다는 새처럼 날아가는 듯했다. 끊임없이 알아들을 수 없는 괴성을 질렀고 가끔은 높은 소리로 노래를 흥얼거렸다. 장터에 도착해 그곳을 가득 메운 떠들썩한 소요를 보는 순간 더욱더 어쩔 줄 몰라 했다. 평소 장터는 마을 상거래의 중심지라기보다는 예배당 앞에 넓게 펼쳐진 한적한 풀밭에 가까웠기 때문이다. 아이가 소리쳐 물었다.

　"와, 이게 다 뭐야, 엄마? 왜 사람들이 오늘 일도 안 하고 모였을까? 온 세상이 다 노는 날이야? 봐, 저기 대장장이도 있잖아! 검댕이 묻은 얼굴을 깨끗이 씻고 주일에나 입는 옷을 입었어. 누가 방법을 가르쳐주기만 하면 흥겹게 즐길 것 같은데! 그리고 저기 교도관인 브래킷 할아버지가 나한테 고개를 까닥하며 웃고 있어. 왜 그러는 거야, 엄마?"

　"너의 아기 때 모습이 떠올라서 그럴 거야."

　헤스터가 대꾸했다.

　"그래도 나한테 그러면 안 되지. 시커멓고 음침한 데다 눈도 못생겼는데! 엄마한테나 인사하라지. 엄마는 회색 옷에 주홍 글자도 달고 있으니까. 그런데 엄마, 모르는 사람이랑 인디언이랑 선원이 얼마나 많은지 봐! 저 사람들은 여기 장터에 왜 온 거야?"

　"행렬이 지나가는 걸 구경하려고 기다리는 거야. 총독님과 판사님들이 지나갈 거거든. 목사님들과 다른 훌륭하신 분들, 선량한 분들도 군악대와 군인을 앞세우고 행진할 거야."

그러자 펄이 물었다.

"그럼 우리 목사님도 오셔? 그리고 엄마가 냇가에서 나를 데려갔을 때처럼 오늘도 목사님이 나한테 손을 내밀까?"

"목사님도 오실 거야. 하지만 오늘은 너한테 인사하지 않으실 거야. 너도 목사님께 인사하면 안 돼."

"목사님은 참 이상하고 슬픈 분이야!"

아이가 혼잣말처럼 말했다.

"컴컴한 밤에 우리더러 오라고 해서 엄마랑 나의 손을 잡고 저기 처형대에 서 있게 했잖아. 그리고 오래된 나무들과 조각난 하늘만이 우리를 보고 우리 얘기를 들을 수 있는 깊은 숲 속에서는 엄마랑 이끼 더미 위에 앉아 얘기도 했잖아! 내 이마에 냇물로도 안 씻기는 입맞춤까지 해놓고! 그런데 이렇게 환한 대낮에 많은 사람이 모인 곳에서는 우리를 모른 척하고 우리도 모른 척해야 한다니! 늘 한 손을 가슴에 얹고 다니는 것까지 참 이상하고 슬픈 분이야!"

"조용히 해, 펄! 넌 아직 몰라서 그래. 목사님 생각은 그만하고 주위를 봐. 오늘 사람들의 얼굴이 얼마나 밝은지 보렴. 학교에 다니는 아이들이나 일터와 들에서 일하던 어른들도 모두 즐기러 나왔잖아. 오늘부터 새로운 분이 우리를 이끌어주실 거거든. 그래서 처음 국가가 생겼을 때부터 인류가 해오던 것처럼 모두가 즐거워하고 기뻐하는 거란다. 이제 오래된 세상을 떠나보내고 멋진 황금빛 시대를 맞는다는 의미거든!"

헤스터가 말한 대로 사람들의 얼굴에는 평소와 달리 즐거운 빛이 가득했다. 청교도들은 지난 두 세기 동안 줄곧 그랬듯이 나약한 인간에게 허락해도 좋을 만큼의 웃음과 쾌락을 1년 중 오늘 같은 축일에 몰아서 즐겼다. 따라서 평소의 먹구름을 어느 정도 걷어낸 오늘 하루만큼은 그나마 다른 대다수 공동체에서 모두가 힘겨운 시기를 견딜 때보다 딱히 침울해 보이지 않았다.

그러나 우리가 그 시대의 분위기와 풍습을 잿빛이나 암갈색으로 묘사하는 것은 과장일지도 모르겠다. 이때 보스턴의 장터에 모인 사람들은 태생적으로 청교도의 우울한 분위기를 물려받지 않았다. 그들의 고향은 영국이고 그들의 부모는 밝고 풍요로운 엘리자베스 여왕 시대를 누렸던 것이다. 그 시대의 영국 전체를 보면 세계에서 유례를 찾아볼 수 없을 만큼 위풍당당하고 기쁨이 넘쳤다. 뉴잉글랜드 이주민이 선조의 취향을 물려받았다면 모든 중요한 공식 행사를 모닥불과 연회, 야외극, 행렬로 장식했을 것이다. 성대한 의식을 치를 때에도 엄숙한 분위기에 유쾌한 오락을 적당히 배합하고 온 국민이 축제 때 입는 장엄한 의복에 기괴하면서도 화려한 자수를 놓는 일도 가능했을 것이다. 식민지 정치의 새로운 한 해가 시작되는 날을 축하하는 이 행사에서도 이런 시도가 어렴풋이 엿보였다. 우리 선조들이 연례 행정관 취임식을 위해 준비한 풍습에서 다소 어두워진 과거의 화려함을, 훨씬 밋밋하고 묽어지긴 했지만 자랑스러운 런던에서 보았던 행사, 국왕의 대관식까지는 아니더라도 시장 취임식 같은 행사의 흔적을 찾아볼 수 있을 것이다. 정치인과 목사, 군인이던 우리 연방국의 선조들과 설립자들은 표면적인 위엄과 권위를 갖춰야 한다고 여겼고, 이러한 생각이 그 시대의 양식에 따라 공적인 명성이나 사회적 지위를 나타내는 의복에 드러났다. 이런 사람들이 모두 나와 대중이 보는 앞에서 행렬을 함으로써 새로 구성된 정부의 단순한 뼈대에 요구되는 위엄을 부여했다.

또한 평소 그들은 갖가지 노동에 종교만큼이나 엄격하게 전념할 것을 요구했지만 이날만큼은 잠시 쉬는 것을 장려하지는 않아도 묵인해주었다. 사실 엘리자베스 시대나 제임스 시대에 영국에서는 쉽게 즐길 수 있던 오락거리가 이곳에는 하나도 없었다. 연극 같은 저속한 볼거리도, 하프를 연주하며 민요를 부르는 음유시인도 없었다. 음악에 맞춰 춤추는 원숭이를 데리고 다니는 방랑 가객이나 눈속임으로 마법사 흉내를 내는 재주꾼도 없었다. 수백 년 된 농담으로도 많은 사람에게 유쾌한 공감을 끌어내 웃음을 안기는 어릿광대도 없었다. 이처럼 다양한 방식으로 대중에게 즐거움을 주는 일에 종사하는 사람들을 크게 억압한 것은 엄격한 법률만이 아니었다. 그런 법이 유지되도록 만드는 대중의 정서도 큰 역할을 했으리라. 그럼에도 선량하고 정직한 이들의 얼굴에는 조금 어둡긴 해도 함박웃음이 떠올랐다. 이 식민지 주민들이 오래전 영국의 시골 축제나 마을 공터에서 보고 즐기던 운동경기를 전혀 누리지 못한 것은 아니었다. 이런 경기는 그들에게 꼭 필요한 용기와 기상을 위해 새로운 땅에서도 명맥을 이어가야 한다고 여겨졌다. 콘월식이니 데번식이니 하는 다양한 힘겨루기를 장터 곳곳에서 볼 수 있었다. 한쪽 구석에서는 육척봉 친선경기가 열렸다. 이 이야기에 여러 번 등장한 처형대 위에서 호신술 사범 둘이 둥근 방패와 날이 넓은 칼로 시합을 벌이는 광경은 가장 큰 이목을 끌었다. 그러나 이 정화의 장소가 이런 식으로 오용되어 법의 권위가 실추되는 모습을 묵인할 수 없던 마을 관리가 시합을 제지하자 사람들은 실망감을 감추지 못했다.

전반적으로 금욕적인 시대의 초기에 속해 있고 과거에 즐길 줄 알던 사람들의 자식이던 그들은 경축일을 즐기는 면에서 후대보다 훨씬 나았대도 과언이 아니다. 우리처럼 먼 후손과 비교해도 마찬가지다. 그들의 자식, 그러니까 초기 이주민의 바로 다음 세대는 가장 어두운 청교도의 색을 띠었고, 그 빛깔이 너무도 어두워서 오랜 세월이 지난 지금까지도 온전히 씻기지 않았다. 그 덕분에 우리는 오래전에 잊힌 즐기는 법을 새로이 배워야 하는 처지다.

그 장터에 펼쳐진 풍속화는 전반적으로 영국 이주민의 색깔인 서글픈 회색이나 갈색, 검은색을 띠었지만 다른 여러 빛깔이 활기를 더해주었다. 청교도보다도 엄숙하고 굳은 표정으로 저희끼리 조금 떨어진 곳에 서 있는 야만적인 인디언 무리는 기이하게 수놓은 사슴 가죽 옷에 조개껍질로 만든 띠를 두르고 빨간색과 노란색 염료와 깃털로 화려하게 장식한 데다 활과 화살, 석창으로 무장하고 있었다. 이 인디언들도 야수성을 간직했지만 이 그림에서 가장 거친 이들은 따로 있었다. 이런 영광을 돌리기에 더 적절한 주인공은 취임식의 재미난 볼거리를 구경하려고 상륙한 뱃사람, 즉 스페인령에서 온 배의 선원 일부였다. 인상이 험상궂은 이 무법자들은 햇빛에 그을린 얼굴에 기르는 수염이 텁수룩했다. 통이 넓고 짧은 바지를 허리띠로 고정하고 여기에 금 고리를 달기도 했으며, 모두가 긴 칼을 찼고 단검을 찬 사람도 있었다. 종려 잎으로 만든 모자의 넓은 챙 밑에서 번뜩이는 눈은 기분이 좋을 때조차도 맹수의 사나운 빛을 드러냈다. 그들은 다른 사람들이 모두 따르는 규범을 두려움도 양심도 없이 어기기 일쑤였다. 마을 주민은 담배 한 모금에 벌금 1실링을 물어야 했지만 이들은 관리 코앞에서 버젓이 담배를 피웠다. 휴대용 술병에 담아 온 포도주나 독주를 마음대로 마실 뿐 아니라 입을 헤벌리고 쳐다보는 사람들에게 서슴없이 권했다. 우리는 그 시대가 엄격했다고 하지만 뱃사람들이 육지에 와서 이상한 짓을 하고 바다에서는 훨씬 기막힌 짓을 서슴지 않았다는 점으로 당시의 도덕 체계가 얼마나 불완전했는지 알 수 있다. 지금 같으면 그 시절의 뱃사람은 해적으로 몰렸을 것이다. 이곳에 모인 선원도 당시 뱃사람에 비하면 그리 지독한 편이 아니었음에도 스페인 상선을 약탈했을 게 분명하고, 이런 죄는 오늘날 법정이라면 모두 목이 날아갔을 만큼 치명적인 것이었다.

그러나 그 옛날의 바다는 제멋대로 들썩이고 넘실거리며

거품을 일으키거나 모진 폭풍우에만 순종할 뿐 인간의 법에는 좀처럼 규제당하려 들지 않았다. 파도에 몸을 맡긴 해적도 원한다면 언제든 그 직업을 버리고 육지에서 정직하고 경건하게 살 수 있었다. 게다가 그렇게 무모한 삶을 사는 그들과 거래하거나 가볍게 어울리는 것이 불명예로 여겨지지도 않았다. 따라서 검은 망토에 풀 먹인 띠를 두르고 높은 모자를 쓴 청교도 원로들은 이 쾌활한 뱃사람들의 시끄럽고 무례한 태도에도 자못 관대한 미소를 지었다. 늙수그레한 의사 로저 칠링워스처럼 평판 좋은 주민이 이 미심쩍은 배의 선장과 친밀하게 대화하며 장터에 들어오는 모습이 보여도 사람들은 놀라거나 수군거리지 않았다.

이 선장으로 말할 것 같으면 수많은 사람이 모인 가운데서도 어디서나 눈에 띌 만큼 요란하고 과감하게 차려입었다. 옷에 리본을 주렁주렁 달았고 금빛 레이스가 달린 모자에 금빛 사슬까지 두른 데다 맨 위에는 깃털을 꽂았다. 허리에는 단검을 찼고 이마에는 칼자국이 있었는데, 머리를 빗은 품새로 보면 숨기기보다는 드러내지 못해 안달하는 듯했다. 육지 사람이 그런 옷차림에 그와 같은 얼굴을 당당하게 드러냈다면 치안판사에게 엄격한 취조를 당할 뿐 아니라 벌금형이나 금고형, 혹은 형틀을 쓰고 사람들 앞에 서 있는 벌을 면치 못했을 것이다. 그러나 이 선장의 차림새는 물고기의 반짝거리는 비늘처럼 고유한 개성으로 여겨졌다.

이 브리스틀행 선박의 선장은 의사와 헤어진 뒤 어슬렁어

슬렁 장터를 돌아다니다가 심드렁하게 헤스터 프린이 서 있
는 곳으로 가서는 그녀를 알아본 듯 주저 없이 말을 걸었다.
늘 그랬듯 헤스터 프린의 주위에는 마법의 원과 같은 작은
공간이 있었다. 사람들은 다닥다닥 붙어 밀치락달치락하면
서도 과감히 그 원으로 들어가거나 그곳을 침범하려 들지 않
았다. 그것은 주홍 글자가 그 운명의 주인을 정신적 고독으로
에워싸고 있었음을 확실하게 보여주는 상징이었다. 헤스터가
군이 나서지 않아서이기도 했지만 마을 사람들이 매정하게
굴지는 않아도 본능적으로 그녀를 피하기 때문이었다. 이번
만큼은 그런 상황이 도움이 되어 헤스터와 뱃사람은 누가 엿
들을 걱정 없이 대화할 수 있었다. 이제는 헤스터 프린에 대
한 대중의 평판이 완전히 달라져서 설사 이런 모습이 보인다
고 해도 마을에서 가장 도덕적이라고 소문난 여성이 똑같은
행동을 했을 때보다 큰 추문을 일으킬 염려는 없었다.

선장이 말했다.

"부인이 처음에 부탁하신 것 외에 침대 하나를 더 준비하라
고 급사에게 지시해야겠네요! 이번 항해에서는 괴혈병이나
발진 티푸스를 걱정할 필요가 없겠습니다! 배에 원래 의사가
있는데 의사 한 명이 더 타게 되었으니 약만 걱정하면 되겠
어요. 스페인 배에서 사들인 약이 배에 아주 많거든요."

헤스터는 놀란 얼굴을 감추지 못했다.

"무슨 말씀이시죠? 태울 사람이 또 있다는 건가요?"

"아니, 모르셨어요? 여기 사는 의사 말입니다. 칠링워스라

고 하던데, 그 사람이 함께 타겠다던데요? 당연히 아시는 줄 알았어요. 그 사람 말이, 부인과 일행이고 그때 말씀하신 그 신사분과 가까운 친구라더군요. 이곳의 고약한 청교도 통치자들 때문에 위험해졌다는 그분 말입니다!"

"두 사람이 서로 잘 아는 사이이긴 하죠."

헤스터는 내심 기겁했지만 애써 차분한 얼굴로 말을 이었다.

"오랫동안 두 사람이 함께 살았거든요."

선장과 헤스터 프린 사이에는 더 이상 아무 말도 오가지 않았다. 그러나 그때 헤스터는 저 멀리 장터 한구석에 서서 그녀를 보며 웃고 있는 로저 칠링워스를 발견했다. 그의 미소는 사람들로 북적거리는 커다란 광장을 지나 군중의 떠들썩한 말소리와 웃음소리, 그들의 온갖 생각과 기분, 관심을 뚫고 은밀하고도 무시무시한 의미를 전하고 있었다.

제22장 행렬

헤스터 프린이 마음을 가다듬고 이 예기치 못한 새로운 국면에서 돌파구를 강구할 새도 없이 가까운 길에서 군악대가 다가오는 소리가 들렸다. 치안판사들과 주민들의 행렬이 예배당 쪽으로 오고 있다는 뜻이었다. 초기에 확립되고 이후 꾸준히 지켜온 관습에 따라 예배당에서는 딤스데일 목사가 축하 설교를 하기로 되어 있었다.

이윽고 위엄 있게 천천히 나아가는 행렬의 선두가 보이더니 모퉁이를 돌아 장터를 가로지르기 시작했다. 맨 앞에는 군악대가 있었다. 다양한 악기로 구성된 악단은 서로 완벽하게 어우러지지도, 연주 솜씨가 훌륭하지도 않았지만 눈앞에 펼쳐지는 일생일대의 광경에 북과 나팔의 화음으로 고귀하고 영웅적인 분위기를 더한다는 목적을 이루기에는 부족함이 없었다. 어린 펄은 처음에는 손뼉을 치다가 아침 내내 마음을 들쑤시던 흥분을 잠시 잊고 그저 말없이 바라보며 길게 오르락내리락하는 소리의 파도를 타고 바닷새처럼 날아오르는 듯했다. 그러나 악단 뒤에서 행렬의 의장대 역할을 하는 군대가 등장해 그들의 무기와 눈부신 갑옷이 햇빛에 번쩍거리는 것을 보고는 이내 조금 전과 같은 기분으로 돌아갔다. 지금도 하나의 단체로서 유서 깊은 명성을 지키며 과거부터 이어져온 이 군부대는 돈을 목적으로 하는 용병이 아니었다. 그보다는 호전적인 충동에 이끌려 성전 기사단•처럼 학문을 배우고 평화적인 훈련으로 전쟁 대비도 하는 일종의 군사 대학(College of Arms)••을 만들고자 하는 신사들로 구성돼 있었다. 당시 군인들이 누리던 높은 평가를 이 부대원들의 당당한 태도에서도 엿볼 수 있었을 것이다. 실제로 그중 일부는 네덜란드와 유럽의 다른 전장에 출정했으니 군인이라는 이름과 명예를 누릴 자격이 있었다. 게다가 번쩍거리는 갑옷과 깃털이 나부끼는 눈부신 투구가 어우러진 군장 전체를 놓고 보면 오늘날의 군장은 감히 댈 수 없을 만큼 화려한 위용을 자랑했다.

그러나 사상이 풍부한 이들의 눈에는 의장대 바로 뒤에 등장한 문관들이 더 중요한 볼거리였다. 드러나는 태도에서도 그들의 당당한 걸음걸이와 비교하면 군인들의 폭넓고 오만

• 중세 십자군 전쟁 때 성지 순례자를 보호하기 위해 설립한 구교의 기사수도회.

•• 1484년 영국의 리처드 3세가 왕실이나 귀족 가문의 문장(紋章)에 관련된 임무를 부여하기 위해 설립한 기관을 일컫는 말이지만, 여기서는 '군사 대학'의 의미로 사용한 것으로 보인다.

한 걸음이 우스꽝스럽지는 않아도 저속해 보였다. 지금처럼 우리가 소위 말하는 재능이 인정받기보다는 인격의 안정성과 위엄을 보장해주는 막강한 물질적 요소들이 훨씬 중시되던 시대였다. 당시 사람들은 존경심을 세습적인 권리처럼 물려받았지만, 후대에 이르러서는 그것이 설사 살아남았다고 해도 힘이 미미해졌고 공직자를 선출하고 평가할 때도 예전 같은 영향력을 발휘하지 못한다. 좋은 변화일 수도 있고 아닐 수도 있다. 아마도 두 가지 모두일 것이다. 그 옛날 이 거친 해안에 정착한 영국인들은 왕과 귀족, 그 밖의 여러 지체 높은 인물을 떠나왔지만 여전히 존경의 마음과 욕구는 그들 안에 강하게 남아 있었다. 따라서 이마에 주름이 지고 머리가 하얗게 센 노인이나 오랜 시련을 견딘 청렴한 사람들, 견고한 지혜와 어두운 경험을 지닌 사람들, 근엄하고 무거운 자질과 영원히 변치 않을 인상으로 널리 존경받는 사람들에게 그러한 마음을 쏟았다. 이런 까닭에 초기에 대중의 선택을 받아 권좌에 오른 브래드스트리트와 엔디콧, 더들리, 벨링엄 등 정치인들 가운데에는 그리 총명하지 않은 이가 많았다. 지성보다는 신중하고 절제하는 성품이 돋보이는 이들이었다. 그들은 불굴의 정신과 자주성을 지니고 어려운 시기나 위기 상황에서 거친 파도를 막아내는 절벽처럼 국가의 안녕을 수호하려 노력했다. 이런 자질이 새로 선발된 식민지 치안판사들의 각진 얼굴과 커다란 체격에서도 잘 드러났다. 타고난 위엄으로 말할 것 같으면 이 실질적인 민주주의의 선구자들을 상원이나 국왕의 추밀원에 앉혀도 모국은 부끄러워할 필요가 없었다.

치안판사들의 뒤를 이어 오늘 이 행사를 축하하는 설교를 하기로 예정된 젊고 걸출한 목사가 등장했다. 그 시대의 목사는 공직자보다도 지적인 능력을 훨씬 많이 보여주는 직업이었다. 보다 숭고한 동기는 제쳐놓더라도 지역민에게 숭배에 가까운 존경을 받는다는 점만으로 가장 야망 있는 이들을 유인하는 직업이 되기에 충분했다. 인크리스 매더●의 경우에서 볼 수 있듯이 성공한 목사는 정치에도 막강한 영향을 미쳤다.

지금 딤스데일 목사를 바라보는 사람들은 그가 뉴잉글랜드 해안에 발을 디딘 이후로 오늘 이 행렬에서처럼 활기차게 성큼성큼 걷는 모습을 본 적이 없었다. 그의 걸음은 다른 때처럼 불안정하지 않았다. 자세가 구부정하지도, 불길하게 가슴에 손을 얹지도 않았다. 그러나 이 성직자를 제대로 들여다보았더라면 그런 힘은 몸에서 나오는 것이 아니라는 사실을 알 수 있었으리라. 어쩌면 천사가 부여해준 영적인 힘이었는지도 모른다. 오랫동안 이어져온 진지한 생각의 용광로에서나 증류되는 강력한 강장제의 흥분이었는지도 모른다. 어쩌면 그의 예민한 기질이 요란하고 날카롭게 울려 퍼지며 하늘로 그를 태우고 올라가는 음악에 동요했는지도 모른다. 그러나

● 뉴잉글랜드 청교도의 성직자로, 식민지 행정에서 영향력이 있던 인크리스 매더 (1639~1723). 하버드 대학의 초대 학장을 지내기도 했다.

딤스데일은 음악이 귀에 들어왔을까 싶을 만큼 정신이 딴 데 팔린 듯 보였다. 그의 몸은 평소와 달리 힘차게 나아가고 있었지만 그의 마음은 어디에 있었을까? 그 안의 깊고 아득한 구석에 틀어박혀 곧 거기에서 쏟아져 나올 장엄한 사유의 행렬을 지휘하는 초자연적인 활동으로 분주했을 것이다. 그래서 주변 상황이 보이지도 들리지도 흡수되지도 않았다. 그저 영적인 힘이 쇠진한 몸을 들어 무거운 줄도 모르고 나아가며 정신과 같은 상태로 바꿔놓을 뿐이었다. 병적일 만큼 비범한 지성의 소유자들은 가끔 이렇게 며칠 동안 엄청난 힘을 발휘하고 나서 며칠 동안 죽은 듯이 지내곤 한다.

헤스터 프린은 목사를 뚫어져라 바라보면서 어떤 무시무시한 힘이 자신을 덮쳐온다고 느꼈다. 그러나 그 정체가 무엇인지, 어디서 오는지 알 수 없었다. 그저 목사가 그녀의 세계와 동떨어진 곳, 닿을 수 없는 곳에 있는 것만 같았다. 그녀는 두 사람이 그래도 한 번쯤 눈길을 주고받을 거라 생각했다. 어둑한 숲속의 작은 골짜기에서 느꼈던 고독과 사랑, 고통, 두 사람이 손을 잡고 앉아 구슬픈 냇물의 속삭임을 배경으로 슬프고도 격정적인 대화를 나누던 이끼 덮인 나무둥치를 떠올렸다. 그때 그들은 얼마나 깊이 서로를 알았던가! 지금 이 사람이 그와 같은 인물이란 말인가? 그렇다면 어째서 이토록 낯선 것일까! 그는 풍부한 음악에 에워싸여 위엄 있고 존엄한 지도자들과 함께 당당하게 행진했다. 현세의 지위로는 절대 다가갈 수 없는 사람이었고, 생각을 통해 다가가려 해도 그의 세상은 훨씬 아득하고 공감할 수 없는 곳이었다! 모든 게 망상에 불과했으며, 목사와 그녀의 관계는 그저 생생한 꿈이었을 뿐 실제로 존재하는 것은 아니라는 생각에 그녀는 마음이 침울해졌다. 헤스터도 결국 여자였기에 두 사람이 함께한 세상에서 혼자만 완벽하게 빠져나간 그를 용서할 수 없었다. 지금처럼 운명의 무거운 발걸음이 가까이, 더 가까이, 더욱더 가까이 다가오는 순간에 어찌 그럴 수 있단 말인가! 그녀는 어둠 속으로 차가운 손을 뻗어 더듬어보았지만 그를 찾을 수 없었다.

펄은 엄마의 감정을 읽었거나 아니면 목사의 주위를 에워싼, 닿을 수 없는 아득한 존재의 기운을 직접 느낀 모양이었다. 행렬이 지나가는 내내 이 아이는 금방이라도 날아오르려는 새처럼 안절부절못하며 몸을 들썩거렸다. 행렬이 완전히 지나가자 펄은 헤스터의 얼굴을 쳐다보며 물었다.

"엄마, 저분이 냇가에서 나한테 뽀뽀한 그 목사님 맞아?"

그러자 엄마가 속삭였다.

"가만히 좀 있어, 펄! 이 장터에서는 숲에서 있던 일을 절대 말하면 안 돼."

펄은 아랑곳하지 않고 계속 조잘거렸다.

"정말 그 목사님이 맞는지 모르겠어. 너무 낯설어. 안 그랬으면 달려가서 사람들이 다 보는 앞에서 뽀뽀해달라고 했을 텐데. 그때 그 어두운 숲에서 그랬던 것처럼. 그럼 목사님이 뭐라고 했을까, 엄마? 손으로 가슴을 치고 무섭게 노려보면서 저리 가라고 했을까?"

"목사님이 뭐라고 하셨겠니, 펄? 지금은 그럴 때가 아니라고, 장터에서는 입맞춤을 할 수 없다고 하시지 않았겠니? 바보 같기는, 그분께 말을 걸지 않은 게 잘한 거야!"

딤스데일에 대해 이와 똑같은 감정을 표출한 사람이 또 있었다. 이 사람은 광기라는 말에 어울릴 법한 괴짜 기질 탓에 보통 사람들은 감히 시도하지 않을 만한 일을 했다. 모두가 보는 앞에서 주홍 글자를 단 여인과 말을 섞은 것이다. 그 사람은 바로 히빈스 부인이었다. 그녀는 세 겹으로 된 주름 깃과 수놓은 조끼, 풍성한 벨벳 드레스로 화려하게 치장한 채 금빛 손잡이가 달린 지팡이를 들고 행렬을 보러 나왔다. 이 노부인은 끊임없이 행해지던 온갖 강령술에서 중요한 역할을 한다고 소문이 자자했으므로(훗날 이 때문에 무려 목숨을 대가로 치르지만) 사람들은 풍성한 옷 주름 속에 역병이 감춰져 있기라도한 듯 그녀와 옷깃을 스치기도 두려워하며 길을 터주었다. 이제는 많은 사람이 헤스터 프린에게 호감을 느끼는데도 히빈스 부인이 그녀와 함께 서 있는 모습이 보이자 모두들 갑절로 두려움을 느끼며 두 여자의 주위에서 물러났다.

노부인은 헤스터에게 비밀 얘기를 하듯이 속삭였다.

"인간의 상상력으로는 생각할 수도 없는 일이지! 저 성직자 말이야! 사람들이 우러러보는 지상의 성인이고 실제로 그래 보이잖아! 아까 그 행렬과 함께 지나가는 모습을 보고 얼마 전 서재에서 히브리어 성서를 중얼거리며 숲속으로 들어간 그 사람이라고 누가 생각하겠어! 아이고! 헤스터 프린, 우리는 그 이유를 알지! 하지만 정말이지 나조차도 같은 사람이라고 믿기 어렵다니까. 그 악대를 따라간 사람 중에는 누군가가 바이올린을 켜고 인디언 주술사나 라플란드• 마법사가 우리랑 춤을 출 때 함께 장단을 맞추던 사람도 많았어! 세상을 이만큼 겪은 여자에게는 별일도 아니지. 하지만 저 목사는! 헤스터, 정말 저 사람이 숲에서 당신과 만난 그 사람이라고 말할 수 있겠어?"

"저는 무슨 말씀을 하시는지 모르겠네요."

헤스터 프린은 히빈스 부인이 정신 나간 소리를 한다고 생각하며 대꾸했다. 하지만 (자신을 포함해) 그렇게 많은 사람이 악마와 사사로운 관계에 있다고 자신 있게 단언하는 것을 들으니 묘하게 놀랍고 무서워졌다. 그녀는 다시 말했다.

"저 같은 사람이 딤스데일 목사님처럼 학식 있고 독실한 전도자를 두고 함부로 얘기할 수는 없죠!"

"아이고, 이 여자야, 쳇!"

노부인은 헤스터에게 손가락질을 하며 소리쳤다.

"내가 숲에 그렇게 많이 다녔는데 누가 거기에 갔었는지 알아낼 재주도 없다고 생각하나? 춤출 때 쓴 화관의 들꽃 이파리가 머리에 붙어 있지 않아도 다 알거든! 당신이 다녀간 것도 알아, 헤스터. 난 그 징표를 보고 있으니까. 그건 훤한 대낮

• 스칸디나비아반도와 핀란드의 북부 지역을 일컫는다.

에도 모두의 눈에 보이지만 어둠 속에서는 빨간 불꽃처럼 활활 타오르지. 당신은 그걸 훤히 보이게 달고 다니니까 문제될 게 없어. 하지만 저 목사는! 내가 하나 얘기해주지! 악마는 딤스데일 목사처럼 부하가 되겠다고 서명날인을 하고도 결속을 피하는 자를 보면 훤한 대낮에 세상 모두가 볼 수 있도록 그 징표를 드러내는 법을 알고 있어! 목사가 늘 가슴에 손을 얹으며 숨기려 하는 게 뭐겠어? 그게 뭘까, 헤스터 프린!"

"그게 뭐예요, 히빈스 할머니? 직접 보셨어요?"

어린 펄이 눈을 빛내며 묻자 히빈스 부인은 펄에게 공손한 태도로 대꾸했다.

"아무것도 아니란다, 아가! 언젠가 너도 직접 보게 될 거야. 그런데 아가, 네가 우리 마왕님의 혈통이라고 그러더구나! 언제 날 좋은 밤에 나와 함께 네 아버지를 보러 가지 않을래? 그럼 그 목사님이 왜 가슴에 손을 얹고 다니는지 알게 될 거야!"

이 기괴한 귀부인은 장터에 쩌렁쩌렁 울리도록 날카로운 웃음을 뱉으며 가버렸다.

때마침 예배당에서는 개회 기도가 끝나고 딤스데일 목사가 설교를 시작하는 소리가 들렸다. 저항할 수 없는 감정에 헤스터는 그 근처를 떠날 수 없었다. 그 성스러운 건물은 한 사람도 더 들어갈 수 없을 만큼 북적거렸기에 헤스터는 처형대 옆에 자리를 잡았다. 분명하게 알아들을 수는 없어도 다양한 어조로 웅얼거리며 흘러나오는 목사의 독특한 목소리를 설교 내내 들을 수 있을 만큼 가까운 곳이었다.

목사의 목소리는 그 자체로 뛰어난 자질이었다. 설교자의 언어를 모르는 사람이 들어도 어조와 억양만으로 마음이 흔들릴 정도였다. 마치 음악처럼 어느 곳에서 자랐든 모든 사람의 가슴에 닿을 공통의 언어로 열정과 비감, 격렬한 감정과 부드러운 감정을 불어넣었다. 헤스터 프린은 교회 벽을 뚫고 들려오는 그의 아득한 목소리에 귀를 기울이며 너무도 몰입한 나머지 정확히 알아듣지 못해도 의미를 이해할 것 같았다. 만약 더 분명히 알아들을 수 있었다면 오히려 그의 말은 저열한 매개가 되어 영적인 의미를 방해했을지도 모른다. 잠잠해지는 바람처럼 낮게 가라앉았던 목소리가 서서히 높아지며 더욱 달콤하면서도 힘 있는 소리로 변해가다가 마침내 경이롭고 비장한 분위기로 그녀를 감싸는 듯했다. 그러나 그 목소리가 이따금 장엄해질 때도 저변에 깔린 구슬픔은 사라지지 않았다. 이는 높고 낮은 고통의 표출이었다. 그 안에 담긴, 고통받는 인류의 속삭임 또는 격렬한 외침이 모두의 심금을 울리는 것이었다! 때로는 깊은 비애만이 들려왔고 때로는 고적한 적막 속에서 아득한 탄식이 들려왔다. 그러나 억누를 수 없는 듯 위압적으로 높아지는 목소리에서도, 쩌렁쩌렁 울리며 단단한 교회 벽을 뚫고 드넓은 허공으로 퍼져나가는 목소리에서도 열심히 귀를 기울인 사람에게는 고통의 절규가 느껴졌다. 그 절규는 무엇이었을까? 슬픔, 어쩌면 죄책감으로 가득 찬 인간의 마음이 인류의 거대한 가슴에 죄든 슬픔이든 비밀을 털어놓는 넋두리였을 것이다. 매 순간 다양한 어조로 동정이나 용서를 간청하는, 결코 헛되지 않은 넋두리가 아니고 무엇이었겠는가! 이 깊고 지속적인 저음이 바로 목사의 목소리에 가장 큰 호소력을 부여하는 요소였다.

그러는 내내 헤스터는 처형대 아래 동상처럼 서 있었다. 목사의 목소리가 그녀를 붙잡아두지 않았더라도 치욕의 삶이 시작된 그곳에서 피할 수 없는 인력이 작용했을 것이다. 어떤 생각이라고 하기에는 분명치 않았지만 늘 그녀의 마음 깊은 곳이 무겁게 짓눌려 있었으니, 바로 이곳이 그 전후 삶의 궤적을 통합해주는 연결 지점이라는 느낌이었다.

그동안 어린 펄은 엄마 옆을 떠나 장터에서 마음대로 놀고 있었다. 변덕스럽게 반짝이는 빛으로 침울한 군중을 환하게 비추는 모습이 노을빛을 받아 나뭇잎들 사이를 총총거리며 이따금 숨었다가 나타나 어둑한 나무 전체를 밝히는 화려한 깃털의 새 같았다. 아이는 파도처럼 일정하게 굽이치다가도 한 번씩 종잡을 수 없이 잽싸게 움직였다. 잠시도 가만있지 못할 만큼 활기 넘치는 펄의 영혼이 오늘은 엄마의 불안에 동요되어 평소보다 두 배로 왕성하게 널을 뛰었다. 무언가가 끊임없이 발동하는 호기심을 자극하면 그리로 달려가 제 입맛에 따라 사람이든 사물이든 자기 것으로 만들었고, 그 대가로 누가 통제하려 해도 절대 허락하지 않았다. 청교도들은 이 아이를 보고 미소 지으면서도 그 애의 작은 몸을 투과해 움직일 때마다 빛을 흩뿌리는 듯한 형언할 수 없는 아름다움과 별난 매력 때문에 여전히 악마의 자식이라 여겼다. 펄이 야성적인 인디언에게로 달려가 그의 얼굴을 들여다보자 그 인디언은 이 아이의 얼굴에서 자신보다 야성적인 면을 보았다. 다음으로 펄은 타고난 대담함을 발휘하면서도 한편으로는 조심스럽게 뱃사람이 모여 있는 곳으로 달려갔다. 육지의 인디언처럼 뺨이 검게 그을린 이 거친 사내들은 호기심과 감탄이 섞인 눈으로 펄을 바라보았다. 그들의 눈에 펄은 바다의 포말이 작은 소녀 형상으로 변한 뒤 한밤에 뱃머리 밑에서 빛을 발하는 바다 인광의 영혼을 부여받은 존재처럼 보였을 것이다.

이 뱃사람들 가운데 아까 헤스터 프린에게 말을 건 선장이 펄의 모습에 홀딱 반해서는 아이를 붙잡아 입맞춤하려고 했다. 그러나 날아가는 벌새만큼이나 붙잡기 어렵다는 것을 깨닫고 모자에 달린 금빛 사슬을 빼서 아이에게 던졌다. 펄은 그것을 얼른 제 목과 허리에 감았다. 어찌나 솜씨 좋게 감았는지 원래 그 애의 일부인 듯 자연스러웠고 그것이 없는 모습은 상상이 되지 않을 정도였다.

선장이 아이에게 물었다.

"저기 주홍 글자를 달고 있는 사람이 네 엄마지? 엄마한테 얘기 좀 전해줄래?"

"들어보고 괜찮으면 그럴게요."

펄이 대답했다.

"얼굴이 시커멓고 등이 굽은 늙은 의사와 다시 얘기했더니 네 엄마가 얘기한 친구는 자기가 알아서 태운다더구나. 그러니 네 엄마는 너만 데려오면 된다고. 가서 엄마한테 전해줄래, 꼬마 마녀야?"

그러자 펄은 장난스러운 미소를 띠며 소리쳤다.

"히빈스 할머니가 그러는데, 우리 아빠가 숲의 마왕이래요! 나를 그렇게 부르면 그분한테 이를 거예요. 그러면 마왕이 아저씨 배를 따라가서 폭풍을 만나게 할걸요!"

아이는 장터를 갈지자로 걸어가 엄마에게 선장의 말을 전했다. 피할 수 없는 운명의 어둡고 우울한 얼굴을 정면으로 마주한 순간, 강인하고 차분하게 견뎌온 헤스터의 영혼이 마침내 무너져 내렸다. 목사와 그녀 앞에 불운의 미로를 벗어나는 길이 열리는가 싶었는데 결국 그 운명이 가혹한 미소를 지으며 그 앞을 가로막은 것이다.

선장의 얘기를 듣고 몹시 당황하며 괴로워하는 그녀에게 또 다른 시련이 닥쳤다. 인근 지역에서 주홍 글자에 관한 얘기를 듣고 수많은 거짓이나 과장된 소문에 경악하면서도 직접 본 적은 없는 사람들이 이곳을 찾은 것이었다. 다른 오락거리를 모두 즐긴 이들은 이제 무례하고 상스럽게 헤스터 프린의 주위로 몰려들었다. 그러나 그것이 아무리 부도덕의 상징이라 해도 몇 미터 내로는 선뜻 다가오지 못했다. 이 신비로운 상징이 일으키는 반감의 원심력에 그들은 조금 거리를 두고 못 박힌 듯 서 있었다. 선원 무리도 사람들이 모이는 것을 보고 주홍 글자의 의미를 알았는지 햇볕에 그을린 험악한 얼굴들을 원 안으로 들이밀었다. 인디언들조차도 백인들의 호기심이 드리우는 차가운 그림자에 이끌려 사람들을 헤치고 들어와서는 뱀 같은 검은 눈으로 헤스터의 가슴을 바라보았다. 아마도 이 화려한 자수를 단 여인이 백인들 사이에서 고귀한 인물이라고 여겼을 것이다. 마지막으로 마을 주민들이 (다른 사람들의 감정에 공명해 이 진부한 주제에 대한 관심이 되살아났는지) 어슬렁어슬렁 다가와 헤스터 프린에게 가하는 고문에 가담했다. 아마도 헤스터 프린은 이 익숙한 수치의 징표를 바라보는 이들의 차갑고 낯익은 시선에 가장 큰 고통을 느꼈을 것이다. 헤스터의 눈에는 7년 전 감옥 문 앞에서 그녀가 나오기를 기다리던 여자들의 얼굴이 보였다. 다만 그 가운데 가장 어리고 마음이 여린 여자는 보이지 않았다. 헤스터가 그녀의 수의를 손수 지어 떠나보냈던 것이다. 그 타오르는 글자를 곧 떼어버리려던 순간에 절묘하게도 그 글자는 관심과 흥분을 끌어모으며 그 어느 때보다도 고통스럽게 그녀의 가슴을 그슬렸다.

헤스터가 이 치욕스러운 마법의 원에 갇힌 채 교활하고 잔인한 선고에서 영원히 벗어날 수 없다는 느낌에 시달릴 때 고결한 설교자는 신성한 설교단에서 가장 깊은 영혼을 그에게 내맡긴 청중을 내려다보고 있었다. 교회에서 성자가 된 목사! 장터에서 주홍 글자를 내보이는 여인! 이 두 사람의 가슴에서 똑같은 낙인이 불탄다는 불경한 상상을 어느 누가 할 수 있었겠는가!

굽이치는 파도처럼 청중의 영혼을 한껏 고양한 감동적인 목소리가 마침내 끊어졌다. 순간 신의 계시에 이어질 법한 깊은 정적이 흘렀다. 그런 뒤 웅성거리는 소리와 숨죽여 속삭이는 소리가 이어졌다. 청중은 마치 다른 사람의 정신세계로 끌려 들어갔다가 주문이 풀려 가슴에 묵직한 경외심과 감탄을 안은 채 자신의 몸으로 돌아오고 있는 듯했다. 곧이어 사람들이 예배당 밖으로 쏟아져 나왔다. 이제 설교가 끝났으니 그들은 설교자가 불꽃 같은 말과 사상의 풍부한 향기로 물들인 공기가 아닌, 곧 돌아갈 지독한 속세의 삶에 걸맞은 공기를 마셔야 했다.

밖으로 나오자 그들의 황홀경이 말로 터져 나왔다. 거리와 장터 구석구석에서 목사에 대한 칭송이 들끓었다. 설교를 들은 이들은 이미 너무 잘 알아서 듣거나 말할 필요도 없는 얘기를 쉴 새 없이 떠들어댔다. 그들의 증언을 종합하면, 오늘 설교한 목사만큼 현명하고 고귀하며 성스러운 정신으로 설교하는 이는 어디서도 본 적 없으며 인간의 입을 통해 성령이 그토록 생생하게 표현되는 것도 본 적 없었다. 성령이 목사에게 강림해 끊임없이 앞에 놓인 원고에서 시선을 들게 하고, 청중에게뿐 아니라 그 자신에게도 놀라운 사상들을 채워 넣는 광경이 보이는 듯했다. 설교의 주제는 신과 인간 공동체의 관계로, 특히 그들이 이곳 황무지에 건설하는 뉴잉글랜드와의 관계를 중점적으로 다루었다. 그리고 마지막에는 예언의 성령이 그에게 임해 옛 이스라엘 예언자들에게 그랬듯 당신의 목적을 이루도록 강력하게 이끌었다. 한 가지 차이가 있다면 이스라엘 예언자들은 자기 나라에 대한 심판과 파멸을 예언한 반면, 목사는 이곳에 새로 모인 하느님의 백성들이 고결하고 영광스러운 운명을 보게 되리라고 예언하는 임무를 맡았다. 그러나 그러는 동안, 아니 설교하는 내내 처량한 비감이 깔려 있었고, 이는 곧 세상을 떠날 사람이 자연스럽게 느끼는 회한이라고밖에 해석할 길이 없었다. 그렇다면 그들이 그토록 사랑하는 목사는 자신의 죽음이 임박했음을 예감했으며 곧 신도들을 눈물 속에 남긴 채 세상을 떠나려는 게 틀림없었다. 그 역시 신도들을 너무도 사랑했기에 한마디 탄식도 없이 저 하늘로 떠날 수는 없었던 것이다. 그가 세상에 머물 날이 얼마 남지 않았다는 생각이 목사의 설교에 감동을 더했다. 천사가 하늘로 가는 길에 잠시 사람들의 머리 위에서 환한 날개를 퍼덕거리며 그림자인 동시에 광채가 되어 그들에게 황금빛 진리를 소나기처럼 뿌려준 셈이었다.

이렇게 딤스데일 목사는 인생에서 이전에도 이후에도 다시 없을 찬란한 순간을 맞이했다. 다양한 분야에 종사하는 대부분의 사람이 한 번쯤 경험하지만 대개는 한참 뒤에야 깨닫는 그런 순간이 그에게도 찾아온 것이었다. 지금 이 순간 그는 성직자라는 직업이 그 자체로 높은 연단이 되는 뉴잉글랜드 초창기에, 타고난 지성과 풍부한 학식, 유창한 웅변술, 가장 신성한 명성을 지닌 성직자만이 오를 수 있는 가장 자랑스럽고 우월한 지위에 올라 있었다. 축하 설교를 마치고 설교단의 방석 위에 머리를 숙인 그의 지위는 이러했다. 그동안 헤스터 프린은 여전히 처형대 옆에 서 있었고 그녀의 가슴에서는 주홍 글자가 타오르고 있었다!

교회 앞에서 군악대의 음악과 의장대의 규칙적인 발소리가 다시 들려왔다. 행렬은 공회당으로 향할 예정이었고 그곳에서는 엄숙한 연회로써 오늘의 의식을 마무리하기로 되어 있었다.

덕망 있고 위풍당당한 지도자들의 행렬이 한 번 더 넓은 길을 지나는 모습이 보였다. 사람들이 경건하게 양옆으로 물러서자 총독과 치안판사들, 현명한 원로들, 성스러운 목사들을 비롯해 걸출하고 저명한 인사들이 그 사이로 나아갔다. 행렬이 장터에 들어서자 환호성이 울려 퍼졌다. 이처럼 크고 힘찬 환호성이 터진 것은 한편으로는 당시 사람들이 통치자에게 어린애 같은 충성을 보였기 때문일 것이다. 그러나 한편으로는 여전히 귓가에 울리는 열렬한 설교의 감동이 청중의 가슴에 불을 지핀 탓에 억누를 수 없는 열정이 폭발하는 것 같았다. 저마다 내면의 충동과 옆 사람의 충동을 동시에 느꼈다. 예배당 안에서 간신히 누른 열정이 이제는 하늘 높이 솟아올랐다. 사람도 많은 데다 한껏 부풀어 오른 감정이 화음을 이뤄 오르간으로 연주하는 돌풍이나 천둥, 바다의 포효보다 한층 인상적인 소리가 되었다. 심지어 모두가 같은 충동에 휩쓸려 많은 사람의 마음이 하나로 합쳐지면서 수많은 목소리가 한목소리가 되어 한껏 부풀어 올랐다. 뉴잉글랜드 땅에서 일찍이 그런 외침이 울려 퍼진 적이 있었던가! 뉴잉글랜드의 땅에서 형제들이 그토록 칭송한 설교자가 있었던가!

그렇다면 목사는 어땠을까? 머리 주위에 찬란한 빛의 입자들이 떠다니며 눈부신 후광을 발산하지 않았을까? 그토록 성령이 충만하고 숭배자들이 신격화하는 사람이라면 행렬 속을 걸을 때 발이 땅에 닿기나 했을까?

군인들과 고관들의 행렬이 나아갈 때 모든 이의 시선은 목사의 모습이 보일 만한 곳으로 향했다. 군중이 차례로 그를 볼 때마다 환호성이 수군거림으로 바뀌었다. 오늘 같은 승리의 날에 그는 왜 저토록 연약하고 창백해 보인단 말인가! 기운이, 아니 어쩌면 하늘에서 성스러운 전갈과 함께 그것을 전하라고 내준 영감이 제 역할을 다하고 빠져나간 듯했다. 방금 전까지 그의 뺨을 뜨겁게 달구던 광채는 타다 남은 잉걸불 속에서 절망적으로 꺼져가는 불꽃처럼 사그라졌다. 죽음의 빛을 띤 그의 얼굴은 산 사람의 것이라 할 수 없었다. 너무도 힘없이 나아가는, 그러면서도 쓰러지지 않고 끈질기게 나아가는 저 사람을 어찌 산 사람이라 할 수 있겠는가!

형제 목사 중 하나인 나이 많은 존 윌슨은 파도처럼 밀려왔던 지성과 감각을 잃어가는 딤스데일을 보고 황급히 그를 부축하려 했다. 딤스데일 목사는 부들부들 떨면서도 단호하게 이 노인의 팔을 뿌리쳤다. 그는 계속 걸어갔지만 걷고 있다고 말하기도 어려울 지경이었다. 이리 오라고 팔을 내미는 엄마의 품을 바라보며 위태롭게 걸어가는 아기 같았다. 이처럼 걷는지 아닌지도 분간할 수 없는 모습으로 그는 지독한 세월을 거슬러 오래전 헤스터 프린이 세상의 치욕스러운 시선을 마주한 장소로 모두가 기억하는 곳, 이제는 비바람에 시커멓게 변한 처형대 앞에 이르렀다. 그곳에 헤스터가 펄의 손을 잡고 서 있었다! 그리고 그녀의 가슴에는 주홍 글자가 달려 있었다! 악대는 여전히 행렬의 움직임에 맞춰 장엄하고 흥겨운 행진곡을 연주했지만 목사는 걸음을 멈췄다. 음악은 그에게 계속 나아가라고, 축제의 장으로 향하라고 재촉했으나 그는 더 나아가지 않았다.

벨링엄은 조금 전부터 불안한 눈으로 딤스데일을 보고 있었다. 이제 그는 행렬에서 빠져나와 목사를 부축하러 갔다. 보아하니 금방이라도 쓰러질 것 같았기 때문이다. 그러나 벨링엄은 마음으로 전달하는 모호한 암시 따위를 따르는 사람이 아니었음에도 목사의 표정에서 다가오지 말라는 경고를 읽었다. 군중은 놀라고 의아한 눈으로 지켜보았다. 그들이 보기에 목사가 지상에서 힘을 잃어가는 것은 천상의 힘을 얻는 또 하나의 단계일 뿐이었다. 목사가 그들의 눈앞에서 승천하며 점차 옅어지고 밝아져 마침내 천상의 빛 속으로 사라진다 해도 이처럼 성스러운 인물에게는 충분히 일어날 수 있는 기적이라 여겼을 것이다.

그는 처형대 쪽으로 돌아서서 두 팔을 내밀며 말했다.

"헤스터, 이리 오시오! 우리 예쁜 펄도 이리 오렴!"

그들을 바라보는 그의 얼굴은 어딘지 섬뜩했지만 다정한 기운과 기이한 승리감도 엿보였다. 펄은 특유의 새 같은 몸짓으로 그에게 달려가 두 팔로 그의 무릎을 끌어안았다. 헤스터 프린도 의지와는 반대로 피할 수 없는 운명에 이끌리듯 천천히 다가갔다. 그러나 그에게 닿기 전에 멈춰 섰다. 그 순간 늙은 로저 칠링워스가 자신의 희생양이 하려는 행동을 막기 위해 사람들을 비집고 나왔기 때문이다! 그의 표정이 너무도 어둡고 불안하고 사악해서 지하 세계에서 불쑥 올라온 것 같았다. 어쨌거나 이 노인은 달려 나와 목사의 팔을 잡고 속삭였다.

"미쳤군! 대체 어쩌려는 겁니까? 저 여자를 물러나게 해요! 이 아이도 떼어내고! 그럼 다 괜찮아질 겁니다! 명예를 더럽히고 치욕스럽게 죽을 생각입니까? 아직 내가 구할 수 있는데! 그 성스러운 직업에 먹칠을 하려는 겁니까?"

목사는 두려우면서도 단호한 얼굴로 그와 눈을 맞추며 대꾸했다.

"이런, 악마 같으니! 당신은 이미 늦은 것 같군요! 예전처럼 나한테 힘을 쓰지 못할 겁니다! 하느님의 도움으로 이제 나는 당신에게서 벗어날 거니까!"

그는 주홍 글자를 단 여인에게 다시 손을 내밀며 진심을 다해 호소했다.

"헤스터 프린, 무섭고도 은혜로운 하느님께서 나의 무거운 죄와 처참한 고뇌로 7년 전에 하지 못한 일을 마지막으로 하게 해주셨소. 그분의 이름으로 청하니 이리 와서 당신의 힘으로 나를 감싸주오! 당신의 힘을 내주되 하느님께서 내게 허락하신 뜻을 따르게 해주오! 저 비참하고 가여운 노인은 온힘을 다해, 자신의 힘과 악마의 힘까지 동원해 방해하고 있소! 이리 와요, 헤스터! 나를 부축해 저 처형대로 올라가게 해주오!"

사람들이 술렁거리기 시작했다. 목사에게 더 가까이 서 있는 위엄 있고 지체 높은 사람들은 눈앞에서 펼쳐지는 상황에 너무 놀라고 당황해서 하느님에게 심판을 맡긴 채 조용히 관망할 뿐이었다. 당장 떠오르는 설명을 받아들일 수도 없고 달리 설명할 방법도 없었다. 그들은 목사가 헤스터의 어깨에 기댄 채 그녀의 부축을 받아 처형대로 다가간 뒤 계단을 오르는 모습을 지켜보았다. 목사는 여전히 죄의 결실로 태어난 아이의 작은 손을 잡고 있었다. 늙은 로저 칠링워스가 그들의 뒤를 따랐다. 그 역시 이 죄와 슬픔의 연극에서 중요한 역할을 했으니 마지막 장면에 함께 등장할 자격이 있었다. 그는 음울한 얼굴로 목사를 보며 말했다.

"온 세상을 다 뒤져도 높은 곳이든 낮은 곳이든 당신이 내게서 벗어날 수 있는 곳은 없었겠지. 이 처형대를 제외하고는!"

"나를 이곳으로 인도해주신 하느님께 감사할 따름이오!"

목사는 이렇게 말하면서도 몸을 떨며 불안하고 걱정스러운 표정으로 헤스터를 보았다. 그러나 그의 입술에는 희미한 미소가 떠올랐다. 그가 속삭였다.

"우리가 숲속에서 꿈꾸던 것보다 이 편이 낫지 않소?"

"모르겠어요! 저는 모르겠어요!"

헤스터가 황급히 대꾸했다.

"낫다고요? 그래요. 우리가 같이 죽으면 되겠네요. 어린 펄도 함께 말이죠!"

"당신과 펄은 하느님의 뜻에 맡기겠소. 하느님은 자비로우신 분이오! 이제 나는 그분이 내 앞에 분명하게 보여주신 뜻을 따를 거요. 헤스터, 나는 어차피 곧 죽을 사람이오. 그러니 내가 받을 치욕을 한시라도 빨리 받겠소!"

딤스데일 목사는 헤스터 프린의 부축을 받고 한 손으로는 어린 펄의 손을 잡은 채 존엄하고 덕망 있는 통치자들과 성스러운 형제 목사들, 그리고 군중을 돌아보았다. 그들은 죄로 가득하지만 고통과 후회도 가득한 인생의 중대한 문제가 그들 앞에 드러나리라는 것을 감지하고 경악하면서도 눈물겨운 연민으로 가슴 아파하고 있었다. 정오를 조금 지난 태양이 목사를 비추며 하느님의 법정에서 죄를 고백하기 위해 이 땅에 우뚝 서 있는 모습을 뚜렷이 드러냈다.

"뉴잉글랜드 주민 여러분!"

그가 소리쳤다. 사람들의 머리 위로 그의 목소리가 엄숙하고 장엄하게 울려 퍼졌지만 시종 떨림이 느껴졌고 이따금 헤아릴 수 없이 깊은 회한과 비애를 억누르는 듯 날카로운 소리가 튀어나왔다.

"저를 사랑해주신 여러분! 저를 성스럽게 봐주신 여러분! 여기 있는 저를, 이 세상의 죄인을 봐주십시오! 마침내! 마침내! 7년 전에 섰어야 하는 이 자리에 섰습니다. 저와 함께 선 이 여인의 팔이 저를 이곳으로 기어오르게 한 미약한 힘보다 더욱 강인하게, 이 두려운 순간에도 쓰러지지 않게 붙잡아주는군요! 아, 헤스터가 달고 있는 저 주홍 글자! 여러분은 모두 그것을 보고 몸서리쳤지요! 헤스터가 어디를 가든, 무거운 짐을 지고 쉴 곳을 찾아 어느 곳으로 가든 저 글자는 늘 그녀의 주위에 두려움과 끔찍한 혐오의 빛을 던졌습니다. 하지만 여러분 앞에 진저리 나는 죄와 치욕의 낙인을 지닌 자가 또 있습니다!"

순간 목사는 비밀을 마저 폭로하지 못한 채 떠날 것만 같았다. 그러나 그는 자신을 덮쳐오는 육신의 쇠약함뿐 아니라 마음의 나약함도 애써 떨쳐냈다. 그는 모든 도움을 뿌리치고 온 힘을 다해 헤스터와 아이 앞으로 한 걸음 나아갔다.

"그 사람에게도 낙인이 찍혀 있었습니다!"

그는 모든 것을 털어놓으리라 굳게 결심한 듯 사나우리만치 맹렬한 기세로 말을 이었다.

"하느님의 눈은 그것을 보았습니다. 천사들도 끊임없이 그것을 손가락질했지요! 악마도 잘 알았기에 끊임없이 불타는 손가락으로 그것을 건드리고 헤집었습니다. 그러나 그 사람은 교묘하게 그것을 숨기고 죄 많은 세상에서 너무 순수하기에 애처로운 듯한 얼굴을 하고, 또 하늘의 천사들이 너무 그리워서 슬퍼하는 듯한 얼굴을 하고 여러분의 곁을 지나다녔습니다! 이제 죽음을 앞두고 그자가 여러분 앞에 서 있습니다! 그가 헤스터의 주홍 글자를 다시 봐달라고 여러분께 간청합니다! 그것이 아무리 불가사의하고 두렵다고 해도 그자의 가슴에 찍힌 낙인의 그림자에 지나지 않으며, 그의 가슴에 있는 붉은 낙인조차도 가슴 깊은 곳을 태우는 뜨거운 불의 모형에 지나지 않습니다! 하느님께서 죄인에게 내리는 심판을 의심하는 사람이 여기에 있습니까? 그렇다면 보십시오! 그것을 증명하는 무시무시한 증거를 보십시오!"

그는 발작하는 듯한 동작으로 가슴에 두른 성직자의 띠를 잡아 뜯었다. 그것이 드러났다! 그러나 이를 묘사하는 것은 불경한 일이리라. 겁에 질린 군중의 시선이 그 무시무시한 수수께끼에 집중되었다. 그러나 목사는 가장 통렬한 고통의 위기 앞에서 승리를 거머쥔 사람처럼 붉게 달아오른 얼굴로 서 있었다. 이윽고 그는 처형대 위로 쓰러졌다! 헤스터가 그를 조금 일으켜 자신의 가슴에 그의 머리를 기대놓았다. 로저 칠링워스는 넋 나간 사람처럼 공허하고 멍한 표정으로 그의 옆에 무릎을 꿇었다.

"결국 내게서 도망쳤군! 내게서 도망쳤어!"

그가 같은 말을 되풀이했다.

"당신에게도 하느님의 용서가 있기를! 당신도 큰 죄를 지었으니 말이오!"

목사는 이렇게 말한 뒤 생명이 빠져나가는 눈을 목사에게서 헤스터와 아이에게로 돌렸다.

"우리 예쁜 펄!"

힘없이 말하는 그의 얼굴에는 깊은 휴식에 드는 영혼처럼, 아니 짐을 벗어내고 홀가분하게 아이와 장난치고 싶어 하는 사람처럼 달콤하고 온화한 미소가 번졌다.

"우리 예쁜 펄, 이제는 내게 입맞춤을 해주겠니? 숲에서는 해주지 않았잖아! 이제 해주겠니?"

펄은 그의 입술에 입을 맞췄다. 이제 마법이 풀렸다. 이 야성적인 아이가 함께 참여한 엄청난 비애의 장면이 아이에게 동정심을 싹트게 한 것이다. 아이의 눈물이 아비의 뺨에 떨어졌다. 이로써 펄은 보통 사람처럼 기쁨과 슬픔을 겪으며 자라리라, 세상과의 영원한 싸움을 멈추고 세상 안에서 여인으로 자라리라 맹세한 셈이었다. 고통의 사자로 엄마를 괴롭혀온 펄의 임무는 이제 끝났다.

목사가 말했다.

"헤스터, 안녕히!"

헤스터는 그에게 얼굴을 가까이 대고 속삭였다.

"우리가 다시 만날 수는 없을까요? 저세상에서 영생의 삶을 함께하면 안 되나요? 우리는 분명히 그 모든 고통으로 서로에게 속죄했어요! 당신은 그 죽어가는 눈으로 저 멀리 영원의 세계를 보는군요! 무엇이 보이는지 얘기해줄래요?"

"쉿, 헤스터, 쉿!"

그가 떨리는 목소리로 엄숙하게 말했다.

"우리는 법을 어겼소! 그리고 그 죄가 여기서 끔찍하게 드러났소! 그것을 잊지 마오! 나는 두렵소! 두렵단 말이오! 우리가 하느님의 존재를 잊는 순간, 서로의 영혼에 대한 존중을 위반한 그때부터 우리가 저세상에서 다시 만나 영원하고 순수한 삶을 함께할 수 있으리라는 희망은 사라졌소. 하느님은 다 알고 계시오. 그리고 자비로운 분이오! 하느님은 무엇보다도 나에게 고통을 줌으로써 자비를 보여주셨소. 먼저 내 가슴이 불타는 고문을 견디게 하셨지! 그 고문이 시뻘겋게 타오르도록 저 음흉하고 끔찍한 노인을 보내셨고! 마지막으로 내가 사람들 앞에서 당당히 치욕스러운 죽음을 맞이하도록 이리로 데려오셨소! 이 모든 고통 가운데 어느 하나라도 빠졌다면 나는 영원히 길을 잃었을 거요! 그분의 이름을 찬미합니다! 그분의 뜻이 이뤄지길! 안녕히!"

이 마지막 말과 함께 목사의 숨이 끊어졌다. 그때까지 숨죽이고 있던 군중 속에서 나지막하게 두려움과 놀라움을 표하는 기이한 탄성이 터져 나왔다. 떠나간 영혼의 뒤를 따라 무겁게 흘러나오는 이런 중얼거림으로밖에는 두려움과 놀라움을 표현할 길이 없었으리라.

제24장 결말

여러 날이 지난 뒤 앞에서 묘사한 장면에 대해 사람들이 충분히 생각을 정리하고 나자 이 처형대에서 일어난 일은 다양한 이야기로 오가기 시작했다.

목격자들 대부분은 불행한 목사의 가슴에 헤스터 프린이 달고 다니던 것과 아주 비슷한 주홍 글자가 새겨져 있는 것을 보았다고 증언했다. 그 기원에 관해서도 온갖 설명이 있었지만 전부 추측에 불과했다. 어떤 이들은 헤스터 프린이 처음 수치의 표식을 달게 된 날 딤스데일 목사도 자신에게 끔찍한 고문을 함으로써 속죄를 시작해 이후에도 갖가지 부질없는 속죄를 이어갔다고 주장했다. 어떤 이들은 한참 지난 뒤에 막강한 주술사인 로저 칠링워스 노인이 마법의 독약으로 이런 낙인이 나타나게 한 것이라 주장했다. 목사의 감수성이 유별났으며 그의 정신이 육체에 놀라운 작용을 했다는 사실을 가장 잘 아는 이들은 끊임없는 가책이 마음속 깊은 곳에서부터 살을 갉아먹기 시작해 마침내 그 글자를 드러냄으로써 하늘의 무서운 심판을 보여주었다고 수군거렸다. 선택은 독자에게 맡기겠다. 이 놀라운 징표에 대해 가능한 이론은 모두 살펴보았고 그 징표가 제 역할을 다하기도 했으니 이제는 너무 오래 골몰해서 불쾌할 정도로 뚜렷이 각인된 그 깊은 낙인을 머릿속에서 지워도 좋을 것이다.

그러나 이상하게도 그날의 장면을 모두 보았으며 딤스데일 목사에게서 한 번도 눈을 떼지 않았다고 주장한 사람들 가운데 일부는 그의 가슴이 갓난아이의 가슴처럼 아무런 표시 없이 깨끗했다고 증언했다. 또한 그들은 목사가 죽어가면서 남긴 말에 헤스터 프린이 오랫동안 주홍 글자로 속죄한 죄와 자기가 어떤 식으로든 연관되어 있다는 의미가 전혀 담겨 있지 않았다고 주장했다. 매우 존경받은 이 목격자들의 말에 따르면, 목사는 자신이 곧 죽는다는 것을, 그리고 사람들의 존경으로 이미 자신이 성자나 천사와 같은 위치에 있다는 것을 인지하고, 타락한 여인의 품에서 숨을 거둠으로써 인간의 가장 고결한 정의도 무의미할 수 있음을 세상에 알리고자 했다는 것이다. 인류의 영혼을 위해 일생을 바치고, 무한히 순결한 하느님의 눈으로 보면 우리는 누구나 죄인이라는 위대하고도 서글픈 교훈을 주기 위해 자신의 죽음마저도 하나의 우화로 만들려 했다고 그들은 주장했다. 가장 성스러운 축에 속하는 인간도 다른 이들에 비해 크게 뛰어나지 않다는 사실을, 그저 우리를 내려다보는 하느님의 자비를 좀 더 분명하게 알아볼 뿐이며, 야심차게 하늘을 바라볼 만큼 우월한 존재라는 착각을 좀 더 철저히 뿌리칠 수 있는 수준에 불과하다는 사실을 가르쳐주려 한 것이었다. 이런 식의 해석은 진실 여부를 놓고 따지기보다는 친구들의 의리가 때로는 얼마나 완고한지를 보여주는 사례로만 간주하는 것이 좋겠다. 특히 목사들의 세계에서는 그 사람이 죄로 얼룩진 더럽고 위선적인 사람임을 보여주는 뚜렷한 증거, 그날 주홍 글자에 쏟아지던 한낮의 햇빛만큼이나 분명한 증거가 있는데도 그의 인품을 완고하게 변호하기도 한다.

여기서는 주로 헤스터 프린을 알고 지내던 사람들의 증언과 당대 목격자들에게 전해 들은 이야기를 토대로 작성한 고문서를 근거로 삼았으며, 이는 앞의 이야기에서 택한 방향과 정확하게 일치한다. 불행한 목사의 비참한 경험이 우리에게 던져주는 많은 교훈 가운데 하나만 적어두겠다.

"진실하라! 진실하라! 진실하라! 그대가 지닌 최악의 특징은 아니더라도 최악을 추론할 수 있는 특징을 숨김없이 세상에 내보여라!"

다른 무엇보다도 놀라운 것은 딤스데일이 세상을 떠난 직후 로저 칠링워스로 알려진 노인의 겉모습과 태도에 일어난 변화였다. 그의 모든 기력과 원기, 그의 모든 활력과 지력이 단번에 빠져나간 듯했다. 뿌리째 뽑힌 풀이 작열하는 태양 빛에 시들어버리듯 완전히 쪼그라져서 인간의 시야에서 사라지다시피 한 것이다. 이 불행한 사내는 복수를 계획하고 체계적으로 실행하는 것을 삶의 원동력으로 삼았다. 복수가 완전한 승리로 완수되자 그 사악한 원동력을 지탱하는 재료가 더는 남지 않았고, 지상에는 그가 할 수 있는 악마의 일이 남아 있지 않았다. 이제 인간성을 잃어버린 인간이 할 수 있는 일은 주인이 충분한 일거리를 주고 정당한 대가도 줄 수 있는 곳으로 가는 것밖에 없지 않겠는가. 그러나 이토록 오랫동안 우리가 가까이해온 모든 망령에게, 심지어 로저 칠링워스에게도 기꺼이 자비를 베풀고자 한다. 증오와 사랑은 본질적으로 같은 것이 아닐까? 이는 좀 더 관찰하고 연구해볼 가치가 있는 주제다. 사랑과 증오는 모두 마음을 속속들이 아는 매우 친밀한 사이에서 극도로 발전한다. 사랑하는 사이든 증오하는 사이든 감정과 영적인 삶의 양식을 상대에게서 구한다. 또한 상대가 사라지고 나면 사랑에 미친 사람이나 증오에 미친 사람은 허망하고 황폐한 상태가 된다. 따라서 철학적으로 이 두 가지 열정은 본질이 동일하다. 차이가 있다면 하나는 천상의 광휘 속에서 보이고 다른 하나는 어둡고 섬뜩한 광채 속에서 보인다는 점이다. 둘 다 피해자였던 늙은 의사와 목사는 영적인 세계에서 이생의 증오와 반감이 어느새 황금빛 사랑으로 바뀌었음을 발견했을지도 모를 일이다.

이런 얘기는 여기서 접기로 하고, 독자에게 전할 좀 더 실질적인 소식이 있다. 로저 칠링워스 노인이 (그로부터 1년도 안 되어) 세상을 떠나면서 유언장을 남겼는데, 이곳과 영국에서 보유한 상당한 재산을 헤스터 프린의 어린 딸 펄에게 남기니 벨링엄 총독과 윌슨 목사에게 집행을 부탁한다는 내용이었다.

그리하여 그때까지도 일부 사람들이 악마의 자식이라고 주장한 꼬마 요정 펄은 그 시대 신세계에서 가장 부유한 상속자가 되었다. 틀림없이 이런 상황이 적잖은 영향을 미쳤을 테지만 어쨌든 대중의 평가는 크게 달라졌다. 그러니 이 모녀가 이곳에 남았더라면 어린 펄은 혼기가 찼을 때 가장 신실한 청교도의 혈통과 야만적인 피를 섞을 수 있었을지도 모른다. 그러나 의사가 죽고 얼마 안 되어 주홍 글자를 단 여인은 펄을 데리고 사라졌다. 수년 동안 그저 이름의 머리글자가 새겨진 볼품없는 나무토막이 해안으로 떠밀려 오듯 간간이 모호한 소문이 들려왔지만 확실하게 믿을 만한 소식은 전해지지 않았다. 주홍 글자 이야기는 차츰 전설이 되었다. 그러나 그 마력은 여전히 강력해서 가엾은 목사의 숨이 끊어진 처형대는 무시무시한 곳으로 남았고 헤스터 프린이 살던 해안의 오두막도 마찬가지였다. 어느 날 오후 오두막 근처에서 놀던 몇몇 아이들이 잿빛 옷을 입은 키 큰 여자가 오두막 문으로 다가가는 것을 보았다. 오랫동안 한 번도 열리지 않고 잠겨 있던 문을 열쇠로 열었는지 나무와 쇠붙이가 삭아서 떨어져 나갔는지, 아니면 그림자처럼 통과했는지 어쨌든 여자는 안으로 들어갔다.

문턱에서 그녀는 잠시 걸음을 멈추고 살짝 뒤를 돌아보았는데, 아마도 그렇게나 변한 모습으로 과거에 지독한 삶을 살던 집에 혼자 들어가는 것이 견딜 수 없이 두렵고 쓸쓸해서였으리라. 그러나 아주 잠깐 머뭇거리는 사이 그녀의 가슴에 달린 주홍 글자가 보였다.

헤스터 프린은 그렇게 돌아와서 오랫동안 버려둔 치욕을 다시 떠안은 것이다! 그런데 어린 펄은 어디 갔을까? 살아 있다면 이제 막 꽃처럼 피어나는, 뺨이 발그레한 아가씨가 되었을 것이다. 이 꼬마 요정이 제명을 못 채우고 무덤으로 갔는지 아니면 야성적이고 변덕스러운 성격이 누그러져 여자로서 온화한 행복을 누리게 되었는지는 아무도 확실하게 듣지 못했다. 그러나 주홍 글자를 달고 은둔 생활을 하는 헤스터가 남은 생애 동안 다른 나라에 사는 누군가의 사랑과 관심을 받고 있다는 표시들이 드러났다. 영국의 문장학에는 알려지지 않은 문장으로 봉인한 편지들이 도착했다. 오두막 안에는 헤스터가 딱히 사용하지 않지만 부유한 이들만 살 수 있고 애정이 있어야만 생각해낼 수 있는, 위안이 되는 값비싼 물건들이 있었다. 사랑하는 마음을 담아 섬세한 손으로 만들었을 게 분명한 소소한 물건들, 작은 장식품이나 오래도록 간직할 기념품들도 있었다. 그리고 헤스터가 아기 옷에 수를 놓는 모습이 보이기도 했는데, 그 화려한 금빛 옷을 입은 아기가 실제로 이 엄숙한 마을에 나타났다면 한바탕 소동이 일었을 것이다.

요컨대 당시에 돌던 소문대로 펄은 살아 있기만 한 것이 아니라 결혼해서 행복한 삶을 꾸리며 어머니를 끊임없이 신경 썼고 슬프고 외로운 그녀를 자기 집에 모시고 싶어 했을 것이다. 한 세기 뒤에 이 일을 조사한 퓨 검사관뿐 아니라 그의 최근 후임자도 그렇게 믿었다.

그러나 헤스터 프린에게 더 진실한 삶이 있는 곳은 펄이 살고 있는 미지의 땅이 아니라 이곳 뉴잉글랜드였다. 이곳에 그녀의 죄가 있었고 그녀의 슬픔이 있었으며 아직 이곳에서 해야 할 회개가 남아 있었다. 그녀가 이곳으로 돌아와 그토록 음울한 이야기를 만들어낸 징표를 다시 다는 것은 아무리 냉혹한 시대의 엄격한 치안판사라 해도 강요할 만한 일이 아니었으니 그녀의 자유의지가 시킨 것이었다. 그 뒤로 그 징표는 그녀의 가슴을 떠나지 않았다. 그러나 헤스터가 고된 가운데서도 사려 깊고 헌신적인 삶을 사는 동안 주홍 글자는 세간의 경멸과 조롱을 사는 낙인에서 애처로운 표상, 두려움과 함께 존경심을 갖고 보게 되는 표상이 되었다. 또한 헤스터 프린은 사욕을 부리거나 자신의 이익과 즐거움을 추구하지도 않았기에 사람들은 이미 큰 고통을 겪은 그녀에게 슬픈 일과 힘든 일을 들고 와서 조언을 구했다. 특히 상처받거나 버림받거나 부당한 취급을 받거나 적응하지 못하는 여자들, 부정하고 죄스러운 정욕에 빠져 끊임없이 되풀이되는 시련을 겪는 여자들, 또는 존중받지 못하고 아무도 찾아주지 않아서 가눌 길 없는 마음의 짐을 진 여자들이 헤스터의 오두막을 찾아와 왜 그렇게 괴로운지, 어떻게 구원받을 수 있는지 물었다! 헤스터는 힘닿는 데까지 위로하고 조언해주었다. 또한 더 밝은 시대가 오면, 하늘의 뜻을 받들어 더 성숙한 시대에 이르면 새로운 진실이 드러나 남자와 여자가 보다 확실하게 동등한 행복을 누리는 관계가 될 거라고 달래주기도 했다. 헤스터는 어릴 때 자기가 선지자의 운명을 타고나지 않았을까 상상하기도 했지만, 죄로 더럽혀지거나 수치에 고개를 숙인 여자, 심지어는 평생의 슬픔을 지고 있는 여자도 성스럽고 신비로운 진리를 전하는 사명은 맡을 수 없다는 것을 오래전에 깨달았다. 앞으로 하느님의 계시를 전하는 천사나 사도는 여자가 될 테지만 고결하고 순결하며 아름다운 여자여야 할 것이다. 또한 어두운 슬픔이 아니라 영롱한 기쁨을 통해 지혜를 얻은 여자, 신성한 사랑이 우리를 얼마나 행복하게 하는지를 가장 진실한 삶의 시험을 통해 그런 행복을 이룸으로써 보여주는 여자여야 한다.

헤스터 프린은 이렇게 말한 뒤 슬픈 눈으로 주홍 글자를 내려다보았다. 그리고 여러 해가 지난 뒤, 훗날 킹스 채플이 들어서는 곳과 인접한 묘지에 오래되어 우묵하게 팬 무덤 옆에 새 무덤이 생겼다. 오래된 무덤의 바로 옆이었지만 잠든 두 영혼의 유해가 섞여서는 안 된다는 듯이 조금 떨어져 있었다. 그러나 두 무덤을 아우르는 하나의 묘비가 세워졌다. 주변의 묘비들에는 가문의 문장이 새겨져 있었지만 밋밋한 석판에 불과한 그들의 묘비에는 방패 모양과 비슷한 무늬가 있었다. 호기심 많은 관찰자라면 이 무늬를 보고 무슨 의미일까 고개를 갸우뚱할 것이다. 거기에 새겨진 도안을 묘사하는 문장관의 설명은 지금 여기서 마무리하려는 이 전설의 제사이자 짧은 요약이 될 수 있으리라. 너무도 어둡고 우울한 그 도안, 작은 점 하나가 끊임없이 빛을 발하며 어둠을 덜어주지만 그마저도 그림자보다 어두운 그 무늬에 대한 설명은 다음과 같다.

"검은 바탕에 주홍 글자 A."

해설

영원히 끝나지 않는 소명

    작품 속에서 주홍 글자 'A'는 시간이 갈수록 '능력 있는' 사람, 더 나아가 '천사'를 지칭하는 말로 의미가 바뀐다. 그러나 출간 이후 오랫동안 이 책의 제목은 '낙인'의 다른 이름으로 사용되었다. 유명한 작품이 흔히 그렇듯 《주홍 글자》(1850) 역시 지난 세기 초부터 여러 번 영화화되었고 때로는 상업성에 치우친 각색으로 도마 위에 오르기도 했다. 특히 국내에서는 원작과 무관한, 그저 선정적인 소재를 다룬 영화와 드라마, 심지어 대중가요의 제목으로 (대개는 과거의 번역 제목인 '주홍 글씨'가) 자주 소비되었다. 이 때문에 21세기 독자에게는 원작조차도 조금은 낡고 진부한 느낌으로 다가오지 않을까 하는 우려가 번역을 의뢰받았을 때 가장 먼저 들었다.

    아이러니하게도 작품 속에는 선정적인 장면이 전혀 등장하지 않는다. 주홍 글자 'A'의 원래 의미는 한 번도 언급되지 않으며 이 모든 사달의 계기가 된 사건도 독자가 유추할 몫이다. 호손은 서문인 〈세관〉에서 이 이야기를 '로맨스'라고 지칭할 뿐 아니라 출간 당시의 표지에도 제목 아래 부제처럼 '로맨스'라고 찍혀 있었다. 중세 유럽의 통속소설을 가리키는 명칭에서 발전한 로맨스는 대개 애정담이나 무용담을 다룬 몽상적인 이야기를 뜻한다. 호손은 이듬해인 1851년에 역시 '로맨스'로 발표한 작품《일곱 박공의 집》'서문'에서 소설과 로맨스를 분명하게 구분한다. 소설은 '가능할 뿐 아니라 개연적이고 일상적인 인간 경험을 아주 정확하고 세밀하게 재현하는 것'을 목표로 하는 반면, 로맨스는 '인간의 마음에 관한 진실'을 충실히 다루기만 한다면 개연성에 크게 얽매일 필요가 없다는 것이 그의 주장이다. 이 작품이 '인간의 마음'을 충실하게 다룬다는 점은 누구도 부인할 수 없다. 이런 점에서《주홍 글자》는 19세기 미국 문학의 새로운 장르, 즉 심리소설의 신기원을 열었다고 평가받는다.

호손의 비범한 파격은 소설에서 보기 드문 긴 '서문'에서도 찾아볼 수 있다. 여기서 호손은 현실과 허구를 교묘하게 혼합하며 로맨스 작가에게 허용된다는 자유를 한껏 누린다.《주홍 글자》의 어둡고 진지한 분위기를 상쇄하려는 듯 유쾌한 풍자를 가득 담은 〈세관〉은 그 자체로도 읽는 즐거움을 주지만, 19세기에 쓰인 17세기 이야기가 21세기까지 인간 삶의 다양한 측면에 관해 많은 화두를 던지게 하는 데 크게 기여한 장치라고 생각하기에 조금 길게 다뤄보고자 한다.

《주홍 글자》 초판이 출간되고 며칠 뒤인 1850년 3월 21일, 세일럼 지역신문에는 긴 서평이 실렸다. 작가의 천재성과, 놀라운 서사를 뒷받침하는 풍부한 상상력과 대담하고 놀라운 사유에 대한 찬사가 담겨 있었지만 그보다 많은 지면을 메운 것은 〈세관〉에 대한 비판이었다. 이 글이 세일럼을 조소하고 무해한 사람들을 중상하며 희화화한다는 것이었다. 이에 호손은 2판에 부치는 글을 넣어 "점잖은 주변 사회를 유례없이 자극했다니 놀랍기도 하지만 한편으로는 (……) 대단히 즐겁다"라고 응수하는 배짱을 보였다.

그러나 이 글을 "한 글자도 바꾸지 않고" 다시 출간한 것은 비단 대단히 즐거운 보복을 위해서만은 아니었다. 〈세관〉은 《주홍 글자》를 소개하는 '서문'으로 제시되지만 눈앞에 그려지듯 생생한 인물 묘사와 넋두리를 따라가다보면 독자는 어느새 허구의 세계에 들어와 있음을 깨닫는다. 〈세관〉은 그 안에서 저자가 말한 "현실의 세상과 상상의 세계 사이, 현실의 존재와 상상의 존재가 만나 서로의 특징에 물드는 중간 지대"인 셈이다. 그렇다면 서문을 가장한 이 글은 연극이나 영화에서 등장인물의 배치나 역할, 무대장치 등에 관한 총체적인 계획을 일컫는 '미장센'의 일부라고 할 수 있다. "이 스케치를 생략하더라도 독자에게 손해가 되거나 책의 가치가 떨어지지" 않을 거라는 호손의 주장마저도 세심하게 계산된 장치처럼 보인다.

이 이른바 '서문'에서 알 수 있듯이 호손은 매사추세츠주

세일럼에서 나고 자랐다. 17세기에 이곳으로 이주해 정착한 그의 조상은 엄격한 청교도로서 치안판사를 지냈고 실제로 퀘이커교도 여성에게 공개 태형의 형벌을 내렸다. 그 아들은 17세기 말에 시작된 세일럼 마녀재판에서 활약한 판사 중 한 명이었다. 이 부끄러운 집안의 과거 때문에 호손은 저작 활동을 시작하면서 조상에게 물려받은 성 '해손(Hathorne)'을 '호손(Hawthorne)'으로 바꾸었다. 선장이었던 아버지를 네 살 때 사고로 여의고 부유한 외삼촌의 도움을 받아 성장했으나 작가로서 경제적인 자립을 이루기 어려웠던 탓에 1839년부터 1년여 동안 보스턴 세관에서 일했다. 이후 "브룩 농장의 몽상가들"에게 합류했다가 소피아 피보디와 결혼해 콩코드의 구 목사관에서 3년 동안 생활했다.

1845년 세일럼으로 돌아온 호손은 훗날 미국의 대통령이 되는 프랭클린 피어스와의 친분 덕에 민주당 정부로부터 이곳 세관의 검사관으로 임명되지만, 그로부터 3년 뒤 휘그당이 정권을 넘겨받자 "개혁의 빗자루"에 쓸려 나간다. 호손은 자신이 겪은 이 모든 부침을 〈세관〉에서 소상히 털어놓으며 "이 스케치를 대중에게 공개하는 것이 문학적으로 타당하다고 여기게 해준" 허구의 사건을 슬쩍 끼워 넣는다. 이를 소재로 쓰려는 이야기가 잘 풀리지 않아 고뇌한 과정을 능청스럽게 풀어놓는가 하면, 원하는 사람은 누구든 퓨 검사관의 기록을 사용해도 좋다고, 또 주홍 글자와 그에 관한 문서의 원본을 소장하고 있으니 원하는 독자에게는 언제든 보여주겠다고 호언장담하기도 한다.

이처럼 〈세관〉은 소설로 들어가는 통로로서 너무도 정교하게 설계된 탓에 초창기 국내 번역본에서는 자주 누락되었다. 그러나 이 글은 우연히 발견한 상징물에 얽힌 이야기를 들려주는 서술자, 또는 편집자를 소개한다는 점에서 《주홍 글자》라는 문학작품에 온전히 통합되는 일부로 봐야 한다. "실화를 토대로" 줄거리를 구성하되 "거의 전권을 갖고 이야기를 창조"했다고 주장하는 이 서술자는 시종 상상의 세계와 현실 세계 사이의 중간 지대에서 목소리를 내는 듯하다. 주인공들의 심리는 손에 잡힐 듯 생생하게 묘사하면서도 사건의 실체는 직접적으로 묘사하지 않고, 가치 판단을 최대한 배제하고 기록된 것만을 제시하는 척하며 독자의 판단을 유도한다. 이야기와 독자 사이의 이차원적인 거리를 좁히고 대신 삼차원의 깊이를 더해 해석의 여지를 넓히는 것이 이 서술자의 주된 역할이다.

〈세관〉을 통해 독자에게 친숙해진 서술자의 면면이 인물들에게 투사되기도 한다. 그는 나고 자란 고향에 애정보다는 본능에 따라 이끌리면서도 거리를 두어야 한다는 점을 의식하고 있고, 지역에서 명망 있긴 했지만 부도덕한 일도 피해 가지 못한 청교도 조상들에 대해 복합적인 감정을 품고 있다. 관료주의에 회의적이고 상상력의 소실이라는 큰 대가를 절감하면서도 안정적인 삶의 유혹을 섣불리 뿌리치지 못하며, 한직을 누리는 무능한 노인들을 한심해하면서도 연민과 애정을 드러낸다. 헤스터 프린 역시 자기 앞에 펼쳐진 드넓은 세상 어디로든 떠날 수 있지만 '숙명'에 이끌려 그 적대적인 황무지를 고향으로 삼고 마침내 떠났다가도 스스로 돌아온다. 청교도 지도자인 딤스데일은 종교의 속박과 굴레를 벗어내지 못하고 끊임없이 자책하며 자신의 위선에 환멸을 느끼면서도 끝까지 사명을 내려놓지 못한다. 그러나 인간에 대한 깊은 이해와 연민을 바탕으로 묘사된 인물들은 누구 하나 질타하기 어렵다. 모두 실수를 저지르고 나름의 형벌을 받는 인간일 뿐이다.

자신을 "잘 이해하는 극소수의 사람을 청중으로" 삼는다고 밝힌 서술자는 이를 위해 스스로를 먼저 이해시키려는 듯 보인다. 서술자를 알고 신뢰할 수 있게 된 독자는 그가 내미는 "들장미 한 송이"를 받아 들고 "인간의 나약함과 슬픔에 얽힌" 어두운 이야기로 보다 기꺼이 뛰어들게 된다. 유쾌한 서문을 거치지 않고 무덤과 감옥에 대한 묘사로 시작하는 낯선 이야기 속으로 선뜻 들어가기란 특히 21세기 독자에게 그리 쉬운 일이 아닐 테니 말이다.

그러나 막상 초대에 응한 독자는 알레고리와 상징주의로 유명한 400여 년 전의 이야기에서 주옥같은 문장과 비유, 상징을 발견하고 감탄할 것이다. 점잖고 청렴해 보이는 이들의 은밀한 타락과 죄인으로 낙인찍힌 이의 선행이 대비되고, 도덕의 황무지를 거니는 추방자의 대담하고 개방적인 사고가

제도권 안에 있는 이들의 경직된 사고를 부각한다. 치욕을 상징하는 주홍 글자는 금실로 더없이 아름답게 장식되었고, 죄의 결실로 태어난 아이는 음울한 거리뿐 아니라 어두운 야생의 숲도 환하게 밝힌다. 유독 강압적이고 엄격한 규율로 기반을 닦으려 하는 청교도 사회는 문명과는 동떨어진 야생의 숲과 바다에 면해 있어 무법자들이 거리낌 없이 문명사회를 들락거리는가 하면, 문명인들이 자유롭게 무법천지를 넘나들며 자유를 만끽하기도 한다.

'우의(寓意)'라고도 부르는 알레고리는 우리가 잘 아는《이솝 우화》처럼 표면에 드러나는 일차적 의미에 이면적인 의미를 담아내는 수사법을 말한다. 이 작품의 비교적 단순한 플롯은 헤스터 프린의 오두막 앞에 있는 덤불처럼 "숨기고 싶거나 숨겨야 하는 무엇이 여기 있다고" 알려주는 역할을 하는 셈이다. 그러나《주홍 글자》는 교훈적인 우화로만 보기에는 너무도 다층적이고 풍부한 의미를 담고 있다. 한편으로는 호손이 이 '로맨스'에 '인간의 마음에 관한 진실'뿐 아니라 당시의 시대상과 현실을 정확하게 담았기 때문일 것이다. 예를 들어 작품 속에는 실존 인물과 실제 사건이 여럿 등장한다. 벨링엄 총독의 임기나 윈스럽 총독이 사망한 날짜 등을 편의상 조정하긴 했지만 대체로 역사적 사실을 충실하게 반영했고, 갖가지 자료를 동원해 17세기 중반의 보스턴 지리도 사실적으로 재현하려 노력했다.

사실에 근거한 배경 속에 세심하고 치밀하게 직조한 허구의 요소들도 오롯이 상상의 산물만은 아니다. 반세기의 시간 차가 있긴 하지만 실제로 1694년 호손의 고향 세일럼에서는 여성이 간통할 경우 의복에 대문자 A 표시를 꿰매어 달게 하는 법이 제정되었다. 그에 앞서 이 작품의 배경과 비슷한 시기에 (호손이 대학을 다닌) 메인주에서는 목사와 간통하고 아이를 낳은 여인에게 뜨거운 인두로 문자 A를 낙인찍는 형벌을 내리기도 했다.

정확한 역사적 사실과 실화에서 영감을 얻은 소재, 예리한 관찰력이 돋보이는 심리묘사, 풍부한 수사법이 적절히 어우러진 이 작품은 교훈을 담은 우화인 동시에 도덕적 완벽주의와 청교도의 위선에 대한 비판이며, 무덤이나 망령, 시체, 악마가 등장하는 고딕소설의 요소와 역사소설의 요소도 갖추고 있다. 학계에서는 페미니즘 문학의 시초로 평가하기도 하고, 주홍 글자 A를 비롯해 수많은 징표와 상징, 심지어 펄이라는 "살아 있는 상형문자"까지 등장하는 기호학 소론으로 간주해도 부족함이 없다고 여긴다. 한편으로는 속죄와 회한의 이야기이며, 무엇보다도 인간의 심리를 정교하면서도 서정적으로 해부하는 인물 연구다. 또 21세기 국내 독자들은 이 엄격한 초기 사회의 수많은 모순에서 오늘날 우리 사회의 그림자를 발견할지도 모른다.

이처럼 《주홍 글자》는 헤스터 프린의 주홍 글자처럼 다양한 이면을 담고 있으며 시간의 흐름에 따라 다른 의미로 가

닿기도 한다. 헤스터는 오랫동안 보스턴을 떠났다가 다시 돌아와 주홍 글자를 달고 이전과는 다른 역할을 떠안았다. 그녀가 생을 마감한 뒤에도 이 글자는 검은 바탕을 미약하게나마 밝히는 희미한 빛으로 남았다. 소설 《주홍 글자》도 아직 소명을 다하지 못했다고 믿는다. 많은 고전이 그러듯 이 작품 역시 저자의 의도와 상관없이 늘 희미한 빛을 내며 우리 곁에서 기다리고 있다. 변화하는 시대에 맞춰 필요한 역할을 행하기 위해서 말이다. 이 책을 번역하면서 역시 문학은, 특히 오래 살아남은 문학은 언제까지고 바래지 않는다는 사실을 새삼 깨달았다. 읽거나 쓰거나 옮기면서 문학을 향유하는 우리 모두에게 이러한 각성은 더없는 기쁨, 더없는 위안이 아닐까. '낡아빠진 통념의 낙인'이라는 앙상한 이미지로 《주홍 글자》를 '낙인찍은' 독자가 있다면 휴머니스트 출판사의 참신한 기획으로 이 아름다운 작품을 새로이 발견하는 계기가 되기를 바란다.

박아람

휴머니스트 세계문학 036

주홍 글자

1판 1쇄 발행일 2024년 12월 2일

지은이 너새니얼 호손
옮긴이 박아람

발행인 김학원
발행처 (주)휴머니스트출판그룹
출판등록 제313-2007-000007호(2007년 1월 5일)
주소 (03991) 서울시 마포구 동교로23길 76(연남동)
전화 02-335-4422 **팩스** 02-334-3427
저자·독자 서비스 humanist@humanistbooks.com
홈페이지 www.humanistbooks.com
유튜브 youtube.com/user/humanistma **포스트** post.naver.com/hmcv
페이스북 facebook.com/hmcv2001 **인스타그램** @boooook.h

편집주간 황서현 **편집** 이성근 김대일 김선경 **디자인** 김태형 차민지
조판 아틀리에 **용지** 화인페이퍼 **인쇄·제본** 정민문화사

ISBN 979-11-7087-267-2 04840
     979-11-6080-785-1 (세트)

휴머니스트 세계문학